DER BUNKER VON GSTAAD

Peter Beutler, geboren 1942, ist in Zwieselberg, einem kleinen Dorf am Fusse der Berner Alpen, aufgewachsen. Als promovierter Chemiker war er Lehrer an einem Gymnasium in Luzern. Heute lebt er mit seiner Frau auf dem Beatenberg, hoch über dem Thunersee.

Dieses Buch ist ein Roman. Dennoch sind viele Personen nicht frei erfunden, sondern existierten wirklich. Ihre Handlungen beruhen auf einem historischen Hintergrund. Im Anhang befinden sich ein Personenverzeichnis und ein Glossar.

PETER BEUTLER

DER BUNKER VON GSTAAD

Kriminalroman

emons:

Lust auf mehr? Laden Sie sich die »LChoice«-App runter, scannen Sie den QR-Code und bestellen Sie weitere Bücher direkt in Ihrer Buchhandlung.

Bibliografische Information der Deutschen Nationalbibliothek
Die Deutsche Nationalbibliothek verzeichnet diese Publikation in der Deutschen Nationalbibliografie; detaillierte bibliografische Daten sind im Internet über http://dnb.d-nb.de abrufbar.

MIX
Papier aus verantwortungsvollen Quellen
FSC® C083411

Umschlagmotiv: shutterstock.com/Marcelo Alex
Umschlaggestaltung: Nina Schäfer, nach einem Konzept von Leonardo Magrelli und Nina Schäfer
Umsetzung: Tobias Doetsch
Gestaltung Innenteil: César Satz & Grafik GmbH, Köln
Druck und Bindung: CPI – Clausen & Bosse, Leck
Printed in Germany 2019
ISBN 978-3-7408-0608-8
Originalausgabe

Dieser Roman wurde vermittelt durch die Agentur Altas, Bern.

Geheimdienste sind arme Schweine. Die leiden unter zwei psychischen Krankheiten: Die eine Krankheit beruht darauf, dass sie für das, was sie tatsächlich leisten, niemals öffentliche Anerkennung bekommen. Es ist unvermeidlich so, sie müssen ja im Verborgenen arbeiten. Das deformiert die Seele. Die andere Krankheit beruht darauf, dass sie tendenziell dazu neigen, zu glauben, sie verstünden die nationalen Interessen des eigenen Landes viel besser als die eigene Regierung.

Helmut Schmidt

1

Mitte bis Ende April 1990

An einem kalten, nebligen Tag Mitte April stand ein älterer Herr, auffallend klein von Gestalt, im Torbogen des Zytglogge. Plötzlich lehnte er sich an die Wand und rutschte langsam, die Beine vor sich herschiebend, zu Boden. Er stützte sich mit beiden Händen ab, wohl um zu verhindern, dass sein Oberkörper auf die rechte oder linke Seite kippte. Einige Augenblicke später fiel er nach vorn. Eine durch die Passage eilende Frau wäre beinahe über ihn gestolpert, hielt aber im letzten Moment inne und beugte sich über den Zusammengebrochenen. Sie begab sich zur Telefonkabine gegenüber und wählte die Notfallnummer.

Kurz danach vernahm man lauter werdende Dreiklanghörner. Das erste Fahrzeug, das angerast kam, war ein Wagen der Sanitätspolizei. Drei Uniformierte stürzten heraus. Einer von ihnen nahm die Hand des Darniederliegenden, um den Puls zu fühlen, ein anderer hob dessen Kopf, zog die Augenlider auseinander, entnahm einer Seitentasche seiner Hose eine Spotlampe, knipste sie an und richtete den Lichtstrahl auf den Augapfel. Kopfschüttelnd flüsterte er: «So ein zerfurchtes Gesicht habe ich noch nie gesehen. Es ist nichts zu machen, er ist tot.»

Der tote Körper wurde nicht in die Leichenhalle, sondern in die Notfallabteilung des Inselspitals überstellt, wo man das Ableben amtlich feststellte. Zugegen waren auch zwei Beamte der Fahndungsabteilung der Kriminalpolizei. Sie wiesen den Arzt an, die sterblichen Überreste sicherzustellen, man könne nicht ausschliessen, dass der alte Herr möglicherweise einem Verbrechen zum Opfer gefallen sei.

«Wie Sie meinen. Es sieht allerdings danach aus, dass der Mann einem Herzstillstand erlegen ist», sagte der Arzt.

Die Polizisten durchsuchten die Kleider des Toten, fanden aber nichts ausser einem Zettel mit der Adresse eines Könizer

Mehrfamilienhauses und dem Namen Jules Abel, Oberstleutnant a.D. Das war aussergewöhnlich, jeder habe doch ein Portemonnaie mit Ausweisen dabei, sagte der eine Beamte.

«Wir fahren gleich hin», sagte der andere. Er zog den Autoschlüssel aus dem Hosensack und beeilte sich, zum Wagen zu kommen.

Eine Viertelstunde später trafen sie dort ein. Im vierten Stock des Blocks stand die Hauswartin, eine stämmige, wohl auf die sechzig zugehende Frau, am ganzen Leib zitternd vor der Wohnungstür. Als die beiden Kriminalpolizisten, sie trugen Zivilkleidung, sich bei ihr auswiesen, bemerkte sie: «Sie kommen genau richtig. Da drinnen ist etwas Schreckliches passiert.»

Es herrschte ein heilloses Durcheinander im grossen Vierzimmerapartment. Beim Betreten des Schlafzimmers machten die Polizisten einen grausigen Fund. Der Bewohner lag leblos und nur spärlich bekleidet auf dem Bett. In seiner Brust steckte ein Armeebajonett.

«Der Mann ist stocksteif. Er muss bereits vor Tagen umgebracht worden sein», meinte der jüngere der beiden, als er den Arm der blau angelaufenen und einen üblen Geruch verbreitenden Leiche anfasste.

Der andere zog ein Funkgerät aus der Tasche, rief die Zentrale an und teilte mit: «Gewaltverbrechen an der Wabersackerstrasse in der Gemeinde Köniz.» Er gab die genauen Koordinaten des Tatorts durch. «Wir warten, bis der zuständige Abteilungsleiter, der Untersuchungsrichter und der Regierungsstatthalter eintreffen.»

***

Es ging hektisch zu im Büro von Sandro Nydegger, dem baumlangen, kräftig gebauten Abteilungsleiter der Kriminalpolizei bei der Kantonspolizei Bern. Das Radio Bäärn hatte Wind von der Sache bekommen und bat Hauptmann Nydegger am Freitag, den 19. April, um ein Telefoninterview.

***Radio Bäärn:** Was hat sich an der Wabersackerstrasse in Köniz abgespielt?*
***Nydegger:** Es gab einen Leichenfund. Beim Toten handelt es sich um einen pensionierten Berufsoffizier, fünfundsiebzigjährig, der bis Ende 1975 Mitglied der Untergruppe Nachrichtendienst und Abwehr, der UNA, im Rang eines Oberstleutnants war. Danach erhielt er Spezialaufträge vom Eidgenössischen Militärdepartement, dem EMD.*
***Radio Bäärn:** Details?*
***Nydegger:** Der Mann wurde an diesem Dienstag mit seinem eigenen Armeebajonett erstochen.*
***Radio Bäärn:** Die Täterschaft?*
***Nydegger:** Davon gibt es derzeit keine Spur.*
***Radio Bäärn:** Es geht das Gerücht um, das Opfer habe sich in der homosexuellen Szene bewegt. Stimmt das?*
***Nydegger:** Dazu nehme ich keine Stellung.*
***Radio Bäärn:** War der Offizier a.D. verheiratet?*
***Nydegger:** Ja. Allerdings lebte er seit Längerem von seiner Frau getrennt, sie ist inzwischen verstorben.*
***Radio Bäärn:** Uns ist zugetragen worden, das Opfer sei Mitglied der vor Kurzem aufgeflogenen Geheimarmee P-26 gewesen?*
***Nydegger:** Der Chef des Eidgenössischen Militärdepartements, Bundesrat Kaspar Villiger, hat angeordnet, die Liste der Mitglieder der P-26 dürfe der Öffentlichkeit nicht zugänglich gemacht werden. Ich kann somit diese Information weder bestätigen noch dementieren.*
***Radio Bäärn:** Aber Sie wissen, ob sie zutrifft?*
***Nydegger:** Nein. Aber er war in der Vorgängerorganisation aktiv und hat an der Schaffung der P-26 mitgewirkt.*
***Radio Bäärn:** Herzlichen Dank für Ihre Auskünfte, Herr Nydegger.*

Nydegger rieb sich mit seinem Taschentuch den Schweiss von der Stirn. Seine rechte Hand, Wachtmeister Ferdinand Oppliger, sass ihm gegenüber.

«Eine ganz faule Sache. An der Wabersackerstrasse pfeifen es die Spatzen vom Dach, dass dieser Jules Abel schwul war. Ich bin fast sicher, einer seiner Liebhaber hat ihn kaltgemacht», mutmasste Oppliger.

«Dafür möchte ich nicht die Hand ins Feuer legen. Immerhin war das Opfer in einem Alter, wo sich sexuelle Aktivitäten in Grenzen halten.»

«Fakt ist: Abel soll in seiner Wohnung ausschweifende Feste gefeiert und regen Umgang mit jungen Nordafrikanern gepflegt haben. Das jedenfalls behaupten Nachbarn. Und der Gerichtsmediziner erwähnt im vorläufigen Bericht, dass er auf der Brust des Ermordeten einen seltsamen Schriftzug ausmachte: Mit Fettstift sei in ungelenken Lettern ein Wort geschrieben worden, das als ‹Amour› zu deuten ist.»

«Das stinkt doch zum Himmel. Haben die Täter falsche Spuren gelegt? Machten sie sich Abels sexuelle Neigung zunutze, um die Ermittlungsbehörden zu täuschen? Alles Fragen, die man sich als Ermittler stellen muss.»

Oppliger konnte ein leicht schadenfrohes Lachen nicht unterdrücken. «Dann geht es zum Untersuchungsrichter und zum Staatsanwalt, und diese beantworten deine Fragen im Brustton der Überzeugung, obwohl sie von allem keine Ahnung haben. Was ist eigentlich mit dem Toten, der unter dem Zytgloggeturm gefunden wurde?»

«Das ist die Stadtpolizei noch am Abklären. Bekannt ist bis jetzt: Er war Kadermitglied der P-26, ehemals Major bei den Luftschutztruppen und heisst Waldemar Wüest.»

«Dann muss er Jules Abel gekannt haben.»

«Mit Sicherheit.»

«An was ist er gestorben?»

«Da tappen die Kollegen aus der Stadt noch im Dunkeln. Eine Zeugin hat ausgesagt, dass sie an Wüest unterhalb des Turms vorbeigelaufen sei. Er unterhielt sich lautstark mit einem anderen Passanten. Es soll zu einem Handgemenge zwischen beiden gekommen sein. Das spätere Opfer habe gerufen: ‹Hey, warum stichst du mich?› Eine Stichwunde, von einer Nadel herrührend, wurde tatsächlich an seinem Unterarm gefunden. Bei der Obduktion konnte jedoch keine tödliche Substanz nachgewiesen werden.»

«Das kann also nicht die Todesursache gewesen sein?»

«Diesen Schluss, Ferdinand, solltest du als Kriminalpolizist wirklich nicht so voreilig ziehen. Es gibt Gifte, die sich nur kurze Zeit nach der Einnahme beziehungsweise nach der Injektion in harmlose Stoffe zersetzen.»

«Gibt es Hinweise, dass Wüest der Mörder von Abel sein könnte?»

«Das wäre allzu schön. Damit hätten wir den Fall gelöst.»

«Wie soll es jetzt weitergehen?», erkundigte sich Oppliger.

«Als Erstes müssen wir uns die Hauswartin vornehmen. Sie dürfte die Person sein, die den Abel der letzten Jahre gekannt hat. Du scheinst mir am geeignetsten, in dieser Sache Erkundigungen anzustellen.» Um die weiteren Nachforschungen über Abel werde er sich selbst kümmern, sagte Nydegger. Seine nächste Anlaufstelle sei das EMD.

«Wird man dir dort Auskunft geben?»

«Ich traue diesen Leuten zwar nicht über den Weg. Aber sich uns verweigern, das können sie, mit Rücksicht auf das, was in den letzten Monaten alles vorgefallen ist – ich denke da an die Fichenaffäre –, nun wirklich nicht mehr. Die dort drüben», Nydegger zeigte in Richtung Bundeshaus, «sind ganz schön in der Defensive.»

***

```
Rückseite der Staatschutzfiche von Nationalrätin
Menga Danuser
Datum: 21.4.77
Gegenstand: v. ID. TG.: Umfangreicher Bericht über
die D., die sehr links bei der SP steht und durch ih-
ren Lebenswandel (lebt zusammen mit SCHWARZ Kurt 42
und trinkt Abends gerne ein Bier!) bei der Bevölke-
rung und insbesondere bei Eltern ihrer Schüler auf
```

Ablehnung stösst, ihre Linke Gesinnung könnte im Unterricht abfärben.

***

Nydegger erhielt beim EMD einen Termin für den kommenden Montag um zehn. Er erschien pünktlich, man liess ihn aber einstweilen warten. Der Pressechef des Departements sei derzeit gerade nicht abkömmlich.

Nydegger protestierte: «Ich komme nicht von einer Zeitung, sondern von der Polizei.»

Der Beamte, der den Auftrag gefasst hatte, ihn auf später zu vertrösten, zuckte hilflos mit den Schultern. «Ich führe lediglich Befehle aus.»

«Das glaube ich Ihnen aufs Wort. Seien Sie froh, nicht darüber nachdenken zu müssen, ob diese Befehle sinnvoll sind.»

Nydegger liess den wütenden Blick des EMD-Angestellten schmunzelnd über sich ergehen. Eine halbe Stunde später erschien der Medienverantwortliche, an einem Sandwich kauend. Kurz angebunden motzte er Nydegger an: «Was gibt es so Dringendes? Bitte fassen Sie sich kurz, mein Terminkalender verträgt nur ein kurzes Gespräch.»

Da geriet er bei Nydegger an den Falschen. «Ich muss Sie doch bitten, Herr ... Wie heissen Sie eigentlich?»

«Dr. Schnell.»

«Ich bin Hauptmann der Berner Kriminalpolizei. Ich ermittle in einem Gewaltverbrechen und verlange eine Unterredung mit der zuständigen Amtsperson. Ich nehme nicht an, dass Sie das sind.»

Baff und feindselig musterte Schnell Nydegger. «Mit wem zum Teufel wollen Sie denn reden?»

«Mit dem Oberauditor und dem Chef des Nachrichtendienstes.»

Er nehme nicht an, dass diese verfügbar seien.

Nydegger machte sich zum Gehen bereit. «Wie Sie wollen. Ich habe heute um sechzehn Uhr einen Termin mit Medienvertretern.

Bei dieser Gelegenheit werde ich den Journalisten mitteilen, wie man mich bei Ihnen abgefertigt hat.»

Schnell wechselte die Gesichtsfarbe. Abwehrend hielt er die Hände vors Gesicht. «Auch das noch. In diesen Tagen prügelt die ganze Nation auf uns ein, dabei tun wir nur unsere Pflicht.»

«Ihre Pflicht? Wie stellen Sie sich denn das vor? Was derzeit in Ihrem Departement geschieht, hat nichts mit Pflicht zu tun, sondern mit Behinderung von Justiz und Polizei.»

«Also gut, Hauptmann Nydegger, gedulden Sie sich noch einige Minuten. Ich werde versuchen, die beiden Herren dazu zu bewegen, sich mit Ihnen auszutauschen. Sollte das nicht möglich sein, müssen Sie sich mit deren Stellvertretern begnügen. Die wissen ebenfalls gut Bescheid.»

Es vergingen kaum fünf Minuten, da erschien ein goldbetresster Amtsweibel, führte Nydegger in einen feudal ausgestatteten Raum und wies ihm einen kunstvoll verzierten Sessel zu, der mit vier anderen um einen runden Tisch angeordnet war.

Kurz danach erschienen der Oberauditor, Brigadier Pfeuti, und der stellvertretende Nachrichtenchef, Divisionär Robert Anliker. Ein ungleiches Paar. Pfeuti, klein, untersetzt und mit leicht gekrümmtem Rücken, Anliker gegen zwei Meter gross und hager.

Der ranghöhere Anliker mit zwei Generalsternen auf den Achselpatten begrüsste Nydegger überschwänglich. Danach stellte er ihm den einsternigen Pfeuti vor. «Die ganze Geschichte um Oberstleutnant Abel ist uns sehr unangenehm.»

«Gut zu erfahren, dass Sie wissen, um was es hier geht. Schnell hatte keine Ahnung davon.»

Anliker warf Pfeuti einen Blick zu. Dieser begann auf salbungsvolle Art zu sprechen: «Die Militärjustiz ist ja nicht direkt in diesen Fall involviert. Abel hat als Privatperson gehandelt.»

Nydegger lachte auf. «Abel kann ich nicht mehr vernehmen. Es geht um die Person, die ihn umgebracht hat. Vielleicht waren es auch mehrere.»

«Wir gehen von einem Beziehungsdelikt aus», kam es wie aus einer Pistole geschossen aus Pfeutis Mund.

«Verstehe», gab Nydegger zurück. «Da wäre der Nachrichtendienst aus der Sache raus. Ein Mord im Schwulenmilieu ist nur eine Variante. Doch müssen wir alle Möglichkeiten in Betracht ziehen.»

«Zum Beispiel?» Pfeuti schob das Kinn nach vorn.

«Einer aus dem Kreis der P-26.»

«Hey, nun legen auch Sie diese Platte auf», brachte sich Anliker unwirsch ein. «Davon kann überhaupt nicht die Rede sein. Unseres Wissens war Abel bis Ende 1975 Mitglied der Untergruppe Nachrichtendienst und Abwehr, der UNA. Diese befasste sich mit der Vorbereitung des Widerstandes im Fall einer militärischen Besetzung der Schweiz. Es handelt sich dabei also um die Vorgängerorganisation der Geheimarmee P-26.»

«Tut mir leid, Herr Divisionär, das sehe ich anders. Ich lege mich ja nicht darauf fest, dass die Mörder von Abel aus Geheimdienstkreisen kommen, ebenso wenig darf ich behaupten, es handle sich um ein Sexualverbrechen. Allerdings, um meiner Stimmungslage gerecht zu werden, spricht für mich weit mehr für das Erstere. Doch klar ist: Ich werde in alle Richtungen ermitteln.»

«Das nehmen wir so zur Kenntnis. So oder so handelt es sich um ein Delikt, das an einer Privatperson, die längst nicht mehr im Dienst des EMD steht, begangen wurde. Was ich damit sagen will …», Anliker unterbrach seinen Redefluss, zog seine Tabakpfeife aus einer schicken kleinen Ledertasche und stopfte sie mit Hingabe, «… was ich sagen will: Wir können uns zurücklehnen und abwarten, was die Berner Untersuchungsbehörden herausfinden –»

Nydegger fiel Anliker ins Wort. «Sie missverstehen mich gründlich. Weshalb bin ich wohl hier? Ich brauche Unterlagen über Abel, ebenso welche über Wüest, Waldemar Wüest …» Nydegger stoppte seine Ausführungen, als er wahrnahm, wie Pfeuti beim Namen Waldemar Wüest zusammensackte.

Hilfesuchend blickte Pfeuti zu Anliker. Dieser nickte und ergriff das Wort.

«Major a.D. Waldemar Wüest war seinerzeit ein umsichtiger

und fähiger Offizier. Schicksalsschläge, wie sie uns alle treffen können, haben leider sein Gehirn beeinträchtigt. Nun ist er von seinem Leiden erlöst worden. Wir werden ihn in guter Erinnerung behalten.»

Nydegger konnte sich kaum mehr auf dem Sessel halten. «Dass Waldemar Wüest ein psychisch angeschlagener Mann war, mag ja zutreffen. Trotzdem kommen wir nicht umhin, seine Rolle im Zusammenhang mit dem Tod von Abel unter die Lupe zu nehmen. Wüest war zweifellos ein Geheimnisträger. Deswegen wurde er zum Risiko genau für diejenigen Kreise, denen er sich bedingungslos verschrieben hatte ...»

Anliker machte ein Stoppzeichen, was offensichtlich Pfeutis Miene verdüsterte. Doch er unterliess es, seinen militärisch höherrangigen Kollegen zur Vorsicht zu ermahnen, und sagte: «Bitte unterstellen Sie uns nicht, Wüest zu einer unüberlegten, möglicherweise gesetzeswidrigen Handlung überredet zu haben ...»

«Das liegt mir fern», stellte Nydegger klar. «Doch Wüest haben wir es zu verdanken, dass wir einigermassen zeitig am Tatort eintrafen.»

«Und was haben Sie dort gefunden, Oberfahnder Nydegger? Was? Hinweise, dass der Tod von Abel nichts mit unseren Geheimdiensten zu tun hatte?»

Nach Pfeutis Gesichtsausdruck zu schliessen, wäre er am liebsten in den Boden versunken.

Nydegger kniff die Augen zusammen. «Herr Anliker, wie können Sie denn wissen, was wir am Tatort gefunden haben? Die Wohnung von Abel, nachdem wir seine Leiche sichergestellt hatten, wurde von uns versiegelt. Niemand ausser unserer Spurensicherung hat sie betreten.»

Erst jetzt schien es Anliker zu dämmern, dass er eine grosse Dummheit begangen hatte. «Ach, lassen wir das, ich kann mir gut vorstellen, was Sie dort ausfindig gemacht haben.»

«Wie bitte? Nun, wenn Sie's schon wissen, reibe ich es Ihnen nicht nochmals unter die Nase. Ich werde dazu an der für sechzehn Uhr anberaumten Medienorientierung informieren.»

Nydegger stand auf und verabschiedete sich freundlich von Anliker und Pfeuti, die einander eine Weile ratlos ansahen.

***

```
Rückseite der Staatschutzfiche von Meyer Kaspar,
Zugführer
Datum: 22.9.78
Gegenstand: v. C. S. BE: Umfangreicher Bericht
über K. M., der als linksextrem auffällt (Mittglied
der SP). Sein Lebenswandel gibt zu reden (lebt zu-
sammen mit KUPFER Inge 31 im Konkubinat! und soll
häufig alkoholisiert sein!). Bei den Arbeitskollegen
und insbesondere bei den Vorgesetzten stösst er
wegen seiner kommunistischen Gesinnung auf Miss-
billigung.
```

***

Nydegger war kaum fünf Minuten wieder in seinem Büro zurück, als sein Telefon klingelte. Es war der höchste Beamte im kantonalen Polizei- und Militärdepartement, Generalsekretär Michael Gallati.

«Wir müssen uns unterhalten. Leider ist mir dies erst ab Mitte nächster Woche möglich. Ich bitte Sie, bis zu diesem Zeitpunkt keine Pressekonferenzen zu den Fällen Abel und Wüest anzuberaumen.»

Nydegger wollte dagegen protestieren, doch Gallati sagte, darüber möchte er nicht diskutieren, und hängte grusslos auf.

Wachtmeister Oppliger schaute Nydegger fragend an. «Und, was meint dieser Schreibtischtäter dazu?»

«Dieser bescheuerte Halbschuh. Hat nichts zu bedeuten. Ich werde mich schlicht darüber hinwegsetzen.»

«Damit wirst du dir aber Unannehmlichkeiten einhandeln.»

«Darauf kannst du Gift nehmen. Aber ich weiss mich zu wehren. Ich bitte meinen Kollegen von der Stadt Bern um Mithilfe.

Einer der ungeklärten Todesfälle ist ja unter dem Zytgloggeturm in der Berner Altstadt geschehen. Er wird die Medienkonferenz einberufen und zwar in den Räumen der Stadtpolizei. Doch ist es besser, wenn ich den Gemeinderat vorher informiere.»

Nydegger wählte eine Nummer und stellte den Apparat auf Lautsprecher.

«Gärtner. Sei gegrüsst, Sandro. Was hast du auf dem Herzen?»

Nydegger erzählte ihm von seinem Vorhaben, eine Pressekonferenz in Sachen Mordfall Abel anzuberaumen und vom Gespräch mit dem Generalsekretär des kantonalen Polizei- und Militärdepartements.

«Soso ... der Gallati Michael. Dem ist das offenbar nicht geheuer. Verstehe, verstehe ... Die haben ihm die Hölle heiss gemacht, die vom EMD, meine ich. Es sind halt auch Freisinnige wie Michael, der treue Parteisoldat der FDP. Nun ja, die dort oben im Bundeshaus haben die Hosen gestrichen voll ... ha, ha, ha ... Der Villiger ist nicht zu beneiden. Nach der Fichenaffäre nun das P-26-Debakel, dieser Sauladen ... ha, ha, ha ... und jetzt noch der Mord an einem ehemaligen hohen Geheimdienstoffizier. Kopf hoch, Sandro, tue bitte, was du nicht lassen kannst. Ich kenne Michael gut und werde mit ihm reden. Es ist ihm, dessen bin ich gewiss, noch so recht, wenn er die Verantwortung auf jemand anderen abschieben kann. Dann werde ich die Pressekonferenz arrangieren. Ich werde mit meinem Gemeinderatskollegen vom Polizeidepartement sprechen.»

«Aber der ist ja auch ein Freisinniger.»

«Ein eigenständiger. Er ist nicht abgeneigt, die Finger auch dort hineinzustecken, wo bereits die Kantonspolizei hinlangt.»

«Ganz herzlichen Dank, Klaus.»

Die Pressekonferenz begann pünktlich im grossen Medienraum des alten Waisenhauses, dem Sitz der Stadtpolizei. Der Raum war nahezu voll besetzt. Gegen fünfzig Journalistinnen und Journalisten aus allen Landesteilen waren anwesend.

Beinahe wäre es zu einer Verzögerung gekommen. Vier Zivilisten mit gehalfterten Pistolen wurde auf Geheiss von Stadtpolizisten zunächst der Einlass verwehrt. Das liessen sich diese nicht bieten und zückten ihre Ausweise. Es waren Agenten der Bundespolizei. «Sie haben die Wahl, meine Herren», herrschte sie Nydeggers Kollege, Leutnant Schürch, an. «Entweder verlassen Sie dieses Gebäude, oder Sie geben Ihre Waffen ab.»

Die vier tauschten ratlose Blicke untereinander aus. «So wird's bald?», rief Schürch mit angehobener Stimme. «Wenn Sie uns weiter Umstände machen ... haben wir noch genügend Arrestzellen hier im Hause.»

Kleinlaut gehorchten die Männer und mischten sich unter die Schar der Journalisten.

Schürch begrüsste die Anwesenden und stellte Nydegger vor. Der Mord an Abel sei Sache der Kantonspolizei, der noch ungelöste Todesfall unter dem Zytgloggenturm werde aber von der städtischen Polizei untersucht.

Danach ging Nydegger ans Rednerpult. «Meine Damen und Herren, es geht um den ungeklärten Tod des ehemaligen Oberstleutnants der Untergruppe Nachrichtendienst und Abwehr, der UNA, Jules Abel. Zuerst informiere ich über die uns schon bekannten Fakten. Auf Ihren Plätzen finden Sie ein Papier mit den Informationen. Danach können Sie Fragen stellen.»

Ein Raunen ging durch den Saal.

«Fast scheint mir, einige sind nur hierhergekommen, um die Konferenz platzen zu lassen. Das können diese sich ans Bein streichen. Auf faule Tricks falle ich nicht herein. Ich werde mir herausnehmen, zu sagen, was zu sagen ist – und zwar ungestört.»

Noch einmal schwappte eine Welle von Unmutsäusserungen durch die Reihen der Medienvertreter.

Nydegger begann zu sprechen. Zunächst über das, was er bereits im letzten Radiointerview gesagt hatte. Er berichtete über die Todesumstände bei Abel und den mysteriösen Hinschied von Waldemar Wüest. Dann kamen die Details, die er vom Papier ablas, von denen mit Ausnahme der Bundespolizisten und Oppliger niemand im Saal wusste. Eine aufmerksame Stille machte sich breit, man hätte eine Stecknadel fallen hören.

«Bei der Durchsuchung der Wohnung des Opfers fielen uns zahlreiche Akten in die Hände. Es handelt sich um solche der höchsten Geheimhaltungsstufe. Zumindest stand diese Klassifizierung auf den Papieren.»

Nydegger nahm seine Lesebrille ab und begann frei zu sprechen: «Selbstverständlich studierten wir diese Dokumente. Ich bin selbst Justizoffizier in der Armee und war vom Inhalt bass erstaunt. Was wir gefunden haben, ist alles andere als geheim. Und wenn es das einmal war, kann heute jeder Journalist in einem halben Tag mehr geheime Unterlagen ausfindig machen.»

Er setzte seine Brille wieder auf und fuhr mit Lesen weiter. «Die Täter haben nach Aussage der Hauswartin eine Reihe von Wertgegenständen mitgenommen.»

Es kam Unruhe im Saal auf. «Na also, ist doch klar. Unsere Leute von der militärischen Abwehr klauen doch nicht Wertgegenstände …», gab ein schon fast Weisshaariger zu bedenken.

Nydegger fasste den Mann ins Auge. «Als Kriminalist wären Sie völlig ungeeignet. Gerade ein Geheimdienst würde alles daransetzen, falsche Spuren zu legen, Spuren, die einen anderen Täterkreis belasten. Geschieht dies aber so faustdick wie im Fall Abel, erweckt es den Verdacht, die Untersuchungsbehörden sollten getäuscht werden. Ein höchst unprofessionelles Vorgehen, das dafür spricht, dass unsere Staatsschützer dahinterstecken.»

Ein lang anhaltendes Gelächter brach aus.

Ein Dutzend Medienvertreter erhob sich und verliess unter Protestrufen den Saal.

Als Nydegger sein Papier zu Ende gelesen hatte, bat er die Anwesenden, Fragen zu stellen. Und diese kamen zuhauf.

«Vermutet die Polizei, Leute aus der P-26 hätten Abel umgebracht?»

Nydegger antwortete: «Wir schliessen das nicht aus. Es gibt einen gewichtigen Hinweis dafür. Das ist allerdings noch kein Beweis.»

«Was ist das für ein Hinweis?»

«Es handelt sich hier um ein laufendes Verfahren. Gewonnene

Erkenntnisse, die die Täterschaft warnen könnten, werden wir nicht preisgeben. Doch kann ich verraten: Der Tote unter dem Zytgloggeturm, Waldemar Wüest, war P-26-Mitglied. Er kannte das Opfer, denn er arbeitete mit ihm jahrelang in der UNA zusammen. In seiner Jackentasche fanden wir einen Zettel mit Adresse und Namen von Abel. Ein entscheidender Hinweis, der unsere Ermittlungen vorwärtsbrachte.»

«War Abel auch Mitglied der P-26?»

Nydegger antwortete: «Das EMD händigt die Mitgliederliste der P-26 nicht aus. Aus gut unterrichteter Quelle wissen wir allerdings, dass Abel nicht der P-26 angehörte.»

Nydegger legte eine kurze Pause ein, um nachzudenken. «Daraus den Schluss zu ziehen, die P-26 sei damit aus dem Schneider, könne also nichts mit dem Mord zu tun haben, würde ich nicht unterschreiben. Abel war als ehemaliger UNA-Offizier am Aufbau der P-26 beteiligt. Er war genauestens über deren Strukturen informiert.»

Wieder wurde Nydegger unterbrochen. Diesmal von einem seiner Leute, einem jungen Gefreiten namens Gottlieb Himmelberger, der ihm einen Zettel überreichte.

Nydegger las den Zettel. Die Lektüre dauerte enervierende Augenblicke.

«Soeben erfahre ich Folgendes: Abel habe mit Ex-Brigadier Jean-Louis Jeanmaire, seinerzeit Kommandant der Luftschutztruppen und als angeblicher Jahrhundertspion zu achtzehn Jahren Zuchthaus verurteilt, vor drei Wochen Kontakt aufgenommen und ihm Brisantes enthüllt. Er, ‹als Insider›, habe Verteidigungsminister Villiger angeboten, bei der Aufdeckung der ‹ganzen Wahrheit› über die vermeintliche ‹Geheimarmee der EMD-Spione› mitzuhelfen. Leider wollte man im EMD nichts davon wissen.»

Die Kugelschreiber der Journalisten tanzten über ihre Notizblöcke.

Der Vertreter der «Bild der Schweiz» streckte auf und fragte: «Herr Nydegger, glauben Sie das?»

Nydegger antwortete: «Ich nehme alle Hinweise zu diesem

Mordfall ernst. Sie werden bei uns überprüft und als glaubwürdig oder zweifelhaft, als relevant oder irrelevant klassifiziert. Diese Zeugenaussage stufe ich eindeutig als relevant ein.»

Schürch beendete mit wenigen Worten die Pressekonferenz.

***

Aus der Staatschutzfiche von Bassi Franco, Primarlehrer
Datum: 18.9.77
Gegenstand: v. T. T. BE: B.F. meldete sich bei einem Lichtbildervortrag über Südafrika anlässlich der Hauptversammlung der örtlichen Offiziersgesellschaft zu Wort. B. F. griff den Referenten, Oberst Robert Anliker, der die wirtschaftlichen und militärischen Erfolge im Kampf gegen Negerterroristen der Apartheidregierung lobte, ungebührlich an.
B. F. wurde danach aus dem Saal verwiesen. Ihn erwartet ein Verfahren, das zum Ausschluss vom aktiven Dienst führen könnte. B. F. ist derzeit Leutnant in einer Infanteriekompanie.

***

Am nächsten Tag war das, was Nydegger über Jean-Louis Jeanmaire erfahren hatte, in den Printmedien das Topthema. Nydegger wurde als unerschrockener Polizist geradezu gefeiert. Das hatte allerdings gravierende Folgen. Der kantonale Polizeidirektor und FDP-Regierungsrat, Wilhelm Wasmer, lud Nydegger für den kommenden Tag vor.

Nydegger hatte sich auf eine rüde Kopfwäsche gefasst gemacht. Doch dieses Treffen verlief anders, als er es sich vorgestellt hatte. Wasmer, in schickem grauen Anzug, blauer Krawatte, schwarzen Lackschuhen, ein Strahlenmann von imposanter Statur, begrüsste Nydegger beim Eintreten in seine Suite überschwänglich. «Gratuliere, Herr Major. – Ich sehe das Staunen in

Ihren Augen. Glauben Sie's doch: Wir haben Sie befördert. Ab sofort werden Sie eine neue Funktion ausüben. Als Stabsoffizier in der Polizeidirektion. Das bedeutet fünfhundert Franken mehr Lohn im Monat und viel weniger Stress. Sie werden sich nicht mehr als Kommandant einer Abteilung mit widerspenstigen Untergebenen herumschlagen müssen. Sie werden sich nicht mehr über unlösbare Kriminalfälle nächtelang den Schädel zerbrechen müssen. Sie werden sich nicht mehr von einer Meute unflätiger Zeitungschreiberlinge schikanieren lassen müssen. All das hat jetzt ein Ende. Sie haben es geschafft.»

Wasmer ergriff Nydegger kumpelhaft am Arm, verliess mit ihm den Raum, ging zur Tür gegenüber, zog den Schlüsselbund aus seinem Hosensack und öffnete die Tür. Sie standen in einem pompösen Zimmer mit Spannteppichen und Bildern an den Wänden, einem Lavabo, einem wundervollen Schreibtisch aus Eichenholz, einem Sofa, in einer Ecke der neueste IBM-Computer mit einem überdimensionierten Bildschirm, einer der besonders teuren, er war eingeschaltet und leuchtete farbig. Wasmer riss einen der vielen Wandschränke auf. Auf Tablaren waren zahlreiche grossformatige Ordner aufgereiht. «Darin werden Sie sich in den nächsten Wochen vertiefen müssen. Nehmen Sie sich Zeit dafür. Wir treiben Sie nicht an, Unmenschen sind wir nicht.»

Ein Uniformierter tauchte auf. Er schlug die Hacken zusammen. «Herr Major, Wachtmeister Biedermann, ab sofort bin ich Ihr Adjutant, Ihr Mädchen für alles, wie man so schön sagt.»

Wasmer lachte aus vollem Halse, schlug Nydegger freundschaftlich auf die Schultern. «Sie können hier gleich anfangen. Biedermann wird Ihnen die persönlichen Sachen aus dem alten Verschlag, den ich nicht einmal Büro zu nennen wage, im Laufe des Tages hinüberschleppen.» Der Polizeidirektor drehte sich auf dem Absatz und sagte, beinahe gehetzt: «Viel Glück.» Und weg war er.

Nydegger stand wie ein begossener Pudel vor Biedermann, der sich ein hämisches Grinsen nicht verkneifen konnte.

Nydegger setzte sich auf den Polstersessel vor dem Schreibtisch und starrte an die Wand. Es mochte eine Minute vergangen sein, als Biedermann rülpste. «Ach ja, Wachtmeister, da stehen Sie ja noch. Bringen Sie meine Sachen erst am Nachmittag, bitte nicht vor drei Uhr.»

«Zu Befehl, Herr Major. Wird gemacht.» Biedermann schlug die Hacken zusammen und ging.

Nydeggers Blick fiel auf das schicke Tischtelefon. Er wählte die Nummer von Gemeinderat Gärtner, erzählte ausführlich, was seit dem letzten Anruf mit ihm geschehen war, und fragte ihn: «Klaus, hast du mir nicht einen Job bei der Kriminalpolizei der Stadt Bern?»

«Hör zu, mein Lieber. Notfalls könnte ich dir dort schon einen vermitteln. Aber nicht einen so fürstlich bezahlten. Denk an deine Familie. Eben hast du ein Häuschen gekauft und kannst Geld gebrauchen. Habe mich ein wenig gewundert. Du, der bislang immer ganz oben in einem Hochhaus wohnte.»

«Meine bessere Hälfte wollte das.»

«Geniesse das Leben, freue dich auf die Kugel, die du von nun an ruhig schieben kannst.»

«Aber ...»

«Nichts, aber.» Gärtner begann zu lachen, konnte fast nicht mehr aufhören damit. «Dieser Wasmer, alle Achtung. Dass er ein derart durchtriebenes Schlitzohr ist, hätte ich nicht gedacht.»

Am Boden zerstört, mit Tränen in den Augen öffnete Nydegger die Tür seines neuen kleinen Einfamilienhauses. Seine Frau Anna schloss ihn in die Arme. «Um Himmels willen, Sandro, was ist denn geschehen?»

Er erzählte ihr alles, was ihm an diesem Tag zugestossen war.

«Und willst du bei der Kantonspolizei bleiben und die neue Stelle annehmen?», fragte Anna erwartungsvoll.

«Was bleibt mir denn anderes übrig? Das tragische Schicksal von Meier 19, dem Wachtmeister der Stadtpolizei Zürich, ist mir eine Lehre. Es ist immer noch so wie in den Siebzigern. Wer nicht spurt, wird fertiggemacht.»

«Kommst du damit zurecht?»

«Ich versuche es. Vor allem muss ich auch an euch denken, an dich und an unsere Kinder.»

«Ich bin erleichtert – aber ich hätte auch mitgetragen, wäre dein Entscheid anders gewesen. Und? Machst du gar nicht weiter im Fall Abel? Vielleicht gäbe es eine Möglichkeit, im Versteckten, sozusagen auf privater Basis, weiterzuermitteln.»

«Diese Idee hat etwas an sich. Ich werde darüber nachdenken. Doch zunächst muss ich ein wenig Gras über die Sache wachsen lassen. Ich hoffe, dass sich auf politischer Ebene etwas tut. Die Rede ist von einer parlamentarischen Untersuchungskommission, einer PUK EMD. Vielleicht kommt der Mord an Abel auf diesem Weg nochmals aufs Tapet.»

«Du gehst davon aus, dass die Berner Justiz und Polizei die Ermittlungen in diesem Fall einstellt?»

«Dessen bin ich mir sicher. Sonst hätten sie mich an meiner alten Stelle belassen und zumindest das Ergebnis meiner Untersuchungen abgewartet. Nun, sie geben mir mit der Versetzung zu verstehen, dass man nicht riskieren will, allenfalls den Tatsachen ins Auge sehen zu müssen. Was man vermeiden möchte, ist, ein Verfahren gegen P-26-Mitarbeiter eröffnen zu müssen.»

«Du glaubst immer noch, die P-26 stecke hinter dem Mord an Abel?»

«Ja, daran glaube ich immer noch. Und ich hätte das auch belegen können.»

***

Die nächste Pressekonferenz berief Nydeggers Nachfolger, der neue junge Chef der Kriminalpolizei, am frühen Donnerstagabend, den 26. April 1990, ein. In den Ermittlungen der Tötung von Abel sei man einen grossen Schritt weitergekommen. Das Verbrechen sei ein Beziehungsdelikt. Beim Täter handle es sich um einen achtzehnjährigen Strichjungen marokkanischer Herkunft. Leider sei ihm die Flucht in sein Heimatland geglückt. Man habe einen internationalen Haftbefehl ausgestellt. Allerdings habe ein Sprecher der marokkanischen Botschaft zu verstehen gegeben, dass Bürger ihres Landes nicht an Drittstaaten ausgeliefert würden. Polizei und Justiz des Kantons Bern sähen sich unter diesen Umständen gezwungen, ihre Untersuchungen im Mordfall Abel einzustellen.

Die Reaktionen am Tag darauf waren in fast allen Medien ratlos, verhalten. Es gab einige bissige Artikel darüber, aber im Grossen und Ganzen hielt sich der Protest in Grenzen.

***

Aus der Staatschutzfiche von Bisang Theres, Fürsprecherin (Rechtsanwältin)
Datum: 28.2.79
Gegenstand: v. U. S. BE: B.T. verteidigte vor dem Divisionsgericht II den Dienstverweigerer M. K. Dabei geisselte sie mit anmassenden Formulierungen den Auditor. Der vorsitzende Militärrichter, ein Oberstleutnant, musste sie zur Mässigung aufrufen. Als das nicht fruchtete, wurde sie von Soldaten aus dem Saal geführt. B. T. ist Mitglied der progressiven Organisationen der Schweiz (POCH). Sie kandidiert zudem auf der Liste dieser staatsgefährdenden und linksextremen Partei für einen Sitz im Grossen Rat. B. T. ist an ihrem Wohnort übel beleumdet. Man sagt ihr nach, sie würde ihre Liebhaber so oft wie ihre Unterwäsche wechseln.

***

Nach Feierabend traf Nydegger zufällig seinen Parteifreund Klaus Gärtner im Café Fédéral.

«Ich finde es weise von dir, dass du dich mit deiner beruflichen Situation abgefunden hast und die neue Stelle akzeptierst. Natürlich hat das EMD seine Pfoten im Spiel. Aber immerhin hat dessen Vorsteher, Bundesrat Kaspar Villiger, die P-26 auf Eis gelegt. Dass er sich entschlossen hat, die Namen der P-26-Aktivisten nicht zu veröffentlichen, hat einen guten Grund. Viele der P-26-Mitarbeiter dürften der FDP, seiner Partei, angehören oder ihr zumindest nahestehen. Er will die leidige Geschichte aus den Schlagzeilen haben. Ich würde an seiner Stelle nicht anders handeln.»

«Gerade das wurmt mich. Wenigstens hätte man unter ihnen diejenigen aussortieren sollen, die Mitbürger bespitzelt und dazu beigetragen haben, dass über sie Akten angelegt wurden. Was sich nun immer mehr zeigt, die Denunzianten haben oft tatsachenwidrig gehandelt, haben Menschen schlicht verunglimpft, ihnen erfundene kriminelle Handlungen angedichtet. Diese sind nun in den Fichen festgehalten. Als stossend empfinde ich, dass die Namen dieser Verleumder schwarz abgedeckt sind. Wer sich der üblen Nachrede schuldig macht, wie es die Fichenanleger getan haben, müsste strafrechtlich zur Verantwortung gezogen werden.»

Gärtners Gesicht wurde ernst. «Natürlich stimmt das, was du sagst. Aber warte bitte noch einige Monate zu. Ich erinnere dich daran: Am 12. März 1990 beschlossen National- und Ständerat, die PUK EMD einzusetzen. Sie ist bereits an der Arbeit. Ich denke, wenn der Bericht dieser Kommission der Öffentlichkeit vorgestellt wird, dürfte im Militärdepartement kein Stein mehr auf dem anderen bleiben.»

«Schön wäre es, doch mir fehlt der Glaube, dass deine Prophezeiung nur annähernd zutrifft. Trotzdem liegst du mit dem Vorschlag, zuzuwarten, nicht falsch. Ändern kann ich derzeit sicher nichts.»

Gärtner räusperte sich. «Ausschliessen, dass du letztendlich recht bekommst, kann ich zwar nicht. Doch die Affäre P-26 wird ihre Spuren in der Bundesstadt hinterlassen. Da ist die Stimmung eindeutig. Eine Mehrheit ist empört darüber, dass von neunhunderttausend Personen Fichen angelegt wurden, dass die gleichen Leute, die das zu verantworten haben, nun auch noch ertappt wurden, eine Geheimarmee zu unterhalten. Nach den Wahlen im November 1992 werden wir in der Regierung und im Parlament der Stadt Bern eine linke Mehrheit haben.»

Kaum hatte er das gesagt, stürmte eine Gruppe tanzender, Flöte, Violine, Saxofon, Mundharmonika spielender Jugendlicher den Bundesplatz. Ihnen folgten weitere Menschen aller Altersklassen. Einige davon trugen Transparente, auf denen stand: «Wir wollen keine Geheimarmee. Werft die Fichenjäger ins Loch.» Es war eine fröhliche Prozession.

Doch immer mehr Stadtpolizisten in Kampfmontur tauchten auf. Besorgt sah Nydegger Gärtner an. «Was geschieht jetzt?»

«Nichts, gar nichts – unsere Ordnungshüter markieren einfach Präsenz.»

«Und wenn einige Kundgebungsteilnehmer randalieren?»

«Damit werden sie nicht weit kommen. Die Organisatoren der Demonstration haben einen Ordnungsdienst aufgezogen. Der wird eingreifen und von einigen Polizisten in Zivil unterstützt.»

«Wow! Da seid ihr weiter als die Kantonspolizei.»

«Ja, sind wir», antwortete Gärtner selbstzufrieden.

2

1979

Waldemar Wüest war zu der Parteiversammlung der SVP in Oberburg bei Burgdorf eingeladen worden, um über die Bedrohung der Schweiz durch die Streitkräfte der Warschauer-Pakt-Staaten zu referieren.

Der Berufsoffizier und Major der Luftschutztruppen projizierte die Weltkarte auf die grosse Leinwand. Die kommunistischen Länder waren rot, die blockfreien rosa, die westlich orientierten, also die den USA freundlich gesinnten, blau markiert. Gelb eingefärbt waren die gefährdeten mit einer prowestlichen Regierung, violett Südafrika, Israel, Chile, Brasilien und einige weitere. Zu diesen Staaten habe der militärische Nachrichtendienst besonders gute Beziehungen. Etwa zu Südafrika und Chile, führte Wüest aus. «Die Feinde der Machthaber von Chile und des weissen Südens in Afrika gibt es leider auch in der Schweiz. Wir sind gerade an der Schwelle eines Zeitabschnitts, wo wir weniger die Panzer aus dem Osten als vielmehr die Wühlmäuse in unserem Innern befürchten müssen. Wir sind daran – mit ‹wir› meine ich die militärischen Nachrichtendienste und das höhere Offizierskorps –, eine Widerstandsorganisation aufzubauen, die dann in Aktion tritt, wenn in der Schweiz linke Kreise die Macht übernehmen. Ob sie mit Hilfe von Truppen des Warschauer Pakts oder durch Wahlen an die Macht kommen, ist nebensächlich.»

Frenetischer Beifall brandete durch den Saal. Am lautesten gebärdete sich dabei ein Mann, der in der ersten Reihe sass. Er schrie auch noch aus Leibeskräften «Bravo».

Am Schluss der Veranstaltung trat Wüest zu ihm, dem unscheinbaren Mittdreissiger. Wüest streckte ihm die Rechte entgegen. «Waldemar, und wie heisst du?»

«Alois, Alois Hofstetter.»

«Welchen Beruf übst du denn aus?»

«Berufs-Unteroffizier bei den Übermittlungstruppen im Rang eines Feldweibels. Ich bin in der Kaserne Jassbach stationiert.»

Wüest klopfte Hofstetter kollegial auf die Schultern. «Ein verantwortungsvoller Job. Du bringst dafür auch die richtige Einstellung mit. Kennst du deine Gemeinde wirklich?»

«Ich sollte schon, schliesslich kandidiere ich für den Gemeinderat von Oberburg.»

«Ich will dir etwas verraten, von dem du noch nichts weisst. In Lorbach, dem ländlichen Dorfteil von Oberburg, ist gerade das Hauptquartier dieser neuen Widerstandsbewegung, von der ich eben berichtete, im Entstehen. In einem Gebäude, das wie ein altes Emmentaler Bauernhaus aussieht, mit dem von aussen nicht wahrnehmbaren Unterschied, dass es statt eines Kellers ein weit verzweigtes Bunkersystem hat.»

«Darf ich mir das mal ansehen?»

Wüest streckte seine Arme gönnerhaft auseinander. «Wenn du möchtest, schon morgen. Um acht Uhr?»

«Das geht schlecht. Ich werde dann in der Kaserne Jassbach erwartet.»

«Nun hör mal, mein junger Freund. Ich kenne den Schulkommandanten dort.» Wüest stapfte zum Wandtelefon im Korridor der Wirtschaft, zog ein Büchlein aus der Jackentasche und wählte eine Nummer.

«Waldemar am Apparat. Bist du es, Alfons?» – «Hör zu, Alfons, ich muss dir für morgen Vormittag einen deiner Leute abspenstig machen. Alois Hofstetter. Geht das?» – «Alois ist ein guter Mann, sagst du. Ganz richtig, diesen Eindruck hatte ich gleich bei der ersten Begegnung mit ihm.» – «Vielen Dank, dass du ihn morgen entbehren kannst. Das nächste Mal werde ich dir einen Dienst erweisen.»

Wüest sah Hofstetter verschmitzt an. «Alles paletti. Morgen treffen wir uns um acht vor dem Bauernhaus in Lorbach.»

Hofstetter staunte nicht schlecht, als ihn Wüest zur Kellertreppe des Bauernhauses führte. Da war ein gepanzerter Zugang. Danach folgten viele, viele Stufen durch einen engen, in den Felsen gehauenen Korridor. Endlich unten angekommen, war eine zweite befestigte Türe. Wüest öffnete sie mit einem grossen, schweren Schlüssel. Welche Überraschung! Sie betraten eine riesige Halle, die Platz für gut hundert Personen bot. Darin standen ein Dutzend Tische mit Telefonanschlüssen und Schreibmaschinen.

«Rücken die Leute hier ein, werden sie registriert. Unbefugte bleiben draussen», erklärte Wüest.

«Sind es viele, die hierher aufgeboten werden?»

«Derzeit sind wir noch im Aufbau begriffen. Unsere Truppe zählt vorderhand etwa fünfzig Personen. Bis Mitte der neunziger Jahre werden wir, wenn alles rund läuft, den Sollbestand von achthundert Leuten erreicht haben.»

«Eine Truppe, bestehend aus lediglich achthundert Mann? Das ist recht klein.»

«Es handelt sich um eine Eliteeinheit. Auch Frauen sind dabei. Anteilsmässig deutlich mehr als in der Schweizer Armee.»

«Gehört diese Truppe denn nicht zur Schweizer Armee?»

«Nicht unbedingt. Sie ist Bestandteil einer anderen Armee. Einer, die ebenfalls im Entstehen ist.»

«Da komme ich nicht mit. Einem Schweizer ist es untersagt, Dienst in einer fremden Armee zu leisten.»

Wüest lachte. «Alles ist nicht so einfach, wie du dir das vorstellst. Die männlichen Angehörigen dieser Truppe sind ausnahmslos auch in der Schweizer Armee eingeteilt oder waren es bis zu ihrer ordentlichen Entlassung. Nur eine Handvoll der Frauen tat noch nie Militärdienst. Das Handhaben von Waffen und diverse Kampftechniken werden sie nachholen müssen. Zu deiner Frage wegen ‹fremden Kriegsdiensten›: Das ist tatsächlich nicht verfassungskonform. Aber die Existenz der P-26, so heisst übrigens diese Truppe, ist streng geheim. Kein einziger Bundesrat weiss davon. Es gibt nur wenige in unserem Land, die über ihre Existenz informiert sind. Es gibt einen obersten Chef der P-26. Sein Deckname ist Ruben. Alle Angehörigen unserer Truppe tragen einen Decknamen. Sie werden nur damit angeredet. Meiner zum Beispiel ist Cäsar. Übrigens: Die Befehlsgewalt Rubens ist nicht allmächtig. Er ist nicht mehr als eine Art Moderator. Die

Gruppen, aus denen die P-26 zusammengesetzt ist, bestehen aus vier bis höchstens sechs Leuten. Jede von ihnen hat einen Chef, der einer höheren Instanz verantwortlich ist.»

Das Gesicht von Hofstetter wurde immer länger. Wüest entging das nicht. Er schien es zu geniessen, jemand vor sich zu haben, der vor Neugierde fast platzte, aber beharrlich schwieg, um den Erzähler nicht aus dem Konzept zu bringen.

Wüest klopfte Hofstetter auf die Schulter. «Du musst noch einiges umlernen. Unsere Armee ist nur Teil, wenn auch ein wichtiger, des westlichen antisozialistischen Netzwerkes. Die P-26 ist das Verbindungsstück zwischen ihr und den übergeordneten Instanzen.»

Hofstetter wirkte verdrückt, verängstigt, aber auch erwartungsvoll. Würde er in Zukunft eine Rolle spielen? Er, der Unteroffizier, stand ziemlich tief in der gesellschaftlichen Hierarchie, er war keine besonders geachtete Person. Das wurmte ihn. Er wollte nach oben, noch weit mehr drängte ihn seine Frau dazu.

«Ich zeige dir jetzt die ganze Anlage. Sie ist noch im Bau», sagte Wüest mit stolzer Miene.

Wieder stiegen sie eine Treppe hinunter. Baulärm war zu hören, Presslufthämmer, Schlagbohrer, laute Stimmen. Einige Arbeiter hoben eine Kaverne aus. Sie unterhielten sich in einer Sprache, die Hofstetter nicht genau zuordnen konnte. Italienisch? Spanisch? Portugiesisch?

«Geht das überhaupt? Das sind ja gar keine Schweizer, und sie bauen bei uns eine Festung?», fragte Hofstetter.

«Sie wissen gar nicht, an was sie hier arbeiten. Sie wissen nicht einmal, wo sich diese Anlage überhaupt befindet. Keiner von ihnen hat jemals danach gefragt. Sie wollen lediglich den Lohn für die getane Arbeit und dann wieder zurück in ihre Heimat. Es sind sogar welche aus dem kommunistischen Jugoslawien darunter. Die Leute werden aus Bern, Thun, Basel, Zürich und anderen Städten hierhergekarrt. Sie marschieren in einen Stollen, dessen Eingang zweihundert Meter von hier entfernt liegt. Davon, dass das Bauernhaus als Hauptquartier einer Widerstandsarmee dient, haben sie keine Ahnung. Sie verlassen während der Woche die Festung nie. Sie nächtigen in unterirdischen Unterkünften, die mit den notwendigen sanitären Einrichtungen ausgerüstet sind. Die einheimische Bevölkerung ist nicht informiert, was hier geschieht. Bis jetzt ist es weder in Burgdorf noch in Oberburg einer Menschenseele aufgefallen, was in Lorbach abgeht. Das vernähmen wir sofort. Wir würden jegliche Gerüchte im Keim ersticken. Wir haben an jedem Stammtisch unsere Späher.»

«Was ich clever finde», bemerkte Hofstetter anerkennend.

«Siehst du. Du wohnst ganz in der Nähe, bist an militärischen Aktivitäten interessiert und hast gar nichts mitbekommen.» Wüest wieherte geradezu. Er wies mit der Hand auf eine Nische. «Nun werde ich dir etwas ganz Besonderes zeigen.» Er zog einen weiteren Schlüssel aus der Jackentasche, hob ihn in die Höhe. «Mit diesem Ding öffne ich jetzt eine regelrechte Wundertüte.» Es war eine kleine Türe, die zu einem Kleiderschrank gepasst hätte. «Wir müssen uns bücken, um da hineinzugehen.»

Sie traten in einen engen Gang, rechts, links, unten und oben war feuchter Fels.

«Die Feuchtigkeit ist hier ein Problem. Wir können nicht die gesamte Festung belüften. Das tun wir nur in Räumen, in denen sich Personen über längere Zeit aufhalten.»

Nach einem holprigen Marsch von einigen Minuten hörten die beiden Schüsse, abgefeuert aus Schnellfeuerwaffen.

«Jetzt wird's ernst», sagte Wüest bedeutungsvoll. Er griff in seine Tasche, reichte Hofstetter eine schwarze Sturmmaske, griff nochmals hinein und zog eine weitere heraus, streifte sie sich über.

«Das sind die Kapuzen, die alle Mitglieder der P-26 zu tragen haben. Nur die Mitglieder einer Gruppe dürfen sich gegenseitig kennen. Der Chef einer Gruppe ist ein Offizier der Schweizer Armee. Die Funktion im regulären Dienst hat nichts mit der in der P-26 zu tun. Seine militärischen Vorgesetzten wissen in der Regel nichts von der Existenz der P-26.»

Sie kamen wieder an eine Panzertür, diesmal eine mächtige, massive. Wüest drückte auf einen Knopf und gab über die Tastatur auf Augenhöhe ein Passwort ein. «Nur damit wird dieser Zugang passierbar. Die Zeichenfolge ändert sich täglich.»

Das Tor öffnete sich. Sie traten in einen spärlich beleuchteten Korridor, nach zehn Metern standen sie erneut vor einer Tür. Ein bisschen leichter. Auch hier wurde ein Eintrittscode verlangt. Unvermittelt befanden sich die beiden in einem niedrigen, aber grossflächigen Raum. Die Grösse mochte etwa fünfzehn mal dreissig Meter sein.

Drei Mann knieten und legten an. Reflexartig hielten sich die beiden Besucher mit den Handflächen die Ohren zu. Es folgte ein wahres Feuerwerk. Aus drei Maschinenpistolen hämmerte ein Kugelhagel auf die gegenüberliegende, dreissig Meter entfernte Wand. Dann wurde es schlagartig still. Die Schützen bemerkten die Besucher und sahen zu ihnen hin.

«Berettas, der letzte Schrei aus italienischer Produktion. Eine leichte, effiziente automatische Pistole mit exzellenter Treffsicherheit.» Wüest machte Kaubewegungen, als ob er gerade einen Leckerbissen im Mund hätte. Die knienden Männer mit den Schiesseisen nickten zustimmend.

Wüest klopfte einem Schützen auf die Schulter. «Lass meinen Freund doch mal mit dieser Wunderwaffe ballern. Aber erklär ihm zuerst, wie man sie handhabt.»

Der Mann tat das mit wenigen Worten. Hofstetter verstand sofort. Mit Schusswaffen umzugehen war schliesslich sein Metier.

Nun meldete sich Wüest nochmals kurz. «Da, verborgen in einem Schrank», er wies mit dem Finger darauf, «gibt es Scheiben, auf denen bekannte Gesichter prangen. Darf ich einige herausnehmen und aufstellen?» Das war eine rhetorische Frage, denn Wüest hatte hier etwas zu sagen, das realisierte Hofstetter gleich. Wüest ging hin, öffnete den Schrank und zog mehrere Pappfiguren heraus. «Wie wäre es mit dem?» Er hob eine in die Höhe.

Zustimmendes Gejohle.

«Aber wir brauchen noch einen zweiten.» Er zog eine zweite Attrappe hervor. Er stellte beide Figuren auf. «Durchlöchere deren Fratzen», befahl Wüest, Hofstetter fordernd ansehend.

Hofstetter erkannte die Gesichter nicht, dennoch schoss er

eine Salve auf das Konterfei des ersten, dann eine auf das zweite. Die Stirnpartie beider war durchsiebt.

«Brillant», lobte Wüest. «Du hast genau die richtigen Stellen getroffen. Noch ist es nur eine Simulation, aber wer weiss, vielleicht wird es tatsächlich mal Realität.»

Wüest zog zwei neue kopfgrosse Bilder von Politikern aus dem Kasten, die Hofstetter schon in der Stadt Bern auf SP-Plakaten gesehen hatte. Wüest fuhr auf deren Rückseite mit einem Klebestift darüber und drückte das Papier wieder auf den Pappkarton. Er lachte. «Für das nächste Mal.»

Wüest führte Hofstetter durch die halb fertige Festung. An vielen Orten wurde noch gesägt, gehämmert, gebohrt, gemauert. Es war ein gigantisches Bauwerk, das man sich unter dem Boden von Oberburg vorgenommen hatte.

Da fragte Hofstetter unerwartet, wer denn das bezahle, wenn ja kaum jemand davon wisse.

Wüest zog die Brauen zusammen. «Du stellst die falsche Frage. Von Bedeutung ist, dass es bezahlt wird.»

Wüest überlegte noch mal kurz. Dann schleuderte er einen beinahe strafenden Blick gegen Hofstetter. «Mach dir nie mehr Gedanken darüber, wer die P-26 finanziert.»

Hofstetter fuhr verängstigt zusammen.

Wüest schmunzelte zufrieden und versöhnlich. «Kumpel, du hast eine glänzende Zukunft vor dir. Falls du bereit bist, dich an unsere Regeln zu halten. Erstens: Rede mit niemandem darüber, was du hier gesehen hast. Zweitens: Befolge von nun an meine Befehle. Du wirst in meine Gruppe aufgenommen. Ab sofort bist du ein Geheimarmist. Und drittens: Dein P-26-Deckname ist Pinocchio. Ich frage gar nicht, ob du möchtest oder nicht. Wir fragen nie jemanden, ob er sich uns anschliessen möchte. Wir wählen die Personen dafür aus.»

Mit gemischten Gefühlen ging Hofstetter am Nachmittag an seinen Arbeitsplatz in der Kaserne Jassbach zurück. Der Schulkommandant, Oberst Alfons Wälchli, holte Hofstetter in seinem Arbeitszimmer ab und führte ihn zu sich, in das am luxuriösesten ausgestattete Büro des kleinen Waffenplatzes. Der runde, von schicken Ledersesseln umgebene Besuchertisch war gedeckt mit zwei dampfenden Kaffeetassen und Süssigkeiten.

«Feldweibel, für Sie beginnt nun eine neue Zeit.» Wälchli hob seinen Drohfinger. «Sie wissen, dass über Ihre neue Beschäftigung, der Sie neben der bisherigen nachgehen, niemand etwas erfahren darf. Ich bin der Einzige hier, der darüber informiert ist.»

«Zu Befehl, Herr Oberst.»

«Das ist kein Befehl, sondern eine Feststellung.» Wälchli räusperte sich und sprach weiter: «Das Gebot der Geheimhaltung gilt auch in Ihrem privaten Bereich. Auch Ihrer Gemahlin dürfen Sie niemals verraten, dass Sie von nun an Mitglied einer geheimen Widerstandsorganisation sind. Besonders Frauen können keine Geheimnisse bewahren, das sollten Sie wissen.»

Wälchli nahm einen Schluck des heissen Kaffees, brach einen Nussgipfel in zwei Teile und schob den einen in den Mund. Hofstetter machte es ihm nach. Amüsiert blickte ihn Wälchli an. «Ich bin zuversichtlich. Wir scheinen uns zu verstehen. Wirklich?» Er sah Hofstetter fragend an.

Hofstetter bekräftigte das mit einem entschiedenen Ja.

«Sie werden häufig von einem Tag auf den anderen von der Kaserne abgezogen, um sich Aufgaben der P-26 zu widmen. Das werde ich problemlos in den Griff bekommen, solange ich hier, in Jassbach, das Zepter schwinge. Sollte sich eine Änderung abzeichnen, werden wir für Sie eine Lösung finden.»

3

Mai bis Oktober 1990

Nydegger hatte Mühe mit seinem neuen Job. Er war mit Leib und Seele Kriminaler gewesen. Doch er fand sich mit der neuen Situation ab. Seine Lieben, Anna und die drei Kinder, Lili, Melanie und Benjamin, bedeuteten ihm so viel, dass es gar keine Frage war, die berufliche Existenz aufs Spiel zu setzen. Und zudem hatte er jetzt mehr Zeit für die Familie und der Lohn war auch höher.

Gerade die zusätzlichen zeitlichen Freiräume boten ihm Gelegenheit, sich mit vielem, was er in den letzten Jahren vernachlässigt hatte, ausführlicher zu befassen. Er begann wieder Bücher zu lesen, die Zeitungen nicht nur oberflächlich auf der Suche nach Kriminalfällen zu überfliegen, sondern auch Hintergrundartikel genauer zu studieren, mit Anna ins Kino zu gehen oder mit ihr zusammen ein Konzert zu besuchen. Das war möglich, weil seine Schwiegereltern für diese Abende den Kinder-Hütedienst übernahmen.

Im Frühjahr und im Sommer 1990 wurde in den Medien viel über die Fichenaffäre und die P-26 berichtet. Bin ich auch davon betroffen?, begann sich Nydegger zu fragen. Denn während seiner Zeit an der Universität Bern, er studierte an der Juristischen Fakultät, war er Mitglied der sozialdemokratischen Hochschulgruppe und hatte an zahlreichen Veranstaltungen, mitunter sogar auf dem Podium, teilgenommen. Er erlangte innerhalb der Studentenschaft und auch unter den Professoren einen hohen Bekanntheitsgrad als linker Aktivist. So wurde er von den einen bewundert und von den andern gehasst. Dennoch hielt er es nicht für nötig, sich beim Fichendelegierten, alt Regierungsrat Walter Gut aus Luzern, zu melden und eine allfällige Herausgabe seiner «Staatsschutzakten» anzufordern.

Mit zunehmender Semesterzahl nahm sein Elan, sich an der Uni politisch einzubringen, ab. Da seine Eltern nicht begütert waren, konnte er es sich nicht leisten, ein oder gar zwei Studienjahre in den Sand zu setzen. Nydegger bestand alle Prüfungen, die letzte und anspruchsvollste, das Lizentiat, mit Bestnoten. Gerne hätte er eine Doktorarbeit geschrieben, doch das lag finanziell nicht drin. Mit dem Abschluss als Jurist im Sack bewarb er sich auf unzählige Stelleninserate. Trotz seines brillanten Abschlusses erhielt er lange Zeit nur Absagen. Grenzenlos überrascht war er über die erste Zusage. Er hatte sich mehr aus Jux als ernsthaft auf eine Stelle als Leutnant bei der Kriminalabteilung der Kantonspolizei Bern beworben. Mit gemischten Gefühlen sagte er zu. Doch schon nach den ersten Wochen war ihm, als hätte er das grosse Los gezogen. Im Aufdecken von Kriminalfällen entwickelte er ein goldenes Händchen. Nach zwei Jahren wurde er zum Oberleutnant befördert, nach vier war er Hauptmann und der führende Ermittler in der Kriminalabteilung der Berner Kantonspolizei. Dann kam der Fall Abel.

Es war ein Glück, dass Nydegger Anna hatte. Sie war nicht die Frau, die ihm alles von den Lippen las, ihm gehorchte, sein Hausmütterchen war. Die beiden standen einander auf Augenhöhe gegenüber, obwohl er sie um mehr als einen Kopf überragte. Anna kam aus gutem Haus. Sie war ausgesprochen bescheiden und erstklassig gebildet. Sie studierte zur gleichen Zeit wie Sandro an der Universität Bern, allerdings nicht an derselben Fakultät. Ihre Fächer waren Geschichte und Deutsch. Nun unterrichtete sie in einem Teilpensum am Berner Gymnasium Neufeld. Anna kam mit der neuen Stelle von Nydegger gut zurecht. Sie freute sich, dass er seinen Lebensstil änderte. Dass er derzeit beruflich wenig gefordert war, empfand sie nicht als Makel. «Das wird sich auch wieder ändern», tröstete sie ihn. Oft, weit mehr als noch in seiner Zeit bei der Kriminalpolizei, legte sie ihm Artikel, Hefte und Bücher über das Zeitgeschehen, aber auch über Geschichte auf seinen Schreibtisch.

Anfang Mai fand er «Der aufhaltsame Aufstieg der Loge P2» von Giuseppe D'Alema. Das Buch über die «Propaganda Due» war 1984 aus dem Italienischen ins Deutsche übersetzt worden.

Nydegger blätterte darin. Er stiess auf den Namen Licio Gelli, der ihm durchaus etwas sagte. Für Nydegger war das Buch eine zeitgemässe Lektüre über Faschismus, Rechtsextremismus, Verschwörung, Mord und Menschenverachtung. Er vertiefte sich in das Werk. Er machte sich Notizen und schrieb Fragen auf wie zum Beispiel: «Gibt es einen Zusammenhang zwischen der P2 und der P-26?» Nydegger fand, dass es den durchaus gebe. Obwohl die P2 und die P-26 nicht ganz vergleichbar waren. Die P-26 war eine Geheimarmee, eine bewaffnete Organisation, deren Führer sich vorbehielten, unter Umständen Gewalt anzuwenden, nicht nur gegen einen äusseren Feind, sondern je nach Situation auch gegen Leute im eigenen Land. Die P2 war ein Verein aus einflussreichen Personen, die Ideen, Ideologien lieferten, den Parlamentarismus zu überwinden, aber auch Macht ausübten und konspirativ wirkten. Zudem war die P2 vernetzt mit organisierten kriminellen Vereinigungen, deren bedeutendste die Mafia war. All das segelte unter der Flagge des Antikommunismus.

«Was bedeutet Antikommunismus in Italien eigentlich?», notierte er und gab eine Antwort darauf: «In der Lesart der Mitglieder der P2 eine Ideologie, die alles verdammt, was sich gegen die Mächtigen auflehnt. Auf der politischen Bühne wird kein Unterschied zwischen der kommunistischen Partei, den linken und eher der Mitte zuneigenden Sozialisten und den neu aufkommenden Grünen gemacht. Die Leute, die nach den rechten Verschwörern hinter diesen Kreisen stehen, sind ausfindig und unschädlich zu machen. Zumindest müssen sie eingesperrt werden.» Und er ergänzte: «Wir wissen noch zu wenig über die P-26. Aber was im kleinen Zeitfenster zwischen dem Auffliegen dieser Organisation und heute an Nachrichten darüber an die Öffentlichkeit gesickert ist, lässt vermuten, dass die Ziele der P-26 eine auffallende Ähnlichkeit mit denen der P2 haben. Ob die P-26 wirklich schon versucht hat, einige ihrer Ziele in die Tat umzusetzen, wissen wir noch nicht.»

***

Aus der Staatschutzfiche von Werren Heinrich, Kondukteur/Zugführer
Datum: 2.3.80
Gegenstand: v. P. R. BE: W. H. hatte einen Militärzug von Wolhusen nach Oberburg zu betreuen. Während der Fahrt äusserte er sich vor Wehrmännern negativ über die Schweizer Armee. Es sei eine reine Geldvernichtungsmaschine. Er wurde von dem die Truppe begleitenden Kompaniekommandanten zurechtgewiesen. Darauf leistete er sich die Ungeheuerlichkeit, dem Offizier auf unflätige Weise zu widersprechen. W. H. wurde angewiesen, sich beim Kompaniekommandanten schriftlich zu entschuldigen. Stattdessen schrieb er ihm einen von Beleidigungen strotzenden Brief.

***

Die Verbrechen der P2 verschwanden wegen der turbulenten weltpolitischen Lage, bedingt durch den Zerfall der Sowjetunion, aus den Schlagzeilen und gerieten in Vergessenheit. Doch bisweilen wurde wieder daran erinnert. In den Samstagsausgaben der Tagespresse erschienen am letzten Juliwochenende 1990 längere Erinnerungsbeiträge über das Attentat auf den Bahnhof von Bologna vom 2. August 1980. Nydegger las sie mit Interesse, eben, weil er den Verdacht nicht loswurde, auch die P-26 könnte darin verwickelt sein.

Nydegger stiess dabei in der Schweizer Zeitung «Bundesstadt» auf das Interview mit einem Zeitzeugen, der den Anschlag hautnah erlebt hatte, Josua Berger aus Oberburg.

BS: *Herr Berger, Sie waren Augenzeuge des Anschlags in Bologna.*
Berger: *Nicht nur ich, auch meine Gattin Ursula und mein Sohn Moritz waren dabei.*
BS: *Sie alle sind durch eine glückliche Fügung dem Attentat unversehrt entgangen. Wie war das möglich?*

Berger: *Moritz, damals zweijährig, hatte die Hosen voll, gerade als wir gepackt hatten und uns daranmachten, das Hotel zu verlassen. Dann mussten wir ihn halt duschen, die Kleider wechseln und auschecken. Danach war der Bus zum Hauptbahnhof abgefahren. Wir bestellten ein Taxi, das dauerte schier eine Ewigkeit. Endlich war es so weit. Bis zum Bahnhof, schätzte der Chauffeur, dauere es weniger als zehn Minuten, es war zehn Uhr zehn, der Zug würde dreissig Minuten später, um zehn Uhr vierzig abfahren. Es gebe absolut keinen Grund zur Panik. Die Fahrt dauerte etwas mehr als zehn Minuten. Wir stürmten der Wartehalle zu. Dann erschütterte eine ohrenbetäubende Explosion das Bahnhofsareal. Es war genau fünf vor halb elf. Kurz danach umhüllte uns Staub und Rauch, der von den Geleisen herkam. Waren in diesem Durchgangsbahnhof zwei Züge zusammengestossen?, fragten wir uns. Dass es ein Sprengstoffanschlag sein könnte, darauf kamen wir nicht. Bald vernahmen wir aus der Ferne Dreiklanghörner, die näher kamen. Mannschaftswagen mit Carabinieri trafen ein. Einer von ihnen sprach in ein Megafon. Er forderte alle Passagiere auf, das Bahnhofsgelände unverzüglich zu verlassen. Die Gefahr, dass sich weitere Explosionen ereigneten, sei gross.*
BS: *Hat man den Leuten denn gesagt, wohin sie flüchten mussten?*
Berger: *Überhaupt nicht. Es war ein riesiges Chaos. Bald sahen wir die ersten Krankenwagen durch die Strassen rasen. Nun war uns klar. Etwas Schlimmes war passiert. Es verging eine lange Zeit, eine Stunde, zwei Stunden, als Polizisten in die Strassen ausschwärmten und sich der gestrandeten Bahnpassagiere annahmen. Aber immerhin waren sie freundlich und hilfsbereit. An eine Weiterfahrt sei vorläufig nicht zu denken. Sie boten uns eine Unterkunft an, und sie machten uns klar, dass wir auch als Zeugen einvernommen würden. Terroristen hätten ein Verbrechen mit vielen Menschenopfern begangen. Die Pflicht der*

Ordnungskräfte sei nun, zu ermitteln, um die Schuldigen ausfindig zu machen.
BS: *Was geschah weiter?*
Berger: Wir wurden in ein Hotel oder so etwas Ähnliches am Stadtrand überstellt, zusammen mit etwa zwanzig andern, die mit der Bahn Bologna hatten verlassen wollen. Das Gebäude war von schwer bewaffneten Carabinieri umstellt. Wir wurden mit ausreichend Nahrungsmitteln versorgt. Doch eine Kommunikation nach aussen war nicht möglich. Es gab dort zwar mehrere Telefonanschlüsse, leider waren sie alle stumm.
BS: *Und die Einvernahme?*
Berger: Sie fand am Tag danach in einem Raum unserer Unterkunft statt. Zuerst mit mir, unmittelbar danach mit meiner Frau Ursula. Gefragt wurde ich nach unserem Weg zum Bahnhof. Warum wir so knapp vor der Abfahrt des Zuges dort eingetroffen waren. Es dauerte nicht lange. Von Ursula wollten sie dasselbe wissen. Unsere Antworten stimmten überein, und sie mussten bei den Verhörern glaubwürdig angekommen sein. Dazu beigetragen hatte wohl, dass wir beide leidlich Italienisch sprachen. Eine Übersetzerin musste jedenfalls nicht zwischengeschaltet werden.
BS: *Danach durften Sie und Ihre Familie das Hotel verlassen und in die Schweiz reisen?*
Berger: So einfach war das nicht. Wir waren froh, dass die italienischen Ermittler uns nicht einfach aus dem Hotel geworfen hatten und sagten: «Gehen Sie und suchen Sie sich einen Zug aus.» Die Carabinieri waren wirklich rührend. Sie haben uns gebeten, doch noch einen Tag zu bleiben. Wenn alle Schweizer verhört worden seien, dürften wir mit ihnen zusammen mit einer Maschine der Al Italia auf Kosten der Republik Italien nach Zürich fliegen. Die Zugverbindung war Bologna–Chiasso. Es gab mehrere Schweizer Opfer.
BS: *Und die Angehörigen, die Sie in der Schweiz erwarteten? Sie wussten ja nicht, ob Sie oder Ihre Frau oder Ihr Junge Opfer des Anschlags geworden waren.*

Berger: *Doch, doch. In der Schweiz wusste man das bereits am Abend des 2. August 1980. Das Eidgenössische Departement für auswärtige Angelegenheiten hatte sich, wie üblich bei solchen Ereignissen, sofort eingeschaltet. Die Zusammenarbeit mit den Behörden in Bologna war, wie sich später herausstellte, hervorragend. In der Schweiz schien man besser über das Attentat Bescheid zu wissen als wir. Wir hatten bis zu unserer Ankunft in der Schweiz wenig darüber erfahren.*
BS: *Können Sie sich erklären, warum man in der Schweiz besser Bescheid wusste?*
Berger: *Das ist es ja! Man mutmasste auch, die Täterschaft zu kennen. Die linksextremen Roten Brigaden. Ich glaubte nie an diese Schuldzuweisung. Die Roten Brigaden wie die Rote-Armee-Fraktion mit Ulrike Meinhof, Andreas Baader, Gudrun Ensslin und weiteren begingen wohl Morde und Entführungen. Aber es waren gezielte Anschläge auf gesellschaftliche Leitfiguren wie hohe Offiziere, Politiker, Banker, Unternehmer. Das Attentat von Bologna hatte nicht die Handschrift linker Terrororganisationen, sondern die aus dem rechten Politspektrum. Bomben auf Menschenansammlungen mit möglichst vielen zufälligen Opfern wie die Sprengstoffattacke auf das Oktoberfest in München ein halbes Jahr später. Auch dort wurden zunächst linke Organisationen ins Fadenkreuz genommen, bis sich herausstellte, dass Rechtsextremisten dahintersteckten. Verwirrung stiftete dann aber, dass das Material, mit dem die Bombe gebaut wurde, aus NATO-Beständen stammte. Und damit kam der schier unglaubliche Verdacht auf, von den USA gesteuerte Geheimdienste hätten rechte Randständige für ihre politischen Ziele instrumentalisiert.*
BS: *Was für politische Ziele?*
Berger: *Die Ablösung der linksliberalen Koalition aus SPD und FDP unter Helmut Schmidt durch den CSU-Mann Franz Josef Strauss. Was dann aber glücklicherweise misslang.*

BS: Ein ungeheuerlicher Vorwurf.
***Berger:** Ich werfe nichts vor, sondern erachte es als möglich, dass dieses Verbrechen von den Geheimdiensten der westlichen Führungsnationen ausgeheckt wurde.*
BS: Ihre Antworten lassen darauf schliessen, dass Sie einen vollbepackten politischen Rucksack herumtragen. Unsere Leser dürften sich nun für Ihren beruflichen Hintergrund interessieren. Sie möchten wohl auch wissen, ob Sie einer Partei angehören.
***Berger:** Ich war Lehrer für allgemeinbildende Fächer an einer Berufsschule. Nun wirke ich als Gewerkschaftssekretär und sitze als Sozialdemokrat im Berner Grossen Rat.*

Sandro und Anna Nydegger redeten lange über dieses Interview. Beide konnten den Ansichten Bergers viel abgewinnen.

«In diesem Zusammenhang geht mir die P-26 nicht aus dem Kopf. Wäre sie auch zu solchen Verbrechen fähig gewesen?», fragte Anna.

«Zum damaligen Zeitpunkt kaum. In unserem Land herrschten in den achtziger Jahren andere Zustände als in Italien. Wir wurden nicht von wirtschaftlichen und sozialen Missständen heimgesucht. Wäre das eingetreten, hätte es ganz anders ausgesehen. Dann wäre die P-26 vielleicht aktiv geworden.»

Anna lachte. «Auch das ist eine Spekulation, aber eine durchaus nachvollziehbare.»

***

```
Aus der Staatschutzfiche von Marbach Samuel, Pfarrer
Datum: 3.12.81
Gegenstand: v. K. C. SH: M. S. hielt in einer Landgemeinde einen Gottesdienst ab. Dabei kritisierte er die Armeejustiz mit abfälligen Worten. Dienstverweigerer einzusperren, verstosse gegen die Menschenrechte. Das sei für einen demokratischen Staat nicht akzeptabel, es folgten weitere Ergüsse.
```

Ein dem Gottesdienst beiwohnender Offizier versandte ein Protestschreiben an den Kirchenrat. Zum Entsetzen des Offiziers stellte sich dessen Präsident hinter den armeefeindlichen Pfarrer.
Zu bemerken wäre noch ein pikantes Detail über den Lebenswandel des M. S. Er lebt unverheiratet mit einer Frau zusammen! Und so was nennt sich Pfarrer.

***

Am 2. August 1990, dem zehnten Jahrestag des Massakers von Bologna, nahmen die Bergers an der Gedenkfeier am Hauptbahnhof dieser Stadt teil. Der zwölfjährige Moritz bestaunte das Mahnmal mit dem beibehaltenen Riss in der Wand des Bahnhofsgebäudes. Er war schon vor Jahren dort, doch erst jetzt begriff er so richtig, was dieser Anschlag angerichtet hatte. Sein Blick blieb an der Gedenktafel mit den fünfundachtzig Namen der Opfer haften. Die meisten davon waren italienisch. Moritz konnte ein bisschen Italienisch, denn sein Grossvater mütterlicherseits stammte aus Genua.

Als der Anlass begann, hatten sich bereits viele tausend Personen um den Bahnhof versammelt. Die meisten trugen Schwarz. Der Bürgermeister bestieg das Podium und schritt zum Rednerpult. Augenblicklich war es ganz still. Er hob zu sprechen an: «Bürgerinnen und Bürger von Bologna, liebe Freunde aus nah und fern, wir sind hierhergekommen, um zu trauern. Doch heute ist auch ein Tag des Zorns. Wir sind zornig, dass es fünfundvierzig Jahre nach der Katastrophe des Faschismus immer noch Leute gibt, die den Massenmörder Mussolini hochleben lassen …»

Plötzlich gingen die Worte des Bürgermeisters in den schrillen Tönen von Trillerpfeifen unter. Das Gedröhn kam aus fünfzig Metern Entfernung vom Bahnhofsgebäude.

Moritz sprang auf einen der Metalltische, die für den Anlass auf den Platz gebracht wurden. Er brüllte: «Dort marschieren Männer mit schwarzen Hemden und strecken kurze Schwerter in die Höhe.»

Da er es im Berner Dialekt sagte, verstanden ihn nicht alle. Weitere Jungen standen plötzlich neben Moritz oder erklommen auch die anderen Tische. Sie riefen das, was Moritz auf Deutsch gesagt hatte, auf Italienisch. Fäuste flogen in die Luft, die Menge begann zu schreien: «Fascisti, Fascisti, Fascisti ...»

Sprechchöre von gegenüber antworteten: «Viva Mussolini, viva il Duce ...»

Das dauerte einige Minuten. Dann umkreiste eine Hundertschaft Bereitschaftspolizisten die rechten Störenfriede. Diese wurden in eine Wolke von Tränengas eingenebelt und zerstoben in alle Richtungen. Die Carabinieri setzten ihnen nach und schossen auf die Flüchtenden.

Ursula schrie auf. Josua, der nun auch auf einem der Tische stand, rief ihr zu: «Das ist nur Gummischrot. Es geht offenbar nicht anders. Die Faschisten haben sich mit Dolchen bewaffnet.»

Die Feier konnte fortgesetzt werden. Niemand sprach über die Provokation der Schwarzhemden. Es schien, dass sich die Italiener an diese Art von Auseinandersetzung gewöhnt hatten.

Kurz nachdem die Gedenkveranstaltung auf dem Bahnhofsplatz von Bologna zu Ende war, nahm Josua Berger sein Transistor-Radio aus der Mappe, das er immer bei sich hatte. Er hielt das Gerät ans Ohr und teilte seinen Angehörigen gleich mit, was der Sprecher im Radio gerade von sich gab.

«Giuliano Andreotti sagt mit leicht bebender Stimme, dass ihm etwas Ungeheuerliches zugetragen worden sei. In Italien habe es eine Geheimarmee gegeben, die wahrscheinlich erst 1973 aufgelöst worden ist, die ‹Gladio›. Allerdings werde aus Kreisen der Nachrichtendienste nicht ausgeschlossen, dass Reste dieser Truppe immer noch aktiv sind. Er gab der zuständigen Kommission des Senats den Auftrag, dieser Sache nachzugehen und bis Ende September darüber Bericht zu erstatten.»

Sie gingen ein Stück zu Fuss, als Josua kopfschüttelnd sagte: «Das ist ja interessant. Wir hatten die P-26, und die Italiener decken nun die Gladio auf. Aber wer interessiert sich jetzt dafür?

Alle Augen und Ohren sind auf den Golf gerichtet. Irakische Truppen stehen an der Grenze von Kuwait, und es sieht danach aus, dass sie im Morgengrauen des kommenden Tages einmarschieren werden.»

***

Mitte August, als Nydegger um Viertel vor sechs nach Hause kam, umarmte ihn Anna aufgewühlt. «Hast du schon davon erfahren? Eben habe ich im Radio gehört, dass ein Gemeinderat von Oberburg in Bologna verhaftet wurde. Zu meinem Erstaunen wurde auch der Name genannt. Alois Hofstetter. Er werde beschuldigt, am 2. August 1990, dem zehnten Jahrestag des Attentats am Bologneser Bahnhof, zusammen mit einer Gruppe von Neofaschisten die Gedenkfeier gestört zu haben. Die Ordnungskräfte hätten auf die rechtsextremen Randalierer Schüsse mit Gummischrot abgefeuert. Hofstetter sei dabei am linken Auge so schwer verletzt worden, dass er notoperiert werden musste. Er befinde sich zurzeit in der Gefangenenabteilung des Universitätsspitals von Bologna.»

***

Einige Tage später nahm der Emmentaler Unteroffiziersverein zu Hofstetters Festnahme Stellung.

> *Wir bedauern die Vorgänge während der tumultartigen Gedenkfeier zum zehnten Jahrestag des Attentats in Bologna. Im Verlaufe der Kundgebung wurde unser geschätztes Mitglied Alois Hofstetter erheblich verletzt. Wir wünschen ihm gute Genesung und hoffen, dass er in den nächsten Tagen in die Schweiz zurückkehren kann. Wir distanzieren uns von den in einigen Medien unterschwellig oder sogar offen gegen Hofstetter gemachten Schuldzuweisungen, er sei auch am brutalen Bombenattentat vom 2. August 1980 im Bahnhof dieser Stadt beteiligt gewesen. Fakt ist, dass der*

für den Anlass der Feier zum Gedenken dieses Anschlags zuständige Organisator, der Bürgermeister höchstpersönlich, ein führendes Mitglied der kommunistischen Partei Italiens ist. Ihm wird eine einseitige Wahrnehmung des tragischen Vorfalls von Anfang August 1980 vorgeworfen. Viele in Italien teilen diese Sichtweise nicht und demonstrierten dagegen.

Diese Erklärung brachte Josua Berger in Rage. Er verfasste einen Leserbrief und sandte ihn mehreren Zeitungen. In zwei Tageszeitungen wurde er abgedruckt. Darin stellte er die Ereignisse in Bologna so dar, wie er und seine Angehörigen sie wahrgenommen hatten. Er wies darauf hin, dass Truppen Mussolinis und Hitlers im Zweiten Weltkrieg zusammen gekämpft hatten. Es sei befremdend, wenn ein Schweizer Unteroffiziersverein so viel Verständnis für die Verbrechen der Nazis und Faschisten aufbringen würde.

Die öffentliche Meinungsäusserung Josuas kam in seiner Wohngemeinde Oberburg nicht gut an. Über Mussolini rümpften zwar einige die Nase, doch vielen war dieser Name gar nicht bekannt. Sie meinten, Hofstetter habe durchaus recht getan, gegen eine linke Veranstaltung zu protestieren.

Am Samstagabend, nach der Sperrstunde, versammelte sich eine grölende, erheblich angetrunkene Gruppe von Männern jeden Alters vor Bergers Haus, bewarfen es mit Eiern und Farbbeuteln. Die Bergers verriegelten Fenster und Türen.

Dieser Zwischenfall hatte keine weiteren Folgen.

Anfangs September tauchte Hofstetter wieder in Oberburg auf. Über der rechten Gesichtshälfte trug er einen Verband. Wenige Tage später wurde er von zwei Heerespolizisten zur Vernehmung abgeführt. Wie die verlaufen war, erfuhr niemand in der Gemeinde. Zurück kam Hofstetter erst nach einem Monat. Seine Abwesenheit erklärte er damit, dass er im Inselspital am linken Auge nochmals behandelt worden sei. Leider sehe er nur noch mit einem Auge und könne nicht weiter seinen Dienst als Feldweibel in der Kaserne Jassbach versehen. Er werde aber vom EMD weiterbeschäftigt; als Beamter ganz in der Nähe des Bundeshauses. Mit einem wesentlich höheren Gehalt als bisher. Und er sehe keine Veranlassung, als Gemeinderat zurückzutreten.

4

Januar 1980

In der ersten Januarwoche erhielt Alois Hofstetter das Aufgebot zum Einführungskurs der P-26.

Pinocchio
Aspirant
Einrückungsort: Dufourkaserne, Allmendstrasse, 3600 Thun Beschilderung beachten (Zimmer 295)
Einrückungszeit: 14. Januar 1980, 09:00 Uhr
Dauer des Dienstes: circa zwei Wochen
Tenue: Zivilkleidung beim Einrücken. Unterwäsche, Socken, für zwei Wochen
Arbeitskleidung wird nach dem Einrücken ausgegeben.
Schuhwerk: Militärschuhe (genagelt) und Halbschuhe

Hofstetter ging tags darauf mit dem Aufgebot zum Kommandanten der Kaserne Jassbach.

Wälchli grinste nur. «Weiss ich, Feldweibel. Meine Gratulation, Sie haben es geschafft, in die geheimste Elitetruppe unseres Landes aufgenommen zu werden. Wir erwarten Sie am Montag, den 4. Februar, zurück.»

«Warum nicht schon am 28. Januar? Der Kurs in Thun soll ja bloss vierzehn Tage dauern.»

Wälchli röhrte vor Lachen. «Thun ist gut. Die werden Sie von Thun nach Oberburg mit einem fensterlosen Personentransporter direkt in eine Kaverne der Festung Lorbach fahren. Dort werden Sie für Ihren geplanten Einsatz in der P-26 vorbereitet. Sozusagen vor Ihrer Haustür. Nur dürfen das Unbefugte nicht wissen, ganz besonders Ihre Angehörigen nicht. Und: Dieser Dienst ist anspruchsvoll, eine Woche geben wir Ihnen Zeit, damit Sie sich erholen können.» Wälchli trommelte mit den Fingern der rechten Hand auf die Tischplatte. «Feldweibel Hofstetter, abtreten.»

Hofstetter schlug seine Hacken zusammen und verliess das Zimmer.

Es war ein beissend kalter Tag, als Hofstetter in die Dufourkaserne einrückte. Thun lag unter einer Hochnebeldecke. Das Zimmer 295 fand er erst nach längerem Suchen. Die Dufourkaserne ist ein riesiges Gebäude, in dem man sich leicht verlaufen kann.

Als er anklopfte und nach einem zackigen «Herein» eintrat, fand er dort vier Leute vor. Nur einer von ihnen war in Uniform: Major Wüest.

«Wurde auch Zeit, Pinocchio, wir warten bereits seit fünf Minuten auf dich», schnauzte ihn Wüest an.

Hofstetter war so eingeschüchtert, dass er nichts darauf erwiderte.

«Meine Herren», fuhr Wüest weiter, «heute ist ein grosser Tag für euch. Ich werde die Gelegenheit ergreifen und mir die komfortable Infrastruktur dieser Kaserne nutzbar machen: Hellraumprojektor, Videorekorder, grosser Bildschirm für aufgenommene Filme.»

Die ganze Vorstellung dauerte mehrere Stunden. Wüest sprach sehr viel, über den Kalten Krieg etwa, der zum Teil schon gewonnen sei. Das Problem seien nun die Sozialisten im eigenen Land. Man müsse sie ausmerzen. Er hing eine Schweizkarte mit roten Flecken auf, die Flecken dort, wo linke Parteien bei Wahlen gut abschnitten. Dann zeigte er alte Aufnahmen vom Generalstreik im Frühjahr 1918, vom Spanischen Bürgerkrieg, den der von ihm gelobte Franco mit tatkräftiger Hilfe nazideutscher und Truppen Mussolinis für sich entschieden hatte. Nicht alles von seinen Reden, den präsentierten Grafiken und den Filmen konnten die Kursteilnehmer verinnerlichen, doch einiges setzte sich in ihren Gehirnen fest. Wüest teilte eine Zusammenfassung auf einer A4-Seite aus.

Die P-26: Sie ist Teil einer Geheimarmee. Von dieser Armee haben nur wenige Kenntnis. Niemand in unserer Landesregierung, nicht einmal der Chef des EMD, weiss von dieser klandestinen Widerstandsorganisation.
Der Name P-26: Wir, die Gründer der P-26, haben lange darüber diskutiert. Ich schlug vor, er müsse mit dem Buchstaben P beginnen. Im Kopf hatte ich die P2, die in Italien beheimatete «Propaganda Due», eine Organisation von aufrechten Patrioten. Die Bezeichnung «Propaganda» schien für die Schweiz nicht zu passen. So entschied man sich für «Projekt», das «Projekt 26».
Diese europäische Geheimarmee, bei Insidern als «Gladio-West» bekannt, plant neue, kreative Kampfeinsätze. Das Wort «Gladio» stammt aus dem Italienischen. Es bedeutet «Kurzschwert», vergleichbar mit dem Dolch, den unsere Offiziere tragen. Italien ist das Pionierland der Gladio. Die geplanten Aktionen sollen den Gegnern unserer, der westlichen, freiheitlichen Kultur, also den Kommunisten, Sozialisten und Gewerkschaften, Schaden zufügen.

Die Abenddämmerung setzte ein, als ein Kleinbus mit verdunkelten Seitenfenstern bei der Dufourkaserne vorfuhr. Die vier Kursteilnehmer und Wüest bestiegen ihn. Auf jedem Sitz lag eine Kartonschachtel. Darin befinde sich die Zwischenverpflegung für das ausgefallene Mittagessen. Zwei grosse Schinken- oder Käse-Sandwiches, ein grosser Plastikbecher mit heissem Kaffee. Bei der Ankunft in der Festung Lorbach werde ein währschaftes Nachtessen serviert.

Es waren lediglich vier Personen, die im Januar 1980 den Einführungskurs in Lorbach absolvierten. Hofstetter durfte seinen richtigen Namen keinem der übrigen Teilnehmer anvertrauen. Das galt auch für die andern «Aspiranten».

Sie verliessen die Festung ganze zwei Wochen nicht. Stundenlang sassen sie allein in ihren Zimmern und büffelten Theorie. Die politische, militärische und gesellschaftliche Situation in allen westlich orientierten Ländern Europas und ihre Geschichte seit Ende 1945.

Hofstetter fand das ganz gut. Er schrieb mehrere Textstellen ab, versteckte sie in seinem Stoffsack für die Unterwäsche, obwohl er das nicht hätte dürfen. «Ich muss das tun, um bei ideologischen Diskussionen in meiner Partei und am Stammtisch gewappnet zu sein. Schliesslich möchte ich in nächster Zeit Gemeinderat von Oberburg werden», brummte er. Je mehr Zeit Hofstetter allein in seiner Arbeitszelle verbrachte, desto häufiger wurden seine Selbstgespräche.

Abschrift vom 20. Januar 1980
Der Tag X. Es ist der Tag der Machtübernahme des Landes durch die Linke. Man ging ursprünglich davon aus, dass an diesem Tag die Truppen des Warschauer Pakts unsere Landesgrenzen überschreiten werden. Doch dabei geht vergessen, dass eine Übernahme der Regierung durch die linken Parteien, SP, POCH und PdA (Kommunisten), auch die Kriterien erfüllt, die ein Eingreifen der P-26 rechtfertigen. Damit besteht nämlich das Risiko, dass sich unser Bundesrat den Blockfreien (Jugoslawien und diversen Drittweltstaaten, vor allem kommunistische Länder in Afrika) anschliesst. Das wäre verheerend für die Schweiz, man beraubte ihr die Existenzberechtigung. Dagegen würden wir uns zur Wehr setzen. Wir sind zuversichtlich, dass in diesem Fall Teile der Armee nach Bern marschieren und eine andere Landesregierung einsetzen.

Abschrift 23. Januar 1980
Der Feind im Innern. Wir sehen in grossen Teilen der SP, POCH und PdA, der Einpeitscher der Friedensbewegung und der Atomkraftwerkgegner ein mächtiges Lager von Kollaborateuren, die unsere Existenz als souveräner Staat bedrohen.
Wichtig ist, dass wir möglichst viele Anhänger dieser Organisationen ausfindig machen. Meldet all diese Leute mit

Namen, Adresse, Beruf, Arbeitgeber und in ihren Aktivitäten (Parteizugehörigkeit, Mitgliedschaft bei verdächtigen Organisationen, politische Äusserungen) an folgenden Stellen unter dem Vermerk «Tag X»: Polizeiposten, Anlaufstelle beim EMD, Sekretariat der Gewerbevereine Zürich, Bern, Aargau, St. Gallen, allenfalls beim Sektionschef des Wohnorts, sofern er nicht selber Mitglied einer suspekten Partei oder Vereinigung ist.

Am Vortag seiner Abreise besann Hofstetter sich eines Besseren. Er zerriss zwei der Blätter mit den unerlaubten Notizen in kleine Schnipsel und entsorgte sie im Klo.

Am 26. Januar wurden die vier Aspiranten im Morgengrauen in die Dufourkaserne Thun gefahren, mit ebendem Wagen, der sie zwölf Tage zuvor dort abgeholt hatte.

Nach dem Frühstück bekam jeder einen Ausweis als Militärperson für den Gratistransport des öffentlichen Verkehrsmittels an seinen Wohnort.

Was bei Wehrmännern, die denselben Dienst absolviert hatten, üblich war, nämlich dass sie sich noch zu einem kürzeren oder längeren Umtrunk trafen, war ihnen strengstens verboten. Persönliche Beziehungen zwischen P-26-Mitgliedern waren unbedingt zu vermeiden.

Gegen Mittag läutete Hofstetter an seiner Wohnungstür. Einen Hausschlüssel hatte er nicht mitgenommen. Seine Frau begrüsste ihn kühl, machte ihm Vorwürfe, dass er seine Heimkehr, die früher als geplant stattfand, nicht vorher angekündigt hatte. Der dreijährige Junge und die zweijährige Tochter wiesen ihn zunächst ab. Das taten sie immer, wenn die Mutter dem Vater Vorwürfe machte. Vielleicht auch, weil sie ihn eher selten zu Gesicht bekamen.

Im Dorf munkelte man, dass es mit dem Hausfrieden der Hofstetters nicht gerade zum Besten bestellt war. Die Dame des Hauses kam aus sehr wohlhabenden Verhältnissen. Hofstetters

Vater dagegen arbeitete als Schulhausabwart und hatte ein bescheidenes Einkommen, sodass seine Mutter gezwungen war, Putzarbeiten zu verrichten. Immerhin sassen sieben junge hungrige Mäuler am Tisch, die versorgt werden mussten.

5

Oktober 1990 bis Mitte Januar 1991

Das Ehepaar Nydegger hörte sich am 18. Oktober 1990 die Abendnachrichten im Radio an. Es meldete sich der Italienkorrespondent. «Andreotti hat Wort gehalten, wenn auch mit zwei Wochen Verspätung. Heute übergab sein Bote dem gerade tagenden Senat den versprochenen Bericht mit dem Titel ‹Der Fall Gladio›. Noch sind bloss Einzelheiten durchgesickert, aber sie lassen aufhorchen. Bei der Gladio handelt es sich um eine Art Geheimarmee. Sie ist schon seit Jahrzehnten aktiv, allerdings 1979 neu organisiert worden. Ihr aktueller Bestand beläuft sich auf circa vierhundert Personen. Sie ist in Gruppen aufgebaut. Nur innerhalb dieser kennt man sich.»

Anna klatschte in die Hände. «Das ist ja ungeheuerlich. Was wir bislang wissen, trifft das auch auf die P-26 zu? Gibt es Verbindungen zwischen der Gladio und der P-26?»

Er würde sich wundern, wenn dem nicht so wäre, antwortete Nydegger. «Immerhin habe ich eine weitere interessante Neuigkeit. Zufällig fiel mir in der Mittagspause, als ich einen kurzen Bummel durch die Lauben machte, im Aushang eines Kiosks eine deutsche Zeitung auf, die ich gleich kaufte und in einem Café am Bärenplatz las. Darin erfuhr ich aus einem Artikel über Griechenland, der dortige Ministerpräsident, der Sozialist Andreas Papandreou, habe 1984 in seinem Land ebenfalls eine geheime NATO-Truppe aufgestöbert. Diese sei von seiner Regierung ohne grosses Aufheben liquidiert worden.»

«Nicht zu fassen. In Griechenland wurde wenige Jahre zuvor die rechtsextreme Militärdiktatur zu Fall gebracht», sagte Anna.

«In demselben Blatt stand», ergänzte Nydegger, «aufgrund von Recherchen eines Abgeordneten gebe es Hinweise auf eine versteckte paramilitärische Organisation, eine sogenannte Stay-behind-Armee, in Deutschland. Der Journalist verwies auch auf eine frühere Fernsehsendung, die offenbar aufzeigte, dass ehemalige Mitglieder von Hitlers Spezialeinheit SS in dieser Truppe gedient hatten. Der Journalist stellte die Frage, ob ausser in Italien, in Deutschland, in Griechenland und auch in der Schweiz weitere solcher ‹antikommunistischen»› Geheimarmeen in Europa existierten, die teils aus rechtsextremen Kreisen rekrutiert wurden. Und er gab gleich eine Antwort darauf. Man wisse auch von Belgien, dass dort eine Geheimarmee aktiv sei und im Verdacht stehe, Terroranschläge verübt zu haben.»

Dann kam der 10. November 1990. Anna und Sandro Nydegger hörten sich am Abend die ausführlichen Nachrichtensendungen im Radio an.

Der Italienkorrespondent berichtete: «Andreotti, der bislang immer ein bedingungsloser Gefolgsmann der NATO war, geriet in den Ruch eines Verräters, denn er liess es nicht mit der Feststellung bewenden, in Italien schalte und walte eine Gladio, die mit der Mafia kollaboriere und offensichtlich grässliche Verbrechen begangen habe, wie etwa den Anschlag am Bahnhof von Bologna. ‹Die geheime Armee›, so deckte Andreotti auf, ‹war bestens ausgerüstet. Waffen, Munition und Sprengstoff stammten aus NATO-Beständen und wurden von der CIA zur Verfügung gestellt. Nicht nur in Italien, sondern in allen Ländern mit Gladios. In Italien wurden weit über hundert Verstecke von Lagern ausfindig gemacht: vergraben in Wiesen, auf Friedhöfen und sogar in Kirchen. Die Waffenlager enthielten transportable Waffen, Munition, Sprengstoff, Handgranaten, Messer und Dolche, Sechzig-Millimeter-Mörser, Gewehre für Scharfschützen, Funkgeräte, Feldstecher, Gold für Bestechungen und alle möglichen Werkzeuge.›»

Anna und Sandro Nydegger verfolgten inzwischen mit Sperberaugen, was über die Geheimarmeen in Europa berichtet wurde.

«In den nächsten Tagen erwarten wir den PUK-Bericht über die P-26. Glaubst du, Sandro, dass darin auch einiges über die Vernetzung unserer Geheimarmee mit den Schwesterorganisationen in Europa steht?», fragte Anna, Sandro gespannt ansehend.

Er zog die Brauen hoch und seufzte. «Die PUK ist ein politisches Gremium mit bürgerlicher Mehrheit. Die zur Mitte tendierende CVP möchte wohl eine Aufklärung, aber eine, die nicht viel Staub aufwirbelt. Eine Verflechtung der P-26 über unsere Landesgrenzen hinaus will man auch in dieser Partei nicht wahrhaben. Im Übrigen ist erst in den letzten Tagen klargeworden, dass die europäischen Geheimarmeen von der CIA koordiniert werden. Ich wette, im PUK-Bericht steht nichts darüber. Alles wird als schweizerische Angelegenheit dargestellt.»

«Was keineswegs der Wahrheit entspricht?»

«Davon müssen wir leider ausgehen», sagte Nydegger resigniert.

***

Aus der Staatschutzfiche von Müller Werner, Wegmeister

Datum: 4.11.82

Gegenstand: v. A. A. AG: M. W. ist eigentlich dafür angestellt, die Strassen seiner Gemeinde in Stand zu halten. Im November rollten im Rahmen eines Manövers Panzer durch den Dorfkern und schoben einen Halt auf dem Schulhausplatz ein. Da sie zuvor durch ein Wiesenstück fuhren, waren ihre Ketten stark verschmutzt. M. W. war deswegen sehr ungehalten. Er beschwerte sich beim Kommandanten der Panzerkolonne, einem Wachtmeister, deckte ihn mit Schimpfwörtern ein, die auf eine antimilitaristische Haltung M. W.s schliessen lassen. Unsere Armee sei für nichts. Er würde für eine Initiative zu ihrer Abschaffung Unterschriften sammeln.

Das darf bei einem Angestellten einer öffentlichen Institution nicht toleriert werden.

***

Für den 17. November 1990 wurde im Bundeshaus eine bedeutende Pressekonferenz angekündigt. Auf der Tagesordnung stand der Abschlussbericht der PUK EMD, vorgestellt werden sollte er vom Kommissionspräsidenten, dem Appenzeller Ständerat Carlo Schmid und seinem Stellvertreter, dem Tessiner Nationalrat Werner Carobbio.

Bereits im Voraus war einiges aus dem zweihundertsiebenundsiebzig Seiten umfassenden Dokument via Medien zur Bevölkerung durchgesickert. Doch viele dieser Meldungen widersprachen einander. Entsprechend waren die Erwartungen an die offizielle Version. Der Presseraum platzte aus allen Nähten.

Man hätte eine Stecknadel fallen hören können, als Carlo Schmid das Wort ergriff. Er begann mit der Kernaussage des von der PUK grossmehrheitlich bewilligten Berichts.

Der Bundesrat wird beauftragt, die Rekrutierung und Ausbildung von Mitgliedern der Organisation P-26 unverzüglich einzustellen. Alle Akten des Führungsstabes sowie Material, Waffen, Munition und Sprengstoff der Organisation umgehend unter Kontrolle in wenigen zentralen Depots einzulagern und den Zutritt für Mitglieder derselben unterbinden zu lassen.

Carlo Schmid begründete dieses Fazit. Niemand in der Regierung habe von der Existenz der P-26 gewusst, nicht einmal der für das Militärdepartement zuständige Bundesrat. Lediglich vereinzelte Bundesparlamentarier, die Generalität, einige weitere hohe Offiziere sowie mehrere Leiter von Grosskonzernen seien eingeweiht gewesen. Die P-26 sei eine illegale Körperschaft, ohne Wenn und Aber verfassungswidrig.

Schmid ging auf pikante Details des PUK-Berichtes ein.

Um die Arbeit der PUK nicht schon von Anfang an ins Leere laufen zu lassen, sei als vorsorgliche Massnahme von ihm und Carobbio ein allgemeines Aktenvernichtungsverbot angeordnet worden, das EMD und alle ihm unterstellten Gruppen und Ämter betreffend. Aufgrund eines Vertuschungsverdachtes sei untersagt worden, dort an elektronischen Datenverarbeitungsanlagen, Telefonzentralen und Abhöreinrichtungen Änderungen vorzunehmen.

Leider habe man versucht, diese Anordnung zu vereiteln. In einem Berner Altpapieraussortierwerk seien unter dem Aktenvernichtungsverbot stehende klassifizierte Personendossiers gefunden worden.

Schmid zitierte weiter über ein zentrales Thema im PUK-Bericht:

> *Die geheimen Dienste. Am 7. September 1981 erliess der Generalstabschef ein Grundlagendokument zur Vorbereitung des Widerstandes, welches er auf den Bericht des Bundesrates über die Sicherheitspolitik der Schweiz [...] abstützte. [...] Bis zur Einsetzung der PUK EMD erhielten weder die Vorsteher des EMD noch der Gesamtbundesrat Kenntnis von diesem. Mit der Vorbereitung des Widerstandes war bekanntlich die Kaderorganisation P-26 betraut. Die folgenden Lagen werden als denkbar bezeichnet, bei denen die P-26 zum Einsatz kommt. Durchmarsch, Einfall, Besetzung, Umsturz.*

Unter den Journalisten gab vor allem der Umsturz zu reden. Aufgrund verschiedener Äusserungen hoher Offiziere und rechtskonservativer Politiker gingen mehrere davon aus, dass auch ein Wahlsieg der linken Parteien (Sozialdemokraten, Kommunisten, Grüne, alternative Organisationen) als Vorwand für einen Einsatz der P-26 herhalten könnte. Auf Empörung stiess bei vielen Medienschaffenden ein im Bericht beschriebenes Meldeformular, das Denunzianten über sogenannte armeefeindliche Umtriebe ausfüllen und den zuständigen Stellen des Militärdepartements weiterreichen konnten. Damit lag für viele der Beleg auf dem Tisch, dass die P-26 beim Erstellen der Fichen seit 1980 federführend war.

Im PUK-Bericht wurde das Formular ausnehmend kritisch gewürdigt.

Das heute in Gebrauch stehende Meldeformular ist in Bezug auf die geradezu groteske Aufzählung der möglichen Täterschaften unakzeptabel. Die Qualifikationen «armeefeindlicher» Aktionen als «Frustrierter», «Geistesgestörter», «Rächer», «Oeko-Militanter» et cetera ist unsachlich und beleidigend. Die PUK EMD fordert eine Neugestaltung dieses Formulars. Meldungen über armeekritische Aktionen von Zivilpersonen ausserhalb des Truppenbereichs erachtet sie im Übrigen als unzulässig.

Der Bericht wurde in den Medien, an Stammtischen und bei der politisch interessierten Bevölkerung kontrovers diskutiert. Sozialdemokraten, Grüne und die der politischen Mitte zugerechneten Christlichdemokraten mit Unterstützung linksliberaler Splittergruppen nahmen den Bericht zustimmend zur Kenntnis. Das Gros von FDP und SVP war konsterniert. Allerdings, und das wurde erst im Nachhinein zur Gewissheit, konnten längst nicht alle Akten sichergestellt werden. Die brisantesten fielen dem Schredder zum Opfer oder wurden an einen geheimen Ort «verlegt».

***

Am 18. November wurde Major Nydegger zu seinem Vorgesetzten, Oberstleutnant Walo Ochsenbein, zitiert. Etwas in dessen Gesichtsausdruck irritierte Nydegger. Der Mann musste eine geheimnisvolle Wut vermischt mit einer Spur Resignation hinunterwürgen. «Soso, Major Nydegger, was sagst du zum PUK-EMD-Bericht?»

«Ein abschliessendes Urteil kann ich mir derzeit nicht bilden. Von einem Parteifreund, einem Nationalrat, erhielt ich eine Kopie dieses umfangreichen Dokuments, ich bin noch am Lesen.»

«Nur eine Kopie? Oder weitere Unterlagen? Wie heisst dieser Bundesparlamentarier?»

Nydegger schüttelte ungläubig den Kopf. «Die Zeiten sind endgültig vorbei, solche Fragen zu stellen. Ich war viel zu blauäugig, um zu realisieren, dass meine Antworten darauf in Fichen landeten. Es ist erst einige Tage her, seitdem ich einen Auszug dieser Dokumente unaufgefordert zugeschickt erhielt. Es lief mir heiss und kalt den Rücken hinunter. Ich wurde aus dem engsten Kreis meines Arbeitsumfelds ausspioniert und denunziert.»

Ein überhebliches Grinsen war Ochsenbeins Antwort.

«Du rechnest wohl nicht damit, dass ich dieser Verleumdung nachgehe?», fragte Nydegger.

«Wenn dir dein lukrativer und ungewöhnlich bequemer Job weiterhin etwas bedeutet, bist du gut beraten, die Sache auf sich beruhen zu lassen.»

«Es stimmt, ich habe Spass an meiner Arbeit. Das heisst jedoch nicht, dass ich denke, auf lange Zeit hinaus meine Überzeugung zu verleugnen. Die Art und Weise, wie man mich aus meinem Kollegenkreis heraus angeschwärzt hat, kann und will ich nicht wegstecken. Aus den Unterlagen, die mir nun vorliegen, ist es ein Leichtes, nachzuvollziehen, welche Leute dahinterstecken.»

Der Blick Ochsenbeins sprach Bände, was Nydegger zur Bemerkung veranlasste: «Ich verstehe ...»

Nach einem frühen Feierabend spazierte Nydegger durch die Lauben die Marktgasse hinunter, wo plötzlich sein Freund Klaus Gärtner vor ihm stand. «Du schaust drein wie sieben Tage Regenwetter. Was um Himmels willen ist dir zugestossen? Komm rasch auf einen Sprung dort hinein.» Gärtner zeigte auf ein Wirtshausschild über die Strasse.

Nydegger berichtete ihm vom Treffen mit Ochsenbein. Gärtner schien nicht sonderlich überrascht. Ein Lächeln überflog sein Gesicht. «Ich hätte einen Vorschlag. Der Leiter unserer Kriminalpolizei hat eben gekündigt. Bewirb dich und du wirst sein Nachfolger.»

«Aber du bist ja gar nicht Polizeidirektor?»

«Kein Problem, ich werde mit meinem Kollegen, einem FDP-Mann, zusammensitzen. Ich stellte auch schon Leute ein, die er mir vorgeschlagen hatte.»

Anfang Dezember wurde Nydegger vom Gemeinderat, der Exekutive der Stadt Bern, zum Chef der Kriminalabteilung gewählt. Danach konnte Nydegger das Kündigungsschreiben an die kantonale Polizeidirektion abschicken.

Am Tag darauf, das Schreiben war noch nicht beim Kanton eingetroffen, klopfte es heftig an Nydeggers Bürotür. Im Türrahmen standen Regierungsrat Wasmer und Generalsekretär Gallati.

«Jetzt hast du erreicht, was wir befürchten mussten», rief Gallati. «Wir machen dich aber darauf aufmerksam, dass du auch unter dem Schutzschild der Stadt Bern nicht machen darfst, was dir beliebt. Du darfst dich nicht in Ermittlungen einmischen, die dem Kanton zustehen. Damit meinen wir den Fall Abel.»

Nydegger lachte. «Warum auch? Die Untersuchungen dieses Verbrechens sind ja seit zwei Monaten eingestellt.»

«Wir kennen dich. Du könntest wahrscheinlich der Versuchung nicht widerstehen, in dieser Sache weiter herumzustochern. Du wärest gut beraten, das nicht zu tun. Denk an die nächsten Wahlen in Bern. Es könnte gut sein, dass die Linke dann nur zwei der sieben Mandate in der Stadtregierung hat. Sollte das eintreffen, musst du dich wieder um eine Stelle umsehen. Wird schwierig werden, Nydegger, sehr schwierig.»

«Das macht mir überhaupt keinen Eindruck. Eine Stelle werde ich immer finden. Abgesehen davon nehme ich an, dass Rot-Grün-Mitte die Mehrheit im Gemeinderat bekommen wird.»

«Wie bitte?», meldete sich Wasmer zu Wort. «Davon habe ich noch nie etwas gehört.»

«Gut so, bis jetzt haben wir es noch nicht an die grosse Glocke gehängt. Rot-Grün-Mitte ist ein geplantes Bündnis aus Sozialdemokraten, Grünen und dem Jungen Bern. Sie kommen morgen zu einer gemeinsamen Sitzung zusammen und werden danach darüber informieren.»

Wasmer und Gallati sahen einander verdutzt an. «Das werden wir zu verhindern wissen.»

«Machen Sie sich doch nicht lächerlich, Sie beide. Sie wissen ja nicht einmal, wo dieses Geheimtreffen stattfindet.»

Wasmer verlor die Fassung und schrie: «Scher dich zum Teufel, du verdammter Nestbeschmutzer! Räum heute noch dein Büro, ich will dich nicht mehr sehen.»

***

Aus der Staatschutzfiche von Brawand Helmut, Hotel- und Restaurantbesitzer
Datum: 27.12.82
Gegenstand: v. T. G. BE: B. H. betreibt im Berner Mittelland die traditionsreiche Gastwirtschaft Bären mit Unterkunftsmöglichkeiten zum Übernachten. Immer wieder machen Armeeangehörige von diesem Angebot Gebrauch. Auf einem Flugblatt, das in der Gemeinde vor Weihnachten verteilt wurde, ging hervor, dass die SP in der Altjahreswoche dort ihre Hauptversammlung abhalten werde. Uns ist nicht verborgen geblieben, dass deren neuer Präsident ein Dienstverweigerer ist.
Wir haben B. H. darauf aufmerksam gemacht, ihn gebeten, die Sozis wieder auszuladen.
Seine Antwort darauf hat uns befremdet. Die SP sei eine demokratische Partei, halte bereits seit mehr als fünfzig Jahren im Bären ihre Hauptversammlung ab. Er lasse sich von niemandem vorschreiben, wem er in seinem Lokal Gastrecht gewähre.
Wir haben in einem Schreiben an alle Kommandanten, die in der Umgebung des Ortes ihren WK durchführen, über die armeefeindliche Haltung von B. H. informiert, und sie dringend gebeten, den Bären in Zukunft zu meiden.

***

Bereits am 10. Dezember 1990, drei Monate früher als geplant, bezog Nydegger den neuen Arbeitsplatz in der Polizeikaserne Waisenhaus. Sein neuer Vorgesetzter, ein FDP-Mann, war freundlich zu ihm. Er streckte Nydegger die Hand entgegen. «Marco heisse ich. Kandidieren werde ich nicht erneut. Uns weht wegen der unglücklichen Fichenaffäre und dem P-26-Debakel ein rauer Wind entgegen. Sei versichert, ich bin unschuldig daran, genau wie zahlreiche meiner Parteikollegen. Aber solche Rückschläge können Politiker aus allen Lagern heimsuchen. Tue das, was dir dein Gewissen vorschreibt.»

Nydegger war ein wenig überrascht. «Das will also heissen, es stört dich nicht besonders, wenn ich etwa dem noch ungeklärten Mord von Abel nachgehe?»

«Nun ja, wenn deine Arbeit im Rahmen der Stadtpolizei nicht darunter leidet, liegt das durchaus drin. Es ist die Pflicht eines jeden Polizisten, mitzuhelfen, ungeklärte Kriminalfälle zu lösen.»

Das war wie eine Einladung für Nydegger, sich dem mysteriösen Mord an Jules Abel wieder anzunehmen. Doch das konnte warten, bis er sich mit den Gegebenheiten in der Kriminalpolizei Bern Stadt vertraut gemacht hatte.

In der ersten Januarwoche hatte er die wichtigsten Unterlagen gesichtet. Er hatte sich mit seinen neuen Mitarbeitern ausführlich unterhalten und zahlreiche Arbeitspläne erstellt. In dieser Zeit lief nicht besonders viel. Es gab wenig Einbrüche, gemeldete häusliche Gewalt, Nachbarschaftsfehden und dergleichen: das Januarloch eben. Abgesehen davon, dass gravierende Kriminalfälle ohnehin der Kantonspolizei weitergereicht werden mussten.

Nydegger nahm sich von nun an vor, jeden Morgen die Presse ausgiebig zu studieren. Es wurde gar nicht viel über die P-26 und den PUK-EMD-Bericht geschrieben. Hin und wieder aber richtig gute Hintergrundartikel zu verwandten Themen. Zum Beispiel «Das blutige Schwert der CIA» aus dem Spiegel vom 9. November 1990. Nydegger fasste den Bericht zusammen.

Gladio stammt aus dem Italienischen. Sie diente nach dem Zweiten Weltkrieg als Deckname für eine geheime paramilitärische Organisation in Italien. Ihre hauptsächliche

Zielsetzung entsprach genau jener der P-26 in der Schweiz. Auch in Italien war geplant, nach einer Invasion von Truppen des Warschauer Paktes Guerilla-Operationen und Sabotage gegen die Invasoren durchzuführen. Der italienische Ministerpräsident Giulio Andreotti enthüllte das im August 1990 während einer Parlamentssitzung der staunenden Öffentlichkeit. Laut ihm hatte die Gladio 622 Mitglieder und 139 Waffenlager. Auch er benutzte das Wort Geheimarmee. Und auch er behauptete, davon zuvor nichts gewusst zu haben, was ihm aber längst nicht alle abnahmen. Andreotti stand den Abgeordneten Rede und Antwort. Auf die Frage, von wo die Geheimtruppe ihre Mitglieder rekrutierte, gab der Regierungschef preis, sie seien aus militärischen Spezialeinheiten, Nachrichtendiensten und aus rechtsextremen Kreisen, Letztere teilweise mit kriminellem Hintergrund, gekommen.

Das stiess auf Empörung und Unverständnis. Die unausweichliche Frage, ob Gladio und die 1982 aufgelöste kriminelle Organisation Propaganda Due (P2) etwas miteinander zu tun gehabt hätten, musste nun kommen. Andreotti wand sich wie ein Wurm, nahm nicht klar Stellung dazu. Doch die Wahrheit liess sich nicht verbergen. Nur Tage später mussten Regierungsstellen zugeben, dass dem tatsächlich so war. «Es ist richtig», räumte ein Sprecher des Justizministeriums ein, «dass die beiden Organisationen miteinander verwoben waren. Ohne P2 hätte es die Gladio der achtziger Jahre nicht gegeben.»

Diese Lektüre sah Nydegger plötzlich mit anderen Augen. Er entschloss sich, seinen Parteifreund Klaus Gärtner anzurufen. «Kannst du dich für ein, zwei Stunden freimachen? Ich möchte etwas mit dir besprechen.»

«Den Fall Abel?»

«Es hängt damit zusammen.»

«Du bist und bleibst ein sturer Bock. Hab's mir doch gedacht, du kannst die Finger nicht davon lassen.»

Eine halbe Stunde später sassen Klaus Gärtner und Sandro Nydegger in einem Café an der Kramgasse in der Altstadt.

Gärtner vertiefte sich in das Papier, das Nydegger für ihn kopiert hatte. Dann schaute er amüsiert auf. «Was willst du damit sagen? Dass die P-26 und die P2 dieselbe ungesetzliche Organisation sind?»

«Nein. Die P2 war lediglich die ideologische Speerspitze der italienischen Gladio. Nach dem Verbot der P2 existierte die Gladio weiter. Sie ist das Pendant der P-26. Sie flog wie die Gladio in Italien und in vielen anderen Ländern Europas letztes Jahr auf. Die Existenz der Gladios wurde in ganz Europa gleichzeitig aufgedeckt. Sie waren vernetzt, wurden weitgehend von der CIA kontrolliert und ihre Mitglieder vom britischen MI6 ausgebildet.»

Gärtner runzelte die Stirn. «Etwas bringe ich nicht auf die Reihe. Über die Gladio wird derzeit viel geschrieben. Es muss sie bereits lange gegeben haben, vielleicht schon von Beginn des Kalten Krieges an.»

«Das kann man nur vermuten», bestätigte Nydegger. «Sie soll so alt sein wie die 1947 von US-Präsident Truman gegründete CIA. Vieles liegt noch im Dunkeln. Die nun eintrudelnden Erkenntnisse über die enttarnten Gladio-Armeen müssten zunächst verarbeitet werden. Dann, so denke ich, wird vieles zutage treten, dass es einem heiss und kalt den Rücken hinunterläuft.»

«Damit könntest du recht haben», sagte Gärtner. «Ich habe bis vor einigen Tagen Ferien in Belgien gemacht, war in Brüssel und in Wallonisch-Brabant und bekam dort einiges mit, was mir die Haare zu Berge stehen liess.»

Nydegger sah Gärtner irritiert an. Wusste er doch mehr über Gladio, als er preisgab?

Gärtner begann zu lachen. «Willst du mich für naiv verkaufen? Natürlich habe ich mir über die Geheimarmeen der NATO Gedanken gemacht. Natürlich habe ich in den letzten Wochen Augen und Ohren offen gehalten. Alles ist so ungeheuerlich. Klar war ich naiv. Wir alle waren naiv. Dass es rechte Kreise gab, die uns bespitzelt haben, wussten wir ja seit dem Einbruch in das Archiv von Cincera, diesem widerlichen Subversivenjäger.

Ich war wie vor den Kopf gestossen, als ich eine Kopie meiner Fichen von den jungen Aktivisten, die das konspirative Nest dieses unheimlichen Patrioten ausgeräuchert hatten, zugestellt bekam. Wann war das noch?»

Nydeggers Antwort kam spontan. «Im November 1976.»

«Was stand denn in deinen Fichen?», fragte Nydegger ein wenig ungeduldig.

«Es steht immer noch. Die Fichen von Cincera wurden sozusagen eins zu eins unserem ‹Staatsschutz› zugespielt, obwohl damals ganz viele davon in den Medien erschienen und sich als völlig haltlos und erfunden herausstellten.»

Gärtner fasste sich mit beiden Händen an den Kopf und stützte ihn mit den Ellenbogen auf dem Tisch ab. «Da waren einmal die Formulierung: ‹Er möchte Wirtschaftswissenschaftler oder Soziologe werden.› Dass ich meine Studien mit Erfolg abgeschlossen hatte, davon stand dort nichts. Die Studenten, die demonstrierten, konnten, da sie sich die Zeit statt im Vorlesungssaal auf der Strasse vertrieben, ja nie ein Examen bestehen, mögen sich die Spitzel gedacht haben. Man verunglimpfte mich als Nichtsnutz. In Studentenkreisen heisse es, ich hätte Verbindungen zur Baader-Meinhof-Bande. Ein aus der Luft gegriffener, ungeheuerlicher Vorwurf. Ich hätte in der ‹Schwarzen Tinte› an der Kramgasse – dieses Restaurant gibt es nicht mehr – lautstark geprahlt, einen Polizisten durchgeprügelt zu haben. Eine perfide Unterstellung. Mit meiner Körpergrösse von mehr als ein Meter neunzig und einem Gewicht von über hundert Kilo wäre mir das sogar möglich gewesen. Doch wie sollte ich so etwas tun, wenn ich nie an Kundgebungen teilgenommen hatte? Am meisten traf mich jedoch die Geschichte mit einem geplatzten Vortrag vom damaligen Korpskommandant und Professor Alfred Ernst an der Universität Bern. Ernst wurde anlässlich dieser Veranstaltung von einer Gruppe Studenten niedergeschrien. Ich weiss nicht einmal mehr, was das Thema des Vortrags war. Ahnungslos bekam ich später eine Vorladung der Staatsanwaltschaft. Darin stand, ich sei beobachtet worden, wie ich an vorderster Stelle mitgeholfen hätte, durch lautes Schreien Professor Ernst am Sprechen zu hindern. Ich stritt dies ab, denn zu dieser Zeit war ich gar nicht in Bern, sondern an einer Veranstaltung an der Universität Fribourg. Zu meinem Glück wurde dort eine Präsenzliste geführt, in die ich mich eingetragen hatte. Ich verlangte eine zweite Vernehmung. An dieser konnte ich den Beweis meiner Unschuld erbringen. Ich sehe heute noch das masslos enttäuschte Gesicht des verhörenden Justizbeamten, als er verärgert erklärte: ‹Das verstehe ich nicht. Sie wurden von mindestens zehn Personen beim Vortrag in der Aula der Universität Bern gesehen. Es ist für mich schwer zu glauben, dass Sie damals nicht dabei waren. Aber Sie dürften wohl mehr als zehn linke Unruhestifter auftreiben können, die Ihre Anwesenheit an der Fribourger Uni bezeugen werden. Ich muss Sie schweren Herzens springen lassen.› Es wäre für mich schlimm ausgegangen, hätte ich kein Alibi vorweisen können. Vielleicht wäre ich mit dem Dutzend Störenfriede verurteilt und vorübergehend von der Uni gewiesen worden. Meine beruflichen Ambitionen hätte ich vorzeitig begraben müssen. Ich hatte Jahre gearbeitet und gespart, dass ich studieren durfte.»

Nydegger machte einige wütende Kaubewegungen. «Du bist nicht nachträglich gegen die Denunzianten vorgegangen?»

«Das sagst du als Jurist. Da stand Aussage gegen Aussage. Das Verfahren gegen mich wurde ja eingestellt.»

«Was stand in den Fichen über diesen Vorfall?»

Gärtner zog einen Stoss Papiere aus seiner braunen Ledermappe. «Das sind meine Fichen, dreissig schreibmaschinengetippte Seiten.»

«Eine stolze Aufzeichnung. Das ist ja ungeheuerlich», kommentierte Nydegger.

«In der Tat. Aber irgendwie hat es mir nicht geschadet. Ich wurde Direktionssekretär beim Bundesamt für Wohnungswesen. Der zuständige Departements-Chef, Bundesrat Ernst Brugger, schien jedenfalls keine Bedenken zu haben, mich einzustellen, obwohl er ausgerechnet Mitglied der FDP war. Wie alle Spitzenbeamten wurde ich einer Sicherheitsprüfung unterzogen. Es ist anzunehmen, dass auch dieser Eintrag in meiner Fiche Brugger vorgelegt wurde. Mag sein, er hat ihn nicht ernst genommen, weil er als Zürcher Freisinniger genau Bescheid wusste, aus welcher Küche solche Einträge stammten. Mag sein, er ist der Sache nachgegangen und hat festgestellt, dass alles erstunken und erlogen war. Brugger empfand ich stets als integren Menschen, der sich nicht seiner Partei, sondern dem Parlament und dem Volk verantwortlich fühlte. Sicher hat mir die Mitgliedschaft zur sozialdemokratischen Partei, die ja schon damals in die Regierung eingebunden war, geholfen.»

Nydegger sah Gärtner fast enttäuscht an. «Für dich war also die P-26 nicht so bedrohlich, wie viele Linke sie einstufen?»

«Es war nicht die P-26, die mir zugesetzt hatte, das taten ihre Vorgängerorganisationen. Ein beträchtlicher Teil der Fichen wurde bereits vor dem Wirken der P-26 angelegt. Obwohl die P-26 die Fichenbewirtschaftung auf fatale Art und Weise weiterbetreute.»

«Ich gehe aber davon aus, dass es unter den P-26-Mitgliedern viele gab, die sich als Schnüffler betätigten.»

«Wahrscheinlich die meisten davon», sagte Gärtner.

«Du bist um einiges älter als ich. Weisst du Genaueres über die Vorgängerorganisationen der P-26?», fragte Nydegger.

«Die zivilen und militärischen Nachrichtendienste. Vor allem die UNA und die Agentur Fahrners. Nicht einmal die einflussreichsten Persönlichkeiten des bürgerlichen Lagers wollten seit der Affäre Bachmann/Schilling etwas mit diesen Leuten zu tun haben.»

Nydegger klopfte auf den Tisch. «Dieser Oberst Albert Bachmann, ein Aufschneider, ein rechtsextremer Fanatiker, der unfähigste Geheimdienstchef weit und breit.»

Gärtner fuhr fort: «Ein Cincera hätte nicht die geringste Chance gehabt, in den Bundesrat gewählt zu werden. Das heisst aber nicht, dass man sagen darf ‹Schwamm darüber, wir vergessen das Ganze›. Ich bin durchaus der Meinung, dass diejenigen, die diese monströse Schnüffelei, diese Lügen und Verleumdungen zu verantworten haben, sanktioniert werden müssten. Ganz sicher sollten alle Akten der P-26, ihrer Vorgängerorganisationen mitsamt den Zuträgern aufgearbeitet werden.»

Nydegger nickte verständnisvoll. «Die Affäre um den UNA-Obersten Bachmann und seinen Spion, Hauptmann Schilling, der mit Feldstecher und Aufnahmegerät auf einem Misthaufen in der Steiermark von österreichischen Bundespolizisten verhaftet wurde, ist mir immer noch präsent. Ganz Europa lachte über die stümperhafte Aktion. Schilling wurde bereits vom Grenzübertritt an bewacht. Sein Auftrag war, das Bundesheer des östlichen Nachbarlandes anlässlich eines Manövers auszukundschaften.»

«Das war 1979. Ein verhängnisvolles Jahr, doch es sollte noch schlimmer kommen. Im Spätherbst 1980 wurde Ronald Reagan zum Präsidenten der USA gewählt», sagte Gärtner mit einem gequälten Lächeln.

Nydegger streckte beide Daumen in die Höhe. «Genau. Es war 1979, als alt US-Aussenminister Henry Kissinger zusammen mit Alexander Haig, dem NATO-Oberbefehlshaber in Europa, am Stuhl des US-Präsidenten Jimmy Carter zu sägen begann und hinter seinem Rücken die Gladios, die schon Richard Nixon wieder aufleben liess, aus der historischen Müllhalde ausgrub und zu neuem Leben erweckte. Die beiden waren sich so sicher, dass Reagan die nächsten Präsidentenwahlen in den USA gewinnen würde. Sie nahmen sich vor, die Linke in den westlichen Industrieländern zu eliminieren. Nach dem Muster von Chile am 11. September 1973, als General Augusto Pinochet den demokratisch gewählten Präsidenten Salvador Allende stürzte, der dabei den Tod fand, ebenso wie viele seiner Anhänger. Das Massaker der Armee wurde von der Regierung Nixon unter tatkräftiger Mithilfe seines Aussenministers, Henry Kissinger, politisch und finanziell unterstützt und durch lange vorbereitete verdeckte Operationen der CIA überhaupt erst möglich gemacht. Amnesty International schätzte die Menschenopfer in den ersten Wochen des Staatsstreichs auf bis zu dreissigtausend. Viele starben an Folterungen in den Kerkern des Militärs.»

Die beiden waren sich einig, was die Auslegung der Ereignisse der siebziger und achtziger Jahre betraf. Auch über die Rolle Ronald Reagans, der im November 1980 die Präsidentenwahl für sich entschied. Nun konnten unter der Schirmherrschaft der weit rechts stehenden US-Regierung überall in Europa und in Lateinamerika die klandestinen Stay-behind-Armeen wieder flottgemacht werden.

***

Rückseite der neuen Staatschutzakte von Dürrenmatt Friedrich
Datum: 22.11.1990
Gegenstand: v. ID. jun. TG: Ende 1989 musste ein grosser Teil unserer Staatschutzakten vernichtet werden. Ein einschneidender Verlust, was die Sicherheit unseres Landes betrifft. Es bringt im Nachhinein wenig, jetzt darüber zu lamentieren. Unser Staatsschutz hat Fehler gemacht. Ich meine nicht etwa, dass es ein Fehler war, Fichen anzulegen. Das war sinnvoll, ohne jede Frage notwendig, und hatte uns davor bewahrt, im Kalten Krieg Opfer der Feinde im eigenen Volk zu werden. Der Fehler war, dass unser Staat diese Feinde nur registriert hat, ihnen aber nicht auf die Pelle gerückt ist. Warum stellte unser Staat nicht die Staatsangestellten, die Schullehrer, die Professoren auf die Strasse, wenn sie sich gegen unsere innere Ordnung auflehnten? Warum hat unser Staat die Druckerzeugnisse der linken Schreiberlinge nicht eingestampft und sie wegen übler Nachrede zur Verantwortung gezogen? Uns ehrbaren und vaterländisch gesinnten Menschen wäre dann wohl die Skandalrede, die der von Gutmenschen und Weltverbesserern hochgejubelte Friedrich Dürrenmatt anlässlich des Staatsbesuchs des neuen tschechischen Präsidenten Havel gehalten hatte, erspart geblieben. Hier die frevelhaftesten Zitate, die dieser subversiven Kreatur über die Lippen gegangen sind.

Die Schweiz – ein Gefängnis!
… wir Schweizer sind nun einmal ein kriegerisches Volk, das seit fast zweihundert Jahr nie angegriffen wurde, aber sich verteidigen würde, würde es angegriffen, und zum Beweis, dass es sich verteidigen würde, wirft es diejenigen ins Gefängnis, welche die Zivilcourage und die Ehrlichkeit haben zu erklären, sich unter keinen Umständen verteidigen zu wollen, würden sie angegriffen. […] Der Friede droht gefährlicher zu werden als der Krieg. Ein grausamer, aber kein zynischer Satz. Unsere Strassen sind Schlachtfelder, unsere Atmosphäre den Giftgasen ausgesetzt, unsere Ozeane Ölpfützen, unsere Äcker von Pestiziden verseucht, die Dritte Welt geplündert schlimmer noch als einst das Morgenland von den Kreuzrittern, kein Wunder, dass es uns jetzt erpresst.

6

Mai bis August 1980

Ende Mai klopfte es an die Tür von Alois Hofstetters Arbeitszimmer in der Kaserne Jassbach. Er staunte nicht schlecht. Vor ihm stand Waldemar Wüest.

«Guten Tag, Pinocchio, ich habe einen wichtigen Auftrag für dich. Doch auf den musst du dich gut vorbereiten.» Wüest sah Hofstetter mit leichtem Bedauern an. «Sag mal, wie steht es mit deinen Italienischkenntnissen?»

Hofstetter war blockiert. «Hm …» Mehr brachte er nicht heraus.

«Hab's mir doch gedacht. Fremdsprachen sind deine Sache nicht.» Wüest suchte etwas in seiner Jackentasche, fischte ein kleinformatiges Heft heraus. «Schlag deine Agenda auf und notiere: ‹12. bis 24. Mai 1980: Dufourkaserne Thun, Intensivkurs Italienisch. Einrücken 09:00 Uhr. Am Empfang mit dem Passwort ‹Gelli› anmelden. Tenue: Ausgangsuniform. – 1. und 2. August 1980: Erkundungstour in Bologna, Bahnhofsbereich. Einzelheiten stehen im Aufgebot.›»

Hofstetter runzelte die Stirn. «Ein Auslandseinsatz?»

«Genau. Der erste von vielen.»

Hofstetter absolvierte den Italienisch-Kurs in Thun. Mit ihm zusammen nahmen fünf weitere Männer daran teil. Ob diese ebenfalls Mitglieder der P-26 waren, konnte Hofstetter nicht in Erfahrung bringen. Alle bekamen den Ratschlag, täglich einmal ihre Kursunterlagen anzusehen und italienischsprachige Radiosendungen zu hören.

Am Montag der letzten Juniwoche suchte Wüest Hofstetter abermals in seinem Büro auf. Er händigte ihm ein Schreiben aus und sagte: «Lies das bitte laut vor, notier dir das Wichtigste – 31. Juli,

10:00 Uhr, Kaserne Jassbach – in deiner Agenda, dann zerreiss es in kleine Papierschnipsel und wirf sie in den Papierkorb. Dieses Schreiben darf nicht in falsche Hände gelangen.»

Hofstetter gehorchte Wüest immer, auch wenn es ihm bisweilen schwerfiel.

Mittwoch, 31. Juli, 10:00 Uhr. Start mit einem zivilen Fahrzeug der Armee, Kaserne Jassbach. Im Kofferraum befindet sich ein Paket, um das du dich nicht zu kümmern hast. Die zu fahrende Strecke: Jassbach–Thun–Kandersteg, dort Autoverlad nach Goppenstein-Brig-Simplon-Zollstation Gondo. Grenzübertritt zwischen 13:00 und 14:00 Uhr. Du wirst von den Schweizer Grenzwächtern durchgewunken, danach aber von den Italienern angehalten und gebeten, in den Kontrollbereich zu fahren. Ein Zöllner öffnet den Kofferraum, nimmt das Paket heraus und sagt: «Willkommen in Italien.» Du fährst weiter bis zum Bahnhof Iselle. Dort stellst du den Wagen hinter das Stationsgebäude und nimmst den nächsten Zug nach Domodossola–Mailand–Bologna Centrale. Das Billet befindet sich im Handgepäck, das du ebenfalls im Kofferraum des Wagens findest. Alles Notwendige ist drin. Pass, Fahrausweis, beide Dokumente auf einen anderen Namen ausgestellt. Hinterlege bitte deine echten persönlichen Papiere in deinem Schreibtisch (Kaserne).
In Bologna wirst du auf dem Perron 1 von einem Herrn in beiger Kleidung abgeholt. Er trägt ein schwarzes Béret und hat eine Pfeife im Mund. Er führt dich zu einem Hotel, das dem Stationsgebäude gegenüberliegt. Dort ist für dich ein komfortables Zimmer mit Sicht direkt auf den Bahnhofsplatz reserviert.
Du wirst von ihm instruiert, was du in deinem Zimmer zu tun hast.

Als Hofstetter den Text gelesen hatte, fragte er nach dem Tenue, das er auf der Fahrt nach Italien und dort zu tragen habe. Zivilkleidung oder die Armeeuniform?

«Mann, bist du bescheuert», antwortete Wüest. «In Zivil natürlich. Hast du schon mal einen Schweizer in Militärkleidung auf italienischem Boden gesehen?»

Hofstetter wandte sich unsicher an Wüest. «Wie soll ich das alles behalten, wenn ich jetzt dieses Papier zerreissen muss?»

Wüest lachte. «Du sprichst Wahres. Fass das Ganze auf mehreren Notizzetteln zusammen, dann wirf die weg, wenn du sie nicht mehr brauchst.»

Hofstetter kam am 1. August um halb acht abends im Hauptbahnhof von Bologna an. Der Mann mit Béret und Pfeife hatte ihn rasch ausfindig gemacht. Er sprach ihn in perfektem Deutsch mit Pinocchio an. Der Weg zum Hotel war keine hundert Meter weit.

Als er mit seinem Begleiter das Zimmer auf dem obersten Stock des Hotels betrat, war er verblüfft. Eine ganze Fotoausrüstung war vor dem Fenster aufgestellt. Daneben ein modernes Aufnahmegerät für Filme.

«Pinocchio, Sie müssen morgen Vormittag ab zehn Uhr die Geschehnisse um das Hauptgebäude Bologna Centrale genau beobachten, fotografieren und filmen. Das Ganze dürfte bis etwa zwölf Uhr dauern. Wir werden die Aufnahmen in kurzen Zeitabständen in Ihrem Zimmer abholen und sicherstellen. Es könnte sein, dass eine Patrouille Carabinieri in Ihr Zimmer stürmt und Sie festnimmt. Sie geben sich dann als ahnungsloser Schweizer Tourist aus, der die Gelegenheit ergreift, die dramatischen Ereignisse im und um das Bahnhofsgebäude aufzunehmen.»

Hofstetter erschrak. «Was soll denn morgen dort drüben passieren?»

«Ein Anschlag in einem Ausmass, wie Italien ihn seit dem Zweiten Weltkrieg nicht mehr erlebt hat.»

«Was geschieht mit dem Bild- und Filmmaterial?»

«Das behalten wir und werten es aus.»

«Wir?»

«Gladio Italia, die Schwester der P-26.»

«Wer führt dieses Attentat aus?»

Der Mann mit Béret und Pfeife, er nannte sich Umberto, hielt die Hand vor den Mund, was Hofstetter so interpretierte, dass er diese Frage nicht hätte stellen sollen.

«Was geschieht mit mir, sollte ich festgenommen werden?»

«Sie würden wohl ein, zwei Stunden verhört. Sie sind ja ein Schweizer Tourist, der sich ausweisen kann. Der weder von der Gladio noch der P-26 je etwas gehört hat. Man würde Sie freilassen und sich entschuldigen. Die Filme und Fotos würden die Carabinieri beschlagnahmen. Hoffen wir, dass sie nicht schon kurz nach Beginn des Spektakels auftauchen ...»

Umberto führte Hofstetter in die Handhabung des Fotoapparats und Filmaufnahmegeräts ein. Nach einer Stunde glaubte Hofstetter, alles verstanden zu haben.

Am 2. August 1980 um zehn Uhr ging Hofstetter zum Fenster. Er spielte nochmals jeden Handgriff an Fotoapparat und Filmaufnahmegerät durch. Alles würde schnell gehen, zum Nachdenken bleibe kaum mehr Zeit, hatte ihm Umberto eingeschärft.

Es war fünf vor halb elf, als er plötzlich einen Lichtblitz im Wartesaal des Bahnhofgebäudes wahrnahm. Es folgte ein gewaltiger Donner. Das ganze Gebäude ihm gegenüber schien zu bersten. Eine Wand kippte auf den Vorplatz, das Dach fiel in sich zusammen. Eine Scheibe des Fensters, vor dem er stand, zersprang in tausend Stücke. Eine gewaltige Druckwelle fegte durch das Zimmer.

Hofstetter spürte einen stechenden Schmerz an der Stirn, er musste von einem Glassplitter getroffen worden sein. Er blutete. Doch er begann Fotos zu schiessen, eines nach dem anderen. Das Filmaufnahmegerät hatte er bereits gestartet gehabt.

Einige Minuten später wurde die Tür zu seinem Zimmer geöffnet. Umberto eilte mit einem anderen Mann auf ihn zu. «Wunderbar, die Explosion war viel stärker, als wir annahmen. Und Sie, Pinocchio, hat's am Kopf erwischt.»

Umberto zog ein Papiertaschentuch aus der Busentasche und tupfte damit das Blut ab. «Halb so schlimm, eine Scherbe hat Ihre Haut über den Augenbrauen leicht aufgeritzt. Hol ihm ein

Pflaster in der Rezeption», befahl er seinem Begleiter, «und ein fenstergrosses Tuch, damit wir die zerbrochene Fensterscheibe abdecken können.»

«Helfen Sie mir, Pinocchio, die Geräte von der zertrümmerten Scheibe wegzuziehen und zum anderen, unversehrten Fenster zu schieben. Wenn die Polizei den Foto- und Filmapparat sieht, wird sie uns gleich einen Besuch abstatten.»

Kaum waren diese Worte verklungen, preschte ein Streifenwagen mit Blaulicht und Martinshorn auf den Vorplatz des eingestürzten Hauses.

Umberto nahm nun aus beiden Geräten die Filme heraus und ersetzte sie durch unbespielte. Dann klopfte er Pinocchio auf die Brust. «Sie haben gute Arbeit geleistet. Sie fahren nach dem furchtbaren Knall weiter, ganz so, als ob nichts geschehen wäre. Man müsste Sie das nächste Mal für einen Kampfeinsatz einsetzen.»

Erst jetzt fand Hofstetter endlich Zeit, das Geschehen vor dem Bahnhof zu beobachten. Dutzende von Ambulanzen kamen und gingen. «Ich schätze, viele haben dieses Massaker nicht überlebt.»

Umberto lachte. «Das war ja auch von den Urhebern des Anschlags beabsichtigt. Ich bin gespannt auf die ersten Opferzahlen, die die Behörden veröffentlichen.»

«Dann gibt es mit Bestimmtheit Vermutungen, wer für die Explosion verantwortlich ist.»

«Darauf können Sie sich verlassen. Und ich bin sicher, wem die Medien die Schuld zuschieben. Den Roten Brigaden.»

«Und? Was werden die Ermittlungen ergeben?»

Umberto seufzte. «Das steht auf einem anderen Blatt.»

Hofstetter überlegte. Irgendwie hatte er nicht verstanden, was Umberto meinte. Er war dennoch guter Dinge. Er nahm an, dass der Anschlag ein taktisches Manöver der Gegner der Linken war. Es lag also im Interesse der Antikommunisten, dass die Urheberschaft der Tat nicht ausfindig gemacht werden konnte. Aber warum musste man nach verübter Tat die Folgen so peinlich genau festhalten? Er fragte das Umberto. Dieser zuckte lediglich mit den Schultern.

Hofstetter hatte Glück. Die Carabinieri stürmten nicht ins Zimmer. Hofstetter blieb noch zwei Tage in diesem Hotel.

Am 5. August, einem Dienstag, trat er die Heimreise an. Er fuhr mit dem Zug bis Iselle, wo er in den vier Tage zuvor parkierten Wagen einstieg und nach Jassbach fuhr. Fast hatte er es erwartet. Bei seiner Ankunft in der Kaserne war auch Wüest zugegen. Er geleitete Hofstetter in einen Besprechungsraum und liess ihn über das, was er beim Bahnhof erlebt hatte, berichten. Das dauerte eine gute Stunde. Wüest war offensichtlich mit Hofstetters Schilderungen zufrieden. «Noch eine Frage?» Wüest sah Hofstetter an.

«Ja, was war eigentlich mit dem Paket, das ich im Kofferraum bis Gondo transportieren musste und das dort ein italienischer Zollbeamter behändigte?»

«Das hatte sicher einen Grund. Aber das hat dich nicht zu interessieren.»

***

Das junge Ehepaar Anna und Sandro Nydegger lebte im obersten Stock eines Hochhauses im Berner Quartier Bümpliz. Man sah von dort aus über die ganze Stadt. Sie sassen am Abend des 2. August 1980 bei einem Glas Wein auf dem Balkon. Es war ein drückend heisser Tag gewesen. Ein leichter Wind von Westen her brachte ein wenig Abkühlung. Sandro sah auf die Uhr. «Es ist kurz vor achtzehn Uhr. Hättest du etwas dagegen, wieder einmal die Abendnachrichten zu hören?»

«Erwartest du etwas Spannendes?»

«Eigentlich nicht, aber man kann ja nie wissen.»

Bologna, Italien. Auf den Bahnhof Bologna Centrale ist ein Sprengstoffanschlag verübt worden. Nach einem Bericht des Justizministeriums in Rom sind dabei Dutzende von Personen umgekommen. Die Zahl der Verletzten liege um ein Mehrfaches höher.

Es seien bereits mehrere Bekennerschreiben eingegangen. Ein Regierungssprecher stellte erste Vermutungen über die Täterschaft an. Es handle sich möglicherweise um Aktivisten aus dem Umfeld der linksextremen Roten Brigaden. Vonseiten der Untersuchungsbehörden in Bologna kritisierte man die Stellungnahme aus Rom als verfrüht. Die Echtheit der Bekennerschreiben müsse angezweifelt werden. Das sei nicht die Handschrift der Brigate Rosse, liess der Staatsanwalt verlauten. Ihre Communiqués seien länger und differenzierter. Zudem würden die Brigate Rosse gezielt prominente Personen angreifen.

«Unglaublich», sagte Anna.

Nydegger nickte. «Vielleicht sollten wir uns direkt aus italienischen Medien informieren», schlug er vor.

Die beiden gingen ins Wohnzimmer. Anna schaltete den Fernseher ein, suchte den italienischen Sender. Unfassbare Schreckensbilder liefen über den Bildschirm. Zwischendurch wurden Stellungnahmen von Politikern, Regierungs-, Polizei- und Justizsprechern eingeschaltet. Sie widersprachen sich, als es um die Herkunft der Täter ging. Allerdings wurden in den nachfolgenden Diskussionen diejenigen, die die Schuld den Ultralinken zuschoben, immer mehr in die Enge getrieben. Immer mehr verfestigte sich der Eindruck, rechtsextreme Kreise stünden hinter der Tat.

Eine Information des Polizeichefs von Bologna weckte bei Anna und Nydegger besondere Aufmerksamkeit. Der Zündungsmechanismus der Bombe und die damit verbundene Uhr stammten von einer Schweizer Firma für Präzisionsinstrumente.

Am Montagabend, den 4. August, brachte Sandro Nydegger die «NZZ» nach Hause. Er reichte Anna die Zeitung. «Lies den Artikel über das Massaker von Bologna, ich habe ihn mir bereits auf der Heimfahrt im Bus zu Gemüte geführt.»

Blindwütiger Terroristenanschlag
Explosionskatastrophe im Hauptbahnhof Bologna: 86 Tote – über 260 Verletzte
Von unserem Korrespondenten T. W., Rom. 3. August

Italien ist zu Beginn der Sommerferien Schauplatz einer blutigen, wahrscheinlich von Terroristen ausgelösten Katastrophe. Am Samstagmorgen um 10 Uhr 25 wurde der linke Seitenflügel des Hauptbahnhofes von Bologna durch eine schwere Explosion zerstört. Bis zur Stunde sind 86 Leichen geborgen worden. Die Zahl der Verletzten, von denen viele noch in Lebensgefahr schweben, beträgt rund 260. Anfangs rätselte man um die Ursachen des schweren Unglücks an diesem Eisenbahnknotenpunkt. Doch bestätigt sich in den letzten Stunden der Verdacht, dass es sich um einen Terroranschlag handelt.
Am Montag ist es sechs Jahre her, dass auf dem Express «Italicus» nahe Bologna im Apennin eine Bombe 12 Tote gefordert hatte; in den letzten Tagen ist das Untersuchungsergebnis gegen den Hauptverdächtigen Mario Tuti und drei neofaschistische Komplizen mit Antrag auf Anklageerhebung endlich den zuständigen Stellen zugeleitet worden. Unter den Telefonaten, in denen die Urheberschaft für das Verbrechen in Anspruch genommen wurde, schenkt man jenem der neofaschistischen NAR (Nudel Armati Rivoluzionari) besondere Aufmerksamkeit. Der italienische Terrorismus erreicht mit diesem Blutbad unter unschuldigen Menschen, die in die Ferien aufbrachen, ein bedrohliches Maximum an zynischer und blinder Zerstörung.

Szenen des Schreckens
Die Explosion ereignete sich nach den letzten Angaben im Wartesaal II. Klasse, der an diesem Reisesamstag ebenso wie der übrige Bahnhof von Menschen überfüllt war. Die Uhren blieben um genau 10 Uhr 25 stehen. Der linke Seitentrakt des Gebäudes, in dem sich auch das Bahnhofsbuffet, die Bar

und der Wartesaal I. Klasse befanden, stürzte ein und riss ausserdem das Vordach über dem angrenzenden Bahnsteig mit sich. Dort wurde der Adria-Express «Ancona Basel», in dem sich viele Touristen, darunter auch Schweizer, auf der Heimreise befanden, von dem einstürzenden Schutzdach getroffen. Den ersten Ambulanzen bot sich ein Bild des Schreckens, das an die Bombardierungen des Krieges erinnerte: Leichen unter Schutt, Glassplittern und Eisenteilen, tote Kinder noch mit ihrem Spielzeug, Reisende aus dem Norden und dem Süden, die der Tod im Wartesaal, auf dem Bahnsteig oder an der Bar bei einer Erfrischung erreicht hatte. Vielen Opfern hatte die Gewalt der Explosion die Kleider vom Leibe gerissen. Da die Totenwagen nicht genügten, wurde ein städtischer Bus für den Leichentransport benutzt. Die Verletzten fanden Aufnahme in den städtischen Krankenhäusern. In Eile wurden militärische Einheiten aus der Umgebung eingesetzt, um bei glühender Sonne und im nächtlichen Scheinwerferlicht Verletzte und Tote aus den Trümmern zu bergen. Präsident Pertini, der seine Ferien wieder im Ausbildungszentrum der Carabinieri in Wolkenstein im Grödnertal (Südtirol) verbringt, suchte die Opfer in den Kliniken auf. Innenminister Rognoni und Verkehrsminister Formica fanden sich schon wenige Stunden nach der Katastrophe in Bologna ein. Heute Sonntag berät sich Ministerpräsident Cossiga am Ort mit den zuständigen Behörden.

Adria-Express nach Basel
Der Adria-Express «Ancona Basel» war mit Verspätung in Bologna eingetroffen und wartete in unmittelbarer Nachbarschaft des Gebäudes, in dem sich kurz danach die Explosion ereignete, auf die Weiterfahrt. Der Einsturz des Vordachs auf die Waggons und der gewaltige Luftdruck der Explosion verletzten eine grössere Zahl von Reisenden. Unter ihnen befinden sich auch einige Schweizer, die in die Spitäler von Bologna gebracht wurden. Die veröffent-

lichten Listen geben sechs Namen von Schweizer Bürgern. Der Schweizer Konsul aus Mailand hält sich in der Stadt auf; in Bologna selber ist die Eidgenossenschaft durch eine Konsular-Agentur vertreten. Die Katastrophe an der neuralgischen Kreuzung des italienischen Eisenbahnnetzes musste den überlasteten Verkehr dieses Reisetages zum Zusammenbruch bringen. Die Nord-Süd-Verbindungen waren während Stunden lahmgelegt, und man nimmt an, dass sich der Verkehr erst am Montag wieder völlig normalisieren wird.

Indizien für ein Verbrechen

In den ersten Stunden hatte man die Ursache der Explosion in den Heizkesseln unter dem Bahnhofsbuffet und in Gasbehältern gesucht. Doch waren diese Installationen intakt. Später entdeckten die Suchmannschaften im Zuge der Räumungsarbeiten im Boden des Wartesaales II. Klasse ein Loch, das einen Durchmesser von mehr als einem Meter und eine Tiefe von ungefähr 30 Zentimetern aufweisen soll. Ausserdem wurden dort Fetzen von Material gefunden, die aus der Sprengladung stammen könnten. Bereits am Sonntagmittag gab die Staatsanwaltschaft von Bologna bekannt, dass der Verdacht eines verbrecherischen Massakers, das heisst der Straftatbestand eines Blutbades, bestehe. Experten sind sich einig, dass für eine Explosion von derartigen Dimensionen ein schwerer Koffer voll Sprengstoff notwendig war.

Sprengstoffanschläge seit 1969

Die Katastrophe von Bologna lässt sich in eine Reihe von Attentaten stellen, die mit dem Anschlag gegen eine Mailänder Bank vom 12. Dezember 1969 beginnt. Damals kamen in der Bankhalle 16 Personen um. Die ungeklärten Hintergründe jenes Verbrechens beschäftigen noch heute die Justiz. Am 28. Mai 1974 fielen in Brescia einem Anschlag gegen eine Demonstration acht Menschen zum Opfer. Nur kurz darauf, am 4. August 1974, ereignete sich der Anschlag auf den Express «Italicus». Acht Menschen kamen um; nur durch einen Glücksfall wurde damals eine Katastrophe von grösserem Ausmass vermieden. In all diesen Fällen kamen die Täter von der äussersten Rechten. Die zeitlichen Umstände legen es nahe, auch diesmal die Urheber im Lager der Ultrarechten zu suchen. Es handelt sich um einen Terrorismus, der blind zuschlägt, während der ultralinke Terrorismus seine Opfer, man denke an Moros Entführung und Ermordung durch die «Roten Brigaden», stets genau wählt. Im Vordergrund stehen heute NAR, die sich bereits gestern gemeldet haben und die von der Rache für den Hauptschuldigen des «Italicus»-Attentats, Tuti, sprechen. Tuti ist bereits wegen der Ermordung zweier Polizisten zu lebenslänglicher Haft verurteilt worden. Die NAR treiben seit 1977 besonders in Rom ihr Unwesen und haben zuletzt diesen Sommer den Staatsanwalt Mario Amato in der Hauptstadt erschossen.

7

Mitte Januar bis Mai 1991

Hofstetter hat viel von seiner Lebensfreude verloren. Halb blind wie er ist, fristet er ein graues Beamtendasein. Das etwas höhere Gehalt war ein schwacher Trost. Am 15. Januar 1991 erhielt er einen Brief.

An Hofstetter Alois
Beamter EMD
Absender: geheim

Sehr geehrter Herr Hofstetter,
wir müssen Ihnen leider mitteilen, dass die P-26 liquidiert worden ist. Es ist dies die Folge des Berichts PUK EMD vom 17. November 1990.
Wir bedauern das und hoffen sehr, wenn sich die öffentliche Empörung über diese wertvolle und erfolgreiche Spezialtruppe gelegt haben wird, mit einer anderen, ähnlich gelagerten Einheit neu anfangen zu können.
Oberst i. G. X. Y.

Es war ein Tiefschlag für Hofstetter. Hatte er doch immer noch gehofft, die P-26 würde, wenn auch im Untergrund, weiterbestehen. Als er den Brief wiederholt gelesen hatte – in seinem Büro in Bern –, wurde er von einem Tobsuchtsanfall erfasst. «Das darf doch nicht sein, wie weit haben es diese linken Schweine gebracht? Wer greift sich ans Herz und macht die Hauptverantwortlichen der PUK EMD, Nationalrat Werner Carobbio und Ständerat Carlo Schmid, kalt? Wer? Wer? Verdammt noch mal!»

Das war so laut, dass sein Büronachbar, ein Geheimdienstoffizier im Range eines Majors, in Hofstetters Büro stürzte und ihn zur Mässigung aufforderte. «Solche Wutausbrüche können Sie sich zu Hause in den eigenen vier Wänden leisten, aber nicht hier. Wir stehen zurzeit unter Beobachtung. Wenn das, was Sie eben herausgebrüllt haben, den Weg an die Öffentlichkeit findet, werden Sie ohne Federlesen von heute auf morgen an die frische Luft gesetzt.»

Jetzt fühlte sich Hofstetter vollends verraten.

Doch kaum eine Stunde später erschien der Major wieder in Hofstetters Arbeitszimmer. Mit freundlicher, nicht nachtragender Miene. Er klopfte ihm kumpelhaft auf die Schultern. «Hofstetter, ein heikler Auftrag für Sie. Kannten Sie Jules Abel?»

«Natürlich kannte ich den.»

«Ich weiss. Deshalb gelange ich ja an Sie.»

Hofstetter zog die Augenbrauen zusammen.

Der Major konnte sich ein höhnisches Grinsen nicht verkneifen. «Zum Schutz unserer patriotischen Bewegung müssen die Spuren, die allenfalls beim Ableben von Abel hinterlassen worden sind, vernichtet werden.»

«Wie soll denn das gehen?»

«Die Akten der P-26 müssen sichergestellt werden.»

«Wo befinden sich diese?»

«Im ‹Hotel Schweizerhof›. Sie wissen ja, im Bunker in Gstaad. Sie sind einer, der sich dort gut auskennt. In Frage dafür kommt ein ehemaliger Berufsmilitär auf der Stufe Unteroffizier, der Mitglied der P-26 war. Da ist die Auswahl klein. Wir haben uns für Sie entschieden. Nicht zuletzt deswegen, weil Sie ja auch ein Interesse daran haben, dass diese Akten nicht publik gemacht werden.»

«Wann?»

«Gleich. Der Dienstwagen steht bereits auf dem Vorplatz, schauen Sie aus dem Fenster, dann sehen Sie ihn.»

«Ich habe aber zu Hause nichts davon gesagt.»

Der Major lachte laut. «Hören Sie mal, Hofstetter, auch wenn Sie keine Uniform mehr tragen, sind Sie immer noch Beamter des Militärdepartements. Sie haben uns jederzeit zur Verfügung zu stehen.»

Hofstetter brummte missmutig: «Dann sagen Sie mir genau, was ich machen muss.»

«Im Wagen finden Sie alles, was Sie für diesen Einsatz benötigen. Die Dokumente, die Sie schreddern sollen, befinden sich in einem eingemauerten Tresor in Raum 2B, ganz hinten in der Kaverne. Der Schlüssel dafür liegt im Kofferraum des Fahrzeugs in einem kleinen grünen Stoffsack. Der Code, auf einem kleinen Zettel notiert, ebenfalls. Daneben liegen zehn Kartonschachteln gefüllt mit Makulatur in Form von A4-Blättern. Insgesamt etwa fünftausend. Sie ersetzen die Originalakten mit diesen Blättern. Die obersten drei Originale belassen Sie. Jeder, der flüchtig hineinschaut, soll den Eindruck bekommen, die Akten seien noch da. Die Originale vernichten Sie. Der Schredder dafür steht vor dem Tresor, daneben eine grosse Metallwanne für das zerstückelte Papier. Um das Entsorgen müssen Sie sich nicht kümmern. Morgen Nachmittag melden Sie sich wieder zurück. Tun Sie peinlich genau das, nur das, was wir von Ihnen erwarten. Sie werden kontrolliert.»

Hofstetter nickte ergeben.

«Ich bin noch nicht fertig.» Der Major zog einen schweren Schlüssel aus der Tasche. Damit gelangen Sie in den Bunker. Sie müssten ja noch wissen, wie man ihn handhabt?» Er sah Hofstetter fragend an.

«An das Prozedere erinnere ich mich noch genau.»

«Gut, den Schlüssel zu Ihrem Schlaf- und Aufenthaltsraum finden Sie im Tresor.»

«Aufenthaltsraum?»

«Genau. Sie übernachten dort.»

«Dann muss ich zuerst nach Oberburg fahren und mich dort mit Nachtbekleidung und Toilettenartikeln eindecken.»

«Moment mal, ich komme gleich zurück.» Der Major verliess das Zimmer und kam mit einem grossen Koffer zurück. «Auch an das haben wir gedacht. Da ist alles drin, was sie zum Schlafen brauchen: Nachtwäsche, Necessaire mit Zahnbürste, Rasierzeugs, Schlaf- und Kopfwehtabletten, Ohropax und alles, was dazu gehört.» Der Major sah auf die Uhr. «Jetzt ist es halb zwölf. Sie starten gleich. Auf dem Weg nach Gstaad gönnen Sie sich zwischendurch ein Mittagessen. Wir haben für Sie bereits einen Platz im Restaurant in Wimmis, in der Nähe des Labors Spiez reserviert ... Wie heisst es nun schon?»

Hofstetter wusste den Namen auch nicht, aber konnte sagen, wo es lag.

«Danach fahren Sie auf dem kürzesten Weg zum ‹Hotel Schweizerhof›. Morgen Nachmittag punkt vierzehn Uhr erwarte ich Sie wieder zurück. Klopfen Sie an meine Bürotür. Abtreten.»

***

Aus der Staatschutzfiche von Hebeisen Charlotte, Zahnärztin
Datum: 4.1.83
Gegenstand: v. B. H. BE: H. C. betreibt seit vier Jahren in unserem Städtchen eine Zahnarztpraxis. Patienten von ihr haben uns gemeldet, in ihrem Wartezimmer würden linke Zeitungen und Prospekte aufliegen. Die Berner Tagwacht, die Wochenzeitung (WOZ) und Prospekte der Gruppe Schweiz ohne Armee.
Diese Person muss im Auge behalten werden. Akademisch ausgebildete Frauen können eine Gefahr für unsere Gesellschaft sein, wenn sie von linken Ideologien verseucht sind.
Unsere Recherchen haben ergeben, dass die H. C. Mitglied der SP, der Schweizer Antiatomkraftbewegung, von Greenpeace, der Friedensbewegung und weiteren subversiven Körperschaften ist.
Der Berufsverband der Zahnärzte wurde informiert.

***

Das Essen in Wimmis war nicht überwältigend. Aber immerhin stand es bereit, sogar als Hofstetter etwas früher als erwartet dort eintraf. Er verzichtete auf Kaffee und Dessert, er habe es eilig und sei schon spät dran.

«Schade, alles ist ja bereits bezahlt», klagte die Serviertochter.

In Zweisimmen bog er Richtung Bahnhof ab und hielt vor einer grossen Papeterie. Er erkundigte sich dort nach fünftausend Blättern weissem Papier. Die Hälfte davon könne sie anbieten, mehr habe sie leider nicht, sagte die Ladeninhaberin.

«Dann nehme ich die. Noch eine Frage: Haben Sie auch Makulatur in diesem Format?»

Die Frau lachte. «Sie haben auch Wünsche! Aber sicher haben wir das. So viel Sie wollen. Das meiste ist einseitig bedruckt, ein Teil davon auch farbig.»

Hofstetter strahlte. «Ich gebe in Gstaad einen Kurs. Makulatur ist gerade ideal. Eine weitere Frage: Verkaufen Sie auch A4-Kopierer?»

«Selbstverständlich. Ich kann Ihnen ein günstiges Exemplar für zweihundert Franken anbieten. Es ist nur wenig gebraucht, läuft tipptopp, ist bereits Papier drin.»

Hofstetter machte eine Geste, als wenn er die Frau umarmen wollte. «Wunderbar, ich bin wunschlos glücklich.»

«Ich helfe Ihnen, alles Material in Ihrem Wagen zu verstauen.» Sie tippte in die Tastatur der Kasse. «Alles kostet ... Franken zweihundertvierzig. Herzlichen Dank für den grosszügigen Kauf.» Als sie den Mercedes mit den schwarzen Armeekennzeichen sah, rief sie freudig: «Wow, ein schicker Schlitten, Herr Oberst.»

Hofstetter genoss es, er liess die Frau im Glauben, ein hoher Stabsoffizier zu sein.

Unterhalb der Passhöhe Saanenmöser hielt er an einer Ausbuchtung an und verstaute den kleinen Kopierer und die soeben erstandenen Schachteln Makulatur in dem überdimensionierten Koffer.

Als er vor dem «Schweizerhof» anhielt, brauchte er keine Minute, um den Koffer und das Dutzend Schachteln mit der Makulatur aus Bern in der Kaverne hinter dem Eingangstor zwischenzulagern. Er fuhr den Wagen wie abgesprochen in die Tiefgarage des Hotels Palace. Es war halb vier am Nachmittag.

Er schleppte den Koffer und die Schachteln durch die fast hundert Meter lange Kaverne zum westlichen Ende des Stollens, wofür er zwei Gänge benötigte. Der Tresor liess sich problemlos öffnen. Er fand darin den Schlüssel für sein Zimmer, dazu zwei Gutscheine für das Nachtessen und das Frühstück im Hotel Palace.

Was für eine freudige Überraschung. Der Raum war geheizt und ausgestattet mit Toilette und Dusche. Es war offenbar eines der Gästezimmer für hohe Offiziere oder bedeutende Zivilisten.

Hofstetter machte sich gleich an die Arbeit. Zunächst ging er in den Materialraum. Darin fand er, woran er nicht gedacht hatte: eine Waage.

Aus dem Tresor nahm er die Akten, die zu schreddern waren. Hostetter hielt inne, überlegte noch einen Moment lang. Aber den Entschluss hatte er schon gefasst, als er in Bern abgefahren war. Er wurde vom EMD schlecht behandelt. Immer machte er die Drecksarbeit für diese Leute. Er wollte etwas in der Hand haben, um sich zur wehren, sollte es seinen Oberen einfallen, ihn zu entlassen.

Er entnahm jeder der zehn Schachteln die obersten drei Aktenblätter. Die erste Schachtel legte er auf die Waage. Das Display zeigte eins Komma fünf Kilogramm an. Die zweite war ein wenig schwerer, die dritte ein wenig leichter. Eine leere Schachtel wog hundertfünfzig Gramm. Die Akten wogen zusammen dreizehn Komma fünf Kilogramm. Er musste also diese Menge Makulatur durch den Schredder lassen. Hofstetter ging davon aus, dass man, nachdem er Gstaad verlassen hatte, den Papiermüll wägen würde.

Hofstetter ging in sein Zimmer zurück, nahm Pyjama und Necessaire aus dem Koffer und schleppte ihn zurück zum Tresor. Dann kippte er die Schachteln mit der Makulatur aus und verstaute darin die Originale der Akten. Er schloss den Kopierer an die Steckdose und kopierte die insgesamt dreissig separierten Aktenblätter. Die Kopien legte er zu den Originalen, verschloss den Koffer und schleppte ihn wieder ins Zimmer zurück. Dann stellte er dreizehn Komma fünf Kilogramm Makulatur zum Schredder. Füllte die zehn nun leeren Schachteln mit der Makulatur, die ihm der Major in den Wagen gelegt hatte und legte jeweils drei originale Akten zuoberst auf den Stoss und versorgte sie im Tresor. Die zwei übrig gebliebenen Schachteln brachte er ins Zimmer zurück. Alles musste übereinstimmen. Man konnte die geschredderte Ware wägen, auch die vermeintlichen Akten im Tresor, alles ging schön auf.

Hofstetter stellte den Schredder an, die grosse Metallwanne darunter. Er gab portionenweise Makulatur in den Schredder. Er erschrak, als ihm jemand auf die Schultern klopfte. Er sah in ein grinsendes Gesicht. Das von Brutus, der in der Uniform eines Obersten steckte. Brutus hatte er im Bunker von Gstaad kennengelernt. Er war dort in sozusagen jedem Wiederholungskurs, zu dem er, Hofstetter, aufgeboten wurde, zugegen. «Willkommen in unserer Vorhölle. Ich wollte mich nur vergewissern, ob alles gut läuft. Das tut es auch, und wie! Grossartig, Pinocchio. Bye-bye, alter Freund, auf Nimmerwiedersehen.» Und weg war er.

Als Brutus den Raum verlassen hatte, sagte Hofstetter aufatmend zu sich: «Ich glaube, ich hab's geschafft.»

Bei der Rückfahrt am nächsten Tag machte er einen Umweg über Burgdorf/Oberburg. Er fuhr zu seinem Einfamilienhaus. Eine Kopfwäsche blieb ihm erspart, da seine Frau gerade abwesend war. Er ging mit dem Koffer in sein Arbeitszimmer, legte den gekauften Kopierer in einen Schrank und schloss die P-26-Akten in seinem Tresor ein. Dass jemand auf die Idee käme, er hätte anstelle der Akten Makulatur vernichtet, schätzte er als ausgeschlossen ein.

Am Abend ging er in sein Arbeitszimmer und suchte nach etwas Bestimmtem in den P-26-Akten. Dem Stichwort «Brabant». Dieses Thema beschäftigte ihn sehr, weil er dort im November 1985 als P-26-Armist in einem Auslandseinsatz war. Im Tresor fand er in einer Klarsichtmappe darüber einen Artikel aus dem «Bundesstadt».

Zur beispiellosen Mordserie bleibt vieles unklar. Unwahrscheinlich, dass es den Tätern um Beute gegangen sein soll – dafür war der Ertrag der Raubtaten viel zu gering.

Deshalb zirkulieren viele Theorien. Eine besagt, die Taten seien eigentlich gezielte Anschläge gewesen, um die Bevölkerung zu verunsichern – und politisch konservative Kräfte an die Macht zu bringen. Stammen die Urheber aus dem belgischen Sicherheitsapparat oder aus einem geheimen NATO-Netzwerk, das im Falle eines möglichen kommunistischen Wahlsiegs eingreifen würde? Das Letztere ist, nach allem, was man vom Anschlag von Bologna weiss, durchaus nachvollziehbar.

8

September und Oktober 1980

Das Abenteuer in Bologna hatte Hofstetter überstanden. Was mit den Bildern und den Filmaufnahmen geschehen war, davon hatte er keine Ahnung, es interessierte ihn auch nicht. Hörte er auf seine innere Stimme, sagte diese ihm, als Soldat würde er lieber mit Waffen kämpfen als Aufnahmen mit Foto- und Filmkameras machen.

Es war anfangs September, als Wüest erneut in der Kaserne Jassbach auftauchte und nach Hofstetter suchte. Er fand ihn auf dem nahen Schiessplatz mit Rekruten zusammen.

«Pinocchio, schick diese Jungs in die Kaserne zurück, wir brauchen dich – jetzt gerade», rief Wüest Hofstetter zu.

«Das geht nicht, sonst zerreisst mich der Schulkommandant in der Luft», schrie er zurück.

«Nichts da, ich habe mit ihm gesprochen. Ich gebe hiermit nur seinen Befehl an dich weiter.»

Eine Viertelstunde später sassen Hofstetter und Wüest in der Suite des Schulkommandanten, der auf seinem gepolsterten Sessel thronte. «Feldweibel, gibt dir Wüest hier auf meinem Waffenplatz einen Befehl, geschieht das nicht ohne mein Einverständnis; dann hast du ohne Widerrede zu gehorchen.» Der Oberst lachte schallend. «Die Angelegenheit ist derart wichtig, dass sie nur im Herzen der Kommandantur besprochen werden kann.» Dann verliess er sein Büro.

Wüests Miene nahm gespielt ernste Züge an. «Pinocchio, was du in Bologna hingelegt hast, war sehr wichtig. Du hast diesen Auftrag zu unserer aller Zufriedenheit erledigt. Wir sind stolz auf dich. Nun ist die Zentrale in unserem Hauptquartier nahe London auf dich aufmerksam geworden. ‹Das ist unser Mann›, heisst es dort. Es steht ein Einsatz in der Bundesrepublik Deutschland an. In München, in den ersten Tagen des Oktoberfestes.»

Hofstetters Augen blitzten. «Werden dabei Waffen eingesetzt?»

«Ja und nein. Keine Schusswaffen. Du nimmst auch nicht an der Kampfhandlung teil.»

«Kampfhandlung?» Hofstetter sah Wüest erstaunt an.

«Pinocchio, wieder mal stellst du die falsche Frage. Du gehst nach Deutschland und wirst dort instruiert.»

Hofstetter nickte ergeben.

«Am 22. September reist du mit dem Zug nach Donaueschingen. Eine Kleinstadt, fünfzehn Kilometer von der Grenze zum Kanton Schaffhausen entfernt. Du fährst mit der Bahn. Doch vordem müssen wir dich in den Auftrag, den du zu erledigen hast, einführen. Auch da darf nichts schiefgehen. Und das wird in unserem neuen Schulungszentrum, dem ‹Schweizerhof› in Gstaad, geschehen.»

«Da war ich noch nie.»

«Du sagst es, Pinocchio. Eine wahrhaftige Festung unter einem der nobelsten Hotels der Schweiz.»

«Ist doch gut, dass niemand dort davon weiss.»

Hofstetter fing sich einen schrägen Blick von Wüest ein. «Da täuschst du dich, mein Freund. Die Strippenzieher der P-26 gehen im ‹Palace› ein und aus. Handverlesene der feinen Gesellschaft unseres Landes sind Mitglied der P-26, und weitere davon werden ihnen folgen.» Wüest blätterte in seiner Agenda. «Am 21. September, zehn Uhr, rückst du in Gstaad ein, in Uniform. Der Zug kommt um neun Uhr dreissig am Bahnhof an. Warte auf dem Perron, auf dem der Zug einfährt. Derjenige, der dich abholt, kennt dich. Du wirst dann in den ‹Schweizerhof› gefahren. Für den Einsatz in Deutschland besorgen wir dir die passende Kleidung, mit allem Drum und Dran.»

Was erwartet mich am 21. September und die Tage danach?, fragte sich Hofstetter.

Pünktlich kam er in Gstaad an und staunte nicht schlecht. Wüest holte ihn höchstpersönlich ab. Also musste sein Auftrag sehr wichtig sein.

Die Fahrt zum «Schweizerhof» hatte es in sich. Sie war etwa einen Kilometer lang. Das Fahrzeug liess die letzten Häuser des Dorfes hinter sich und bog in eine steile, waldgesäumte Strasse ein. Kurze Zeit später hielt es vor einem Felsen, der eigentlich keiner war. Ein schlecht gemachtes Imitat, das bereits bei oberflächlichem Hinsehen als Kunststoff-Attrappe zu erkennen war.

Dieser Eingang war noch aus einem Grund auffällig. Es standen mehrere Fahrzeuge von Baufirmen davor. Und eine grosse Mulde, teils gefüllt mit Gesteinsbrocken, unschwer als Aushubmaterial zu erkennen. Dann öffnete sich der «Felsen», ein Arbeiter mit einer Schubkarre entlud seine Fracht in der Mulde.

«Der P-26-Stützpunkt in Gstaad ist noch im Bau. Doch das Wesentliche steht, stand schon seit Längerem», klärte Wüest Hofstetter auf. «Die Anwohner wissen, dass es eine militärische Anlage ist, die lange nicht benutzt wurde. Und nun registrieren sie mit Genugtuung, dass sie reaktiviert werden soll. Die Menschen hier oben stehen im Gegensatz zu vielen Städtern noch hinter der Armee. Ich hätte zwar einen Schlüssel, aber tagsüber ist die Anlage ohnehin offen. Spazieren wir hinein.»

Niemand hielt die beiden auf. Am Eingang war eine grosse Holzkiste mit gelben Helmen, daneben eine improvisierte Garderobe mit orangen Wetterschutzkleidern. Sie bedienten sich daraus, um für Bauarbeiter gehalten zu werden.

Hofstetter staunte über die Länge und den grosszügigen Querschnitt des Stollens. Circa fünfzig Meter tief, drei Meter hoch und ebenso breit. Man konnte also mit einem Jeep hineinfahren.

Am Ende standen die beiden vor einem Tor aus Beton und Eisen. «Dahinter sind Räumlichkeiten, zu denen das Baupersonal keinen Zutritt hat», sagte Wüest, zog einen schweren Schlüssel aus seiner Hosentasche und öffnete diesen Eingang. Sie waren in einem kurzen Korridor. Danach kam eine weitere, ebenso befestigte Tür. «Schleusenbetrieb, für den Ernstfall. Mit Ernstfall ist eine radioaktive Verseuchung gemeint. Diese Räume sind absolut atombombensicher», belehrte Wüest Hofstetter. Als die aufwendige Sicherheitsvorrichtung passiert war, wurden sie von gleissendem Licht geblendet. Sie befanden sich in einer hell erleuchteten Halle, die irgendwie das Aussehen eines Hotelfoyers hatte.

«Da werden künftig die einrückenden P-26-Armisten begrüsst, ihnen die Aufgaben zugeteilt und die Zelle zugewiesen. Es können schon mal gegen fünfzig Personen sein. Mehr nicht, es handelt sich ja um eine Eliteeinheit.»

«Also gibt es fünfzig Zellen?»

«Sicher, das ist für den Endausbau geplant. Die Finanzen dafür sind sichergestellt. Was für die P-26 ausgegeben wird, weiss der Bund, der Geldgeber, nicht.»

In der Schleuse tat sich etwas. Hofstetter hörte das Geräusch des zuschlagenden Tores.

«Das wird unser Mann aus Deutschland sein», bemerkte Wüest.

«Aus Deutschland?»

«Ja, ein Agent des BND, des deutschen Bundesnachrichtendienstes, das wichtigste Spionagezentrum in unserem nördlichen Nachbarland. Er wird begleitet von einem Schweizer Offizier der UNA.»

Zwei Herren tauchten auf. Der Deutsche in Zivil, der Schweizer uniformiert. Wüest grüsste militärisch und stellte sie Hofstetter vor. «Oberstleutnant Hess vom BND und Hauptmann Rüfenacht von der UNA.»

Sie gingen in den nächsten Raum. Der war kleiner, aber ziemlich luxuriös eingerichtet. Alle vier nahmen Platz an einem runden Tisch, umgeben von bequemen Sesseln.

Wüest führte die Runde in das Thema ein. Es handelte von einem Ereignis, das erst stattfinden sollte. Während des Oktoberfestes in München. Wüest beklagte die politischen Zustände in der links regierten Bundesrepublik Deutschland, doch er wurde nicht konkret. Hofstetter konnte nicht verstehen, um was es wirklich ging.

Danach meldete sich Hess zu Wort. Auch er liess die Katze nicht aus dem Sack. Es handle sich um eine heikle Operation. Ein Misserfolg liege schlicht nicht drin. Die Öffentlichkeit dürfe unter keinen Umständen erfahren, dass die Gladio-West davon wisse oder gar daran beteiligt sei. Ganz wichtig: Auch die meisten Akteure – Hess sah dabei Hofstetter an – seien nicht eingeweiht, was sich am 26. September 1980 am Haupteingang des Oktoberfests abspielen werde.

Hofstetter wollte etwas sagen, doch Wüest verhinderte das, was Hess mit einem Schmunzeln quittierte.

Hess sprach weiter. «Einer der Akteure, Feldweibel Alois Hofstetter alias Pinocchio, sitzt hier. Er erfüllt einen Dienstauftrag der Geheimarmee Gladio-West, die direkt dem NATO-Oberkommandierenden in Europa untersteht. Für das, was Pinocchio dabei ausführt, kann ihn niemand belangen. Es ist eine Hilfeleistung, die zum Gelingen eines komplexen Vorgangs beiträgt. Ich kann nicht ausschliessen, dass er nach dem Ereignis von der deutschen Polizei verhört wird. Auf diese Eventualität werden wir ihn vorbereiten. Diejenigen, die ihn befragen, haben keine Ahnung, dass es Gladio-West gibt. Es ist sozusagen ausgeschlossen, dass der Akteur festgesetzt wird.»

«Und was ist mit Donaueschingen?», fragte Hofstetter.

Hess antwortete: «Dort findet die erste Etappe Ihres Einsatzes statt. Sie werden am Bahnhof Donaueschingen abgeholt und in ein Hotel gebracht, wo Ihnen unser Agent genaue Anweisungen erteilt, was zu tun ist. Eine Art Erkundigungstour. Sie gehen dabei kein Risiko ein. Ihr Aufenthalt in Donaueschingen dauert bis zum 24. September mittags, dann reisen Sie mit dem Zug nach München, wo Sie im Hauptbahnhof am frühen Abend eintreffen. Dort werden Sie erneut von einem unserer Agenten abgeholt. Auch dieser wird Ihnen Instruktionen geben. Dieser Teil Ihres Auftrags ist schwieriger. Er erfordert Ihre volle Aufmerksamkeit, Ihren bedingungslosen Einsatz. Es könnte Situationen geben, wo Sie auf sich allein gestellt sind, also selbst Entscheidungen treffen müssen. Das trauen wir Ihnen auch zu, sonst hätten wir Sie für diese Aufgabe nicht ausgewählt.»

«Brauche ich für diesen Einsatz eine Waffe?», fragte Hofstetter.

«Überhaupt nicht. Physische Gewalt lässt sich nicht mit Ihrem Auftrag vereinbaren», sagte Hess.

Hofstetter verzog das Gesicht.

Hess grinste ihn an. «Die Schweiz ist ein neutrales Land. Ein Schweizer, der sich in fremde Kriegsdienste begibt, macht sich strafbar.»

Wüest wurde von einem Lachanfall erfasst. Er klopfte sich auf die Schenkel. «Pinocchio, du musst noch viel lernen. Wenn du für die Gladio-West ausserhalb unserer Grenze in einem Kampfeinsatz bist, bekommst du in der Regel einen Pass des Landes, in dem du dich aufhältst. Solche Einsätze sind für dich vorerst nicht vorgesehen. Das heisst nicht, dass du nicht auch als Zivilist für wertvolle Dienste eingesetzt werden kannst. Denk an deinen Auftritt in Bologna.»

Hofstetters Blick wanderte hilfesuchend im Raum herum. «Ist ja gut, habe verstanden», kam es über seine Lippen.

Hess klopfte ihm aufmunternd auf die Schulter. «Nun ja, ich lese es an Ihrem Gesicht ab. Sie möchten wissen, um was es in München wirklich geht.»

Hofstetter nickte beherzt.

«Die Bundesrepublik steht vor wichtigen Wahlen. Die derzeitige Regierung überzeugt nicht. Sollte sie an der Macht bleiben, läuft nicht nur die Bundesrepublik Deutschland Gefahr, sondern alle Länder vor dem Eisernen Vorhang, von den Sowjets in Beschlag genommen zu werden. Vielleicht ohne dass ein einziger Schuss abgegeben wird. Sitzen in den Regierungen Deutschlands, Italiens, Frankreichs, Spaniens und weiterer Staaten Kommunisten, werden die Herren im Kreml ihre Herrschaft bis zum Atlantik ausdehnen. Das gilt es zu vermeiden. Um das geht es, mein Freund. Sie sind nur ein Rädchen in unserem Getriebe. Aber ein wichtiges.»

«Damit wäre unsere Sitzung beendet?» Wüest sah Hess fragend an.

«Ich bin zuversichtlich, dass Pinocchio begriffen hat, was ich meine.»

Hofstetter hauchte ein «Ja».

Am 22. September erschien Hofstetter um sieben Uhr dreissig in der Kaserne, so als ob es für ihn ein normaler Arbeitstag wäre. Als er sein Dienstzimmer betreten wollte, merkte er, dass es unverschlossen war. Wüest und der Schulkommandant standen darin.

«Pinocchio, die Darbietung beginnt hier und jetzt», sagte Wüest und drückte ihm einen Koffer in die Hand. «Geh damit in die Garderobe und kleide dich um. Alles, was du für die nächsten Tage brauchst, ist da drin. Ein Pass, nicht auf deinen Namen lautend, ebenso ein Führerausweis. Kleider, Unterwäsche, Seife, Rasierzeug, genügend Bargeld in Schweizer Franken und Deutscher Mark, Billets für Bahn und Bus, Stadtpläne von München und Donaueschingen. Ein Paket mit dem Vermerk ‹Donaueschingen›. Weitere Dokumente und Kommunikationsmaterial werden dir an den zugewiesenen Aufenthaltsorten abgegeben. Das Wichtigste ist jedoch ein Orientierungsplan in einem roten Klarsichtmäppchen. Darin ist die erste Anlaufstelle, die in Donaueschingen, beschrieben. Hinweise zur nächsten Anlaufstelle bekommst du in Donaueschingen.»

«Noch etwas», ergänzte Hess. «Im Koffer finden Sie einen Brief, den Sie beim Grenzübertritt dem deutschen Zöllner, sollte er sich anschicken, den Koffer zu durchsuchen, vorlegen sollten. Er wird dann auf eine Durchsuchung verzichten.»

Wüest fuhr Hofstetter zum Bahnhof Thun, wo er um zehn Uhr ein Erste-Klasse-Abteil des Schnellzugs nach Zürich bestieg. Die Fahrt ging weiter nach Schaffhausen und Singen, wo er in den Zug nach Donaueschingen umstieg. Bei der Zollkontrolle in Singen wurde Hofstetter keines Blicks gewürdigt. Nachmittags um halb drei kam er in Donaueschingen an. Dort wurde er von einem auffallend kleinen Mann in einem grauen Anzug und einem gleichfarbigen Schlapphut abgeholt. Der streckte Hofstetter die Hand entgegen. «Frick ist mein Name. Ich fahre Sie zu Ihrer Bleibe, dem Hotel Linde im Stadtzentrum.»

Das Hotel war ein kleines, offenbar traditionsreiches in der Altstadt. Frick führte Hofstetter direkt ins Zimmer, das geräumig und nicht dem Strassenlärm ausgesetzt war. Im Zimmer stand ein Tisch mit zwei Stühlen.

«Setzen wir uns hin. Ich führe Sie nun in den ersten Auftrag, den Sie auszuführen haben, ein. Wir sind sehr vorsichtig und vermeiden es nach Möglichkeit, unsere Anweisungen schriftlich zu erteilen. In Donaueschingen gibt es zwar Gäste aus ganz Deutschland und einige wenige aus der Schweiz. Vor allem die Letzteren fallen ihrer Sprache wegen auf. Da könnte es schon sein, dass Sie von unserer Polizei, die allzeit präsent ist, angehalten und kontrolliert werden.» Frick fiel Hofstetters fragender Blick auf. Er hielt inne. «Etwas nicht klar?»

«Was meinen Sie mit ‹wir›? Für welche Organisation sprechen Sie?»

Frick überlegte einige Augenblicke. «Hat Ihnen das nicht der Agent, der sie in Gstaad besucht hat, angedeutet?»

«Ach ja, Hess. Er hat schon zwei Namen gesagt. BND und Gladio-West.»

«Das sind zwei verschiedene Institutionen. Der BND ist allseits bekannt. Den Namen Gladio-West kennt nur ein kleiner, auserwählter Kreis. Die P-26 gehört dem Truppenverband Gladio-West an. Ich gehöre der deutschen Schwesterorganisation der P-26, der Gruppe 27, G27, an. Ihr Name tut nichts zur Sache. Ich fahre Sie morgen Vormittag zu einem schmucken Haus im Villenquartier von Donaueschingen. Dort läuten Sie. Ein junger Mann, etwas über zwanzig, wird Ihnen öffnen. Sie überreichen ihm das Paket, das Ihnen Wüest in den Koffer gelegt hat.» Frick unterbrach den Redefluss, sah Hofstetter an.

Dieser fragte: «Ist das alles?»

«Unter Umständen. Das hängt davon ab, was Sie für einen Eindruck auf ihn machen. Sein Name ist übrigens Horst Kohli. Es kann sein, dass er sich kurz bedankt und die Tür vor Ihrer Nase zuschlägt, es kann sein, dass er Sie in seine Werkstatt hinunterführt und Ihnen dort dies und das zeigt.»

«Soll ich diese Einladung annehmen?»

«Unbedingt. Es könnte uns mehr Einblick in die verschlossene Welt des jungen Mannes bringen. Er gehört zwar nicht zu uns, aber einer Organisation an, auf deren Dienste wir bisweilen angewiesen sind. Nun hat uns ausgerechnet der Justizminister, dieser linke Liberale, übel mitgespielt. Er hatte vor einem halben

Jahr ebendiese Organisation, die Wehrsportgruppe Hoffmann, die WSG, verboten. Gegen den Widerstand aus dem Freistaat Bayern, gegen Ministerpräsident Franz Josef Strauss und Landesinnenminister Gerold Tandler. Beide stufen die WSG als harmlos ein. Sie ist offiziell aufgelöst, aber ihre einstigen Mitglieder sind als Einzelgänger immer noch aktiv und mit ihresgleichen nach wie vor gut vernetzt.»

«Was soll ich tun, wenn ich mit Kohli ins Gespräch komme?», fragte Hofstetter zunehmend ungeduldig.

«Da haben wir klare Vorstellungen. Sehen Sie sich seine Werkstatt genau an. Stellen Sie ihm Fragen, auf eine mitfühlende Art, wohlverstanden. Er soll den Eindruck kriegen, dass Sie mit ihm viele Ansichten teilen.»

«Es könnte sein, dass ich mich dabei gar nicht verstellen muss. Ich werde mich bemühen, ihn auszuhorchen, und Ihnen meine Erkenntnisse melden.»

«Danke. Da wäre noch etwas. Horst Kohli lebt im Haushalt seiner Eltern. Diese sind schon ziemlich alt. Sein Vater rückt gegen die achtzig, die Mutter ist über sechzig. Sie haben einen metallicbraunen Ford Consul mit dem Kennzeichen VS-DD 500, der ihrem Sohn Horst zur alleinigen Verfügung steht. Wir möchten diesen Wagen für die nächsten Tage überwachen. Dazu müssen wir ihn verwanzen. Das ist nicht ganz einfach. Der Wagen steht häufig in der verschlossenen Garage des Hauses. Vielleicht finden Sie eine Möglichkeit, sich Zugang zu diesem Fahrzeug zu verschaffen. Wenn nicht, werden wir es auf einem anderen Weg versuchen.»

Hofstetter versprach, sein Bestes zu tun, um das Vertrauen des jungen Kohli zu gewinnen.

Als Hofstetter am 23. September beim Hause Kohli klingelte, öffnete der junge Mann umgehend die Tür. Er hatte dichte schwarze Haare, die vielleicht vor Kurzem geschnitten worden waren. Der weisse Hals liess das jedenfalls vermuten. Zuvor wäre er wohl auffälliger gewesen. Nun hatte er das Aussehen einer grauen Maus.

«Ich habe Sie erwartet», sagte Kohli.

Hofstetter reichte ihm das Paket.

Ein Blitz, gefolgt von einem lauten Donner, schoss über den Himmel. Platzregen setzte ein.

«So darf ich Sie nicht gehen lassen. Kommen Sie bitte herein. Derzeit bin ich allein zu Hause. Meine Eltern sind gerade bei Bekannten in Stuttgart», sagte Kohli.

Es war sehr ordentlich im Haus. Die Garderobe im Korridor. Mäntel, Jacken an Bügeln, Hüte darüber an Haken.

«Nehmen Sie einen Kaffee?», fragte er.

«Gerne», erwiderte Hofstetter.

Kohli machte sich an der Kaffeemaschine zu schaffen. «Die habe ich angeschafft, entgegen dem Ratschlag meiner Eltern. Auch im Haushalt sollte man sich die technischen Errungenschaften zunutze machen.» Er stellte die Tassen mit dem dampfenden Kaffee auf den Küchentisch. «Nehmen Sie, Herr …»

«Hofstetter», kam die Antwort, zu schnell. Er verstummte gleich wieder, denn für den Einsatz in der Bundesrepublik hatte er ja einen Decknamen bekommen. Doch zu spät, fortan hiess er hier auch Hofstetter, statt wie im gefälschten Pass Willy Wampfler.

«Vorname?», fragte Kohli.

«Alois.»

«Sie zögern. Ich habe ganz vergessen, dass Sie ein Agent sind und Ihr Name in dieser Funktion nicht der echte ist.»

«Stimmt. Nur habe ich mich versehentlich mit dem echten vorgestellt. Ich sollte Willy Wampfler heissen. Aber wir stecken ja unter einer Decke, nenn mich Willy.» Hofstetter streckte Kohli die Hand entgegen.

«Horst. Freut mich, Alois. Ich nenne dich beim richtigen Namen, von Auge zu Auge. Doch nun übermannt mich die Neugierde. Ich öffne mal das Paket, das du mir zugesteckt hast.»

Kohli zerschnitt die Schur, mit der es zusammengebunden war, riss das Papier auseinander und liess einen Jubelschrei ertönen. «Wow, eine ferngesteuerte Zündvorrichtung! Echte Schweizer Qualität. Hast du dieses Ding ausgewählt?»

Hofstetter überlegte. Was konnte er sagen? «Hm … ich war Sprengmeister bei der Schweizer Armee.» Was tatsächlich zutraf. «Es ist das Fabrikat, das auch in unserem Militär verwendet wird, für alles Mögliche …»

Kohli lachte laut. «Wir brauchen es für Bomben. Bombenbasteln ist sozusagen mein Hobby.»

«Wo nimmst du den Sprengstoff her?»

«Nicht immer einfach. Ich versuchte zunächst, ihn selbst herzustellen. Mein Bruder ist Diplom-Chemiker. Ich habe mir Bücher von ihm zu diesem Thema ausgeliehen. Nach intensiver Lektüre begann ich mit den ersten Experimenten, bis mir eine Mischung aus explosiven Substanzen um die Ohren flog. Ich zog mir dabei gravierende Verbrennungen an Gesicht und Händen zu. Danach suchte ich nach anderen Wegen, Sprengkörper zu konstruieren.»

«Wo hast du dir dann die Explosivstoffe beschafft?»

«Aus einer Zürcher Waffenhandlung, fertig hergestellt, zündbereit.»

«Das ging einfach so?»

«Ja, zu meinem Erstaunen. Ich musste mich zwar ausweisen, den Pass zeigen. Man kopierte ihn. Das war alles. Ich erhielt, was ich wollte. Es war nicht mal besonders teuer. Ich kann nicht mehr sagen, wie viel es gekostet hat.»

Hofstetter dachte nach und sah Kohli interessiert an. «Und damit willst du jetzt die Bombe für … für das Oktoberfest bauen?»

«Diese Bombe? Die wäre ein paar Nummern zu gross für mich. Mein Auftrag ist nur, sie dort zu platzieren, wo sie hochgehen soll. Mehr nicht.»

Hofstetter konnte sein Schmunzeln nicht verbergen. «Das ist schon viel. Du bist der Bombenleger.»

«Und du kontrollierst mich dabei. Aufträge der Gladio werden nie von Einzelpersonen durchgeführt. Hier gibt es eine ganze Kette von Beteiligten, und jeder hat einen Aufpasser. Es sollte dabei nichts schiefgehen.»

«Wissen alle Personen, die an der Aktion teilnehmen, um was es geht?»

«Nein, ganz bestimmt nicht, das wäre zu gefährlich. Längst nicht alle könnten dichthalten. Aber du und ich, zum Beispiel, müssen es wissen.»

Kohli war weiterhin gesprächig. Das bewog Hofstetter, nun die Fragen zu stellen, die den von Frick erhaltenen Aufträgen entsprachen.

«Wo baust du denn deine Bomben zusammen? Wohl kaum hier in der Küche.»

Kohli nahm Hofstetter am Arm und führte ihn die Treppe hinunter, die am Ende des Korridors in das Kellergeschoss führte. «Wir steigen in meine Werkstatt hinunter.»

Dort traf Hofstetter ein richtiges Labor an. Mit Gasflaschen verbundene Bunsenbrenner, Destillationsapparaturen, Bechergläser, Kolben, ein Schrank voller Chemikalien und einige kleine Plastikkübel. Auf einen zeigte Kohli. «Da ist Sprengstoff drin, TNT, Trinitrotoluol.» Er hob den Deckel ab.

Hofstetter schätzte die Menge auf hundert Gramm. «Reicht das für eine wuchtige Bombe?»

«Wohl kaum, meine Bomben sind nur als Nadelstiche gemeint.»

Kohli öffnete einen Wandschrank, darin waren mehrere Handfeuerwaffen, eine Maschinenpistole des Typ Uzi und zwei Handgranaten.

Hofstetter staunte. «Imposant, von wo hast du dieses Zeug her?»

«Meine Sammelleidenschaft …»

«Etwas ganz anderes. Kommst du mit dem Wagen nach München?»

«Klar, in drei Stunden schaff ich das.»

«Was hast du für ein Auto?»

«Komm, ich zeig es dir. Es gehört zwar noch dem Vater. Doch der fährt kaum noch.»

Sie stiegen die Treppe hinauf zur Küche, dann hinaus auf den Vorplatz, wo die ans Haus angebaute Garage offen stand. «Ich schliesse sie nur am Abend ab. Donaueschingen ist eine ruhige Stadt, ohne Diebe und Unruhestifter.»

«Oh, ein Ford Consul – man kann ihn nicht mehr kaufen, aber sieht immer noch recht gut aus», lobte Hofstetter.

«Probiere ihn doch mal aus.» Kohli nahm den Autoschlüssel aus dem Hosensack und überreichte ihn Hofstetter.

«Gerne nehme ich das Angebot an. In zehn Minuten bin ich zurück.» Hofstetter zögerte einen Moment. «Auf dem Küchentisch liegt meine braune Ledermappe.» Er streckte die Hand in die rechte Jackentasche. Dort waren die sechs Wanzen, die ihm Frick gegeben hatte. Zum Glück nicht in der Mappe. «Stört sie dich?»

«Nein, ganz im Gegenteil.» Ein versteckter Hinweis, dass sie Kohli durchsuchen möchte. Das war Hofstetter natürlich recht.

Nach einer Viertelstunde war Hofstetter wieder zurück. Er kam auf seine Rechnung. Sämtliche Wanzen waren im und aussen am Wagen diskret angebracht. Er war zufrieden. Kohli sicher nicht. In der Mappe waren nur ein Notizblock und zwei Kugelschreiber.

Nach einer kameradschaftlichen Verabschiedung zog Hofstetter zufrieden des Weges.

Im Hotelzimmer erwartete ihn Frick. «Es hat lange gedauert, ich gehe davon aus, Sie haben alle Ihre Aufträge erfüllt.»

«Das habe ich wirklich.» Hofstetter schilderte Frick detailliert den Verlauf des Treffens mit Kohli.

«Hofstetter, Sie sind ein Teufelskerl. Sie haben Kohli gegenüber genau das verraten, was er ohnehin schon wusste.»

«Und er hat mir einiges gesagt, was ich nicht wusste.»

«Genau. Das war auch unsere Absicht. Natürlich habe ich Kohli vorgängig getroffen und ihn auf die Zusammenkunft mit Ihnen vorbereitet.»

Hofstetter räusperte sich. «Fast wie in einem Agentenkrimi.»

«Nicht nur fast, sondern wirklich so, und letztendlich dürfte er den spannendsten und blutigsten Krimi übertreffen. Sie werden sich noch wundern.»

Frick betrachtete Hofstetter mit einem Blick, den dieser nicht so recht einzuordnen wusste. Dann fuhr er langsam und bestimmt zu sprechen weiter. «Erstens. Sie sind nur Beobachter eines – ich gebe das unumwunden zu – Gesetzesverstosses. Das ist nicht strafbar. Zweitens. Sie berichten uns genau, was am 26. September 1980 von einundzwanzig Uhr bis dreiundzwanzig Uhr geschieht.» Frick zog aus seiner Mappe einen Stadtplan von München. Er klappte die Karte auseinander und zeigte mit dem Finger auf eine Stelle. «Halten Sie folgende Örtlichkeit im Auge: Das rechte, westliche Stück der Wirtsbudenstrasse. Es liegt zwischen dem mit Fichtenreisig bezogenen Willkommensbogen und dort, wo die Wirtsbudenstrasse in den Bavariaring einmündet. An dieser Stelle ist mit einer Kette ein aus Eisendrahtgitter an einem Verkehrszeichen befestigter Papierkorb. In diesem Papierkorb wird die Bombe explodieren. Nicht vor zweiundzwanzig Uhr dreissig, allenfalls etwas später. Wir wollen den Zeitpunkt abwarten, wo sich möglichst viele Besucher in der Nähe des Eingangs beziehungsweise Ausgangs aufhalten. Nach halb elf abends kehren erfahrungsgemäss viele nach Hause. Wir werden Sie fünf Minuten, bevor die Bombe hochgehen soll, informieren. Bringen Sie sich in Sicherheit. Entfernen Sie sich hundert Meter von dieser Stelle nach Norden, dort, wo die Strasse vom Bavariaring zur Theresienwiese abzweigt. Suchen Sie Schutz hinter einem der Bäume dort.»

«Soll ich mir von meinen Beobachtungen Notizen machen?»

«Nein. Wir statten Sie mit einem Sprechfunkgerät aus. Sie schildern fortlaufend, was Sie sehen. Auch die Szenen nach der Explosion. Gehen Sie dabei immer auf Distanz zu den Rettungskräften. Diese werden Sie für einen Journalisten halten, der seiner Redaktion live über die Ereignisse auf der Theresienwiese berichtet. Journalisten mögen sie nicht, Sie könnten danach in eine Polizeikontrolle geraten. Tragen Sie unbedingt die Ausweise auf sich. Wir werden Ihnen auch einen gefälschten Presseausweis einer ansässigen Zeitung mitgeben.»

«Was geschieht, wenn mein Auftritt zu Ende gegangen ist?»

«Ihr Auftritt wird nach elf Uhr nachts noch nicht zu Ende sein. Sobald es nach dem Ereignis nichts mehr zu berichten gibt, begeben Sie sich zu der Limousine, mit der Sie hingefahren sind.

Dort warten Sie die Instruktionen von uns ab. Es dürfte vor allem darum gehen, Leute, denen bei der Aktion eine Rolle zugeteilt wurde, vor behördlichen Recherchen in Sicherheit zu bringen.»

«Wie soll ich mich dort zurechtfinden? Ich kenne München überhaupt nicht.»

«Berechtigte Fragen. Der Wagen ist mit unserem Sender verbunden. Beim Fahren hören Sie unsere Anweisungen über den am Fahrersitz angebrachten Lautsprecher. Wir sagen Ihnen genau, wo Sie hinfahren müssen. Unsere Leute können jeden Quadratmeter des Stadtgebietes erfassen. Wir kennen die Koordinaten des Fahrzeugs zu jeder Zeit.»

Hofstetter setzte eine etwas gequälte Miene auf.

«Ein Problem scheint Ihnen noch auf der Zunge zu liegen», erkundigte sich Frick.

«Der behördliche Zugriff? Warum müssen wir uns davor schützen? Arbeiten Sie denn nicht mit den Behörden zusammen?»

«Die Gladio ist absolut geheim. Von Sizilien bis Norwegen, von England bis zum Eisernen Vorhang an der Ostgrenze Bayerns weiss kein Ermittler, dass es uns gibt. Natürlich existieren Schnittstellen zwischen der Gladio und den Behörden. Allerdings ganz wenige, nur auf höchster Ebene.»

Frick öffnete seinen Handkoffer und gab Hofstetter ein Klarsichtmäppchen. «Da drin steht, was Sie in München erwartet.»

Sie werden am Donnerstag, den 25. September, bis spätestens um vier Uhr nachmittags im Hotel Bayernpost erwartet. Die Fahrkarte erster Klasse von Donaueschingen nach München liegt bei.
Ein Agent von uns wird sich nach Ihrem Eintreffen bei Ihnen melden und Ihnen die Instruktionen für die nächsten zwei Tage erteilen.
Um persönliche Bedürfnisse abzudecken, legen wir Ihnen fünfhundert Deutsche Mark bei.
Nach der Lektüre dieses Textes zerreissen Sie das Blatt in kleine Schnipsel und entsorgen sie im Klo.

Als Hofstetter den Text zweimal durchgegangen war, sah er auf. Frick hatte grusslos das Zimmer verlassen. Er begab sich zum Bahnhof und erkundigte sich nach Zügen mit Bestimmungsort München. Nun blieben Hofstetter noch zwei Nächte und ein Tag zur freien Verfügung.

Hofstetter war am 25. September eine halbe Stunde vor Abfahrt des Zugs am Bahnhof. Bis Ulm fuhr ein Bummelzug, dann stieg er in einen Expresszug um. Um halb drei am Nachmittag traf er im Hauptbahnhof München ein. Dort wurde er bereits auf dem Perron von einem Mann mit grauem Schlapphut und grauem Anzug, der sich als Haider vorstellte, empfangen.

«Willkommen, mein Freund. Sie sind mit von der Partie an einem Ereignis, das Geschichte schreiben wird. Man wird Ihnen deswegen nie etwas Unrechtes anhängen können.»

Hofstetter strahlte. «Ich tue es auch für mein Land, für die Schweiz. Ich bete zu Gott, dass alles gelingen und Franz Josef Strauss deutscher Bundeskanzler wird.»

«Wunderbar gesprochen, Eidgenosse!» Haider klopfte Hofstetter kumpelhaft auf die Schulter. «Doch jetzt geleite ich Sie zum Hotel. Es ist ein feines Haus. Das ‹Excelsior› in der Ludwigvorstadt. Nicht weit vom Hauptbahnhof, nahe einem Parkhaus.»

Haider ging mit ihm zu Fuss zum Hotel. Dort lief das Einchecken so ab wie in Donaueschingen. Alles war vorbereitet, Hofstetter musste sich nicht mal bei der Rezeption melden. Das Zimmer war luxuriös, für Hofstetter ungewohnt. Dem aufmerksamen Haider entging das nicht. «Genieren Sie sich nicht. Sie sind für uns ein wichtiger Mann. Solchen Leuten schenken wir unsere volle Wertschätzung. Es darf Ihnen an nichts fehlen.»

Haider setzte sich auf einen der Sessel am runden Tisch und bat Hofstetter, es ihm nachzutun. Er zog aus seinem braunen Lederkoffer ein Klarsichtmäppchen. «Sie wissen jetzt, um was es geht. Mein Kollege aus Donaueschingen hat Sie bereits ausführlich informiert und Ihnen auch Papiere zugesteckt.» Haider suchte weiter im Handkoffer. «Ach ja, da ist es. Ein Sprechfunkgerät. Ich werde Ihnen seine Funktionsweise erklären.»

Hofstetter unterbrach Haider. «Nicht nötig, ich bin vertraut mit diesem Utensil.»

«Umso besser. Ich habe fast vergessen, dass Sie ein Militär sind. Dasselbe Fabrikat wird auch in der Schweizer Armee verwendet wie in allen NATO-Staaten. Nun das nächste, Herr Wampfler.» Wieder wurstelte Haider in seinem Koffer. Er zog einen Führerausweis heraus und reichte ihn Hofstetter. «Da, nehmen Sie ihn. Sie werden ihn heute und in den kommenden Tagen bei sich tragen müssen. Prägen Sie sich den Namen ein. Es ist derselbe wie im Pass, den Sie von Wüest in der Kaserne Jassbach erhalten haben. Wir gehen zu Ihrem Wagen in der Tiefgarage. Er ist ein bisschen gewöhnungsbedürftig. Ich erteile Ihnen eine Gratisfahrstunde. Wir fahren zum Bavariaring, dem Ort der Handlung von morgen. – Einen Moment.» Haider zog den Stadtplan aus seiner Westentasche.» Er fuhr mit dem Finger die Strecke nach. «Es sind circa zwei Kilometer, dennoch dauert es mindestens eine Viertelstunde, bis wir den Parkplatz auf der Theresienwiese erreichen. Feierabendverkehr. Sie müssen sich mit dem Verkehr in München vertraut machen. Morgen Samstag ist er am Abend noch gigantischer, viele werden zum Oktoberfest fahren, viele von dort wieder nach Hause zurückkehren. Besonders nach dem Ereignis, das wir für zweiundzwanzig Uhr dreissig vorsehen. Wir erteilen die Startbewilligung erst, wenn viele Leute unter dem Willkommensbogen durchströmen. Sie werden rechtzeitig benachrichtigt, damit Sie sich in Sicherheit bringen können.»

«Könnte die Sache nicht unkontrolliert hochgehen, zum Beispiel, wenn jemand einen schweren Gegenstand in den Abfallkorb wirft?»

«Das wäre fatal. Ganz ausschliessen möchte ich das nicht. Doch der Zündmechanismus sollte auch einer massiven Erschütterung standhalten können, ohne dass er ausser Kontrolle gerät. Sollte die Zündung tatsächlich versehentlich ausgelöst werden, haben Sie genau vier Sekunden Zeit, um in Deckung zu gehen. Zuerst sind ein Zischen und Pfeifen deutlich hörbar, danach schiesst eine mehrere Meter hohe Stichflamme in die Höhe. Erst dann kommt es zur Explosion.»

«In Deckung gehen? Wie soll das möglich sein, wenn weit und breit keine Büsche, Bäume oder andere Hindernisse und Container herumstehen?»

«Sie benutzen einen sich in der Nähe aufhaltenden Menschen als Schutzschild. Vom Zischen an wird er stillstehen und gebannt zum Korb hinsehen. Sie platzieren sich hinter ihm und dem Papierkorb.»

«Und so bleibe ich unversehrt?»

«Wahrscheinlich nicht ganz. Legen Sie beide Hände über den Bauch. An den Oberarmen und den Beinen könnte Sie schon ein Metallsplitter treffen. Das verursacht aber keine lebensgefährlichen Verletzungen.»

Hofstetter liess sich den Wagen von Haider erklären. Dann fuhr er nach den Vorgaben von Haider in der Stadt herum. Er war noch nie am Steuer eines solchen Wagens gesessen. Aber mit Autos kannte er sich gut aus. Rasch hatte er begriffen, wie man sich mit einer Limousine durch den dichten Verkehr Münchens schlängeln konnte. Das Einfädeln am nördlichen Rand der Theresienwiese verlief ohne Probleme. Haider machte ihn darauf aufmerksam, dass oft alle Parkfelder belegt seien. Diese Schwierigkeit sei ihnen bewusst. Nach halb zehn abends werde seine, Hofstetters, Ankunft erwartet. Auf dem Feld 25 stehe ein Wagen, der wegfahre, sobald er mit dem Mercedes auftauche.

«Im Wagen befindet sich ein Arzt, der Sie oder allenfalls andere Verletzte unseres Teams verarzten könnte.»

«Würde ich dann noch fahren können?»

«Unter Umständen nicht. Das wäre schade. Wir hätten notfalls einen Ersatz für Sie.»

Haider sah Hofstetter forschend an. «Nun werden Sie sich fragen, weshalb wir uns die Mühe nehmen und jemanden aus der Schweiz holen, um morgen Abend den Ablauf der Vorgänge am Eingang der Oktoberfestwiese zu begleiten. Warum beauftragen wir nicht einen der unseren dafür? Die Antwort darauf fällt uns leicht. Wir wollen unsere Organisation vor einem Zugriff schützen. Wir fürchten weniger, dass uns die Behörden Probleme machen. Weit mehr könnten sich Medien darum bemühen. Für diese sind Sie aber ein Tourist, ein etwas eigenartiger Besucher des Oktoberfests. Einer aus der Schweiz mit einem unverdächtigen Beruf. Darauf, dass es in Ihrem Land eine P-26 gibt, die mit unserer Organisation vernetzt ist, wird schwerlich jemand kommen. Läuft alles schief, Sie werden wegen Ihres auffälligen Benehmens polizeilich angehalten und im schlimmsten Fall festgesetzt, wird es nur eine Frage der Zeit sein, bis Sie wieder freikommen. Bei einem unserer Agenten wäre es vielleicht nicht so, man würde der Sache nachgehen.»

Hofstetter stand am 26. September um halb zehn Uhr beim Willkommensbogen. Es war ziemlich belebt im Eingangsbereich. Er hielt Ausschau nach einer grossen Person, einem Schutzschild, wie Haider ihm erklärt hatte. Ausserhalb des Umkreises von dreissig Metern vom Metallkorb beurteilte er es als wahrscheinlich, dass ihm auf diese Weise ausreichend Zeit bliebe, in Deckung zu gehen. Er probierte es mehrmals aus. Es funktionierte. Hofstetter war beruhigt.

Als er einen jungen Mann mit einer weissen, offensichtlich schweren Plastiktasche auf den Willkommensbogen zuschreiten sah, entfernte er sich, bis er von ihm circa fünfzig Meter weg war. Es war zweiundzwanzig Uhr siebenundzwanzig. Hofstetter sprach ins Funkgerät: «X tritt langsam auf den Korb zu. Dicht hinter ihm folgt eine andere Person.»

Das solle so sein, kam als Antwort.

Hofstetter redete weiter. «Nun beugt sich X über den Korb und legt behutsam den Plastiksack in den Korb … Oh mein Gott, es zischt …»

«Gehen Sie augenblicklich in Deckung.»

Eine hohe Flamme schoss zwanzig Meter in den Himmel. Ein ohrenbetäubender Knall, gefolgt von unzähligen Geschossen aus kleinen scharfkantigen Metallstücken. Der Mann, hinter dem er stand, schrie auf, stürzte und blieb bewegungslos liegen.

Hofstetter rannte wie besessen zum Wagen auf dem Parkfeld 25 zu. Es war die ihm bekannte Limousine. Stille herrschte um ihn herum, obwohl es ihm schien, unzählige, meist am Boden kauernde Menschen würden schreien. Als er den Wagen erreichte, riss er die Tür auf der Fahrerseite auf und liess sich auf den Sitz fallen.»

«Sind Sie verletzt?», rief eine Stimme vom hinteren Sitz.

«Ich glaube nicht. Doch ich bin beinahe taub.»

«Normal, in einigen Minuten werden Sie wieder besser hören.»

Ein zweiter Mann sass auf dem Beifahrersitz, ein dritter hinten.

«Jetzt gilt es, ruhig Blut zu bewahren. Wir warten zunächst, bis wir von der Leitstelle weitere Instruktionen erhalten», bemerkte der Mann rechts von Hofstetter. «Verdammte Scheisse, die Bombe ging im dümmsten Moment hoch. Und Kohli ist bestimmt zerfetzt worden. Man wird ihn finden und identifizieren, dann ist der Teufel los. Das hätte niemals passieren dürfen.»

«Weiss man denn, dass er ein Agent der G27 ist?», fragte Hofstetter.

«Ist er nicht. Doch er gehört der Wehrsportgruppe Hoffmann an. Hoffmann erhielt von der G27 den Auftrag, die Bombe zu legen. In zwei, drei Tagen, vielleicht schon früher, wird die Öffentlichkeit erfahren, dass Rechtsextremisten hinter dem Anschlag stecken. Eine Katastrophe. Wir wollten das Massaker der Roten Armee Fraktion, der RAF, unterjubeln.»

«Oh weh», schrie der hinten. «Da kommt einer gerannt, in der Linken ein Handkoffer und rechts? Da spritzt Blut hinaus!»

Der Mann vorne stieg aus und öffnete die rechte Tür hinten. «Steigen Sie ein. Wir haben hier einen Arzt, er wird die Blutung stillen.»

«Sie hat es wirklich erwischt, Ihnen wurde die ganze Hand abgetrennt, der Unterarm ist aufgerissen. – Verriegelt alle Türen. Ich muss hier im Wagen eine Notoperation durchführen», sagte der Arzt. Er gab dem Patienten eine Spritze in den Oberschenkel. «Er wird in zwei, drei Minuten für kurze Zeit das Bewusstsein verlieren. Währenddessen werde ich die Wunden desinfizieren und allenfalls notdürftig zunähen.»

Hofstetter drehte sich um und sah hinter sich einen weisshaarigen Mann.

«Eidgenosse, gut, dass du uns hilfst», murmelte der einstige Wehrmachtsmediziner.

Zuschauen, wie an einem bluttriefenden Arm herumgeschnetzelt wurde, wollte Hofstetter nun doch nicht. Er wendete den Kopf wieder zur Windschutzscheibe und sah das Treiben draussen. Blaulichtfahrzeuge, Ambulanzen, Einsatzwagen der Staatspolizei rasten in die Nähe des Unglücksortes. Kurze Zeit später kehrten die ersten zurück und fuhren in den Bavariaring, wo sie in die nächste Strasse einbogen. Für Privatwagen war vorläufig kein Fortkommen. Das kam dem Mediziner zustatten, denn er konnte in Ruhe den Patienten verarzten, währenddessen aus dem Lautsprecher im Wagen die ersten Durchsagen der Leitstelle kamen.

«Willy Wampfler, wir müssen Ihre Mission bei uns verlängern. Nach dem unvorhergesehenen, völlig unerwarteten Missgeschick, gilt es alle Personen, die uns zugeteilt sind, ihren Fähigkeiten entsprechend einzusetzen. Sie müssen, sobald wir das Signal dazu geben, den Wagen aus der Stadt hinaus, danach Richtung Nordwesten fahren. Endziel ist die Notfallabteilung im Universitätsspital Hannover, Carl-Neuberg-Strasse 1. Eine grosse Strecke. 660 Kilometer vom Bavariaring. Dauer circa sieben Stunden. Sie werden nach zwei Stunden vom Beifahrer abgelöst, danach sind Sie wieder an der Reihe. Die letzte Etappe fällt wieder an den Beifahrer.»

«Das verstehe ich nicht», bemerkte Hofstetter.

«Sie haben nichts zu verstehen. Führen Sie einfach unsere Befehle aus», kam es über die Sprechanlage.

Hofstetter zuckte zusammen.

«Denk doch darüber nach, du Kuhschweizer. Die Identität von unserem Passagier darf unter gar keinen Umständen gelüftet werden. Wird er in Hannover eingeliefert, kommt niemand auf die Idee, er habe heute Abend auf der Oktoberfestwiese seine Hand eingebüsst.»

«Verstehe», sagte Hofstetter eingeschüchtert.

Eine halbe Stunde später war die Notoperation beendet. Nun wurden auch die Fahrzeuge auf dem Parkplatz der Theresienwiese freigegeben. Im Schritttempo fuhr der Mercedes mit den drei Insassen und dem Patienten auf den Bavariaring. Das Fahrzeug wurde nicht kontrolliert, ebenso wenig die zuvor abgefahrenen.

Eine Stunde später war der Patient wieder ansprechbar. Der Arzt erkundigte sich nach dessen Befinden.

«Den Umständen entsprechend gut», sagte er mit beinahe fröhlicher Stimme.

Wieder knisterte der Lautsprecher, die Durchsage eines Nachrichtensprechers des Deutschlandfunks kam: «Nach den letzten Informationen haben beim Bombenanschlag zehn Personen ihr Leben verloren. Die Zahl der Verletzten liegt bei über hundert. Einige von ihnen schweben in Lebensgefahr.»

«Und was ist mit dem Koffer?», fragte der Arzt.

«Das war der von Kohli.»

«Warum haben Sie den, Ihren Verletzungen zum Trotz, mitgeschleppt?»

«Es könnten Schriftstücke drin sein, die darauf hinweisen, dass Kohli der Bombenleger ist und dass er im Auftrag gehandelt hat. Dann wäre auch ich belastet. Mein Name ist sicher irgendwo in seinen Unterlagen, auch der von anderen Mitgliedern der Wehrsportgruppe Hoffmann.»

«Ein verdammt cleverer Bursche sind Sie», sagte anerkennend der Beifahrer. «Allerdings: Die vielen Toten sind wahrscheinlich zwecklos gestorben, auch die Verletzten leiden umsonst. Franz Josef Strauss wird nicht Kanzler werden. Warum, so frage ich mich, hat das nur schiefgehen können?»

Die Fahrt nach Hannover verlief nach Plan. Am Eingang des Spitals wartete bereits Haider. «Unser Patient begibt sich nun ohne Begleitung zur Notfallstation, wo man sich seiner unverzüglich annehmen wird. Wir sind hier nicht mehr gefragt. Willy Wampfler, ich bringe Sie zum Hauptbahnhof. Um Viertel vor acht fährt der Zug nach Basel ab.» Haider reichte ihm einen Handkoffer. «Alles, was Sie auf der Reise benötigen, wie Ihre

Papiere, eingeschlossen die Fahrkarten bis nach Thun, befindet sich da drin. In Thun werden Sie abgeholt.»

***

Am Morgen des 27. September 1980 frühstückten, wie üblich an einem Sonntag, Sandro und Anna Nydegger vor acht Uhr. Es war ein bisschen bewölkt, aber mild. Auf dem obersten Stock des Hochhauses sah man immer den Himmel.

«Machen wir heute einen kleinen Ausflug?», fragte Anna. «Auf den Gurten?»

«Warum nicht. Dann schlagen wir uns dort oben den Bauch voll und wandern übers Gurtendörfli bis nach Kehrsatz.»

Sandro hob den Finger. «Ich drehe das Radio an. In zwei Minuten werden die Nachrichten ausgestrahlt.»

Die Radionachrichten.
Gestern Abend um circa zweiundzwanzig Uhr dreissig wurde in München auf der Theresienwiese neben dem Willkommensbogen des Oktoberfests ein Bombenanschlag verübt. Bis jetzt werden ein Dutzend Tote und gegen zweihundert Verletzte gemeldet, über fünfzig davon schwer. Wir schalten zu unserem Deutschlandkorrespondenten, der sich noch in der Nacht zum Katastrophenort begeben hatte:
«Die Bombe befand sich in einem Behälter aus Eisengitter. Er war an einem Verkehrszeichen befestigt, bei der Einmündung der Wirtsbudenstrasse, die über die Theresienwiese und in den Bavariaring führt. Augenzeugen berichteten von einer hohen Stichflamme, die senkrecht in den Himmel stieg. Sekunden später folgte eine gewaltige Explosion. Sie war so enorm, dass die ganze Festwiese bebte. Noch in einem Umkreis von mehreren hundert Metern barsten Fensterscheiben. Die Aussendekoration der umliegenden Bierzelte wurde von der Druckwelle heruntergerissen. Es liegen bereits zahlreiche Zeugenaussagen vor. Eine unver-

sehrt gebliebene Festbesucherin berichtet: ‹Nach der Detonation war es zunächst totenstill. Dann vernahm man entsetzte Schreie. Mein Neffe Arnold, er ist Sanitäter, hastete Richtung Willkommensbogen. Er wollte helfen. Gleich kam er zurück, weinte und brüllte: Was soll ich tun? Ich sehe nur Körper mit abgerissenen Gliedmassen.› Eindrücklich ist ein Bericht einer deutschen Sonntagszeitung, der die Fruchthändlerin Josephine F. zitiert: ‹Ich hatte gerade eine Kokosnuss in der Hand. Plötzlich sah ich rechts vor mir eine Stichflamme, dann spürte ich einen unheimlichen Druck. Die Nuss flog mir aus der Hand, der Mann vor dem Laden war wie von Geisterhand verschwunden. Vor mir stand die Schale mit Kleingeld. Durch den Sog prasselte es an mir vorbei in die Luft. Hinter mir wurde die Kassette wie mit übermächtiger Gewalt aus dem Rekorder gezogen. Ich dachte, es sei ein Traum. Dann aber hörte ich Schreie, Wimmern.›»

Die Nachrichtensprecherin fragte den Korrespondenten, ob es Hinweise auf die Täterschaft gebe.

«Noch keine, aber viele Vermutungen und gar Schuldzuweisungen. An einer Wahlkampfveranstaltung kurz vor dem Anschlag meldete sich der bayerische Ministerpräsident, Franz Josef Strauss. ‹Sagen Sie den Menschen, dass diesmal um unser Schicksal gewürfelt wird. Sagen Sie ihnen, dass keiner sich dem Wellenschlag der Politik entziehen kann. Es gibt kein Glück im stillen Winkel mehr. Sagen Sie es den Verschlafenen, den Verdrossenen, Saumseligen, Lätscherten und Lapperten in diesem Land. Dieses Haus, meine Damen und Herren, gilt es heute so zu sichern, dass es gegen Sturm und Brand gefeit ist in den nächsten Jahren.› Strauss forderte Bundesinnenminister Gerhart Baum noch in der Tatnacht zum Rücktritt auf, er habe mit seiner liberalen Innenpolitik bei der Überwachung gewaltbereiter Extremisten versagt, trage deshalb moralische Mitschuld

am Massaker, dem grössten, das die Bundesrepublik je erlebt habe.»
«Strauss geht also davon aus, dass die Urheber des Attentats im Umkreis der RAF, der Roten Armee Fraktion, zu suchen sind?»
«So ist es. Offensichtlich wittert Strauss Morgenluft. Sollte es bis zum Wahltermin keine konkreten Hinweise auf die Urheber der Tat geben, dürfte der nächste Kanzler der Bundesrepublik Deutschland Franz Josef Strauss heissen.»

Anna entliess einen Ausruf der Empörung. «Das darf doch nicht wahr sein. Gibt es in der Bundesreplik Deutschland ein Attentat, stehen für die meisten Medien die Schuldigen schon von Anfang an fest: die Linksextremen.»

«Genau. Die wenigsten Sprengstoffanschläge wurden aufgeklärt. Wusste man nicht weiter, schob man es der RAF zu», sagte Nydegger.

Als die Nydeggers am späten Nachmittag von der Wanderung nach Hause zurückkehrten, drehte er wieder das Radio an.

München. Es berichtet unser Deutschlandkorrespondent: «Bereits fünfzehn Stunden nach dem verheerenden Sprengstoffanschlag beim Eingang des Oktoberfests steht fest, dass dahinter Rechtsextremisten stehen. Die Ermittlungsbehörden gehen jetzt davon aus, dass die Bombe versehentlich beim Deponieren im durch Metallgitter gesicherten Abfallkorb hochging. Derjenige, der sie dort hinlegen wollte, wurde buchstäblich in Stücke gerissen. Dennoch gelang es, seine Identität zu lüften. Es handelt sich um einen Geologie-Studenten der Universität Tübingen. Er war ein prominentes Mitglied der vor einigen Monaten von Bundesinnenminister Gerhart Baum verbotenen Wehrsportgruppe Hoffmann. Noch in der vergangenen Nacht hatte Franz Josef Strauss Bundesinnenminister Baum wegen seiner angeblich liberalen Haltung einer Mitschuld an diesem An-

schlag bezichtigt. Ausgerechnet Strauss hatte seinerzeit das WSG-Verbot von Baum als unnötige Panikmache kritisiert.»

Anna klatschte in die Hände. «Endlich, endlich bricht das Lügengebäude von Strauss wie ein Kartenhaus zusammen.»

***

Um sechs Uhr abends des 27. September 1980 holte Wüest Hofstetter am Bahnhof Thun ab. Er war missmutig. «Gut für dich, dass du an diesem Schlamassel nicht schuld bist. Andernfalls würde ich dich jetzt eigenhändig erwürgen.»

Hofstetter sah Wüest mit offenem Mund an. «Wie bitte? Das versteh ich nicht. Haben Sie denn Kohli bereits identifiziert?»

«Natürlich. Das war nicht zu vermeiden. Diese deutschen Gladiatoren sind doch die erbärmlichsten Banausen. Wenn die wüssten, was sie nun kaputt gemacht haben.»

9

Juni 1991

Es war ein heisser Tag, Nydegger schwitzte in seinem Büro am Waisenhausplatz. Manchmal öffnete er das Fenster, doch es war draussen noch wärmer. Dass es an der Tür klopfte, war für ihn eine willkommene Abwechslung, und er rief: «Hereinspaziert.»

Ein alter Mann, den er zuvor noch nie zu Gesicht bekommen hatte, stand im Türrahmen.

Nydegger lächelte. «Hat man Sie einfach zu mir heraufgeschickt?»

Der Alte seufzte. «Ja, das war eine Tortur. Habe ich doch etwa zwanzig Türschilder gelesen, bis ich Sie gefunden habe.»

«Entschuldigen Sie vielmals. Mir scheint, die Burschen unten leiden unter der Hitze. Was haben Sie denn auf dem Herzen? Wie ist Ihr Name?»

«Bieri, Fritz Bieri. Das ist da drin.» Er hob seine beige Ledermappe in die Höhe.

«Erfrischend. Das ist noch eine alte Mappe, eine, die früher die Lehrer benutzten.»

Bieri platzte schier vor Lachen. «Den Nagel auf den Kopf getroffen. Ich war auch ein Schulmeister mit lederner Mappe. Alle meine Kollegen hatten seinerzeit ein solches Ding zum Herumschleppen von Schulheften. Das waren noch Zeiten. Heute tragen meine Nachfolger Rucksäcke und lange Haare. Übrigens, ich wohne in dem Block, wo Jules Abel vor mehr als einem Jahr tot aufgefunden wurde.»

Nydegger hob interessiert die Augenbrauen. «Dieser Fall ist aufgeklärt worden. Abel sei einem Sexualdelikt zum Opfer gefallen – aus dem Dunstkreis der Schwulenszene.»

«Glauben Sie das wirklich? Hat man mich doch extra zu Ihnen geschickt. Sie seien einer, der diese offizielle Version der Untersuchungsbehörden stets angezweifelt habe.»

«Da sind Sie richtig informiert. Ich bin felsenfest davon überzeugt, dass Abel von Leuten aus dem Umfeld einer Organisation, die mir bekannt ist, ermordet wurde. Nur beweisen kann ich das nicht.»

Bieri zog zwei dicke Wachstuchhefte aus seiner Ledertasche. «Vielleicht könnte Ihnen helfen, was da drin steht.»

«Wäre ja schön. Aber warum kommen Sie erst jetzt zu mir?»

«Der Grund liegt darin, dass ich erst seit einer Woche im Besitz dieser Dokumente bin. In unserem Dachgeschoss hat es einen Estrich, wo die Hausbewohner ihre alten Zeitungen und Papiere deponieren können. Auch Abel wurde ein Verschlag dafür zugeteilt. Erst jetzt hat der neue Mieter diese Ablage entdeckt. Da sind ihm die zwei Hefte aufgefallen. Aufgefallen deshalb, weil die Texte darin in einer Handschrift verfasst wurden, die ihm überhaupt nichts sagte. Er konnte sie schlicht nicht lesen. So gab er sie mir – zum Glück. Sonst wären sie im Altpapier gelandet.»

«Und Sie? War das Geschreibsel für Sie lesbar?»

«Ja klar, und wie. Es handelt sich um die alte deutsche Sütterlinschrift. In den zehner bis zwanziger Jahren wurde sie auch in unseren Schulen verwendet. Ich habe sie in jungen Jahren gelernt und fand Gefallen an ihr. Doch nach der Zeit des Dritten Reichs wollte man mit den Deutschen nichts mehr zu tun haben. Dabei hatte Ludwig Sütterlin mit den Nazis nichts am Hut. Sie waren es sogar, die seine Schrift 1941 verboten haben.»

«Was glauben Sie, wer kann diese Schrift heute noch lesen?», fragte Nydegger.

«Ich natürlich und Leute meiner Generation.»

«Es gibt auch Jüngere, die dazu imstande sind, zum Beispiel ich. Ich bearbeitete vor Jahren einen Kriminalfall, bei dem wichtige Dokumente in der Sütterlinschrift eine Rolle spielten. So eignete ich mir diese an. Darf ich diese Hefte bei Ihnen ausleihen?»

«Selbstverständlich, deshalb bin ich ja hier.»

Nydegger blätterte darin, las den einen oder anderen Abschnitt. «Das könnte interessant sein. Ich lade Sie zu einem kalten Getränk am Bärenplatz ein. In der Zwischenzeit werden die beiden Hefte kopiert. Ich bekomme die Kopien, und Sie können die Originale wieder mit nach Hause nehmen. Ich erhoffe mir, dass Sie auch alles durchlesen und sich darüber Gedanken machen. Ich möchte Sie gerne in meine Ermittlungen im Fall Abel einbinden.»

Bieri strahlte. «Es ist mir ein Vergnügen, eine Ehre. Ich habe schon einiges darin gelesen, und mir sind dabei die Haare zu Berge gestanden.»

***

Aus der Staatschutzfiche von Ehrismann Rosa, Krankenschwester
Datum: 15.1.83
Gegenstand: v. J. V. SO: E. R. hat trotz ihres ehrenvollen Berufs einen denkbar schlechten Ruf in unserem Dorf. Sie schreibt linke Leserbriefe. Sie behauptet zwar keiner Partei anzugehören. Ihre Gesinnung ist eindeutig kommunistisch. Es gibt Gerüchte um sie, die einem das Blut in den Adern gefrieren lassen. Sie soll zwischendurch auch auf den Strich gehen. Eine Krankenschwester und geht auf den Strich! Nach übereinstimmenden Angaben soll sie am 1.12. in der nahen Stadt Solothurn Männer angemacht haben.
7.776.5_195

***

Die Lektüre von Abels Heften beschäftigte Nydegger die nächsten Wochen – wenn er überhaupt dazu kam. Es war alles andere als eine ruhige Zeit.

Nydegger machte sich zahlreiche Notizen, die er mit Heftklammern an den entsprechenden Seiten festmachte.

Die Texte in den beiden Heften waren Tagebucheinträge, oft

ziemlich banale Sachen, wie eine Auflistung der Einkäufe, Kosten für den Service des Autos, das Absendedatum der Steuererklärung. Doch dann erschienen wieder interessante Vermerke. Zum Beispiel 1976 die Ernennung von Oberst Albert Bachmann zum Chef des Spezialdienstes, Deckname: Tom, innerhalb der Untergruppe Nachrichtendienst und Abwehr des Eidgenössischen Militärdepartements. Abel, schon damals Oberstleutnant, wurde Mitarbeiter von Tom. Er schien Bachmann von Anfang an nicht zu mögen. Ein Aufschneider sei er, unseriös, risikofreudig, irgendwann werde er hochgehen, hatte Abel notiert.

1976 traf er einen anderen Zeitgenossen erneut, den er bereits seit vielen Jahren kannte und ganz und gar nicht schätzte. Waldemar Wüest, ursprünglich Miliz-Major, eingeteilt im Luftschutz, bis er sich 1975 bei Bachmanns UNA anbiederte. Auch Abel begann seine Militärkarriere als Luftschutzoffizier, später bewarb er sich um eine Stelle bei der UNA, wo er seit den frühen Siebzigern wirkte.

Wüest hatte sich noch kaum eingearbeitet, als er mit einer wichtigen Aufgabe betraut wurde. Es ging um die Zusammenarbeit mit anderen militärischen Nachrichtendiensten, dem MI6 von Grossbritannien, der Gladio von Italien und der deutschen G27. Dass ein Netzwerk der Geheimdienste der NATO-Staaten existierte, vermutete Abel. Doch die Schweiz als neutrales Land durfte sich dem nicht einfach anschliessen. Abel machte Bachmann darauf aufmerksam und kam dabei nicht gut an. Die Zeiten hätten sich geändert, eine enge Kooperation mit den Armeen der westlichen Allianz sei unumgänglich. Abel gab schliesslich klein bei, wie er in seinem Eintrag eingestand. Es sei nicht seine Art, sich mit Kollegen anzulegen.

Kurz danach lag eine Einladung auf Abels Schreibtisch. «Top secret», stand oben links in grossen Lettern mit dickem roten Filzstift geschrieben, der Text in Englisch, der Absender: MI6. Als Empfänger waren drei Personen angegeben: Albert Bachmann, Waldemar Wüest und Jules Abel. Wohin sollte es gehen? Hauptsitz des MI6: Vauxhall Cross im London Borough of Lambeth, einem Quartier nahe dem Zentrum der britischen Hauptstadt.

Es war Ende Juni 1977. Man flog mit einer Turboprop-Maschine der britischen Streitkräfte vom Militärflughafen Dübendorf zur Royal-Air-Force -Station Northolt im Westen Londons. Das Flugzeug kam von Mailand her, wo bereits andere Teilnehmer des geplanten Treffens abgeholt worden waren.

Die Zentrale des militärischen Nachrichtendienstes des Vereinigten Königreichs hatte auf Abel einen mächtigen Eindruck gemacht. Ein repräsentativer Prunkbau, dem die Gebäude der helvetischen Staatsschützer wenig entgegenzusetzen hatten. Eine Prachtvilla gegen einen baufälligen Holzschopf.

Das Treffen in London Borough of Lambeth war offensichtlich von grosser Bedeutung. Die Zahl der Teilnehmer belief sich nach Abels Schätzungen auf nicht mehr als drei Dutzend. Kader der militärischen Geheimdienste der europäischen NATO-Staaten, ergänzt durch die neutralen Länder Schweiz, Österreich und Schweden, sollten mit von der Partie gewesen sein. Es könne als sicher angenommen werden, dass die meisten Regierungen der genannten Staaten keine Ahnung von dieser Zusammenkunft hatten. NATO-Oberbefehlshaber General Alexander Haig hielt die Begrüssungsrede. Es war die einzige der Tagungen am MI6-Hauptsitz. Haig sprach eine Stunde. Was er sagte, war «umwerfend», so interpretierte es offenkundig Abel.

Haig brach ein Tabu. Er lobte einstige Mitstreiter Mussolinis, er lobte auch Agenten der Nazis und Generäle der deutschen Wehrmacht, Männer, die sich nach dem Zweiten Weltkrieg den USA-Streitkräften freiwillig ergaben und versprachen, künftig für die westlichen Alliierten zu arbeiten. In diesem Zusammenhang hob er Reinhard Gehlen hervor, einst Generalmajor der Soldateska Hitlers, als glänzendes Beispiel eines einstigen Nazis, der sich zum Demokraten mauserte. Gehlen war Begründer und erster Chef des bundesdeutschen militärischen Nachrichtendienstes BND. Die meisten seiner engsten Mitarbeiter waren ehemalige Nazis. Die meisten unter ihnen hatten auch Kriegsverbrechen begangen. Was heute zähle, so zitierte Abel Haig, sei eine überzeugende antikommunistische Haltung. Diese fehle aber bei den linken Parteien im westlichen Europa. Die sozialdemokratischen

Regierungen in der Bundesrepublik Deutschland, in vielen Beneluxstaaten, in Österreich und den skandinavischen Ländern müssten verschwinden. Dass vielleicht der Sozialist Mitterrand in Frankreich Präsident werden könnte, sei für ihn, Haig, ein Alptraum.

«Meine Herren, helfen Sie mir, das zu verhindern.» Tosender Applaus unterbrach Haigs Rede. Abel, so gestand er ein, klatschte mit. Hätte er das nicht getan, wäre seine Karriere in der UNA beendet gewesen.

Es folgte die nächste Lobrede Haigs, die auf den italienischen Faschisten Licio Gelli. Anders als noch Gehlen von Hitler, distanzierte sich Gelli nie von Mussolini. Nach ihm war er der grösste Staatsmann, den Italien je hatte. «Gelli ist für uns Gold wert. Er hat den Dreh gefunden, wie man die Linken zurückdrängen und isolieren kann. Er hat sich ein Forum zunutze gemacht, das aus dem Hintergrund agiert. Die Freimaurerloge P2. Alle wichtigen, einflussreichen Leute im Land gehören ihr an, ausgenommen natürlich die Sozialisten und Kommunisten. Nicht ganz so einfach ist die Grenze innerhalb der derzeit noch grössten Partei, der Democrazia Cristiana. Die Vertreter des linken Flügels sind in der P2 nicht willkommen, auch wenn sie bedeutende Regierungsämter bekleiden.»

«Dieses Zitat hat Abel mit gelbem Filzstift hervorgehoben», schrieb Nydegger in die Begleitnotizen. Er machte sich auch Gedanken, warum Abel sich anders verhielt als die anderen Geheimdienstoffiziere. Dass ihn ein Schulterschluss mit Faschisten und Nazis störte, ihn sogar persönlich zu betreffen schien.

«Haig hat damit eine rote Linie überschritten», notierte Nydegger einige Zeit später am Rand. «War Abel vielleicht ein Jude?» Nydegger recherchierte. In den Tagebucheinträgen fand er keine einzige Stelle, die darauf hindeutete. Über die Teilnahme an religiösen Veranstaltungen stand nirgends etwas. Zum Zeitpunkt des unnatürlichen Todes von Abel hatte sich Nydegger als Ermittler auch in dessen beruflichem und persönlichem Umfeld umgesehen. Nachkommen hatte er keine, seine Frau lebte nicht mehr. Einen Cousin konnte er ausfindig machen. Der behauptete, er wisse nicht, ob die Abels jüdischer Abstammung seien. Möglich sei das schon. Aber Jules Abel und seine Vorfahren seien alle Agnostiker gewesen. Dass man in ihrer Verwandtschaft die Nazis hasste wie keine andere politische Bewegung, sei nicht zu bestreiten. «Doch dafür muss man nicht Jude sein.»

Abel hatte die eindrücklichen Sätze, wie die Rede endete, wörtlich in sein Heft geschrieben. «Meine Herren, wir haben Sie aus ganz Europa kommen lassen, um eine kleine, europäisch vernetzte Schattenarmee auf die Beine zu stellen. In allen Ländern existieren Ansätze dafür. Sogar in der neutralen Schweiz wie auch in Schweden. Doch es fehlen mit wenigen Ausnahmen Schnittstellen mit denen in anderen Staaten. In Italien steht die Gladio schon fast drei Jahrzehnte Gewehr bei Fuss, einsatzbereit. Sie arbeitete von Anfang an mit der CIA zusammen. Das gilt ebenso für die G27 in Deutschland. Dennoch sind auch dort Änderungen angesagt. Der Aufbau dieser Truppenteile muss bei allen identisch sein. Als unterste Einheit kleine Gruppen, drei bis sechs Personen, die unter Umständen auch autonom agieren können. Der gesamte Bestand der Truppe eines Landes beläuft sich auf einige hundert Köpfe. Sie können auch direkt von der CIA-Zentrale oder dem NATO-Oberkommando Einsatzbefehle erhalten.»

Abels nächster Eintrag war:

Ich streckte auf, ein bisschen genervt fragte Haig: «Und unser Schweizer, was hat denn der auf dem Herzen?» Böse Blicke von Bachmann und Wüest streiften mich. «Wie steht es mit der nationalen Souveränität der Schweiz, wenn dieses Konzept mit den Geheimarmeen umgesetzt wird, wenn das die Verfassung des betreffenden Landes nicht zulässt?» – «Wie bitte? Nationale Souveränitäten kennen wir im klandestinen Truppenverband der Stay-behind-Armeen nicht. Meine Herren, damit verabschiede ich mich von Ihnen.»

Abel schilderte, wie nach dem Auftritt Haigs die Teilnehmer in ihre Unterkunft gebracht wurden. Nur Leute aus einem Land im gleichen Hotel. Im Zimmer eines jeden lag ein dicker Ordner mit Texten in der entsprechenden Landessprache.

Dort war detailliert beschrieben, was Haig nur angedeutet hatte. Oberste Maxime: absolute Geheimhaltung. Informiert werden dürften nur die oberste Generalität des Landes und ausgewählte Personen der Wirtschaft und der Politik. In der Schweiz wären das der Generalstabschef, der Chef des militärischen Nachrichtendienstes und sein Kader. Kein Mitglied der Regierung, eine Handvoll Parlamentarier, die Generaldirektoren der grössten privaten Unternehmen.

Im Tagebucheintrag vom 2. Juli 1977 stand lapidar: «Dann machen wir uns an die Arbeit.»

Nydegger wusste damit, dass Abel zum engsten Kreis derer gehörte, die die P-26 planten.

Wann diese Organisation ihren Namen bekommen hatte und wer ihn festgelegt hatte, darüber fand Nydegger nichts in den Wachstuchheften.

***

Aus der Staatschutzfiche von Hauser Brigitte, Kioskhalterin
Datum: 12.11.83
Gegenstand: v. M. M. ZH: Es gingen mehrere Klagen wegen der H. B. ein. Wiederholt wurde sie vom Ortspolizisten aufgefordert, von ihrem Aushang staatsgefährdende und Porno-Presseerzeugnisse zu entfernen: Das «Volkrecht», der «Vorwärts», die «WOZ», den «Playboy» und die «Emma». Diese Blätter seien eine Zumutung für die Bevölkerung des Städtchens. H. B. hatte leider kein Einsehen. Stattdessen deckte sie den Polizisten mit wüsten Schimpfwörtern ein, die an dieser Stelle nicht erwähnt werden sollen. Der Polizist sah sich angesichts der Halsstarrigkeit

der H. B. gezwungen, die beanstandeten Zeitungen zu beschlagnahmen.
Missfallen erregt die H. B. zudem, dass sie in der Öffentlichkeit Stumpen raucht.

***

Das Problem für Nydegger war, das Wichtige vom Unwichtigen in den Wachstuchheften von Abel zu unterscheiden. Er kannte zwar den PUK-EMD-Bericht in- und auswendig. Doch vieles fehlte dort. Er wurde den Verdacht nicht los, dass die Mitglieder dieser parlamentarischen Untersuchungskommission längst nicht Zugang zu allen Akten hatten. Dass die P-26 eine Untereinheit der verdeckten NATO-Armee war, stand nirgends drin, das wäre auch nicht vereinbar mit der Neutralität der Schweiz gewesen. Die Bundesverfassung beauftragte die Landesregierung, den Bundesrat sowie die beiden Parlamentskammern, Massnahmen zur Wahrung der äusseren Sicherheit, der Unabhängigkeit und der Neutralität der Schweiz zu treffen.

Die P-26 war also nicht bloss eine illegale Körperschaft, sondern sie beging Verfassungsbruch. Doch die Schweiz, im Gegensatz zu den umliegenden Staaten, kannte kein Verfassungsgericht.

Nydegger kam zum Schluss, dass er die Hefte von Bieri nicht allein verstehen konnte. Er musste sich nach Hilfe umsehen. Wer bot sich dazu an? Klaus, natürlich, Klaus Gärtner. Er wählte dessen Nummer und besprach mit ihm die Situation am Telefon. Gärtner erklärte sich zur Mitwirkung bereit. Er ermahnte Nydegger, nicht allzu grosse Erwartungen an ihn zu haben. Er sei politisch sehr wohl bewandert, kenne die Arbeit der gesetzgebenden Behörde, auch die der Exekutive, doch die Finessen der Justiz könne er nicht besonders gut einschätzen. Man dürfe nicht vergessen, dass es im Fall Jules Abel möglicherweise um ein Gewaltverbrechen gehe. Da spiele Verfassungsbruch eine untergeordnete Rolle, grenzüberschreitende Aktionen der Geheimdienste und der P-26 auch nicht.

Nydegger hielt dem entgegen, dass der Fall Abel auch politisch sei. Ob Akteneinsicht gewährt werden könne, müssten letztendlich die Parlamente und allenfalls die Regierung beurteilen. Man könne ja nicht ermitteln, wenn einem der Zugang zu wichtigen, in den gerichtlichen und polizeilichen Dokumenten verzeichneten Zeugenaussagen verwehrt werde. Das leuchtete Klaus Gärtner ein.

Eine Schwierigkeit kam dazu: Gärtner war nicht in der Lage, die Sütterlinschrift zu lesen, er musste sie sich erst aneignen.

In der Zwischenzeit vertiefte sich Nydegger nochmals in die Kopien der Wachshefte. Er fand einen Eintrag, den er beim Überfliegen übersehen hatte. Einen vom 17. Januar 1980. Abel stand damals kurz vor der Pensionierung. Er hatte immer noch den Auftrag, den Aufbau der zum wesentlichen Teil von ihm geplanten P-26 zu überwachen. Der erste Wiederholungskurs der P-26-Mitglieder fand Mitte Januar 1980 in Oberburg bei Burgdorf statt. Gut zwei Dutzend Personen, vor allem Männer, aber auch einige Frauen, rückten in Lorbach, einem Weiler zwischen Burgdorf und Oberburg, ein. Nicht in eine Kaserne, sondern in ein unauffälliges Bauernhaus. Das gehörte zur Tarnung des streng geheimen Unterfangens.

Ein Mann aus Oberburg nahm auch daran teil, der war Abel sofort aufgefallen, weil er seinen Stolz kaum verbergen konnte. Die Gruppe, in der der Mann aus Oberburg wirkte, leitete Waldemar Wüest. Sie hatten den Auftrag, alle politisch unzuverlässigen Personen der Stadt Burgdorf und deren Umgebung zu fichieren. Politisch unzuverlässig hiess: sozialdemokratische Gemeinde- und Stadträte, Gewerkschaftsfunktionäre und Mitglieder der SP und der links-alternativen POCH, der Progressiven Organisationen der Schweiz.

Dafür stellte man den vier Männern Telefone zur Verfügung, Adressen mit den entsprechenden Nummern und die vertraulichen Behördenverzeichnisse von Burgdorf und den umliegenden Gemeinden. Die Namen in diesen waren handschriftlich ergänzt durch die Parteizugehörigkeit. Damit liess sich schon recht viel anfangen. Man wusste so, wer von den Mandatsträgern als vertrauenswürdig galt. Da durfte man nachfragen, ob es in der Gemeinde auch Mitglieder, die einer Gewerkschaft angehörten, gebe. Diese Recherche war ergiebig. Vor allem in Burgdorf, Oberburg und Hasle gab es Industriebetriebe mit organisierten Arbeitern. Die waren den Gemeindebehörden bekannt. Mehrere Gemeinderäte waren auch Kleinunternehmer und langjährige, treue Mitglieder der örtlichen Gewerbevereine. Dann die Bediensteten der Bahnhöfe der drei Orte, die Kondukteure und Lokomotivführer. Fast jeder von denen gehörte dem Eisenbahnerverband an. Die Telefonapparate liefen heiss. Am frühen Nachmittag waren sie schon beinahe am Ziel, als Abel vorbeischaute. Er liess sich vom Mann aus Oberburg, der sich selbst zum Gruppensprecher ernannt hatte, informieren.

Abel schien dessen Name nicht zu interessieren – «war ungeheuer stolz auf das, was er glaubte, erreicht zu haben», stand dazu.

«Ich freue mich schon auf den Tag X, dann geht es dieser linken Brut an den Kragen, die lochen wir alle ein.»
«Ist der Tag X nicht der, an dem die Panzer des Warschauer Pakts unser Land überrollen?», fragte Abel.
«Das ist heute nicht mehr wahrscheinlich. Wir gehen doch vielmehr davon aus, dass die Linke in naher Zukunft durch demokratische Wahlen an die Macht kommt. Auch in diesem Falle ist legitim, den Tag X in Gang zu setzen.»
«Glauben Sie, dass in diesem Fall im Emmental noch Bahnen fahren werden?»
«Dann nehmen wir das Auto.»

Im Tagebuch waren diese Zitate mit gelbem Marker hervorgehoben.

Nydegger fand hingegen keine Stelle, in der beschrieben wurde, ob Abel gegen den Auftritt des Geheimarmisten aus Oberburg etwas unternommen hatte oder nicht.

Einige Seiten weiter fiel Nydegger ein weiterer Eintrag auf. Er bezog sich auf das Attentat in Bologna. Es war Thema an einer Sitzung in der UNA. Man vertrat die Ansicht, der Anschlag sei von den Roten Brigaden verübt worden. Abel schrieb, was er damals sagte: «Die meisten Medienberichte gehen aber von einem Anschlag der Neofaschisten aus.» Das kam schlecht an bei seinen Kollegen. Eine typische Falschmeldung der links infiltrierten Presse, hielten sie ihm entgegen.

«Ich gab Gegensteuer», notierte Abel. «Ich erinnere mich noch an die Tagung im Hauptquartier der MI6 in London. Das war im Sommer 1977. Daran hat auch Alexander Haig teilgenommen. Ich war selbst Zeuge, wie er sich für einen Schulterschluss der Stay-behind-Armeen mit Neofaschisten und Neonazis einsetzte.»

Das sei die einzig vernünftige Strategie. Man müsse den Teufel mit dem Beelzebub austreiben, sagte ein hoher UNA-Offizier. Er erhielt zustimmendes Kopfnicken.

Abels abschliessender Kommentar zu dieser Sitzung lautete:

Ich war wie vor den Kopf gestossen. Hatte es noch einen Sinn, weiterzumachen mit der Überwachung des Aufbaus der P-26? Ich entschliesse mich trotz aller Widrigkeiten, weiterzumachen. Das wird aber nur möglich sein, wenn ich mich mit Aussagen zurückhalte. Meine Rolle kann nicht mehr die sein, den Gang der Dinge entscheidend zu beeinflussen. Vielleicht vermag ich das eine oder das andere zu verhindern. Aber was ich immer noch kann, ist, informiert zu sein. Und wenn sich die Gelegenheit ergibt, werde ich die Öffentlichkeit orientieren.

Der Puls von Nydegger wurde schneller. Er konnte es nicht unterlassen, zum Telefon zu greifen und Klaus Gärtner von seiner letzten Lektüre in Abels Tagebuch zu orientieren. Gärtner war begeistert. «Ich werde nun mit mehr Engagement die Sütterlinschrift erlernen. Die Sache beginnt mich nun echt zu fesseln.»

Nydegger griff zum zweiten Wachstuchheft, sah die letzten Seiten an. Erst da fiel ihm auf, dass die Einträge im Herbst 1987 aufhörten. Also musste es einen dritten Band geben. Wieder tippte er eine Nummer in sein Tischtelefon ein, die von Fritz Bieri.

Was für ein Glück. Bieri hob ab. «Herr Bieri, eben habe ich herausgefunden, dass es noch ein weiteres Wachstuchheft mit Tagebucheinträgen von Abel geben muss. Könnten Sie vielleicht nochmals nachschauen? Gerade das, was Abel kurz vor seinem Tod geschrieben hat, könnte uns weiterhelfen.»

«Stimmt. Ja klar, da fehlt uns noch ein Heft. Ich werde nochmals den ganzen Estrich durchforsten und mir überlegen, wo es sonst noch sein könnte. Allerdings scheint es leider auch möglich, dass diese letzten Aufzeichnungen Abels seinen Mördern in die Hände gefallen sind.»

Nydegger dankte Bieri und ermutigte ihn zum Weitermachen.

10

September 1982 bis August 1983

Der dreiundsechzigjährige Gelli stand am 13. September 1982 mit gefärbten Haaren und Schnauz an einem Schalter der Schweizerischen Bankgesellschaft. Er wies sich mit einem falschen argentinischen Pass aus. Er beabsichtigte, hundertzwanzig Millionen Franken von mehreren Konten der Banco Ambrosiano abzuheben. Die Tessiner Staatsanwaltschaft hatte zuvor aber die Konten der eben zusammengebrochenen Bank in Mailand sperren lassen. Die Identität Gellis, des Grossmeisters der 1981 verbotenen Freimaurerloge Propaganda Due, flog auf, weil er der meistgesuchte Verbrecher in Italien war.

Die Bankgesellschaft wurde wegen eines Verstosses gegen die Sorgfaltspflichtvereinbarung angezeigt. Sie musste eine Busse von zweihunderttausend Franken zahlen. Damit war für sie die Sache erledigt.

***

Rückseite gesammelte Staatschutzfichen von «linken Schriftstellern in der Schweiz»
Datum: 21.4.83
Gegenstand: v. P. R. Staatsschutz
Nicht wenige der sog. schreibenden Zunft sind Volksverräter. Sie üben einen verheerenden Einfluss auf unsere Gesellschaft aus. Sie schreiben fiktive Texte und verweben sie mit wirklich Geschehenem. Ruft ein Bürger unseres Landes zur Verweigerung des Militärdienstes auf, geben wir ihm die ganze Härte unserer Strafgesetze zu spüren. Wir sperren ihn hinter Gitter, wo er ein Jahr oder auch mehr schmoren muss. Ihm steht so ausreichend Zeit zur Verfügung, darüber

nachzudenken, was er unserem Land angetan hat. Doch diejenigen, die durch fiese Tricks und anderen Gemeinheiten - sie nennen es «Dichtung» - die gute alte Eidgenossenschaft besudeln, kommen ungeschoren davon. Einen Anfang hat der Deutsche Erich Maria Remarque mit seinem Roman «Im Westen nichts Neues» - er ist 1928 erschienen - gemacht. Ein übles Machwerk, triefend von pazifistischem Gedankengut und armeeverhunzender Propaganda. Allmählich wurde ihm der Boden in Deutschland zu heiss. 1931 setzte er sich ins Tessin ab, wo ihn die linke Schweizer Schickeria verhätschelte. Während 1933 seine Schandschriften dem Feuer übergeben wurden, fanden sie in unseren Buchläden einen dürftigen Absatz. Nach dem Zweiten Weltkrieg erlebte seine Schundliteratur eine Renaissance und er selbst durfte sich fragwürdiger Nachahmer erfreuen: Friedrich Dürrenmatt, Max Frisch, Adolf Muschg, Niklaus Meienberg und wie sie alle heissen.
Wir vom Staatschutz haben uns nun entschlossen, die Dossiers dieser Klientel zusammenzufassen - in einem abgetrennten Raum. Sollte tatsächlich mal der Tag X anbrechen, könnten wir uns diesen Zeitgenossen gesondert annehmen.

***

Ende Juli 1983 erhielt Alois Hofstetter ein Aufgebot nach Gstaad. Es war sein zweites dorthin. Hofstetter fuhr am Vormittag mit seinem Dienstwagen nach Zweisimmen hinauf. Um dreizehn Uhr dreissig bestieg er den Zug nach Gstaad, um vierzehn Uhr zwanzig traf er dort ein. Das erste Mal unterzog er sich dem «Tabakpfeifenritual», dem neuen Erkennungszeichen der P-26. Er wurde eine Woche zuvor mit einem Brief darauf aufmerksam gemacht. Er müsse Ausschau nach einem Mann mit Regenmantel, der Tabakpfeife im Mund und einer Zeitung unter dem linken Arm halten. Er würde einen Mann, der sich Brutus nenne, antreffen. Hofstetter lungerte auf dem Bahnhofsplatz herum. Genau um vierzehn Uhr fünfunddreissig tauchte der Mann auf.

Hofstetter ging auf den Mann mit der Pfeife im Mund zu. Dieser sprach ihn an: «Sind Sie der Herr von der Grossmetzgerei in Biel?»

«Nein, er ist derzeit unabkömmlich. Ich bin sein Stellvertreter.» Die Antwort auf diese Art von Frage sei stets dieselbe, war im Brief geschrieben.

«Pinocchio?», erkundigte er sich weiter. Auch das stand im «Drehbuch». «Brutus ist mein Name. Willkommen, Pinocchio, in der Vorhölle. Ich war früher mal der Fahrer von Ruben, nun bin ich der von Cäsar.»

Brutus trat vertrauenerweckend, kumpelhaft auf. Hofstetter schätzte ihn als niederrangig in der P-26 ein. Er machte den Eindruck einer Hilfsperson, eines Fahrers, eines Mädchens für alles. Sie waren schweigend zum «Schweizerhof» marschiert, stülpten sich die Sturmmasken über und betraten den Bunker. Brutus führte Hofstetter in einen Raum.

«Man hat für dich einen ehrenvollen Auftrag ausersehen. Er wird Schlagzeilen machen, doch dein Name darf in diesem Zusammenhang unter keinen Umständen genannt werden. Und auch jener der P-26 nicht. Niemand darf wissen, dass sie dahintersteht.»

«Was genau?», erkundigte sich Hofstetter.

«Darüber wirst du von denen instruiert, die dir den Auftrag erteilen. Ich weiss nichts, ausser dass die, die befehlen, Dummköpfe sind.»

«Du redest ja wie ein Kommunist.»

«Wie sollte ich das denn? Ich weiss ja gar nicht, was ein Kommunist ist.»

«Weshalb bist du überhaupt hier?»

«Weil ich zwei Sachen kann wie kein zweiter: gehorchen und schweigen.»

«Schweigen?»

«Gegenüber Aussenstehenden, ja. Intern darf ich alles sagen, das hat man mir zugestanden. Meinen Oberen ist es gleichgültig, was ich denke. Ich mische mich nicht in die Strategie der P-26 ein. Ich bin lediglich dessen Angestellter. Ein Angestellter, der auch in extremen Situationen mit dem Fahrzeug umgehen und, sollte es die Not erfordern, von der Handfeuerwaffe Gebrauch machen kann.» Brutus entnahm seine Pistole aus der rechten Seitentasche seiner Hose und streckte sie in die Höhe.

Die ersten Tage verbrachte Hofstetter in seiner Zelle. Sie war etwas grösser und komfortabler als die in Oberburg. Auch in Gstaad war er ein Gefangener tief unter der Erde. Er musste wie am alten Ort einen Ordner durchackern. Obwohl er lieber draussen war, am Boden robbte, mit Gewehr und Pistole schoss, kam er dieser Pflicht ebenfalls gewissenhaft nach.

Diesmal dauerte es allerdings zehn Tage, bis er am frühen Morgen des 9. August aus dem Schlaf gerissen wurde. Nach der Morgentoilette wurde er ins Besprechungszimmer geführt.

Dort erwartete ihn ein Maskierter in der Uniform eines Hauptmanns, der im Befehlston sprach: «Pinocchio, Einsatz in Genf, Gefängnis Champ-Dollon, morgen, um drei Uhr. Wir fahren dich heute Abend bis zur Bahnstation Gstaad, dein Zug fährt Richtung Montreux um einundzwanzig Uhr zehn ab. In Montreux steigst du in den Schnellzug nach Genève-Aéroport um, wo du um null Uhr dreissig ankommst. Du gehst zur Autovermietung Avis im Flughafenareal und weist dich dort als Kaspar Schurtenberger aus. Identitätskarte, Führerausweis und Strassenkarte findest du in diesen Unterlagen.» Der Hauptmann reichte ihm ein Mäppchen. «Die Leute bei Avis sind informiert. Sie händigen dir einen Autoschlüssel aus, geleiten dich zu einem grauen Lieferwagen der Marke Mercedes. Von dort fährst du direkt zur Bar Viviane, die ungefähr einen Kilometer westlich vom Hauptgebäude liegt, parkierst den Wagen bis zwei Uhr. Dann fährst du auf dem kürzesten Weg zum Gefängnis Champ-Dollon, du stellst den Wagen auf ein freies Feld des Besucherparkplatzes, steigst aus und winkst mit beiden Händen. Ein Gefängniswärter in Uniform kommt einige Augenblicke später zum Fahrzeug, er nimmt Platz auf der Beifahrerseite, du setzt dich wieder ans Steuer, der Wärter gibt dir Anweisungen, wo du genau hinfahren sollst. Es ist der Vorhof der Wäscherei, wo tagsüber Sträflinge arbeiten. Du bleibst am Steuer. Nach einer kurzen Zeit, etwa einer halben Minute, öffnen sich die Hecktüren. Ein Mann klettert mit dem Wärter zusammen hinten hinein. Sobald die Türen zugeschlagen werden, startest du. Verlasse Champ-Dollon genau auf dem Weg, auf dem du gekommen bist. Wie es weitergeht, sagt dir der Wärter.»

Hofstetter schluckte einige Male leer. Der Hauptmann reagierte darauf. «Noch Fragen?»

«Handelt es sich um die Befreiung eines Häftlings?»

Der Hauptmann schüttelte genervt den Kopf. «Stelle nur Fragen über den Ablauf der Aktion. Alles klar?»

«Ja», kam es kleinlaut über Hofstetters Lippen.

Die Reise bis zum Gefängnis verlief wie vorgesehen. Der Häftling, der zustieg, war circa sechzig Jahre alt. Er sprach den Wärter französisch an, mit einem unverkennbaren italienischen Akzent.

Auf der Fahrt zum Ort, wo der Gefangene hingebracht werden sollte, kam es zu einem Zwischenfall. Beinahe wäre Hofstetter auf den letzten Wagen einer stehenden Kolonne aufgefahren.

Der Wärter rief gereizt auf Deutsch: «Stopp! Stopp! Stopp! Da vorne ist eine Strassensperre. Wenden Sie unverzüglich, fahren Sie so schnell wie Sie können in die Gegenrichtung.»

Hofstetter wurde über Nebenstrassen dirigiert. Der Wärter reagierte zunehmend nervöser. Plötzlich befahl er, in einen Feldweg einzubiegen, der durch ein Waldstück führte. Mehrere Äste hingen herunter. Hofstetter bremste ab.

«Fahren Sie, fahren Sie, verdammt noch mal! Kümmern Sie sich nicht um die Dellen am Wagen.»

Es krachte und krachte, ein Seitenfenster ging in Brüche. Sie kamen an eine Lichtung in der Grösse eines Fussballfeldes. Dort stand ein Helikopter mit laufendem Rotor. Der Häftling sprang aus dem Lieferwagen, lief zum Flieger, der unmittelbar, nachdem der Mann eingestiegen war, abhob.

Der Wärter seufzte. «Das ist ja nochmals gut gegangen. Jetzt setze ich mich ans Steuer. Ich fahre Sie zum Hauptbahnhof, dort steigen Sie in den nächsten Zug nach Montreux. Am späten Vormittag werden Sie wieder in Gstaad sein.»

Im Besprechungszimmer des Bunkers von Gstaad berichtete Hofstetter von seinem Einsatz in Champ-Dollon. Anwesend waren der Offizier, der ihm den Auftrag erteilte, und Brutus. Am Schluss seiner Ausführungen fragte Hofstetter, um wen es sich bei dem befreiten Gefangenen handle. Brutus sah auf die Uhr, dann drehte er das Radio an. Es war genau acht Uhr.

Die Nachrichten. Der in der Genfer Strafanstalt Champ-Dollon einsitzende Licio Gelli ist in der Nacht auf heute geflüchtet. Gelli wurde im September 1982 in einer Filiale der Schweizerischen Bankgesellschaft festgenommen, nachdem ein internationaler Haftbefehl von der italienischen Justiz gegen ihn erlassen worden war. Er war Grossmeister der mittlerweile aufgelösten Freimaurer-Loge Propaganda Due. Die P2 stand, neben zahlreichen weiteren Bluttaten, im Verdacht, den Anschlag auf dem Bahnhof von Bologna organisiert zu haben. Dabei starben zahlreiche Menschen, viele wurden schwer verletzt. Gelli war in jungen Jahren ein glühender Verehrer Mussolinis und Unteroffizier der italienischen Armee während des Zweiten Weltkriegs. Nach 1945 wurde er Agent des US-amerikanischen Auslandsgeheimdienstes CIA. Später schloss er sich der extremen Rechten an und wurde Abgeordneter der Neofaschistischen Partei, ohne allerdings die Zusammenarbeit mit der CIA aufzukündigen.

«Was du soeben gehört hast, ist linke Staatspropaganda der übelsten Art. Gelli ist ein glaubwürdiger Antisozialist, er ist eine herausragende Figur im Kampf gegen den Kommunismus. Die P-26 hat ihm viel zu verdanken. Wir lassen unsere Freunde nicht im Stich», bemerkte der Hofstetter vernehmende Offizier.

Brutus lächelte und nickte zustimmend. Dann aber streckte

er den Drohfinger in die Luft. «Pinocchio, du warst heute nicht in Genf. Die P-26 hat nichts mit der Befreiung von Gelli zu tun. Kein Sterbenswort über diese Aktion.»

Der Offizier ermahnte Hofstetter ebenfalls, in diesem Falle die Geheimhaltung besonders ernst zu nehmen. Dann wurde seine Miene zuckersüss. «Pinocchio, du hast heute deine Sache gut gemacht. Morgen ist Abtreten für dich. Geniesse danach einige arbeitsfreie Tage. Am Donnerstag in der kommenden Woche meldest du dich um sieben in der Kaserne Jassbach zurück.»

11

Juli und August 1991

Nydegger hatte noch nichts Essenzielles zur Aufklärung des Mordes an Abel in den Tagebüchern gefunden. Immer noch wartete er darauf, Gärtners Sicht zu erhalten.

Er informierte sich in der Zwischenzeit über Gelli. Er staunte, wie viel über diese dunkle Gestalt zusammenkam. Nachdem die Gladios überall in Europa aufgeflogen waren, erschien auch Gelli in einem anderen Licht. Er war nicht nur der rechtsextreme Fanatiker und Spinner, er war nun als Kapitalverbrecher entlarvt, als Verschwörer und besonders stossend: Er war seit Ende des Zweiten Weltkriegs in seinem Heimatland ungemein einflussreich, von den Mächtigen im Staat hofiert.

Zu schaffen machte Nydegger, dass es auch in der Schweiz einflussreiche Kreise gab, die Gelli wohlgesonnen waren. Die offizielle Version von Gellis Flucht aus Champ-Dollon empfand Nydegger als Witz. Heimlich mitten in der Nacht mit einem Lieferwagen verschwinden, das gab es doch nicht. Immerhin war Champ-Dollon ein Hochsicherheitsgefängnis.

Grotesk war das Urteil gegen den Gefangenenaufseher, der Gelli zur Flucht verholfen haben sollte. Er wurde zu einer bedingten Gefängnisstrafe von achtzehn Monaten verurteilt. Er sei von Anfang an geständig gewesen. Das Gericht zweifle nicht daran, dass er allein die Flucht arrangiert habe, hiess es. Über die wirkliche Summe, die er als Fluchthelfer bekommen hatte, herrschte nach diesem Urteil Unklarheit. Die Angaben des Wärters, es habe sich um zwanzigtausend Franken gehandelt, wurden selbst von den Richtern in Zweifel gezogen.

Nydegger stiess beim Durchblättern seiner Notizen auf einen weiteren Namen. Auf Alois Hofstetter, Gemeinderat von Oberburg, der in einem neofaschistischen Demonstrationszug am 2. August 1990 in Bologna verhaftet worden war. In Nydeggers

Gehirn arbeitete es. War es nicht plausibel, dass Hofstetter Gelli auf irgendeine Weise über den Weg gelaufen war? War Hofstetter etwa auch Mitglied der P-26? Hatte er als Schweizer Gladiator etwas mit der Befreiung Gellis aus Champ-Dollon zu tun? Die Aussichten, das herauszufinden, waren für Nydegger möglich. So machte er sich auf den Weg nach Oberburg.

Er fragte dort herum. Stellte fest, dass viele in Oberburg Hofstetter nicht mochten. Dann wollten mehrere, die Nydegger befragte, wissen, dass Hofstetter Angehöriger der P-26 war. Nydegger konnte das nicht überprüfen, da die Mitgliederlisten der P-26 streng geheim waren. Doch er konnte sich gut vorstellen, dass Hofstetter diesem Geheimbund angehört hatte.

Nun galt es herauszufinden, wo sich Hofstetter am Tag der «Befreiung» Gellis aus Champ-Dollon aufhielt. Nydegger stiess tatsächlich auf einen Hinweis, der Hofstetters Verwicklung in dieser Angelegenheit als möglich erscheinen liess. Von einem Beweis konnte aber nicht die Rede sein. Hofstetter war vom 3. bis zum 10. August 1983 im «Hotel Schweizerhof» in Gstaad. Diese Information fand er im Gemeindearchiv von Oberburg. Für den Verwaltungsangestellten, der Nydegger Zugang zu diesen Dokumenten verschaffte, war klar: Einem Polizeioffizier gewährte man ohne Nachfragen Einsicht in Akten.

Für Nydegger stand jetzt fest, dass Hofstetter Mitglied der P-26 war, dass er an einem Wiederholungskurs der P-26 teilnahm, und das auch im Zeitfenster, als Gelli aus dem Gefängnis Champ-Dollon ausbrach. Nun musste er nach einer Möglichkeit suchen, Hofstetter zu befragen. Das durfte aber nicht wie eine Vernehmung wirken. Er suchte nach Bekannten am Gericht des Amtsbezirks Burgdorf. Ihm fiel der Name Lukas Hadorn ein. Er hatte mit Nydegger zusammen an der Universität Bern Jura studiert. Hadorn war Staatsanwalt. Nydegger gelang es, Hadorn zu überzeugen. Er willigte ein, Hofstetter vorzuladen. Als Zeugen, nicht als Beschuldigten. Hadorn schlug vor, Hofstetter unter vier Augen zu einem unverbindlichen Gespräch aufzubieten.

Das Treffen kam schliesslich zustande. Hofstetter wusste zunächst nicht, um was es ging. Hadorn erkundigte sich, ob Hofstetter den Kanton Genf kenne. Er sei schon dort gewesen, räumte Hofstetter ein, aber Genf und seine Umgebung seien ihm ziemlich fremd.

«Wirklich, Herr Hofstetter? Da habe ich andere Informationen. Die letzten drei Wiederholungskurse in der Armee haben Sie in der Region Genf absolviert, im Südwesten des Kantons, nahe der französischen Grenze. Sie waren in einem Nebengebäude der Strafanstalt Champ-Dollon untergebracht. Wir brauchen für einen Kriminalfall jemanden, der sich dort auskennt.»

Hofstetter wurde leicht blass. Er rang sich zu einer Frage durch. «Um was geht es dabei?»

«Sagt Ihnen der Name Licio Gelli etwas?»

Hofstetter wurde noch blasser. Er überlegte angestrengt, bis er etwas dazu sagte. «Kann sein, dass ich diesen Namen schon gehört habe, doch im Moment sagt er mir nichts.»

Hadorn schmunzelte. Er klärte Hofstetter, den er dabei genau beobachtete, über Gelli auf. Hofstetter mimte den Erstaunten.

Als Hadorn beifügte, der Fall Gelli sei für die Schweiz noch nicht erledigt, bildeten sich Schweisstropfen auf der weissen Stirn Hofstetters. «Warum denn? Das ist nun schon bald zehn Jahre her, die ganze Angelegenheit ist sicher verjährt.»

Hadorn bewegte langsam seinen Kopf hin und her. «Ganz so klar ist das auch nicht.»

Hofstetter sah hilfesuchend nach dem Ausgang.

«Ist Ihnen nicht wohl? Möchten Sie ein Glas Wasser?», fragte Hadorn scheinheilig.

Hofstetter verneinte.

«Ich würde es begrüssen, wenn wir zusammen in den nächsten Tagen einmal nach Champ-Dollon fahren könnten. Wir von der Staatsanwaltschaft würden gerne mit Ihnen die Befreiungsszene nachspielen.»

«Ich verspüre nicht die geringste Lust dazu.»

«Kann ich nachvollziehen», sagte Hadorn mit einer ausladenden Handbewegung. «Doch der Komplize des fluchthelfenden Gefangenenaufsehers hat keine rechtlichen Folgen mehr zu befürchten. Kommt dazu, dass wir auf Ihre Mithilfe bestehen können.»

Schliesslich lenkte Hofstetter ein. «Gut, ich komme. Machen wir einen Termin aus, damit ich meinen Arbeitgeber informieren kann.»

«Das dürfte das kleinste Problem sein. Ich übernehme das gerne. Wir wissen, wo Sie arbeiten, ich kenne zufällig Ihren Vorgesetzten. Er ist ein ehemaliger Dienstkollege von mir aus meiner Zeit in der Militärjustiz.»

***

Aus der Staatschutzfiche von Blaser Christian, Chauffeur bei der Kehrichtabfuhr
Datum: 15.11.84
Gegenstand: v. F. B. BE: Anlässlich der Gesamtverteidigungsübung vom November 1984 leistete B. C. eine Unverschämtheit. Er parkierte sein Fahrzeug so, dass Divisionär Anliker, der Manöverleiter, mit seinem Mercedes nicht mehr wegfahren konnte.
In der Folge forderte Div. A. eine Genieeinheit mit dem Auftrag an, das Gefährt des städtischen Werkhofs abzuschleppen. In der Zwischenzeit war B. C. wieder am Ort der Blockade zurückgekehrt.
Div. A. machte B. C. darauf aufmerksam – was A.s Recht war! –, dass er sein Bier nicht während der Arbeitszeit einnehmen solle. B. C. nannte Divisionär A. einen Dubel (Idioten!) und ein Arsc... (das Wort wird hier nicht ausgeschrieben).
Da A. keine (der vielen anwesenden) Zeuginnen und Zeugen fand, die bereit waren, gegen B. C. auszusagen, verzichtete er auf eine Strafanzeige.

***

Am frühen Vormittag des 13. Juli 1991 holte Staatsanwalt Hadorn den Oberburger Gemeinderat Hofstetter von seinem Wohnhaus ab und fuhr ihn mit dem Dienstwagen nach Champ-Dollon. So gegen zehn kamen sie in der Strafanstalt an. Dort wartete bereits ein anderes Auto mit Berner Kontrollschildern. Davor standen zwei Männer. Für einen kleinen Moment setzte Hofstetters Puls aus. War das menschenmöglich? Da standen der Wärter aus Champ-Dollon, der das Fluchtfahrzeug, in dem Gelli sass, gesteuert hatte, und der andere wurde ihm als Nydegger von der Berner Polizei vorgestellt.

«Bonjour, Alois, schön, dich nach so langer Zeit wiederzusehen. Das war ein tollkühnes Schurkenstück, damals 1983, als wir Gelli aus dem Knast holten und auf einen morastigen und Äste behangenen Waldweg über die Grenze kutschierten.»

Hofstetter sagte nichts darauf, tat so, als ob er den Wärter noch nie gesehen hatte.

Dann mischte sich Nydegger ein. «Hofstetter alias Pinocchio, ich gebe Ihnen einen wohlgemeinten Ratschlag: Halten Sie sich an die Wahrheit.»

«Pinocchio? Woher kennen Sie meinen Decknamen? Den dürften Sie gar nicht wissen, soweit mir bekannt ist, sind die Mitgliederlisten der P-26 immer noch geheim.»

«Wir wissen mehr über Sie, als Sie denken. Lassen Sie sich nicht weiter mit Ihren alten Freunden ein. Das könnte Sie teuer zu stehen kommen. Die P-26, in der Sie die Drecksarbeit für die Oberen machten, flog im Frühjahr 1990 auf, als erste Stay-behind-Armee überhaupt. Im Spätherbst darauf wurde sie von den Eidgenössischen Räten als illegal erklärt und aufgelöst. Die P-26 wirkte in einem Netzwerk mit höchst kriminellen Organisationen.»

Um seinen Missmut kundzutun, spuckte Hofstetter auf den Boden.

«Das ist hier untersagt», hörte man aus dem Hintergrund eine Stimme mit französischem Akzent.

Hadorn rief Hofstetter zu angemessenem Benehmen auf, um dann versöhnlich fortzufahren. «Ihnen wird als Fluchthelfer von

Gelli kein Haar gekrümmt. Aber es ist ziemlich dumm, nicht einzugestehen, dass Sie einem der grössten Verbrecher der vergangenen Jahrzehnte aus falsch verstandener Loyalität gegenüber der P-26 einen Gefallen getan haben.»

«Warum behelligen Sie dann mich, wenn ich mich gar nicht strafbar gemacht habe?»

«Strafbar haben Sie sich schon gemacht. Aber diese Tat, kein Kapitaldelikt, ist mittlerweile verjährt. Wir suchen nach weiteren schweren Vergehen, die sich Gelli zuschulden kommen liess. Je mehr wir darüber wissen, je eher können wir andere Verbrechen, die in seinem Umfeld begangen wurden, aufklären. Ich denke da auch an den Mordfall Jules Abel.»

Hofstetter protestierte. «Mit dem habe ich nichts zu tun, ich kannte Abel gar nicht.»

«Wir gehen vorläufig gar nicht so weit, Sie zu beschuldigen, Sie hätten an dieser Bluttat mitgewirkt. Aber Sie haben übrigens in den vergangenen Minuten mehr preisgegeben, als wir uns erhofften.»

Hofstetters ratlose Blicke trafen Nydegger und Hadorn. «Was soll ich denn tun?»

«Vorläufig nichts, ausser die Wahrheit zu sagen. Lügen und verheimlichen Sie weiter Informationen, verstricken Sie sich immer mehr in Widersprüche, und wir werden Ihnen das Leben zur Hölle machen», sagte Hadorn. Dann fuhr ein grauer Lieferwagen der Marke Mercedes auf den Gefängnishof.

Nydegger zeigte auf Hofstetter. «Das ist das Auto, mit dem Gelli geflüchtet ist. Wir konnten es wenige Tage nach Gellis Ausbruch sicherstellen. Heute kann uns ein Experiment mit diesem Fahrzeug zu wertvollen Erkenntnissen verhelfen.» Nydegger zog Hofstetter am Arm, führte ihn zum Lieferwagen auf der Beifahrerseite. «Steigen Sie bitte ein.» Am Steuer sass ein Genfer Kantonspolizist. «Der Polizist wird jetzt das tun, was vor acht Jahren der Gefangenenwärter gemacht hat.»

Der Lieferwagen fuhr zur Wäscherei. Dort rannte ein älterer Mann in Sträflingskleidung zum Heck des Mercedes, riss die Tür auf, sprang hinein und zog sie mit einem lauten Knall wieder zu.

Die Fahrt ging nun über mehrere Seitenstrassen, dann auf dem ungepflegten Fahrweg durch den Wald über die französische Grenze zu einer Lichtung. Es fehlte nur der Helikopter. Kurze Zeit später trafen auch Nydegger und Hadorn im Streifenwagen der Polizei ein.

Die Bestürzung war Hofstetter ins Gesicht geschrieben. Hadorn warf ihm einen provokanten Blick zu. «Genau so, Hofstetter, war es doch … Fast so», korrigierte er sich. «Damals war es Nacht, alles war viel gespenstischer.»

Kein Laut kam über Hofstetters Lippen.

«Wenn wir gerade dabei sind, Hofstetter, möchten wir nun wissen, wer Ihnen im ‹Hotel Schweizerhof› in Gstaad diesen Auftrag erteilt hat.»

Hofstetter wurde auf einmal gesprächig. Er erzählte alles, woran er sich erinnern konnte. Erwähnte die Namen Brutus und Cäsar. Bei Cäsar wusste er ja, wie er wirklich hiess. Doch welcher echte Name sich hinter Brutus versteckte, konnte er nicht sagen.

Hadorn und Nydegger glaubten ihm. Nydegger sagte: «Wir werden auch das herausfinden. Wenn wir Glück haben, lebt der Kerl noch.»

Einen Tag nach dem Besuch in Champ-Dollon sass Hadorn in Nydeggers Büro am Waisenhausplatz in Bern.

«Das ist eine Gratwanderung. Massgebende Kreise der Justiz und Polizei dürften kaum Freude an unserem Engagement in Sachen Licio Gelli haben. Aber es geht ja nicht nur um diesen hochkriminellen Faschisten, sondern auch um den ungeklärten Tod von Abel», gab Nydegger zu bedenken.

«Einverstanden», sagte Hadorn. «Der Fall Abel ist bislang nicht aufgeklärt worden, verjährt ist er noch lange nicht.»

«Siehst du ein Problem, dass du als Staatsanwalt für diesen Fall nicht zuständig bist?»

«Überhaupt nicht. Im Amtsbezirk Burgdorf schaut mir niemand auf die Finger. Ganz abgesehen davon, dass der zweite Hauptstützpunkt der P-26 in Oberburg lag.»

«Ist dabei der PUK-EMD-Bericht hilfreich?»

«Ja und nein», sagte Hadorn. «In diesem Bericht werden die Auslandsbeziehungen der P-26 überhaupt nicht erwähnt. Sie müssten geheim bleiben, weil sich die Schweiz sonst Schwierigkeiten mit den europäischen NATO-Staaten einhandeln könnte. Ich gehe davon aus, dass die Mitglieder der PUK dieses Kapitel der P-26 nur bruchstückweise oder überhaupt nicht einsehen durften.»

«Das sehe ich auch so. Da wäre ja noch die Parteigebundenheit des Neuenburger Richters Nicolet, der angeblich die Vernetzung der P-26 mit den übrigen Stay-behind-Armeen unter die Lupe nehmen soll.»

«Schwierigkeiten der Schweiz mit anderen Gladio- beziehungsweise NATO-Staaten? Das klingt wenig glaubwürdig. Offensichtlich will man nicht eingestehen, dass sich die P-26 entgegen unserer verfassungsmässig verankerten Neutralität in den Dienst der NATO gestellt hat.»

«Genau! Das ist doch das Problem der P-26. Die meisten Soldaten und Soldatinnen der P-26 waren sich dessen nicht bewusst. Sie glaubten, der Tag X würde kommen. Der Tag, an dem die Panzer der Roten Armee unser Land überrollen würden. Dieser Glaube war so tief verwurzelt, dass er noch bestand, als die sowjetischen Streitkräfte längst keine Bedrohung mehr für unser Land darstellten.»

«Und die Kader der P-26? Die wussten spätestens seit 1985, dass die Herren im Kreml niemals daran dachten, das westliche Europa zu erobern. Das konnten sie gar nicht mehr. Sie waren zu sehr damit beschäftigt, die Probleme im eigenen Land zu lösen. Und warum haben die Leute vom P-26 trotzdem weitergemacht? Was meinst du, Sandro?»

«Kann sein, dass sie schon am liebsten ihre klandestine Gesellschaft aufgelöst hätten. Eduard Kaplan, dem Kommandanten der P-26, war es erkennbar nicht mehr wohl in seiner Haut. Das haben mehrere Personen in seiner Umgebung bestätigt. Doch die P-26 konnte nicht mehr aus dem Netzwerk der Gladios ausscheren. Dort, in der NATO, der CIA, in den Stay-behind-Armeen von Grossbritannien, Frankreich, Italien und Deutschland, hatten immer noch die Kalten Krieger das Sagen – mehr denn je. Deren Ziel war nicht nur, die in den letzten Zügen liegende Sowjetunion endgültig zur Strecke zu bringen. Sie hatten es auf die linken Parteien im Westen abgesehen.»

«Das mit Kaplan habe ich zwar nicht gewusst. Aber deine Analyse scheint mir plausibel. Die P-26 hat in ihren Satzungen auf Geheiss der CIA und der NATO den Passus übernommen, dass man auch gegen eine Machtübernahme der Linken im eigenen Land vorgehen müsse. Und links begann in den Köpfen der militärischen Hardliner bereits bei den Sozialdemokraten. Dann flog im Frühjahr 1990 die P-26 auf. Kurz danach enttarnte die ‹Weltwoche› den Kopf unserer ‹Geheimarmee›, Eduard Kaplan alias Ruben, Oberst im Generalstab und Doktor der Jurisprudenz.»

Hadorn setzte eine triumphierende Miene auf. «Ich bin fast ein wenig stolz, dass unser Land als erstes den Gladios den Garaus gemacht hat. Wäre das nicht geschehen, hätten in Deutschland, Grossbritannien, Frankreich und weiteren Staaten diese verdeckt agierenden paramilitärischen Einheiten weiterhin ihr Unwesen getrieben.»

«Doch die ganze Sache ist noch nicht ausgestanden. Die Liste der P-26 wird weiterhin unter Verschluss gehalten. Denn derzeit ist der Volkszorn über diese illegale Organisation gewaltig. Die P-26-Mitglieder fürchten um ihre Sicherheit, sollten ihre Namen öffentlich gemacht werden.»

«Das bringt mich auf die Palme. Denn genau sie wären dazu bereit gewesen – hätten ihre Chefs es angeordnet – Tausende, in ihren Augen politisch ‹unzuverlässige› Personen zu verhaften.»

«Was natürlich von den wenigen sichtbar gemachten P-26-Aktivisten und deren Sympathisanten bestritten wird», erwiderte Nydegger, um das auch zu begründen. «Das ist vollkommen unglaubwürdig. Denn in den Debatten der Eidgenössischen Räte haben sich mehrere Vertreter vom äussersten rechten Flügel der FDP und der SVP klar hinter die P-26 gestellt. Dabei wurde wiederholt ganz offen bekundet, es wäre richtig gewesen, auch gegen den Feind im Innern vorzugehen.»

«Doch irgendwo, in einem hoch gesicherten Tresor, muss es noch Akten geben, die der PUK EMD vorenthalten wurden, die ausser dem engsten Kreis der P-26-Hardliner niemand kennt, vielleicht nicht einmal Kaplan. Eher nicht Akten über die geheimen Pläne eines Putsches nach einem linken Wahlsieg. Ein solcher wäre schon von Beginn an zum Scheitern verurteilt. Doch Unterlagen über die Zusammenarbeit mit den Gladios in anderen Ländern. Vielleicht haben wir Glück, und diese tauchen durch eine fahrlässige Indiskretion auf», mutmasste Hadorn.

«Zu schön, um wahr zu sein. Ich glaube eher, man wird sie vorher schreddern», widersprach Nydegger.

Hadorn seufzte. «Hast du eine Idee, wo man ansetzen könnte, um den Mord an Abel aufzuklären? Gelli können wir dabei aus dem Spiel lassen. Er sitzt derzeit in seiner Villa in Arezzo in Hausarrest.»

«Aus dem Spiel lassen? Das sehe ich anders», gab Nydegger zu bedenken. «Gelli empfängt nach wie vor täglich Gesinnungsfreunde, ehemalige Mitglieder der längst verbotenen kriminellen Vereinigung P2. Der zwielichtige Medienmogul Berlusconi soll nach wie vor mit Gelli in Kontakt stehen. Aber auch Mafiosi. Ich schliesse nicht aus, dass Gelli seine Beziehungen hat spielen lassen, um Abel zu beseitigen. Um in dieser Angelegenheit weiterzukommen, müssten wir die Identität des Mannes mit dem Decknamen Brutus lüften. Brutus gehörte offenbar der Seilschaft an, die Hofstetter losgeschickt hat, um Gelli aus Champ-Dollon herauszuholen.»

Hadorn zeigte mit dem Finger auf Nydegger. «Du, Sandro, beschaff mir Brutus!»

***

Sandro Nydegger hatte tatsächlich Erfolg beim Auffinden von Brutus, auch wenn es drei Wochen dauerte.

«Brutus alias Oswald Stahl wohnt in Langenthal», sagte Nydegger jubelnd Staatsanwalt Hadorn durchs Telefon. Er ist Oberst im Generalstab ausser Dienst. Bis er mit dem Aufbau der

P-26 betraut wurde, arbeitete er in der nun aufgelösten Untergruppe des Nachrichtendienstes der Armee.»

«Danke, Sandro», antwortete Hadorn erleichtert. «Ich habe fast die Hoffnung verloren.»

«So einfach war es wirklich nicht. Soll ich dir schildern, wie ich auf diesen Stahl gekommen bin?»

«Schieb das für später auf. Für mich zählt das Ergebnis. Was, meinst du, sollen wir mit diesem Mann anstellen?»

«Wir sollten ihn möglichst bald besuchen.»

«Auf jeden Fall. Nach mir ginge es schon morgen.»

«Abgemacht, wir treffen uns morgen um neun Uhr am Bahnhof Langenthal», antwortete Nydegger.

Stahl wohnte in einem Einfamilienhausquartier von Langenthal. Ein schönes, schmuckes Gebäude mit gepflegtem Garten. Nydegger und Hadorn wollten Stahl überraschen, sie kündigten ihre Ankunft nicht an.

Stahl öffnete die Haustür. Er trug einen gepflegten hellgrauen Anzug, dazu passend eine dezente blaue Krawatte auf weissem Hemd. Stahl erkundigte sich freundlich: «Womit kann ich Ihnen dienen?»

Hadorn stellte sich und Nydegger vor. Stahl runzelte irritiert die Stirn. «Ein Staatsanwalt und ein Polizeioffizier? Das tönt fast wie ein Kriminalfall.»

Nydegger lachte. «Damit liegen Sie gar nicht daneben.»

«Was soll ich denn damit zu tun haben?», fragte Stahl nach.

«Wenn wir das so genau wüssten. Hinweise, dass Sie irgendwie in einen Kriminalfall verwickelt sein könnten, gibt es schon.»

«Welche?»

«Sie haben 1983 bei der Befreiung von Licio Gelli aus dem Hochsicherheitsgefängnis Champ-Dollon mitgeholfen.»

«Kommen Sie bitte herein. Dann besprechen wir das in meinem Arbeitszimmer. Bettina, wir haben Gäste», rief er. «Möchten Sie Kaffee, Tee oder ein anderes Getränk?»

«Kaffee gerne», sagte Nydegger. Hadorn blieb nichts anderes übrig, als zu nicken.

Sie traten in ein komfortables Büro, lichtdurchflutet, grosse Fenster. Stahl zeigte auf zwei gepolsterte Ledersessel an einem runden Tisch. «Machen Sie es sich bequem. Ich bestelle bei meiner besseren Hälfte, was Sie sich wünschen.»

Nach einigen Minuten kam er wieder zurück. Hinter ihm eine attraktive, gepflegte Frau, einige Jahre jünger als Stahl. Sie trug ein Tablett mit drei Tassen dampfendem Kaffee und einige Tortenstücke. Stahl stellte sie nicht ohne Stolz als seine Gattin vor.

Als sie den Raum verlassen hatte, beobachtete Stahl seine beiden Gäste freundlich, wenn auch mit einer Spur Skepsis. «Sie haben den Namen Gelli genannt, ihn als Hochkriminellen bezeichnet. Ist Ihnen bewusst, dass das viele anders sehen? Etwa im Korps der Nachrichtendienstoffiziere.»

Nydegger schob das Kinn nach vorn. «Dessen bin ich mir voll bewusst. Ich bleibe bei meiner Aussage. Gelli ist ein Verbrecher, der, ginge es mit rechten Dingen zu, hinter Schloss und Riegel gehört.»

«Sie rennen offene Türen ein. Er ist ja ein zu lebenslanger Haftstrafe verurteilter Gefangener.»

«Nicht doch», protestierte Nydegger. «Er sitzt seine Strafe in seiner Villa in Arezzo ab. Hausarrest der mildesten Prägung, nennt sich das.»

«Haben Sie, Herr Nydegger, Kenntnis vom Bundesgerichtsurteil, das kurz nach Gellis Befreiung erlassen wurde? Das Urteil, das besagte, dass Gelli nur wegen Wirtschaftsdelikten an Italien ausgeliefert werden dürfe, nicht aber für seine politischen Vergehen, sprich der Mitgliedschaft in der Vereinigung P2.»

«Ja, leider. Ein jämmerlicher Kniefall der Schweizer Justiz gegenüber dem rechten Terror.»

Stahl rieb sich die Augen. «Es ist das Verdikt eines demokratisch gewählten Gerichts. Das ist zu respektieren. Nicht zuletzt von Ihnen als Polizeioffizier, der Recht und Ordnung vertritt. Damit hat es auch die Flucht Gellis legitimiert.»

Hadorn und Nydegger sahen sich verblüfft an.

Hadorn fasste sich als Erster. «Aber, aber, Herr Stahl. Sie vertreten diesbezüglich eine eigenartige Rechtsauffassung. Als Gelli aus Champ-Dollon geschafft wurde, war er noch ein verurteilter Schwerverbrecher.»

«Von der italienischen Justiz, wegen politischer Vergehen, die lediglich in seinem Heimatland als kriminell galten.»

Hadorn setzte eine aggressive Miene auf. «Sie wollen doch nicht sagen, dass das Attentat auf dem Bahnhof Bologna vom August 1980 mit dem hohen Blutzoll kein Verbrechen war?»

Ein höhnischer Zug huschte über Stahls Gesicht. «Das Bundesgericht hat sich ausbedungen, Gelli nur nach Italien auszuliefern, wenn er nicht wegen dieses Anschlags und weiterer ähnlicher Delikte zur Rechenschaft gezogen wird. Und Italien hat das akzeptiert.»

«Immerhin geben Sie, Herr Stahl, damit zu, dass Sie beigetragen haben, Gelli zur Flucht zu verhelfen.»

«Diesen Schluss können Sie so nicht ziehen. Eine Mitwirkung von mir an der Befreiung von Gelli lässt sich aus meinen Worten nicht ableiten. Beschreiben Sie mir doch den Ablauf von Gellis Flucht. Sie müssen davon wohl gehört haben. Ich darf annehmen, dass Sie nicht persönlich zugegen waren.»

Hadorn erzählte das, was Hofstetter ihm und Nydegger ausführlich berichtet hatte.

Stahl wiegte anerkennend den Kopf hin und her. «Sie sind wohl informiert, zumindest glauben Sie das. Aber wer garantiert Ihnen, dass diese Geschichte auch stimmt? Immerhin glauben Sie, meinen Decknamen zu kennen.»

«Ihren Decknamen innerhalb der P-26!»

«Da könnten Sie sich irren. Nicht alle, die im ‹Hotel Schweizerhof› in Gstaad ihren Dienst absolvierten, waren Mitglieder der P-26.»

Nydegger und Hadorn sahen sich ungläubig an. «Das verstehe ich nicht», bemerkte Nydegger gereizt.

Stahl warf beiden einen freundlichen, aber bedauernden Blick zu. «Mich findet man in keiner Mitgliederliste der P-26. Ich kannte zwar diese Organisation in- und auswendig, habe sogar mitgeholfen, sie aufzubauen und sie bisweilen zu betreuen, was das auch heissen mochte. In meiner Funktion als Oberst des militärischen Nachrichtendienstes. Was Leuten der P-26 erlaubt war, nämlich an verdeckten Operationen mitzuwirken, war mir verwehrt. Befehle für solche Einsätze habe ich niemandem erteilt.»

Beide, Nydegger und Hadorn, schüttelten den Kopf.

«Das können Sie wohl nicht nachvollziehen», sagte Stahl leicht spöttisch. «Erwarten Sie von mir nicht, dass ich Ihnen erkläre, wie die P-26 wirklich funktionierte. Auf jeden Fall anders, als es im PUK-EMD-Bericht beschrieben ist.» Stahl sah einige Augenblicke zur Decke, bis er wieder das Wort ergriff. «Die P-26 ist kein Thema mehr, sie wurde als illegale Organisation klassifiziert und aufgelöst. Das betraf aber nie den militärischen Nachrichtendienst. Er ist nach wie vor funktionsfähig, das sollten Sie, Herr Nydegger und Hadorn, nicht vergessen.»

«Soll das eine Drohung sein?», fragte Nydegger.

Stahl lächelte. «Wie Sie meine Worte auslegen, ist Ihr Problem.»

Hadorn nahm einen anderen Gesprächsfaden auf. «Uns geht es nicht in erster Linie um das, was 1983 in Champ-Dollon geschah. Doch wer in diese Sache verwickelt war, hätte auch bei anderen Verbrechen dabei sein können.»

«Zum Beispiel?», fragte Stahl nach.

«Zum Beispiel bei der Ermordung von Abel.»

«Auch da muss ich Sie belehren. Abel war nie Mitglied der P-26.»

Hadorn und Nydegger verwarfen resigniert die Hände.

Stahl streckte erst Nydegger die Hand entgegen, dann Hadorn. «Hat mich gefreut, Sie kennenzulernen. Ich möchte Sie nicht länger aufhalten.»

Als die beiden Gäste den Vorgarten von Stahls Haus verliessen, platzte Nydegger der Kragen. «Dieses gottverdammte Arschloch. Was meint der Kerl eigentlich, wer er ist? Hält er uns für blöd?»

«Ich bin mir nicht so sicher, ob er das wirklich meint. Ich schätze Stahl als guten Schauspieler ein. Ich kann mir nicht vorstellen, dass er innerlich so ruhig war, wie er sich in unserer Gegenwart gab. Er muss realisiert haben, dass wir ihn vor uns hertrieben, dass wir herausfanden, was er für eine Rolle bei der Befreiung von Licio Gelli spielte.»

«Hm ... vielleicht liegst du damit nicht ganz falsch. Trotzdem kann ich mich des Eindrucks nicht erwehren, dass er immer noch mächtige Freunde hat, sich sicher fühlt und uns das auch unverhohlen spüren lässt. Gehen wir ins ‹Pöstli›, etwas trinken. Einen Schnaps könnte ich nach diesem Treffen gut vertragen.»

Das alte, wunderschöne Gasthaus befand sich kaum hundert Meter von Stahls Villa.

«Du willst damit sagen, Sandro, die P-26 sei nach wie vor aktiv?»

«Davon bin ich überzeugt. Allerdings unter einem anderen Namen und einer neuen Organisationsform, von der wir natürlich keine Ahnung haben, genauso, wie es bei der P-26 war, bis sie aufflog. Es ist eine dreiste Heuchelei von Stahl, wenn er behauptet, gar nicht der P-26 angehört zu haben. Was war diese P-26 eigentlich? Eine Truppe, die vorwiegend aus willfährigen Naivlingen, Dummerchen und Hurrapatrioten bestand. Gelenkt wurde sie aber von Nachrichtendienstoffizieren, wie eben Stahl einer war, und diese haben nach den Weisungen der CIA und der NATO gehandelt.»

«Deine Beschreibung passt nicht ganz auf die P-26.»

Hadorn zog aus seiner schwarzen Ledermappe einen gehefteten Papierstoss heraus. Er hob ihn in die Höhe. «Dieses Dokument habe ich immer griffbereit. Einige von den Geheimarmisten waren nicht Mitglied der P-26, einige aber schon. Im Bericht PUK EMD (Seite 202 ff.) steht:

Der Führungsstab von P-26 rekrutiert sich zurzeit zu mehr als der Hälfte aus aktiven (38 Prozent) und pensionierten (28 Prozent) Beamten und Instruktoren des EMD. Mehr als ein Viertel der Mitglieder des Führungsstabes sind über 60 Jahre alt. Von den noch militärdienstpflichtigen Mitgliedern sind rund 40 Prozent Stabsoffiziere (Majore,

Oberstleutnants und Oberste). Ein beachtlicher Teil des Führungsstabes hatte seine Funktion schon unter der alten Widerstandsorganisation von Oberst Bachmann inne. Nach Angaben von Verantwortlichen der Organisation rekrutieren sich die «Feldmitglieder» demgegenüber aus der ganzen Bevölkerung. Altersmässig sind über 85 Prozent der «Feldmitglieder» älter als 46 Jahre. Von den militärdienstpflichtigen «Feldmitgliedern» sind mehr als ein Drittel Subalternoffiziere und Hauptleute (35 Prozent), rund ein Fünftel sind Stabsoffiziere, und ein Viertel sind Unteroffiziere; bei den nicht mehr dienstpflichtigen «Feldmitgliedern» ist der Anteil der Offiziere kleiner.

Dass du, Sandro, die ‹Feldmitglieder› als ‹willfährige Naivlinge, Dummerchen und Hurrapatrioten› qualifizierst, finde ich treffend. Ich könnte mir vorstellen, dass sie in zwanzig, dreissig Jahren als ungefährliche, wohlmeinende und aufrichtige Menschen für das ‹an ihnen begangene Unrecht› rehabilitiert werden. Die meisten von ihnen haben sich tatsächlich keine Verbrechen zuschulden kommen lassen. Es wird dann fälschlicherweise so aussehen, als ob sie die massgebenden Akteure der P-26 gewesen waren.»

«Ich kann dir nicht widersprechen, Lukas.»

Ein bisschen frustriert waren Nydegger und Hadorn schon, als sie am Bahnhof Langenthal den Zug nach Bern bestiegen. Sie kamen aber überein, dass die Begegnung mit Stahl nicht umsonst war. Aus seinen Stellungnahmen ging klar hervor, dass er tief in die Machenschaften Gellis verstrickt war. Gelli manipulierte die italienische Gladio, Stahl die schweizerische P-26. Die P-26 und die Gladio arbeiteten, auch wenn das immer noch bestritten wurde, zusammen.

***

In den letzten Augusttagen 1991 entschloss sich Nydegger, etwas früher Feierabend zu machen. Er suchte an der Marktgasse ein Lokal auf, in dem alle wichtigen Zeitungen des Landes auflagen. Dabei sprang ihm eine Schlagzeile in der «Bundesstadt» ins Auge.

«Der Gefangenenwärter, der den italienischen Schwerverbrecher Licio Gelli aus Champ-Dollon befreit hatte, ist gestern bei einem Verkehrsunfall tödlich verunglückt.»

Nydegger hastete zurück in sein Büro am Waisenhausplatz und telefonierte mit Hadorn.

Knapp eine Stunde später trat Nydegger in Hadorns Arbeitszimmer im Schloss Burgdorf ein.

«Ich habe mich auch umgesehen und konnte am Bahnhof Burgdorf ein Exemplar der ‹Le jour à Genève› kaufen. Da steht doch um einiges mehr drin als in der ‹Bundesstadt›», begann Hadorn. «Der Unfall geschah auf der A 1 bei Versoix, kurz vor der Grenze zum Kanton Waadt. Ein Foto zeigte alle drei darin verwickelten Wagen. Vorne und hinten die zwei Laster, in der Mitte der vollkommen zerquetschte Lieferwagen, dessen Fahrer erdrückt wurde und noch am Unglücksort verschied. Auf dem Fahrzeug vorne der Schriftzug ‹Gut-Transporte Oerlikon›, auf dem aufgefahrenen hinteren Camion stand ‹Pellegrini Zürich und Winterthur›.»

Zur Auffahrkollision sei es nicht wegen eines Staus gekommen, fuhr Hadorn weiter. Auf der Strasse sei wenig Verkehr gewesen. Der Lastwagen der «Gut-Transporte Oerlikon» habe plötzlich einen Stopp gerissen, sodass den Fahrern der nachfolgenden Autos, des Lieferwagens und des zweiten Lasters, nicht mehr ausreichend Zeit blieb, einen Aufprall zu verhindern.

«Der Unfallverursacher begründete das Bremsmanöver damit, dass unerwartet ein Hund die Fahrbahn überquert habe. Bald wurde die genaue Adresse beider Unternehmen aufgespürt. Man fand rasch heraus, dass beide kleinere Firmen waren.»

«Für die paar Sätze, die du aus der ‹Tribune de Genève› zitiert hast, hätte ich ja nicht nach Burgdorf reisen müssen. Trotzdem war es ein ergiebiges Treffen. Besser, wir sehen uns einmal zu viel als einmal zu wenig. Wir werden uns Zeit nehmen, bis morgen Abend wissen wir Bescheid darüber, wer die Eigentümer beider

Unternehmen sind», sagte Nydegger und schickte sich zum Gehen an.

Am folgenden Nachmittag faxten beide einander ihre Erkenntnisse aus den Recherchen. Nydegger fasste zusammen:

Gimmel Adolf, geb. 1938, Zürich-Oerlikon, Inhaber einer Gebrauchtwagen-Firma und eines Transportgeschäftes. Mitglied des Zürcher Gewerbevereins und einer Freimaurerloge. Nach eigenen Aussagen gehörte er der P-26 an.
Sommerhalder Egon, geb. 1939, Winterthur, Mitteilhaber der Pellegrini AG, Mitglied des Zürcher Gewerbevereins und einer Freimaurerloge, gibt keine Auskunft über eine allfällige Tätigkeit in der P-26.
Sowohl Gut (Major) wie Sommerhalder (Hauptmann) waren als Milizoffiziere bis 1990 im militärischen Nachrichtendienst eingeteilt.

Nydegger schrieb am Rand: «Nicht eben viel. Ein paar Zeilen, 66 Worte. Dennoch unsäglich informativ.»

Kurz danach schrillte sein Telefon. Es war Hadorn. «Wahnsinn. Alles passt haargenau zusammen. Ein Hauch von Gladio à la Italiana weht durch unser Land. Wenn wir auch nur ein Abklatsch dessen sind, was sich im südlichen Nachbarland seit Jahrzehnten abspielt. Wir sollten uns möglichst bald treffen. Und es wäre gut, wenn auch Klaus Gärtner zugegen wäre, seines politischen Umfelds wegen.»

Sie trafen sich noch am selben Abend in einem der gemütlichen Kellerlokale in der Kramgasse in Bern. Gärtner liess sich informieren, blähte seine Backen auf und liess geräuschvoll die Luft raus. Er schlug mit seiner rechten Pranke auf den Tisch. Die anderen Gäste sahen zu ihm hinüber, was sie immer taten, wenn er sich akustisch bemerkbar machte. «Ich fass es nicht. Nun hat unser Parlament diese Saubande verboten, und ihre Strippenzieher machen einfach weiter wie bisher. Ich hatte während der ganzen Debatte in den Eidgenössischen Räten immer ein mulmiges Gefühl. Zu viele Abgeordnete konnten ihre heimlichen Sympathien zur P-26 nur schlecht verbergen. Ganz zu schweigen von denen, die sich unverhohlen hinter die Geheimarmisten stellten. Zu oft habe ich Worte gehört wie ‹nicht nur gegen aussen, auch im Innern müssen wir unser Land vor Feinden schützen›. Solche Botschaften kamen auch Ende 1990 über deren Lippen, als die Bedrohung aus dem Osten längst nicht mehr existierte. Warum hat man den Parlamentariern nicht Einblick in alle Akten gewährt? Nicht in die Akten über die Auslandsbeziehungen der P-26. Dass diese Untergrundorganisation ein Teil der etwa ein Dutzend NATO-Geheimarmeen war, kam nie zur Sprache. Auch wenn sie mittlerweile alle enttarnt worden sind, existieren sie im Versteckten immer noch.»

«Auch die P-26?», fragte Hadorn nach.

«Was soll ich darauf antworten? In den Hinterköpfen der unheimlichen Patrioten schon noch. Ihre Gefährlichkeit besteht darin, dass sie sich nach wie vor mit ihren Auftraggebern verbunden fühlen, jederzeit bereit sind, deren Weisungen nachzukommen. Natürlich träumen sie immer noch von einem Putsch im eigenen Lande, um die Linke auszuschalten. Doch dafür sind ihre Karten denkbar schlecht. Im Grunde sind die einstigen Macher der P-26 armselige Kreaturen, die längst den Boden der Realität verloren haben. Um ihre Ziele dennoch zu erreichen, bleiben ihnen nur noch kriminelle Aktivitäten. Das begann mit der Ermordung von Abel.»

«Vielleicht schon viele Jahre früher», gab Nydegger zu bedenken. «Das Problem ist, dass sie es verstehen, dichtzuhalten.»

Einige Tage später fand Nydegger eine kurze Meldung in der Genfer Tagespresse.

Der tragische Unfall auf der A 1 bei Versoix, dem ein ehemaliger Gefangenenwärter von Champ-Dollon zum Opfer gefallen ist, wird nicht mehr weiter untersucht. Der Verdacht, ein Beteiligter habe die Karambolage absichtlich herbeigeführt, konnte nicht erhärtet werden.

12

Herbst 1984

Sandro Nydegger wurde zu einem Wiederholungskurs in die Dufourkaserne auf dem Waffenplatz Thun aufgeboten, wie jedes Jahr, drei Wochen und fünf Tage. Er war auf den 1. Januar 1984 zum Hauptmann befördert worden, nicht wegen besonderer Verdienste oder herausragender Loyalität, sondern weil es so üblich war. Er freute sich auf die ersten Tage im WK. Diese wurden als Kaderkurs bezeichnet. Man bereitete sich als Offizier auf die «Arbeit» mit der Mannschaft, den Fusssoldaten, vor, und man hatte keine Truppe zu befehligen.

Nydegger wurde in den Stab eines Luftschutzregiments eingeteilt. Justizoffiziere, wie er einer war, landeten bei Übungen der Miliztruppen häufig in einem solchen Stab; manchmal bei der Infanterie, bei der Artillerie oder den Fliegertruppen, wo sie als Rechtsberater fungierten, deren Ratschläge aber kaum jemand einholte.

Einer der höchsten Armeeoffiziere, Divisionär Anliker, nahm beim Regiment, in das Nydegger eingezogen wurde, auch teil. Anliker meldete sich bereits beim Einrückungsrapport zu Wort. Der WK in diesem Herbst sei ein aussergewöhnlicher Anlass. Eine Gesamtverteidigungsübung. Inhalt: innere Ordnung.

«Meine Herren, damit alles klar ist. Was ich Ihnen nun unterbreite, ist streng geheim. Das Szenario unserer Übung: In Griechenland fälscht – wer täte so was wohl sonst? – die linke Regierung unter Andreas Georgiou Papandreou im Oktober im nächsten Jahr die Parlamentswahlen. Das lässt sich die bürgerlich dominierte Armee nicht bieten und putscht. Sie tat das bereits 1967 einmal und setzte dabei Papandreous Vater, damals Regierungschef, hinter Schloss und Riegel. Die Sozialisten lassen sich aber nicht wie 1967 einfach von der Macht verjagen. Sie wenden sich an ihre heimlichen Freunde im Kreml und bitten diese um militärische Hilfe. Kurz danach überrollen russische Panzer von Norden her das eben ausgetretene NATO-Mitglied Griechenland.»

Neben Nydegger sass ein Oberst der Heerespolizei in Zivil, Professor für Staatsrecht aus Zürich. Dieser hielt es vor Erregung kaum aus. Deutlich vernehmbar rief er aus: «Idiot. Solche Volltrottel dirigieren unsere Armee.» Dann sprang er vom Sessel auf und unterbrach Anliker. Es wurde totenstill im Raum. «Herr Divisionär, sind Sie sich eigentlich bewusst, was Sie da anstellen? Dieses Szenario ist ein Skandal, es ist unanständig und bescheuert. Sie tun so, als ob der Militärputsch in Griechenland vom April 1967 rechtens gewesen wäre. Vielmehr war es eine kriminelle Clique, die die Macht an sich gerissen hatte. Es war ein Folterregime unvorstellbaren Ausmasses. 1974 brach die Militärdiktatur zusammen. Es gab halbwegs freie Wahlen, mit Vorgaben, die die Linke allerdings klar behinderte. Im Laufe der Jahre wurden die Wahlgesetze geändert. 1981 kam es nach fünfzehn Jahren wieder zu wirklich freien Wahlen, die der Sozialist Andreas Papandreou haushoch gewann. Anfang der sechziger Jahre gewann sein Vater bereits die Parlamentswahlen, wurde aber 1966 trotz seiner parlamentarischen Mehrheit vom König abgesetzt. Und nun unterstellen Sie Papandreou, er würde die nächsten Wahlen fälschen …»

Dann wurde der Professor von einem anderen Obersten unterbrochen, dem Kommandanten des Regiments. «Ich muss Sie leider aus dem Raum weisen. Sie haben sich einer nicht mehr zu überbietenden Ungehörigkeit schuldig gemacht, indem Sie Divisionär Anliker ins Wort gefallen sind.»

Anliker, der offenbar völlig unerwartet unterbrochen worden war, schien sich halbwegs wieder gefangen zu haben. Er rief dem den Raum verlassenden Professor Verwünschungen hinterher. «Das werden Sie mir büssen. Noch niemand hat sich bislang eine solche Frechheit mir gegenüber erlaubt.»

Vereinzeltes Gelächter in den Reihen der Anwesenden.

Bebend vor Wut reagierte Anliker auf diese erneute Respektlosigkeit. «Weit haben wir es in unserer Armee gebracht. Bereits tummelt sich das rote Gesindel in unseren Regimentsstäben.» Danach referierte er weiter. «An dieser Gesamtverteidigungsübung nehmen zwölftausend Soldaten und Zivilschützer teil. Im Rahmen dieses Szenarios wird eine grössere Anzahl von Bahnhöfen besetzt. Unsere Truppen werden nach Bern marschieren.»

Ein Zwischenrufer fragte: «Warum denn Bahnhöfe? Warum nicht grosse Strassenkreuzungen, warum nicht Autobahnen?»

«Danke für diese Frage», antwortete Anliker. «Strassen gibt es viele. Man kann immer irgendwie ausweichen. Wird eine Bahnlinie unterbrochen, findet man oft keinen Ausweg.»

Abermals wurde Anliker durch vereinzelte Buh-Rufe unterbrochen.

«Das lasse ich mir nicht mehr bieten. Sie gehorchen einfach meinen Befehlen. Jetzt werde ich nicht mehr weitersprechen. Und wir werden mehrere Umbesetzungen in den Kommandos des Luftschutzes vornehmen müssen. Nach wie vor gilt das Führerprinzip in unserer Armee.»

Grusslos entfernte sich Anliker, rannte fast fluchtartig ins Freie.

Nydegger fühlte sich, wie er seinen ihn umgebenden Kollegen anvertraute, unglaublich gut.

Der Regimentskommandant bat die Anwesenden, sich durch diesen Vorfall nicht aus dem Konzept bringen zu lassen. Er werde das Weitere mit seinen engsten Vertrauten besprechen müssen. «Gehen Sie in die Kantine im untersten Stock und kehren Sie», er sah auf die Uhr, «um elf Uhr dreissig wieder zurück.»

Der des Raumes verwiesene Professor war bereits dort. Nydegger setzte sich zu ihm. Ein halbes Dutzend andere machten es ihm nach.

Man beriet, was man gegen Anliker unternehmen müsste. Man kam überein, notgedrungen, dass es bloss wenige Tage vor Beginn dieses Manövers unmöglich sei, noch etwas an seiner Planung zu ändern. Die meisten sahen in passivem Widerstand die einzige Möglichkeit, sich den Weisungen Anlikers zu widersetzen.

Der Professor in Uniform gab sich damit allerdings nicht zufrieden. Er schlug vor, nach der Übung die Medien zu orientieren, allenfalls auch ausländische.

«Damit könnten Sie sich Probleme einhandeln», gab einer aus der Gesprächsrunde zu bedenken.

Der Professor lachte. «Man muss das nur geschickt anstellen. Ich möchte den Armeerichter sehen, der in dieser Sache gegen mich vorgehen würde.»

Nydegger hatte eine weitere Idee. Man müsste auch die griechische Botschaft in Bern informieren.

Der Professor war Feuer und Flamme für diesen Vorschlag. Er sei befreundet mit dem Botschaftssekretär. «Ich werde, wenn das Manöver zu Ende ist und ich wieder zu Hause bin, ihn persönlich aufsuchen und ihm von Anlikers Szenario unterrichten. Damit wird die ganze Sache international, unsere Regierung kommt in grosse Verlegenheit, sie muss sich bei Griechenland entschuldigen und klarstellen, dass sie auf gar keinen Fall dort eine neue Militärdiktatur dem bisherigen Regime vorziehen würde.»

«Dann wird Anliker den Hut nehmen müssen.»

«Bist du naiv, Sandro?», fragte der Professor. «Unsere Herren Bundesräte schauen leider beim Armeekader immer noch darauf, was die hohen Offiziere auf dem Hut und nicht darunter haben. Viel eher wird man den einen oder anderen unter uns zur Rechenschaft ziehen.»

«Was bringt ihnen denn das?»

«Eben, nichts. Sollen Sie doch, ich könnte gut damit leben, nicht mehr in den Militärdienst eingezogen zu werden.»

***

Im Morgengrauen des 12. November 1984 ging das Spektakel los. Nicht nur die zum WK eingezogenen Soldaten schlugen zu. Auch die zwei-, dreihundert Hintermänner und -frauen der P-26. Alois Hofstetter war einer von ihnen. Die klandestine Truppe, als Zivilisten verkleidet, wurde in den Bahnhöfen und zwei Dutzend beim Bundeshaus eingesetzt.

Eigenartig war die Wahl der Bahnhöfe, fand Hofstetter, was seine Begeisterung aber nicht mindern mochte. Nicht die wichtigsten Knotenpunkte wie Olten, Biel, Bern, Zürich, Basel oder Winterthur waren auserlesen worden; keiner in der Romandie. Die Wahl fiel auf solche Orte, die als armeefreundlich galten: Sarnen, Altdorf, Engelberg, Oey-Diemtigen im Simmental, Gstaad, Zweilütschinen, Langenthal, Hasle-Rüegsau, Huttwil, Appenzell und Herisau.

Als der Tag richtig angebrochen war, patrouillierten in jedem dreissig Wehrmänner.

Alois Hofstetter von den Klandestinen wurde nach Langenthal beordert, der grössten der berücksichtigten Bahnstationen. Er durfte, wie alle seinesgleichen, das Bahnareal erst betreten, nachdem es militärisch besetzt worden war. In Langenthal fand sich ein gutes Dutzend der Klandestinen ein. Hofstetter nahm seinen Auftrag besonders wichtig. Er war für die Rolle eines «Koordinators» auserkoren. Er hastete dabei von Posten zu Posten. Jeder Posten bestand aus zwei bis vier Personen. Lautstark erteilte er diesen Leuten Befehle. Das fiel auf. Aber auffallen durfte man in dieser Rolle nicht.

Eine Gruppe von Bahnarbeitern, sie störte bereits die Anwesenheit von Militärpersonen, rottete sich zusammen. Einer schälte sich aus der Gruppe, lief auf Hofstetter zu und fragte: «Warum streunst du da herum? Was ist das hier für eine Sauerei? Auf unserem Bahnhof haben Bewaffnete nichts zu suchen, und schon gar nicht solche, die uns bespitzeln. Glaubt ihr, wir hätten nicht bemerkt, dass ihr uns mit winzigen Kameras fotografiert? Los, gib her, dieses Apparätchen! – Was, du willst nicht? Dann holen wir es uns.»

Ein halbes Dutzend Bähnler umringte Hofstetter.

Hofstetter wollte nach Hilfe schreien. Da drückte ihm einer der Arbeiter seine Pranke über den Mund. Ein anderer zog ihn an den Ohren. Hofstetter gab das Verlangte heraus. «Verschwinde jetzt, aber schnell, andernfalls wirst du ein Bad im Stadtbach nehmen. Und der ist in diesen Tagen verdammt kalt.»

Er hastete zu einer Gruppe von Soldaten und bat um Beistand

gegen das aufsässige Bahnpersonal. Die Uniformierten zuckten lediglich mit den Schultern, dann rannte Hofstetter weg.

***

Ein Schauspiel besonderer Art bot die Szene vor dem Bundeshaus. Mit Kopfschütteln beobachteten Bewohner und Besucher des Bundeshausareals, wie die Soldaten einer Genieeinheit Stacheldrahtzäune um das Parlaments- und Regierungsgebäude errichteten.

«So ein Schmarren. Verschwindet, wir haben euch nicht gerufen. Warum verschleudert ihr unsere Steuergelder?», bekamen sie von den erbosten Zuschauern zu hören.

Währenddessen fotografierten die Klandestinen fleissig, so lange, bis die Umstehenden auf sie aufmerksam wurden. Einige der kleinen Kameras, sie waren alle von der gleichen Marke, wechselten den Besitzer, dann suchten die Spione das Weite.

***

Die immens aufgezogene Gesamtverteidigungsübung endete als Desaster. Die Bevölkerung lachte. Ein Grossteil der Presse schwieg sich darüber aus. Die staatseigenen Fernseh- und Radiostationen berichteten nur am Rande über dieses Jahrzehntmanöver.

In den Mittagsnachrichten am Montag, 19. November, drei Tage nach Übungsende, berichtete das Radio von einer Protestnote der griechischen Regierung. Sie verlangte vom schweizerischen Botschafter in Griechenland, Charles Steinhäuslin, Aufklärung darüber, ob die Aussagen des Zweisterngenerals Anliker die offizielle Meinung des Bundesrates, der Schweizer Landesregierung, widerspiegle. Diplomat Steinhäuslin nannte Anlikers Szenario ein «Versehen», dem keinerlei Bedeutung beizumessen sei. Das Militärdepartement habe die Planvorlage gar nicht gekannt. Eine offizielle Entschuldigung blieb allerdings aus.

Die Story war danach auch Thema im Fernsehen und in anderen Medien. Allerdings war man bemüht, die peinliche Angelegenheit möglichst rasch abzuhandeln.

Die skurrile Geschichte liess sich nicht mehr verheimlichen. Noch in derselben Woche publizierte die «Wochenzeitung» den Manöverbericht der Gesamtverteidigungsübung. Das Militärdepartement reagierte prompt. Es leitete gegen die «WOZ» ein «gerichtspolizeiliches Verfahren» ein. Ein Militärrichter, in Zivil Banker, liess den Journalisten Urs Frieden, Autor des Artikels über den Manöverbericht, verhaften.

Er blieb gerade mal acht Stunden in Haft. Es kam zu Protesten überall im Land. Der Justizhauptmann, der Frieden festnehmen liess, musste klein beigeben und ihn nach dem ersten Verhör wieder laufen lassen.

Der Sturm der Entrüstung flaute ab. Doch dann berichtete das deutsche Nachrichtenmagazin «Der Spiegel» darüber. Ungeschminkt, ausführlich. Anliker, der Divisionär und geistige Vater der Totalschaden erlittenen Militärübung, wurde dem europäischen Publikum als Trottel vorgeführt, die so stolze Schweizer Armee der Lächerlichkeit preisgegeben.

13

August 1991

Auf Nydeggers Schreibtisch lag am Montagmorgen in der ersten Augustwoche 1991 ein Brief. Das war nichts Aussergewöhnliches, wenn sein Ablagefach übervoll war. Eine Aufforderung des internen Postboten, sich endlich der eingetroffenen Dokumente anzunehmen.

Nydegger machte sich nichts daraus. Er riss den Brief auf und las ihn. Er las ihn zum zweiten Mal, dann zum dritten Mal. Unterzeichnet war er mit «N. J.», auf dem Couvert war kein Absender angegeben.

«Kennen Sie sich mit konspirativen Verstecken aus? Sehen Sie sich doch einmal im Bremgartenwald um! Einige Schritte nördlich des Glasbrunnens, unter einem Stein.»

«Gottlieb, hol mir den Wagen», rief er zu seinem Gefreiten. «Lege in den Kofferraum Stiefel, Pickel und Schaufel und einen Fotoapparat.»

In der Zwischenzeit suchte Nydegger eine Karte des Westens Berns, Massstab 1:5'000, hervor. Mit einem roten Kreis markierte er die Stelle der angegebenen Koordinaten.

Der Ort war leicht zu finden. Nydegger sah sich im Wald um. «Gottlieb, hast du eine Idee, wo da was vergraben sein könnte?»

«Der Brunnen steht auf dem Wegstück. Ein bisschen nördlich davon ist wieder Waldboden.» Gottlieb Himmelberger machte einige Schritte, sagte dann: «Ich glaube, ich hab's gefunden. Da ist so etwas wie ein Markstein, der sicher nicht hierhergehört.»

«Also graben wir diesen Klotz aus.»

Das Graben war ziemlich mühsam. Der Stein war keilförmig und etwa vierzig Zentimeter lang. Als die beiden ihn mit vereinten Kräften herauszogen, machte es den Anschein, als ob nichts darunter vergraben wäre.

«Nur nicht aufgeben. Die Erde ist hier immer noch locker. Schaufeln wir sie weg», sagte Nydegger.

Und tatsächlich, plötzlich schimmerte etwas Blaues aus dem Loch: ein zylinderförmiger Gegenstand mit dem Durchmesser eines halben Meters.

Es dauerte beinahe eine halbe Stunde, bis die beiden den grossen und schweren Kübel ausgegraben hatten. Er war etwa siebzig Zentimeter hoch. Dann machten sie sich daran, ihn zu öffnen. Das war alles andere als einfach. Der Deckel war offensichtlich verklemmt. Als das Gefäss endlich offen dastand, kamen Nydegger und Himmelberger nicht aus dem Staunen heraus. Oben, in Stoffsäcke verpackt, lagen drei Handfeuerwaffen. «Pistolen 49, seit 1947 für die Armee hergestellt. Eine gute, leicht zu bedienende Waffe», sagte Nydegger.

Darunter fanden sie in Blechschachteln Munition für mindestens tausend Schuss. Eine Maschinenpistole eines Typs, den Nydegger noch nie gesehen hatte, doch daran war mit einer Schnur ein Karton befestigt, dort stand «Typ 100». «Was kommt noch?», fragte Nydegger.

«Fünf Handgranaten.» Himmelberger zog sie heraus.

Darunter lagen kubische Kartonschachteln mit der Aufschrift «TNT».

«Ausreichend Sprengstoff, um eine Eisenbahnbrücke in die Luft zu jagen», bemerkte Nydegger.

Sämtliches Material legten sie auf eine grosse Plache neben dem Brunnen aus. Dabei waren auch Sanitätsartikel, Zünder, Anleitungen für den Bombenbau, ein Funkgerät, ein Mittelwellenempfänger, Batterien und – die beiden sahen überrascht drein – Goldplättchen im Wert von mindestens zehntausend Franken.

«Ein beeindruckendes Waffenlager. Da steckt wohl die Mafia dahinter», folgerte Gottlieb Himmelberger.

«Die Mafia? Da würde ich nicht so weit suchen. Das Material da drin stammt aus Schweizer Armeebeständen. Es ist eindeutig NATO-kompatibel. Nein, nicht die Mafia steckt dahinter. Das ist ein Depot der P-26», mutmasste Nydegger.

«Das begreife ich nicht. Diese Bande ist doch Ende 1990 aufgelöst und verboten worden.»

«Hätte aufgelöst und verboten werden sollen. Die PUK EMD, die es den Eidgenössischen Räten vorgeschlagen hatte, unterliess es aber, eine Kontrolle über die Umsetzung zu verlangen. Ob die P-26 wirklich liquidiert wurde, hat niemand nachgeprüft.»

Nydegger und Himmelberger wollten das Material wieder in den Behälter packen. Das gelang nicht. Sie hievten den gewichtigen Kübel in den Heckraum des Wagens und legten die anderen Sachen, die sie nicht mehr hineinpacken konnten, daneben.

«Haben wir alles mitgenommen? Werfen wir noch einen Blick in die Grube, die wir ausgehoben haben. Wir müssen sie so oder so wieder auffüllen – mit Erde und allenfalls mit Steinen. Die Stelle, an der wir den Kübel ausgebaggert haben, soll, wenn wir uns hier verabschieden, genauso aussehen wie zuvor. Niemandem darf auffallen, dass hier etwas verändert wurde.»

«Hey, Sandro, da liegt ja noch etwas drin. Eine Metallschachtel.» Himmelberger stieg hinunter und nahm sie heraus.

«Es nimmt mich wunder, was da drin ist.» Nydegger versuchte, sie aufzukriegen. Es ging zunächst nicht. Er griff in seinen Hosensack und zog das gute, alte Militärmesser heraus. «Mit dem Büchsenöffner kriege ich das schon hin.»

Es waren zehn Karten der Eidgenössischen Landestopografie mit dem Massstab 1:25'000 drin. Bern, Thun, Beatenberg, Sumiswald, Langnau, Brienz, Niesen, Boltigen, Zweisimmen, Adelboden. Er öffnete die von Bern. Dort war an der Stelle des Glasbrunnens ein kleiner roter Kreis. Auf jeder Karte gab es mindestens einen roten Kreis. Auf der Karte Beatenberg fiel ein grosser roter Kreis auf. Am Sigriswilergrat, östlicher Hang.

Die beiden deckten alles wieder zu. Um das Volumen des Kübels auszufüllen, brauchte es zusätzlich Steine und Kies, das sie in der nahen Umgebung fanden. Sie setzten auch den Markstein wieder dorthin, wo er vorher gestanden hatte, deckten die Fundstelle mit Laub zu. Es sah danach genauso aus, wie es vor der Ausgrabung gewesen war.

Auf der Heimfahrt bereitete Nydegger Himmelberger auf den nächsten Ausflug vor. Den zum Sigriswilergrat.

Bereits am kommenden Tag chauffierte der Gefreite Himmelberger Nydegger Richtung Thun, zweigte zum rechten Seeufer ab. In Gunten ging es nach Sigriswil hinauf, von dort über die Militärstrasse ins Grön, einer Stelle mit einem grossen Bauernhaus im Justistal auf einer Höhe von tausendeinhundert Metern. Weiter führte der Weg linker Hand das Tal hinauf, so lange, bis Nydegger sagte: «Stopp, fahr bitte den Wagen auf das ebene Wiesenstück an der Hangseite links.»

Sie stiegen aus, schnallten sich die Rucksäcke an. Ein Fussmarsch auf steilem Gelände, eine knappe Stunde, dann erreichten sie das Schafloch.

«Das war einmal eine Eishöhle, in der bei schlechter Witterung Schafe Schutz suchten. Man sagt, bis zu tausend Tiere. Nach Ausbruch des Zweiten Weltkriegs baute die Armee die Grotte zu einer Festung aus, brach einen achthundert Meter langen Stollen nach Nordwesten auf die gegenüberliegende Seite durch. Um das Material auf diese Höhe – es sind rund tausendachthundert Meter über Meer – zu hieven, wurde auf beiden Seiten eine Seilbahn gebaut.» Nydegger wies mit dem Finger auf frei stehende Masten im Felsen. «Überreste davon sieht man noch heute. Es ist ein eigenartiger Eingang auf der Seite des Justistals. Man muss über eine Leiter einen drei Meter hohen Zaun übersteigen. Danach kommt eine künstliche Mauer mit einer offenen Tür. Da drin muss ein weiteres Lager, ein unendlich grösseres, sein. Die Wanderer – bisweilen mehr als ein Dutzend täglich –, die hier hindurchkommen, werden es nicht bemerken.»

Sie legten sich ihre Stirnlampen an, gingen ungefähr zwanzig Meter in den Stollen hinein.

«Da, rechts, ist eine Nische, sieht wie ein sich stark verengender Seitengang aus. Niemand wird auf die Idee kommen, an dieser Stelle die Wanderung zu unterbrechen. Du musst gebückt gehen, sonst schlägst du dir den Kopf an.»

«Sandro, du scheinst dich hier bestens auszukennen?»

«Tue ich auch. Ende der sechziger Jahre waren wir hier als Rekruten. Wir biwakierten hinter diesem Seitenstollen.»

Sie kamen zu einer eisernen Tür. Sie war verschlossen. «Kein Problem, ich habe mir schon Jahre zuvor den Schlüssel dazu besorgt.»

«Weshalb denn?», fragte Himmelberger nach.

«Weil ich dort oben zu einem Wiederholungskurs aufgeboten wurde.» Er überlegte einige Augenblicke und fuhr dann weiter. «Wollen wir hoffen, dass das Schloss nicht derart Rost angesetzt hat, dass ich es aufbrechen muss.»

Als Nydegger den Schlüssel hineinsteckte, sprang es gleich auf. Sie gelangten in einen grossen Raum, der fast schon einem Zimmer glich. Nydegger strich mit seiner Handlampe die Wände ab. Plötzlich verschwand der Strahl in einer Einbuchtung.

«Sieh genau hin: Dort ist ein Stromgenerator. Vielleicht haben wir Glück. Wenn es nicht mehr als ein oder zwei Jahre sind, dass jemand hier war, springt er sicher noch an.»

Es war ein Anlasser mit Handbetrieb. Nach mehrmaligen Versuchen gelang es, den Motor zu starten. Plötzlich war der Raum lichtdurchflutet. «Damit hätte ich nicht gerechnet. Das vereinfacht alles.» Sie schritten zu einer Türe, die sich ohne Weiteres öffnen liess. Nun standen sie in einem richtigen Zimmer. Es war eine Art Küche, im gleichen Baustil wie in den Zivilschutzanlagen.

Es folgte der nächste Raum. Beinahe ein Wohnzimmer, ein grosser Tisch mit Stühlen.

«Nun gelangen wir zu den Schlafräumen.» Nydegger öffnete die nächste Tür.

«Das sieht nicht mehr nach Schlafsaal aus», rief Himmelberger.

Die beiden standen in einem veritablen Waffenlager. Dutzende von Maschinenpistolen, Handfeuerwaffen, Sturmgewehre, Munitionskisten, Wurfgranaten, Sprechfunkgeräte, Sanitätsmaterial. Nur die Goldplättchen fehlten. Vielleicht waren sie anderswo versteckt.

«Es riecht verdammt schlecht hier drin, richtig moderig. Da liegt irgendwo eine tote Ratte», bemerkte Himmelberger.

«Gehen wir in den nächsten Raum.»

«Um Himmels willen, da liegt ja einer. Das war der Verwesungsgeruch.» Nydegger trat zu dem Toten.

Er lag auf dem Rücken. Die Augen waren bloss noch Höhlen. Die Haut hing in Fetzen über dem Schädel. Dazwischen Barthaare. «Nach dem Verwesungszustand kann man auf den ersten Blick grob abschätzen, wie lange die Leiche schon da gelegen hat. Zwei, drei Monate, ein halbes Jahr vielleicht schon.»

«Die Todesursache?», erkundigte sich Himmelberger.

«Da gilt es die Obduktion abzuwarten.»

«Mord?»

«Eher nicht. Der Täter hätte ihn kaum da liegen lassen. Wohl eher in der Dämmerung herausgeschleppt und den Felsen hinuntergeworfen.» Nydegger schüttelte den Kopf. «Das passt mir gar nicht. Ich glaubte lange, die Sache unter dem Deckel halten zu können, mir Zeit für die weiteren Ermittlungen zu nehmen.» Er schnallte den Rucksack ab, entnahm ihm aus einem Seitenfach Gummihandschuhe. «Ein Ermittler hat immer Gummihandschuhe bei sich», sagte er halblaut. Nydegger öffnete die Jacke des Toten, griff in die Brusttasche und zog Papiere heraus. Er blätterte darin. «Daraus geht nichts hervor. Wir müssen ihn auf die Seite legen, sodass das Gesäss frei wird. Vielleicht finden wir im Portemonnaie, was wir suchen.»

Das war so. Der Mann hiess Hans Rupprecht aus Thun. Jahrgang 1932. Nydegger notierte sich die genaue Adresse. Das war vorerst alles, was er brauchte.

«Nur nichts übereilen. Wir lassen ihn so liegen. Legen ihn wieder auf den Rücken. Steigen bis zum Wagen ab. Bei der nächsten öffentlichen Telefonzelle rufe ich meinen Studienfreund Hadorn, den Staatsanwalt von Burgdorf, an. Das dürfte ein langes Gespräch werden. Beschaffen wir dir vorgängig eine Zeitung an einem Kiosk.»

In Gunten stand bei der grossen Busstation eine Telefonkabine, nicht weit davon ein kleiner Laden mit Zeitungen im Aushang.

«Gottlieb, nun mach es dir bequem im Wagen. In einer halben Stunde, so schätze ich, werde ich wieder zurück sein, dann werden wir weiterschauen.»

Das Gespräch dauerte eine Dreiviertelstunde. Nydeggers Gesichtszüge waren entspannt. «In zwei Tagen steigen wir erneut zum Schafloch hinauf. Dabei begleiten uns der Regierungsstatthalter, der Untersuchungsrichter, der Gerichtsarzt, alle vom Amtsbezirk Thun, ein Wachtmeister der Kantonspolizei Thun und der Burgdorfer Staatsanwalt Hadorn.»

Es war ein verhangener Donnerstag, als eine Wagenkolonne mit Blaulichtfahrzeugen von Thun aus auf der Seeseite Richtung Interlaken fuhr. Um sich in die ganze Aktion einzustimmen, machte man in Gunten halt, trank einen Kaffee und ass ein Gipfeli. Nydegger machte einen Vorschlag zum Ablauf der Bergung des Toten. Dieser Vorschlag wurde genehmigt.

Dann ging's hinauf über Sigriswil bis weit hinten ins Justistal. Nydegger fuhr voraus. Beim Pfad, der zum Schafloch abzweigte, machte er halt.

Die Thuner sahen einander besorgt an. «Das ist verdammt steil, ich weiss nicht, ob ich das in meinem Alter noch schaffe», sagte der Statthalter.

«Ich auch nicht», meinte der Richter.

Dem Wachtmeister flossen Schweissbäche über die Stirn. «Ich bin über hundertzwanzig Kilo schwer. Mein Herz, meine Herren, macht diesen Steiss nicht mit.»

«Ich hätte einen anderen Vorschlag», sagte der Arzt. «Der Mann ist ja schon seit Monaten verschieden. Es genügt doch, wenn Nydegger und der Gefreite Himmelberger dort hinaufklettern, genau beschreiben, wo und wie sie die Leiche gefunden haben, Fotos machen, den Toten in einen Sack einpacken. Sobald sie oben sind, avisieren wir einen Helikopter, der wird die Fracht nach unten fliegen.»

Nydegger lächelte zufrieden. «Einverstanden, das macht wirklich keinen Sinn, dass da die ganze Delegation hinaufkraxelt.»

Die Herren aus Thun waren erleichtert.

«Wie lange dauert es?», erkundigte sich der Richter.

«Bis wir zurück sind, mindestens zwei Stunden.»

«Oh weh, wie schlagen wir uns die Zeit, bis es so weit ist, um die Ohren? Ich habe noch so viel zu tun», klagte der Richter.

«Kein Problem, weiter oben im Tal hat es eine gute Fressbeiz.»

«Fahren wir dorthin», befahl der Statthalter.

«Gute Idee. Der Heli kann beim Gasthaus sogar besser landen als hier.»

«Das macht doch keinen Sinn. Warum wird die Leiche nicht direkt in die Gerichtsmedizin nach Bern geflogen?», erkundigte sich Nydegger.

Der Statthalter gab lautstark zurück: «Ich bin der, der die Leiche freigibt. Das kann ich nur, wenn ich sie gesehen habe. Und auch der Richter hat Anrecht, einen Blick auf sie zu werfen.»

«Kein Wort davon, dass wir, der Richter und ich, nicht oben waren.» Der Statthalter kniff die Augen zusammen und sah grinsend in die Runde.

Der Wachtmeister gab Nydegger sein Sprechfunkgerät. «Damit erreichen Sie mich im Wagen. In etwa einer Stunde bin ich auf Empfang, dann fordere ich den Heli an. Er wird in circa zehn Minuten vor Ort sein, kreist dreissig Meter über dem Schafloch, lässt das Tragseil herunter. Sie können den Haken am Sack befestigen. Ach ja, der Sack. Er ist im Gepäckraum des Streifenwagens.» Der Wachtmeister zog ihn dort heraus und reichte ihn Himmelberger.

«Schöner Aufstieg, Sie beide sind Prachtkerle.» Mit diesen Worten verabschiedete sich der Statthalter von Nydegger und Himmelberger. Er schüttelte ihnen herzlich die Hand und klopfte ihnen die Schultern.

Die beiden gingen des Weges. Zufrieden schauten sie der Wagenkolonne nach, die das Tal hinauffuhr.

Am nächsten Morgen, einem Freitag, schlug Nydegger beim Frühstück die «Bundesstadt» auf.

Die Kriminalpolizei teilt mit:
In einem Seitengang des Schaflochs, einer Höhle etwa zwei-

hundert Meter unter dem Gipfel des Sigriswiler Rothorns, wurde gestern die Leiche von Hans Rupprecht geborgen. Rupprecht wurde seit dem April dieses Jahres vermisst. Er war Geschäftsleitungsmitglied der Spar- und Leihkasse Thun und Kommandant eines Regiments der Gebirgsinfanterie. Man rätselt noch über die Todesursache. Nach Aussagen seiner Gattin erlitt Rupprecht vor zwei Jahren einen Herzinfarkt, von dem er sich aber gut erholt habe.
Eine endgültige Abklärung der Umstände seines Todes könnte allenfalls die Obduktion der Leiche bringen. Sie wird im Berner Inselspital vorgenommen.

Nydegger schob die Zeitung zu Anna hinüber. Er hatte sie über die Ereignisse der vergangenen Tage informiert.

«Was gedenkst du jetzt zu tun?», fragte sie.

«Ich werde noch den Obduktionsbericht und die Beerdigung abwarten. Dann werde ich mich umhören, was dieser Rupprecht so trieb. Was mich vor allem interessiert, ist sein persönliches Umfeld. Dass er Mitglied der aufgelösten P-26 war, steht ausser Zweifel.»

«Weshalb bist du dir da so sicher?»

«Das Waffenlager im Schafloch. Es ist eindeutig der P-26 zuzuordnen. Man darf davon ausgehen, dass auch einige seiner Freunde dort mittaten.»

Der Obduktionsbericht der Leiche Rupprechts wurde Mitte August freigegeben. Er ergab, was zu erwarten gewesen war, keine Hinweise auf die Todesursache. Eine Woche danach wurde Rupprecht bestattet.

Am Dienstag der letzten Augustwoche besuchte Nydegger dessen Witwe Imelda in ihrer Villa an der Seestrasse in Thun. Zu seiner Überraschung war sie ausnehmend freundlich und gesprächsbereit.

Er schilderte ihr – einer gepflegten, attraktiven Fünfzigerin – ausführlich, wie er die Leiche von Hans Rupprecht gefunden hatte. Dann stellte Nydegger Fragen.

«Was hatte Hans Rupprecht im Schafloch verloren? Eine abgelegenere, schlechter erreichbare Örtlichkeit findet man kaum an den rechtsseitigen Hängen des Thunersees.»

«Ich habe nicht genau gewusst, was mein Mann im Schafloch so trieb.»

«Haben Sie ihn nicht vermisst? Immerhin blieb er drei Monate verschollen», gab Nydegger zu bedenken.

«Nein, überhaupt nicht.» Sie schüttelte ungläubig den Kopf. «Es handle sich um eine geheime Sache, sagte er immer abwehrend, wenn ich danach fragte.» Er tue es dem Vaterland zuliebe, habe er ihr versichert. Sie lachte bitter. «Das mochte ich ja gerne glauben. In seinen jüngeren Jahren verbrachte er seine Freizeit häufig anderswo. Ich bin da ganz offen: im Rotlichtmilieu, wo er mit seinen Dienstkollegen aus dem Militär oft ganze Wochenenden blieb. Nun ja, mit fortschreitendem Alter ist sein Drang schwächer geworden, er hat es zunehmend mit Alkohol kompensiert. Da ist es nur plausibel, dass er bei einer Höhenwanderung einen Herzanfall erlitten hat.»

«Hatte Ihr Mann Feinde?»

«Als Banker zuhauf. Aber ich kann mir nicht vorstellen, dass sich ein Kunde, den er über den Tisch gezogen hatte, an ihm auf diese Art rächen wollte. Das sind alles einfache unbescholtene Menschen, die ihr Geld bei der Spar- und Leihkasse anlegen. Nein, an einem Verbrechen ist Hans kaum gestorben, sollten Sie das angenommen haben.»

«Ihre Aussagen entsprechen den Schlüssen, die ich aus meinen Beobachtungen gezogen habe. Trotzdem müssen wir allen Hinweisen nachgehen. Da darf man auch einen gewaltsamen Tod nicht ausschliessen. Interessieren würde mich sein Freundeskreis, die Männer besonders, die mit ihm zusammen in der klandestinen Organisation wirkten.» Nydegger machte eine kurze Pause, um zu überlegen, dann fragte er: «Wissen Sie, um was es sich bei diesem Verein handelte?»

«Wohl um etwas Ungutes. Ich habe mir schon Gedanken gemacht. Meinen Sie etwa die P-26?»

Nydeggers Augen kollerten beinahe aus den Höhlen. «Ja,

genau die meine ich. Offenbar war Ihr Mann auf irgendeine Art und Weise mit dem ‹Nachlass› der P-26 beschäftigt. Sie wurde ja Ende 1990 aufgelöst, als illegal erklärt und verboten.»

«Stimmt. Die Liquidation der P-26 hatte ihn mitgenommen. Er war im vergangenen Jahr oft betrunken, hat getobt, sogar in Aussicht gestellt, die ‹Totengräber› der P-26, den Tessiner Nationalrat Carobbio und den Appenzeller Ständerat Schmid, höchstpersönlich zu erschiessen.»

«Hatten Sie Angst, er würde es tatsächlich tun?»

Frau Rupprecht winkte ab. «Doch nicht der. Diesen Mut hätte er sicher nicht aufgebracht. Wären wirklich russische Panzer über unsere Grenzen gerasselt, hätte er augenblicklich die Hosen gestrichen voll gehabt.»

«Kennen Sie die Namen seiner Kollegen aus der P-26?»

«Lassen Sie mich bitte einen Moment überlegen.» Augenblicke später sagte sie: «Jetzt fallen sie mir wieder ein. Von Menschen, die mir unsympathisch sind, tue ich mich schwer, mir ihre Namen zu merken. Einer hiess Waldemar Wüest, ein Ekel, ein anderer Alois Hofstetter, ein Idiot. Da war noch einer. Er hiess Arber? Nein, nicht ganz, aber ziemlich ähnlich …»

«Meinen Sie etwa Abel?»

«Ja, Abel meine ich. Der war noch der Netteste von allen.»

«Sie werden es nicht glauben, Frau Rupprecht, aber all diese Namen sagen mir etwas. Alle hatten eine zentrale Rolle in der P-26.»

«Mein Mann reagierte stets hysterisch darauf, wenn ich einen dieser Namen aussprach. Sie seien höchst geheim. Zum Glück hätte ich keine Ahnung, wie die Organisation, in der sie mitwirkten, heisse. Ein bescheuertes Theater, dabei war er es, der immer und immer von dieser Clique schwärmte.»

«Beginnen wir mit Wüest. Können Sie konkrete Angaben über ihn machen?»

«Seit mein Mann ihn mir vorstellte, kam er mir unheimlich vor. Klein von Gestalt, hager, sein Kopf hatte etwas von einem schrumpeligen Apfel. Er nahm sich unheimlich wichtig, legte bei Gesprächen einen überspannten Fanatismus, der oft in Hass überging, an den Tag. Er sagte zum Beispiel, ein Drittel der Parlamentarier sollte man exekutieren. Sie seien Vaterlandsverräter. Häufig ein Thema bei ihm war Südafrika. Er könne nicht verstehen, dass man hierzulande dort die Dunkelhäutigen gegen die Weissen aufhetze. Die Neger seien gar keine richtigen Menschen. Er erachte es als komplett daneben, ihnen politische Rechte zu geben. Als ich ihn einmal darauf aufmerksam machte, dass solche Meinungsäusserungen rassistisch seien, flippte mein Mann richtiggehend aus. Wüest liege mit seiner Haltung, was die Politik der Apartheidregierung betreffe, völlig richtig. Auch unser Bundesrat und die Banken hielten zur weissen Herrschaft in Südafrika.»

Südafrika sei tatsächlich ein Reizthema in der Schweiz, fügte Nydegger an. «Die rein weisse Regierung in Pretoria liegt in den letzten Zügen. Sie wird international zusehends isoliert. Es gibt immer mehr Menschen in unserem Land, die sich dagegen wehren, dass der Bundesrat, die wichtigsten Unternehmen, die Grossbanken und vor allem die Armeeführung weiterhin mit dieser Verbrecherbande zusammenarbeiten.»

«Schade, dass diese Worte mein Alter nicht mehr hören kann.»

«Wo hat Ihr Mann Wüest ausser bei Ihnen zu Hause noch angetroffen?»

«Wenn ich das genau wüsste. Gstaad wurde oft genannt, das ‹Hotel Schweizerhof›. Ich konsultierte das Telefonbuch und fand dort kein Hotel mit diesem Namen.»

«Das ist echt ein Witz. Der ‹Schweizerhof› ist der Bunker von Gstaad, das ehemalige Ausbildungszentrum der P-26. Man wollte dieser gesetzeswidrigen Körperschaft mit diesem Etikett ein patriotisches Mäntelchen umhängen», meinte Nydegger, um Frau Rupprecht aufzuklären.

«Glauben Sie ja nicht, ich hätte das ahnungslos hingenommen. Dass an der Sache etwas faul war, habe ich immer schon vermutet. Als die P-26 enttarnt wurde, wurde meine Vermutung bestätigt. Ich begann Hans' Engagement in seinem klandestinen Verein zu hinterfragen. Im Frühjahr 1990 änderte sich plötzlich alles. Gstaad war kein Thema mehr. Er kaufte sich einen Schredder und vernichtete nächtelang Akten. Von dieser Zeit an plagten ihn

Angstzustände, oft wachte er nachts aus Alpträumen schweissgebadet auf.»

Nydegger fand das eigenartig. «Eigentlich hätte Ihr Mann dazu gar keinen Grund gehabt. Die Liste der P-26-Mitglieder bleibe geheim, versicherte im Frühjahr Verteidigungsminister und Bundesrat Villiger.»

«Es ging nicht nur um die Mitgliederliste. Da spielte mit Sicherheit auch Geld eine Rolle. Mein Mann war Banker. Einige gewichtige Finanzgeschäfte hat er wohl auch im Netzwerk der P-26-Kader getätigt. Zum Beispiel Geschäfte mit dem Apartheidregime in Südafrika. Das habe ich aus seinen vielen, in dieser Zeit hektischen, Telefongesprächen entnommen. Die Kredite der Spar- und Leihkasse Thun an die weissen Machthaber in Südafrika waren bereits 1990 gefährdet und sind es heute mehr denn je. Ich will mich nicht aufspielen, das Gras wachsen zu hören. Aber in Kürze wird diese Bank in Konkurs gehen.»

Nydegger kniff die Augen zusammen. «Könnte es sein, dass Hans Rupprecht sich im Schafloch das Leben genommen hat?»

«Das möchte ich glatt ausschliessen. An sich selbst Hand anzulegen, dazu fehlte ihm schlicht der Mut. Aber in einem haben Sie schon recht: Geht die Spar- und Leihkasse Thun pleite, wäre er, lebte er noch, ruiniert.»

«Aber Sie doch auch?»

«Nein, wir lebten schon seit Jahren in Gütertrennung. Die Finanzen aus dem Nachlass meiner Eltern habe ich unabhängig von ihm verwaltet. Ich stellte ihm auch in Aussicht, sollte er mittellos werden, würde ich mich von ihm scheiden lassen. Das hat sich jetzt erübrigt.»

«Hat Ihr Mann noch andere Orte ausser Gstaad erwähnt?»

«Ausser dem Schafloch am Sigriswilergrat eigentlich keinen. Das blieb für ihn auch ein Thema nach dem Auffliegen der P-26. Trotzdem wurde ich den Verdacht nicht los, dass auch mit dem Schafloch etwas nicht stimmte. Es war ja widersinnig, sich mit anderen in einer nur mühsam zugänglichen Höhe auf tausendachthundert Meter über Meer zu treffen. Derlei tut einer nur, wenn er etwas zu verbergen hat.»

«Ich hätte noch eine Frage.» Nydegger sah Frau Rupprecht bittend an. «Sagt Ihnen Bologna etwas?»

Frau Rupprecht überlegte. «Das Attentat auf den Hauptbahnhof Bologna? Anfangs 1980? Ja, das war Gegenstand von heissen Diskussionen zwischen Wüest und meinem Mann. Es stand in den Schlagzeilen unserer Medien, war in der Presse, im Radio und im Fernsehen. Bald kam heraus, dass dahinter Rechtsextremisten standen. In diesem Zusammenhang fiel auch der Name Licio Gelli, der Planer dieses feigen Anschlags. Hans wollte diesen Verbrecher zu uns nach Hause einladen. Er sei ein politischer Kopf und habe die Fähigkeiten, Italien vor dem Kommunismus zu bewahren. Ich stand auf den Hinterbeinen und stellte meinen Mann vor ein Ultimatum. ‹Überschreitet Gelli die Schwelle dieses Hauses, werde ich ihn hinauswerfen und dich dazu.›»

«Die nächste Frage. Sagt Ihnen die Bombe auf der Oktoberfestwiese etwas?»

«Daran erinnere ich mich ganz genau. Sie explodierte einige Monate nach der in Bologna. Auch mit vielen Toten und Verletzten. Kurz zuvor fiel mir eine hektische Aktivität meines Mannes auf. Er telefonierte mehrmals täglich mit Wüest. Ich hatte danach, als die Bombe explodiert war, ein ungutes Gefühl. Wussten die beiden vor dem Massaker bereits Bescheid, dass etwas geschehen würde?»

«Jetzt zu Jules Abel. Sie wissen wohl, dass er, kurz nachdem ein Journalist die P-26 enttarnte, ermordet wurde. Sie haben mir zu Beginn dieses Gespräches eröffnet, dass Sie ihn kennen.»

«‹Kennen› ist vielleicht zu hoch gegriffen. Er war einige Male bei uns zu Gast. Auf mich machte er, anders als Wüest, einen guten Eindruck. Dass er allerdings in der Sache, in die mein Mann verwickelt war, ebenfalls drinhing, machte mich misstrauisch. Abels Sprache war differenzierter als die von Wüest oder die meines Mannes. Er lehne – das ist mir noch geblieben – Gewalt ab, sagte er stets. Er setze darauf, die Menschen von unserer Landesverteidigung zu überzeugen. Als 1985 Gorbatschow an die Macht kam, redete er eindringlich auf Hans ein, seinen fanatischen Antikommunismus zu revidieren. Von der Sowjetunion drohe keine Gefahr mehr. Leider sah das mein Mann anders. Der neue Herr im Kreml sei wie ein Wolf im Schafspelz. Er beschimpfte Abel unflätig. Dann schien die Beziehung zwischen beiden abgebrochen zu sein. Abel besuchte uns nicht mehr.»

«Vielleicht noch ganz kurz zu Alois Hofstetter. War der auch in Ihrem Haus?»

«Leider. Ja. Ein Kerl mit unmöglichen Tischmanieren. Auf sein Gesellschaftsbild konnte ich mir keinen Reim machen. Ein dummer Kerl. Ich habe ihn aus meinem Gedächtnis gestrichen.»

Nydegger bedankte sich herzlich bei Frau Rupprecht. «Es war eine eindrückliche Begegnung mit Ihnen. Sie haben mir weitergeholfen.»

Er erzählte am gleichen Abend Anna von seinem Besuch bei Frau Rupprecht. Er wisse nun einiges mehr über den Fall Abel und die P-26.

Anna, die gespannt zuhörte, verwirrte ihn danach mit der Bemerkung: «Liess die Gefühlskälte dieser Frau dich nicht erschaudern?»

Nydegger nahm Frau Rupprecht in Schutz. «Eine Dame mit scharfem Verstand. Sie wirkte auf mich überzeugend. Ich glaube mit dem, was sie mir verraten hat, etwas anfangen zu können. Es klingt plausibel. Die Ehe zwischen Hans Rupprecht und seiner Imelda wurde zu einer Zeit geschlossen, in der die gesellschaftlichen Zwänge noch weit einschneidender waren als heute. Vor allem im gehobenen Bürgertum.»

Anna schlug Sandro vor, auch Klaus Gärtner über das Treffen mit der Witwe von Hans Rupprecht zu informieren.

«Da kannst du Gift drauf nehmen, dass ich Klaus einweihe. In alles, was damit zusammenhängt: der Fund beim Glasbrunnen im Bremgartenwald und das monströse Waffenlager im Schafloch.»

14

November 1985

Am 4. November 1985 klingelte auf Hofstetters Schreibtisch in der Kaserne Jassbach das Telefon. «Cäsar am Apparat. In einer Stunde statte ich dir einen Besuch ab.»

«Um was geht es?»

«Das können wir nicht am Telefon besprechen. Dein Vorgesetzter ist informiert. Er hat für diesen Nachmittag einen Stellvertreter für dich organisiert. Um vierzehn Uhr klopfe ich an deine Tür.»

Cäsar erschien pünktlich in seiner Uniform als Major der Luftschutztruppen. Hofstetter nahm, wie es sich gehörte, Haltung an und schlug die Hacken zusammen.

Cäsar setzte eine bedeutungsvolle Miene auf. «Das, Pinocchio, was ich dir zu sagen habe, ist streng geheim. Nur zwei Personen in unserem Land sind eingeweiht, mein Führungsoffizier im ‹Purgatory› und ich wissen Bescheid.»

Hofstetter sah Cäsar fragend an. «Purgatory?»

«Das brauchst du vorläufig nicht zu wissen, du wirst es noch früh genug erfahren. Spitz deine Ohren. Morgen beginnt dein nächster Einsatz. Ich bin deswegen erst heute Vormittag angegangen worden. Es handelt sich um eine Aktion im Ausland, in der belgischen Provinz Brabant. Warst du schon mal dort, Pinocchio?» Cäsar unterbrach sich selbst. «Nein, natürlich nicht. Wir kennen ja jedes Detail deiner Biografie. Zum Einstieg musst du dich mit den örtlichen Verhältnissen dort bekanntmachen. Dazu geben wir dir ein paar Tage Zeit. Die Provinz Brabant besteht aus der Region Brüssel, einem wallonischen und einem flandrischen Teil um die Hauptstadt. Dein Einsatzgebiet wird Aalst sein. Eine Stadt mit knapp über siebzigtausend Einwohnern. Man spricht dort Flämisch. Jemand unseres Netzwerkes in Belgien wird dich dort herumführen.»

«Flämisch?»

«Das ist Niederländisch. Diese Sprache versteht ein Deutschschweizer bereits nach einem kurzen Aufenthalt dort. Zudem sind die meisten Bewohner von Aalst des Deutschen mächtig. Kein Verständigungsproblem.»

«Was erwartet mich dort?»

Cäsar sah Pinocchio schief an. «Was erwartet mich dort?» Er musste sich zurückhalten, um nicht laut hinauszulachen. Das ist so gewaltig, dass ich es dir portionsweise einlöffeln muss.» Er zog ein Foto aus seiner Vestontasche und hielt es Pinocchio unter die Nase. «Kennst du dieses Ding?»

«Eine Uzi.»

«Nicht ganz. Wird oft damit verwechselt. Eine MAC-10, auch eine Maschinenpistole. Deutlich kleiner als eine Uzi, leichter zu handhaben. Aber nicht ganz so einfach, dass Unbefangene damit umgehen können. Du wirst einen Tag lang trainieren können, dann gelingt dir alles damit.»

«Ich soll jemanden umlegen?»

«Gib dich nicht so naiv. Dazu würden ein Revolver oder ein Gewehr mit Zielfernrohr vollends reichen. Mit einer MAC-10 kann man ein Dutzend Leute innerhalb von Sekunden ins Jenseits befördern.»

«Und wer sollen die Opfer sein?»

«Zufällig ausgewählte Menschen in einem Supermarkt.»

«Wow ... das ist ja ein Terrorakt.»

«Du sagst es. Wir führen einen solchen aus und schieben ihn den Kommunisten in die Schuhe.»

«Das Risiko, das ich dabei auf mich nehme?»

«Sozusagen keines. Du hast einen gut einstudierten Fluchtweg. Der Tatort und seine Umgebung werden durch eine ganze Anzahl von Helfern abgesichert, die notfalls deine Verfolger unter Feuer nehmen können. Hoffen wir, dass das nicht nötig sein wird. Da kann nichts schiefgehen.»

«Und wenn es doch nicht rundläuft?»

«Absolute Gewissheit gibt es in solchen Fällen natürlich nie. Sollte es so weit kommen, bist du ein toter Mann. Doch solange du eine MAC-10 in Händen hältst, kannst du etwas dagegen tun.»

«Habe ich eine andere Wahl? Zum Beispiel, mich zu weigern, an diesem Einsatz teilzunehmen?»

«Hast du nicht. Du hast bei deinem Eintritt in die P-26 geschworen, alle Befehle zu befolgen, und das, ohne sie zu hinterfragen.»

Am nächsten Morgen holte Major Wüest Feldweibel Hofstetter an seinem Arbeitsplatz ab. Hofstetter wurde freundlich und ehrerbietig vom Kommandanten der Militärschule Jassbach verabschiedet. Lachend wollte er wissen, wie lange es dauern würde, bis Hofstetter sich wieder bei ihm melden würde.

Wüest antwortete für Hofstetter: «Wenn er nicht fällt, wird er in – über den Daumen gepeilt – drei Wochen wieder in Jassbach sein.»

«Wir wünschen Ihnen gutes Gelingen, Feldweibel. Abtreten!»

Wüest fuhr Hofstetter mit seinem Mercedes zum Militärflugplatz Dübendorf. Dort wartete bereits ein kleiner Jet der Royal Air Force. «Soll ich so? So mit meiner Uniform einsteigen?»

«Ja, sicher. Alle deine Utensilien sind schon an Bord. Was du auf dem NATO-Stützpunkt Brüssel für Kleider trägst, darum musst du dich nicht kümmern. Alles ist peinlich genau einstudiert.»

Das Ballern mit der MAC-10 in Brüssel machte Hofstetter ungeheuer Spass. Dass er damit nicht nur auf Scheiben, sondern auf Menschen zielen sollte, versetzte ihn in Hochgefühle. Der Ernstfall, das wirkliche Handwerk des Soldaten.

Als er eine Woche später den Befehl erhielt, mit drei anderen den Supermarkt in Aalst zu stürmen, fühlte er sich voller Tatendrang. Der Einsatzleiter redete seinen Befohlenen ins Gewissen: «Seid mir bedingungslos ergeben. Ich bin euer Führer. Was der Führer anordnet, setzt man ohne Skrupel um. Auch wenn ihr auf ahnungslose Personen, Kinder, Frauen, alte Männer, schiesst, macht das Sinn. Es geht um eine übergeordnete Sache, um den

Erhalt unserer Werte, unserer westlichen Zivilisation. Deshalb müssen wir allenfalls auch unschuldige Menschen opfern.»

«Das leuchtet mir ein», liess Hofstetter laut und deutlich verlauten.

Der Führer zeigte mit dem Finger auf ihn. «Pinocchio, du bist von jetzt an mein Stellvertreter. Sollte ich umkommen, leitest du den Einsatz weiter.»

Hofstetter bekam Hühnerhaut vor wohliger Erregung. Er hatte mit seinem Kameraden, dem Führer, das Shoppingcenter besucht, nahezu alle Räumlichkeiten dort angesehen, ausser den Büros auf der Teppichetage. Dass von dort Widerstand zu erwarten war, lag weit ausserhalb der Wahrscheinlichkeit. Die Stationen des Sicherheitspersonals waren im Untergeschoss und auf der ersten Etage. Die meisten Besucher hielten sich aber im Erdgeschoss auf. Kurz vor dem Einsatz wurden durch die als Handwerker verkleideten Helfer die Zugänge zu den Treppen gesperrt und die Lifte ausser Betrieb gesetzt.

Es war geplant, das Feuer von geschützten Nischen aus zu eröffnen; Nischen, die nach hinten in einen Fluchtweg mündeten.

Hinter der Nische, die man Hofstetter zuteilte, war der Fluchtweg durch einen grossen Transportkarren versperrt. Er realisierte das erst, als es zu spät war. In weniger als einer Minute sollte es losgehen. Die MAC-10 hatte er in einer grossen Plastiktasche. Gebannt sah er zum Laufgang auf der Teppichetage hinauf. Dort stand unauffällig der Führer. Von seiner Position aus hatte er den Überblick über das ganze Geschehen, alle Akteure waren in seinem Blickfeld. Die Befehle erteilte er via Handzeichen, deren Verständnis er mit seinen Soldaten bis zum Gehtnichtmehr eingeübt hatte.

Der Führer hob seinen Finger, das hiess, Waffe entsichern. Kurz danach drückte er den Daumen nach unten. Ein Geknatter von Schnellfeuerwaffen dröhnte durch die Hallen, Treppen und Plattformen des grossen Warenhauses. Panische Schreie, Menschen, die sich auf den Boden warfen, die rannten, Schutz in Räumen oder Nischen suchten. Doch bei Hofstetter funktionierte die Maschinenpistole nicht. Hilfesuchend sah er zum Führer hinauf. Dessen Handzeichen waren eindeutig: Wirf die Waffe weg und flüchte in den Kleiderladen nebenan. Die Beleuchtung ging aus. Das war so vorgesehen. Hofstetter hatte für diesen Fall eine Taschenlampe bei sich. Ein Geschäft mit Kleidern, das war in dieser Situation das Beste, was ihm passieren konnte. Seine eng anliegenden schwarzen Kleider würden ihn möglicherweise verraten. Es waren die Anzüge der schon seit 1982 tätigen Killerbande von Brabant. Das wurde ihm bei der Abgabe erklärt. Diese Verbrecher hatten es auf Kaufhäuser abgesehen. Dabei schossen die Täter mit automatischen Waffen wahllos auf Menschen. Bis zum Anschlag auf den Supermarkt in Aalst wurden zwanzig Menschen getötet und ein Mehrfaches davon zum Teil schwer verletzt. Von den Tätern fehlte bislang jede Spur. Doch es gelang, die Art der eingesetzten Waffen zu ermitteln, was zu hartnäckigen Gerüchten führte, hinter den Massakern könnten Sicherheitskräfte stecken. Die eingesetzten Schusswaffen waren offensichtlich nicht leicht zu bedienen, was vermuten liess, die Killer müssten Polizisten oder Armeeangehörige sein.

Der Strahl seiner Lampe huschte über die Auslagen des mit Kleidern voll bestückten Ladens. Bald fand Hofstetter, was er suchte. Eine blaue Windjacke mit Kapuze und gefütterte Hosen in einem dezenten Grau. Er konnte beides über seinen eng anliegenden Anzug streifen. Ihm war eine teils geöffnete Schublade unter einer Kasse aufgefallen. Er tastete sich an sie heran. Er griff in eine Menge Banknoten, nahm auch eine Handvoll Münzen mit und steckte beides in die Taschen der Jacke. Das reichte fürs Erste, um sich in der Stadt zu bewegen, die öffentlichen Verkehrsmittel zu benutzen, Mahlzeiten einzunehmen. Er wusste, was zu tun war, wenn die Verbindung zu den Kameraden abbrach. Auch das war in den Tagen vor dem Einsatz geübt worden. Auf gar keinen Fall durfte er vom Warenhaus aus Hilfe vom Gladio-Stützpunkt anfordern. Alles war zu vermeiden, was auch im Entferntesten den Verdacht schüren könnte, dass von dort aus die Urheber des Anschlags tätig waren.

Er war noch im Kleiderladen, als das Licht wieder anging. Eine Lautsprecheransage verkündete: «Liebe Kundinnen und

Kunden, bleiben Sie bitte dort, wo Sie sind. Wir glauben, dass Ihnen keine Gefahr mehr droht. Trotzdem können wir nicht ausschliessen, dass Angehörige der Bande, die diese Schiesserei angezettelt hat, sich noch immer in unseren Gebäuden befinden. Die Sicherheitskräfte suchen nun den ganzen Gebäudekomplex ab. Sie sind begleitet von einer Patrouille der Sanitätspolizei, die für die Verletzten erste Hilfe leisten wird. Bewahren Sie Ruhe. Hilfe kommt bald.»

Hofstetter sah sich in einem der vielen Spiegel im Raum an. Erst jetzt realisierte er, dass er im Gesicht ein wenig blutete. Er nahm sich ein Halstuch von einem Gestell und tupfte die Wunde ab. Sie war klein, er verlor kaum Blut.

Uniformierte mit gezogener Waffe tauchten auf. Ein Sanitäter rannte auf Hofstetter zu. Er sagte etwas, das Hofstetter nicht verstand. Dann sprach er auf Französisch: «Sind Sie verletzt?»

Hofstetter verstand. Er antwortete auf Hochdeutsch. «Nur geringfügig.»

«Deutscher oder Schweizer?»

«Schweizer.»

Der Sanitäter lachte. «Hört man, hört man, wir mögen die Schweizer», antwortete er in lupenreinem Standarddeutsch. «Tut mir leid, dass Sie in diese Schiesserei geraten sind.»

Er begutachtete die Wunde und sagte: «Sie hatten ein Riesenglück, Sie könnten tot sein. Das war ein Streifschuss. Es ist oft so, dass die Blutung in solchen Fällen später einsetzt. Ich streue etwas drauf, das sie stillt.»

Hofstetter bekam ein grosses Pflaster auf die Stirn. Der Sanitäter drückte ihm einen kleinen Plastiksack mit Verbandsstoff und Medikamenten in die Hand. «Das genügt für die nächsten Stunden. Sollten Sie Schmerzen plagen, nehmen Sie zwei Tabletten aus der grünen Schachtel. Wechseln Sie erst morgen das Heftpflaster. Sollte sich die Wunde entzünden, suchen Sie bitte einen Arzt auf.»

Hofstetter machte sich nun Gedanken, warum ausgerechnet bei ihm die MAC-10 versagt hatte, warum einer seiner Kameraden auf ihn gezielt hatte. Was machte das für einen Sinn? Er entschloss sich spontan, nicht wieder zu seinem Stützpunkt zurückzukehren. Dann gab es nur eine Möglichkeit: auf schnellstem Weg zurück in die Schweiz. Auf schnellstem Weg? Wenn jemand nach seinem Leben trachtete, dann musste er vorsichtig sein. Der kürzeste Weg war vielleicht nicht der empfehlenswerteste. Doch allzu lange blieb ihm zum Nachdenken keine Zeit. Die Sicherheitsleute hatten sich zwar verzogen, aber aus dem Lautsprecher plärrte es erneut: «Bitte bleiben Sie dort, wo Sie sind. Rennen Sie keinesfalls umher. Wer das tut, macht sich verdächtig und könnte unter Feuer genommen werden. In den nächsten Stunden werden alle Räume unseres Zentrums von der Militärpolizei durchsucht; es werden auch Personenkontrollen gemacht.»

Hofstetter griff in die Taschen seines engen schwarzen Anzugs. Er suchte verzweifelt nach der Identitätskarte, die man ihm auf dem Stützpunkt gegeben hatte. Es war eine gefälschte, auf den Namen Jakob Moser ausgestellt.

Aus dem Lautsprecher erschallte: «Personenkontrolle. Halten Sie Ihre Ausweise bereit.»

Die Eingangstüren wurden verriegelt. Eine neue Gruppe von Uniformierten mit Gewehren im Anschlag stürmte den Raum. Dahinter mehrere Männer in Zivil. Diese begannen gleich die ersten verdatterten Eingeschlossenen zu befragen. Einer ganz in der Nähe von Hofstetter konnte sich nicht ausweisen. «In diesem Falle sind wir zu einer Leibesvisitation gezwungen.»

Hofstetter bekam einen Schweissausbruch. Würde er auf diese Weise durchsucht, wäre ihm eine Festnahme sicher. Das schwarze Bandenkostüm darunter würde ihn verraten.

Hofstetter zückte seinen Ausweis. Der Mann in Zivil, der sich als Justizbeamter auswies, runzelte die Stirn.

«Schweizer? Wo wohnen Sie in der Schweiz?»

«In Oberburg.»

«Da steht aber Trub.»

«Das ist mein Heimatort, der muss nicht mit dem Wohnort identisch sein.»

«Eigenartige Sitten habt ihr Alpenländler ... Was hat Sie nach Aalst verschlagen?»

«Mir wurde empfohlen, diese Stadt zu besuchen. Sie sei sehr alt, sie existierte schon im Römischen Reich.»

Der Befrager unterbrach Hofstetter. «Gut. Ich glaube Ihnen ja. Sind Sie hier in einem Hotel einquartiert?»

«Ja.»

«Wo denn?»

«In Brüssel. Hotel Hilton …»

«Wie lange bleiben Sie in Brüssel?»

Hofstetter überlegte kurz. «Noch drei Tage. Dann fahre ich zurück in die Schweiz.»

Der Beamte nahm einen Notizblock hervor. «Geben Sie mir die Zimmernummer Ihres Hotels.»

«335», kam es rasch über Hofstetters Lippen. Er wurde auf dem Stützpunkt darauf hingewiesen, dass Personenkontrollen in Brüssel ab und zu vorgenommen würden. Ganz besonders nach den verübten Anschlägen in der Provinz Brabant. Das Zimmer 335 war für Gäste des NATO-Stützpunktes reserviert. Wer seinen Decknamen und diese Zimmernummer angab, konnte damit rechnen, nicht weiter mit Nachfragen behelligt zu werden.

«Ihre Adresse in der Schweiz.»

Hofstetter nannte die fiktive.

«Telefonnummer?»

Der Befrager notierte alles, hielt es Hofstetter unter die Nase. «Stimmt das so?»

«Ganz genau.» Hofstetter konnte sich in Sicherheit wiegen. Würde es dem Befrager einfallen, sie zu wählen, würde umgehend eine freundliche Frauenstimme im Berner Dialekt sagen: «Frau Moser am Telefon.» Doch Hofstetter nahm an, dass er nicht einmal anrufen würde.

Er lächelte, nahm eine Art Visitenkarte aus seiner Rocktasche. «Das ist ein Passierschein. Es könnte sein, dass Sie beim Verlassen des Gebäudes noch einmal in eine Sicherheitskontrolle kommen.»

Hofstetter begab sich zum nahen Hauptbahnhof. Beim Betreten der Schalterhalle wurde er erneut aufgehalten, diesmal von uniformierten Armeeangehörigen. Er zückte den Passierschein. Sie winkten ihn freundlich durch. Er kaufte ein Billet nach Paris. Er wollte schon immer nach Paris. Obendrauf legte die Frau am Schalter einen Fahrplan. Sie markierte zwei in den nächsten Stunden abfahrende Züge. «Den zweiten müssen Sie unbedingt nehmen, sonst müssen Sie in unserer Stadt übernachten. Das dürfte heute gar nicht so einfach sein. Derzeit wird Aalst überschwemmt von Journalisten aus aller Herren Länder.»

Hofstetter erkundigte sich nach Einkaufsmöglichkeiten.

Die Frau zog die Augenbrauen zusammen. «Leider ist unser grösstes Warenhaus wegen eines Anschlags geschlossen worden. Aber in der Innenstadt finden Sie kleinere Geschäfte.»

Hofstetter bedankte sich überschwänglich und ging gemächlich in die Innenstadt. Er hatte noch drei Stunden Zeit, bis sein Zug Aalst verliess. Er fand in Kürze alles, was er für die Weiterreise benötigte. Es reichte ihm sogar für den früheren Zug. Im Brüsseler Hauptbahnhof musste er umsteigen, dafür blieb ihm gut eine halbe Stunde. Hofstetter genoss die Fahrt.

Um halb sieben abends kam er im Bahnhof Paris Nord an. Er machte ein paar Schritte in die Rue de Saint-Quentin und sah sogleich ein paar Hotels.

Doch zuerst wollte er sich seiner schwarzen Unterkleider entledigen. Er suchte in einer Bar die Toilette auf. Und da fiel ihm etwas auf. Im Brustteil war ein kleines rundes Ding von der Dimension eines Einfränklers. Verdammt, ging ihm durch den Kopf, die Leute auf dem Stützpunkt wussten genau, wo er war. Zum Glück war es nicht eine Wanze, die die Gespräche aufnahm. Hofstetter kannte sich in Lauschgeräten aus. Dieses ortete nur die Person, die sie trug. Aber das war schon zu viel. Sein Weg von Aalst bis nach Paris war detailliert aufgezeichnet. Wo er durchgefahren war, in welches Café er gegangen war. Würde er die Wanze hier in diesem Bahnhof wegwerfen, bestand die Gefahr, dass man die Hotels in der näheren und weiteren Umgebung absuchte. Sein Name beziehungsweise der Deckname, der war ihnen ja bekannt. Er entschloss sich, mit dem Minispion mit der Metro an eine Endstation zu fahren. Er legte einem Obdachlosen ein paar belgische Francs in den Hut und entnahm ihm gleichzeitig ein paar französische, um sich ein Billet für die Metro zu kaufen. An der Porte d'Orléans trank er in einer Bar ein Glas Roten. Die Wanze klebte er mit Kaugummi unter den Tisch. Er verliess das Lokal und kehrte zum Bahnhof Nord zurück.

In der Rue de Saint-Quentin wählte er das erstbeste Hotel. Hofstetter fragte nach dem Preis für vier Nächte. Tausend Francs, antwortete ihm die Rezeptionistin. Er habe aber nur belgisches Geld bei sich. Tja, das sei nicht viel wert. Für sechs belgische Francs gebe es einen französischen. Hofstetter hatte insgesamt zwanzigtausend belgische Francs in Noten bei sich.

«Wir wechseln Ihnen Ihr Geld zu einem fairen Kurs in französische Francs. Ihr Zimmer kostet …», sie rechnete kurz nach, «sechstausend belgische Francs.»

Das war sicher kein gutes Geschäft. Doch Hofstetter stieg darauf ein. Er brauchte eine Bleibe.

War er nun in Sicherheit? So ganz geheuer war ihm seine Situation nicht. Paris war gross, aber man kannte seinen Namen, mit dem er sich in ein Hotel eincheckte. Für eine Nacht mochte das reichen, aber für mehrere Tage? Die, die ihm nachstellten, waren Profis.

Er beschloss, die vier Tage auf einen zu reduzieren. Die Rezeptionistin erkundigte sich nach seinem Sinneswandel.

«Ich schäme mich, Ihnen das zu verraten.»

Sie schmunzelte. «Ist es etwa eine Frau?»

«Schon, aber nicht, wie Sie annehmen, eine, die mich im Zimmer besucht. Ich bin in Trennung von meiner Angetrauten, und sie spioniert mir nach. Wenn sie erfährt, dass ich mich in Paris aufhalte, wird sie nichts daran hindern, mich aufzustöbern. Sie hat mehrere Detektive auf mich angesetzt.»

Die Rezeptionistin schüttelte ungläubig den Kopf. «Und das passiert einem Schweizer?»

«Wie kommen Sie denn da drauf?»

«Einmal Ihre ID und dann Ihre Sprache. Die ist unverkennbar. Man hört Ihnen aus einer Entfernung von hundert Metern an, von wo Sie kommen. Ich hätte für Sie eine bessere Lösung

Ihres Problems.» Sie lachte ihm ins Gesicht. «Wir ändern Ihren Namen. Jacques Wettstein?»

Hofstetter nickte. «Phantastisch. Wenn Sie das dürfen, soll's mir recht sein.»

«Ich darf alles.» Dann streckte sie ihm die hohle Hand entgegen. «Sechstausend belgische Francs …»

Hofstetter unterbrach sie. «Aber ich bleibe ja nur eine Nacht.»

Sie runzelte die Stirn. «Stimmt. Ich belaste Ihnen die Hälfte, nicht ein Viertel. Eine Nacht kommt uns etwa so teuer, wie wenn Sie drei bleiben würden. Oder wollen Sie jetzt Ihre ganze Barschaft in französische Francs umtauschen?»

Hofstetter nickte. «Das sind insgesamt vierundzwanzigtausend belgische Francs.»

«Sie machen es mir einfach.» Sie tippte etwas in ihren Taschenrechner. Sie bekommen dafür dreitausendfünfhundert Francs, abgerechnet die Kosten für das Hotelzimmer.» Hofstetter rechnete nicht nach, nahm das Geld und verzog sich in sein Zimmer, wo er gleich einschlief und erst am nächsten Morgen um neun Uhr wieder erwachte.

Er stand auf, duschte und zog seine Winterkleider an, obwohl es warm war in Paris. Er blieb weiter am Fenster stehen, das ihm einen Blick auf den Vorplatz des Hotels freigab. Drei Männer erregten seine Aufmerksamkeit. Einer hatte einen Gang, der ihm bekannt vorkam. Schlenkernde Arme, die Beine gespreizt beim Gehen, zudem war er auffallend klein. «Das darf doch nicht wahr sein», sagte er halblaut. «Wüest?» Er sah genauer hin. Tatsächlich, es war Wüest. Hofstetter gefror das Blut in den Adern.

In diesem Moment schrillte das Telefon in seinem Zimmer. Es war die Frau an der Rezeption, die leidlich Deutsch sprach. «Monsieur Wettstein, gestern wollte ich es kaum glauben, das mit der Geschichte Ihrer Gattin. Nun, heute sieht das Ganze anders aus. Drei Herren waren eben bei mir. Sie erkundigten sich nach einem Jakob Moser. Ich nehme an, es waren die Detektive Ihrer Gattin. Na ja, die Schweizer können sich so was leisten. Ich habe bedauernd den Kopf geschüttelt. Sah dann, sodass die Herren auch einen Blick hineinwerfen konnten, unsere aktuelle

Gästeliste an. Schweizer haben wir derzeit nur drei, erklärte ich ihnen: Manser, Rindlisbacher und Wenger. Dann fragten sie nach deren Zimmernummern, die ich ihnen leider nicht sagen durfte. Dann verliessen sie unsere Lobby. Jetzt lungern sie im Eingangsbereich unseres Haues herum. Bleiben Sie vorläufig im Zimmer, so lange, bis die Luft rein ist. Ich lasse das Frühstück zu Ihnen hinaufbringen. In einer Viertelstunde wird eine Frau vom Service an Ihre Zimmertür klopfen und ‹Petit-déjeuner› rufen.»

Das Frühstück kam. Ein Croissant, ein Pain au Chocolat, ein kleines Baguette mit etwas Konfitüre, ein Glas Orangensaft und eine grosse Tasse Kaffee mit geschäumter Milch darauf. Auf dem Tablett lag auch eine französische Zeitung. Auf der Front war ein Foto vom Anschlag auf den Supermarkt in Aalst, und aus dem Titel entnahm er, dass es acht Tote und über zwanzig Verletzte gegeben hatte.

Schweisstropfen bildeten sich auf Hofstetters Stirn. Er versuchte, den ganzen Artikel zu lesen.

«Wie viele Tote mehr hätte es wohl gegeben, wenn meine MAC-10 nicht blockiert gewesen wäre?», brummte er. Er schlürfte den Kaffee, kaute am Croissant, wickelte das Baguette und das Pain au Chocolat in den Inseratenteil der Zeitung und packte beides in die Reisetasche. Er entschloss sich, Paris unverzüglich zu verlassen.

Er sah zum Fenster hinaus. Die drei Männer, die ihn ‹besuchen› wollten, standen nicht mehr auf dem Vorplatz. Eine halbe Stunde wartete er noch, dann verliess er das Zimmer. Bei der Rezeption hängte er den Zimmerschlüssel an das dafür vorgesehene Brett. Er kaufte sich am Kiosk einen Stadtplan und erkundigte sich nach einem Warenhaus in der Umgebung. «Dreihundert Meter von hier. Dort können Sie alles kaufen.» Die Kioskfrau zeigte ihm auf der Karte den Weg dorthin.

Er kaufte sich Jeans, ein T-Shirt, Unterwäsche, ein Hemd und einen Pullover. In einer öffentlichen Toilette zog er sich um. Er fuhr mit der Metro zum Ostbahnhof, sah auf die grosse Tafel mit den Abfahrtszeiten. Der nächste Zug in die Schweiz war für vierzehn Uhr angekündigt. Nach Basel. Der übernächste eine halbe Stunde später nach Genf. Sollte er es riskieren, direkt in die Schweiz zu fahren? Das wollte er sich überlegen. Er suchte eines der zahlreichen Restaurants in der Bahnhofshalle auf. Da es ziemlich besetzt war, ging er zu einem Tisch, an dem bereits ein Herr sass, erkundigte sich, ob der Stuhl ihm gegenüber noch frei sei. Der Mann lachte und gab die Antwort auf Schweizerdeutsch. «Klar, umso besser, wenn ein Landsmann nach ihm sucht.»

«Wie haben Sie denn bemerkt, dass ich Schweizer bin?»

«Berndeutsch schwingt in Ihrem Französisch mit.»

«Gratuliere, Landsmann.»

«Das kann man wohl sagen. Bert, Bert Rüfenacht ist mein Name.» Er streckte Hofstetter die Hand entgegen, der sich ihm ebenfalls vorstellte. Mit dem richtigen Namen.

«Was zieht dich denn nach Paris, Bert?», fragte Hofstetter.

«Mein Laster. Ein Mercedes 1638. Ein richtiger Kraftprotz. Dreihundertfünfundsiebzig PS. Hundertdreissigtausend Franken, Occasion, zweijährig, fünfzigtausend Kilometer. Ich bereue es nicht. War ein guter Kauf. Kann damit eine Million Kilometer machen.»

Hofstetter sagte anerkennend: «Von Lastwagen versteh ich nicht allzu viel. Bei uns in der Kaserne haben wir zwei alte Henschel. Ich weiss nicht einmal, von welchem Typ.»

«Henschel HS 3-14?»

«Keine Ahnung. Vielleicht.»

«Ich fuhr diese Dinger auch in meinen WKs. Bärenstark. Die Schweizer Armee hat eine Menge davon. Doch sag mal: Arbeitest du beim Militär?»

«Ja, ich bin Berufsfeldweibel in der Kaserne Jassbach.»

«Jassbach? Noch nie gehört.»

«Wundert mich nicht. Ein Kaff im Kanton Bern. Ortsteil der Gemeinde Linden. Gehört ein bisschen zum Oberland, ein bisschen zum Emmental. Fünfzehn Kilometer von Thun entfernt.»

«Wohnst du dort?»

«Nein in Oberburg bei Burgdorf. Hm … Wo ist dein Gefährt?»

«Drei Kilometer von hier. Auf dem Areal des Güterbahnhofs. Wann gedenkst du, in die Schweiz zurückzufahren?»

«Weiss noch nicht genau. Morgen vielleicht.»

«Hast du das Billet dafür schon gelöst?»

«Nein.»

«Also hör mal, Kumpel, fahre mit mir. Wir übernachten auf halber Strecke. Meine Kabine bietet genügend Platz für zwei. Wir parkieren bei einer grossen Autobahnraststätte. Am Morgen können wir dort frühstücken und duschen, am Abend uns ein wenig volllaufen lassen. Zu zweit macht das mehr Spass.»

Hofstetter musste nicht lange darüber nachdenken. Er sagte sofort zu. Er hob seine Reisetasche in die Höhe. «Alles, was ich zum Übernachten benötige, ist hier drin.»

«Abgemacht.» Rüfenacht schlug ein. «In einer halben Stunde gehen wir zur Metrostation und fahren zum Verladebahnhof. Was ich mitführen soll, wird dann hoffentlich verstaut sein.»

Alles klappte. Um elf Uhr sass Hofstetter auf dem Beifahrersitz von Rüfenachts Mercedes. Erst jetzt erkundigte Hofstetter sich, wo der beabsichtige, morgen die Schweizer Grenze zu überqueren.

«Bei Les Verrières, im Neuenburger Jura. Ich muss in Buttes, im Val de Travers, meine Ladung löschen. Das dauert mehrere Stunden. Ich bringe dich zum Bahnhof Fleurier, dort nimmst du den Zug nach Neuenburg, nach Burgdorf musst du in Bern umsteigen.»

Hofstetter machte sich Gedanken über den Grenzübertritt. Sollte er die gefälschte ID vorweisen, oder sollte er sagen, er hätte sie verloren? Er entschied sich für das Letztere. Für die Grenzwächter war es kein Problem, seine wahre Identität zu überprüfen. Die gefälschte vorzuweisen hätte ihm wahrscheinlich das lästige Warten an der Zollstation von Les Verrières erspart, ausser das Netzwerk des P-26-Offiziers Waldemar Wüest würde bis zu der Leitung des Grenzwachkorps reichen. Das war nicht auszuschliessen.

Auf der Fahrt in die Schweiz entsorgte er heimlich die gefälschte ID in einem Abfallkübel.

Beim Grenzübertritt konnte er seine Identitätskarte nicht vorweisen. Seine Überprüfung werde etwas dauern, sagte ihm der kontrollierende Beamte. Rüfenacht wollte nicht so lange warten. Das war kein Unglück für Hofstetter. Vom Bahnhof Les Verrières fuhr jede Stunde ein Zug nach Neuenburg. Geld dafür hatte er genügend. Rüfenacht hatte ihm die französischen Francs in Schweizer Franken gewechselt. Er fahre oft nach Frankreich. Um fünfzehn Uhr sass Hofstetter im Zug. Zweimal musste er umsteigen.

Beim Aufenthalt in Neuenburg rief er zu Hause an. Seine Frau nahm ab und war einige Augenblicke sprachlos, denn sie hatte ihn erst zwei Wochen später erwartet. Kurz nach sechs Uhr abends kam er in Oberburg an.

Es war ein ziemlich frostiges Wiedersehen zwischen den Eheleuten Hofstetter. In Oberburg ging das Gerücht um, sie habe eine Beziehung mit einem jüngeren Mann aus der Nachbarschaft. Alois Hofstetter wusste davon.

«Gehst du morgen wieder arbeiten – arbeiten in der Kaserne Jassbach, wenn man das überhaupt als Arbeit bezeichnen darf?», fragte sie.

«Eher nicht. Ich werde morgen den Schulkommandanten anrufen. Meine Stellvertretung ist noch zwei Wochen geregelt. Man ist in unserer Armee bei solchen Fällen grosszügig.»

Eisi Hofstetter machte ein enttäuschtes Gesicht. «Dann hockst du in unserem Haus herum und nervst mich, fauler Sack.»

Hofstetter liess sich diese Demütigung ohne Widerrede bieten. Er rief am nächsten Morgen seinen Kommandanten an. Und es kam wie erwartet. «Rücken Sie zu diesem Zeitpunkt ein, an dem wir es geplant haben.»

Die geruhsame Zeit dauerte für Hofstetter nur zwei Tage, dann tauchte wie aus heiterem Himmel Waldemar Wüest in Uniform im Türrahmen seines Hauses auf. Folgsam schlug Hofstetter die Hacken zusammen, was ihm sogleich peinlich war, denn er trug statt der schweren Militärschuhe Finken.

«Feldweibel Hofstetter, Sie haben sich unerlaubt von der

Truppe entfernt, und das auch noch während eines Kampfeinsatzes. Ein schweres Vergehen nach Militärstrafrecht.»

Hofstetter verstand die Welt nicht mehr, weil Wüest ihn plötzlich siezte. Er schob sein Kinn nach vorn. «Welches Militärstrafrecht, Herr Major?»

Wüest lief rot an. «Hofstetter, was unterstehen Sie sich? Sie haben als Geheimarmist einen Eid abgelegt. Dieser Eid ist höher anzusiedeln als der in der Schweizer Armee. Das müssten Sie doch genau wissen.»

«Es war reine Selbstverteidigung. Meine MAC-10 war, als ich den Befehl bekam zu schiessen, blockiert. Via Handzeichen wies mich der Einsatzleiter an, die Waffe wegzuwerfen und in den nebenstehenden Raum zu flüchten. Als ich dorthinrannte, schoss einer meiner Kampfgefährten auf mich –»

Wüest unterbrach Hofstetter. «Er musste wohl annehmen, Sie wollten türmen. Damit hätten Sie die ganze Einsatzgruppe in Gefahr gebracht.»

«Eben, Herr Major. Es ging um mein Leben. Ich musste damit rechnen, nach meiner Rückkehr zum Stützpunkt liquidiert zu werden. Es ging um mein nacktes Überleben.»

«Man müsste dich wegen Fahnenflucht erschiessen, du windiger Pinocchio.»

Hofstetter glaubte in diesem Moment nichts mehr verlieren zu können und wurde von einer Frechheit überwältigt, die er sich nie zugetraut hätte. «Du weisst, Cäsar, dass die P-26 eine geheime Organisation ist, dass Einsätze von Schweizer Wehrmännern im Ausland als Straftatbestände gelten. Ich hätte mich ja bei der Armeejustiz selbst anzeigen können, dann bekämst auch du als mein Befehlsgeber in der P-26 Schwierigkeiten.»

Wüest zog blitzschnell seine Pistole und drückte sie an die Schläfe von Hofstetter. «Sollte es dir einfallen, diesen Verrat zu begehen, wird es so weit kommen wie jetzt – mit dem Zusatz, dass ich dann abdrücke. Weisst du eigentlich, dass wir unsere Netze auch auf die Armeejustiz und Heerespolizei geworfen haben? Unsere Leute sitzen an allen wichtigen Schaltstellen der Landesverteidigung. Du hast nicht die geringste Chance, uns zu entkommen.» Wüest machte eine versöhnliche Geste. «Wir sind keine Unmenschen und lassen auch mal Gnade vor Recht walten.»

«Recht?», warf Hofstetter ein.

Ein höhnisches Grinsen glitt über Wüests Antlitz. «Recht, mein lieber Pinocchio, hat nichts mit Paragrafen zu tun. Was *Recht* ist, bestimmen die, die recht haben. Für Soldaten der P-26 gilt: recht hat die Führung dieser Organisation. Vergiss nicht, die P-26 ist nur ein kleiner Teil eines grossen, mächtigen Netzwerks. Unsere Führung erhält die Anweisungen von einer Zentrale, dem Oberkommando aller Geheimarmeen. Kommt von dort ein Befehl, haben wir ihn bedingungslos auszuführen.»

Wüest zog ein Papier aus seiner Westentasche und überreichte es Hofstetter. «Da, lies!»

P-26-Kommandantur Gstaad
Aufgebot an: Pinocchio
Hat sich am Mittwoch, den 20. November 1985, um 15:00 Uhr in Gstaad, Hotel Schweizerhof, einzufinden.
Kleidung, Ausrüstung: Armee-Uniform inkl. Kampfanzug und -ausrüstung
Dauer des Aufenthalts: unbestimmt.
Der verantwortliche Offizier: Cäsar, Major
Wichtiger Hinweis: Das Aufgebot ist nach dem Durchlesen zu vernichten.

Hofstetter hatte dem nichts entgegenzusetzen. Es war die geballte Faust der Macht, die er gnadenlos im Nacken spürte. Wie sollte er dagegen aufbegehren? Gegen einen Major Wüest, der ihn an seinem Arbeitsplatz in Jassbach und nun auch an seiner eigenen Haustür nach Gutdünken aufsuchen und ihm Direktiven erteilen konnte.

Hofstetter erschien pünktlich am 20. November vor dem Bunker in Gstaad. Er kannte die Prozedur zur Genüge. Wie immer empfing ihn Brutus, verhüllt in der Maske. Als Erstes musste auch er sich die Kapuze mit den Augenlöchern und der Mundöffnung überziehen. Doch diesmal wurde er nicht in *seine* Zelle geleitet, sondern in einen Raum ganz hinten in der Kaverne. Es handele sich um den Verhörraum, sagte Brutus. Drei Herren in Offiziersuniformen, zwei schweizerische und eine belgische, sassen dort auf bequemen Sesseln an einem grossen Tisch. Mit durch Kapuzen unkenntlich gemachten Gesichtern. Frei war noch ein Taburett. Dieses wurde Hofstetter zugewiesen.

Alle Augenlocher richteten sich auf den zu einem Häufchen Elend zusammengesunkenen Hofstetter.

«Pinocchio», sprach ihn der Kleinste, ein Major, mit einer ihm bekannten Fistelstimme an. «Pinocchio, wir sitzen zu Gericht über dich. Ich verlese die Anklagepunkte. Erstens: Der Angeklagte setzte sich während eines Kampfeinsatzes von der Truppe ab. Zweitens: Nach einer Bedenkzeit hat er seinen Fehler nicht wiedergutgemacht. Er hat sich nicht bei seinem Stützpunkt in Brüssel zurückgemeldet. Stattdessen ist er über die Grenze nach Paris geflohen, wo er sich versteckte. Drittens: Zwei Tage danach tauchte er an seinem Wohnort in Oberburg bei Burgdorf auf. Die Gelegenheit, sich unmittelbar nach seiner Rückkehr in der Schweiz bei uns zu melden, hat er nicht wahrgenommen. Fazit: Die Verfehlungen Pinocchios wiegen schwer. Er hat unsere Geheimarmeen in grosse Gefahr gebracht. Wie haben Hinweise, dass er plante, die P-26 zu verraten. Für den Angeklagten spricht, dass er nicht versuchte, dieses Vorhaben in die Tat umzusetzen. Ob er dabei erfolgreich gewesen wäre, steht auf einem anderen Blatt. Diejenigen, die das bei anderen Geheimarmeen versucht haben, scheiterten ausnahmslos. Keiner von ihnen hat es überlebt. Wir müssen uns bewusst sein, sollte nur eine der Stay-behind-Armeen erfolgreich verraten werden, wäre es auch um alle anderen geschehen.»

Er räusperte sich und sprach weiter: «Was drohen dem Angeklagten für Sanktionen? – Wir ziehen zwei Möglichkeiten in Betracht. Todesstrafe. Sie würde in aller Heimlichkeit vollzogen. Um jeglichen Mordverdacht auszuräumen, müsste die Ursache des Hinschieds als Suizid festgestellt oder einem anderen Täterkreis untergeschoben werden. Arrest. Eine symbolische Strafe, mit dem Zweck, den Delinquenten zur Besinnung zu bringen. Weg fällt ein Ausschluss aus der Geheimarmee. Wer bei uns tätig ist, gehört sein späteres Leben zu unserer Truppe, oder er hat sein Leben verwirkt. Wir ziehen uns jetzt in ein Nebenzimmer zurück. Der Angeklagte bleibt, bis wir ein Urteil gefällt haben, in diesem Raum.»

Pinocchio wurde das Wort zu einer allfälligen Rechtfertigung nicht erteilt. Er blieb zwei Stunden auf dem Taburett sitzen.

Die drei Offiziere kamen gemessenen Schrittes zurück, mit Kapuzen über dem Kopf. Sie setzten sich auf die drei Polsterstühle, die an drei Seiten des quadratflächigen Tisches aufgestellt waren. Auf der vierten Seite kauerte Hofstetter auf dem kümmerlichen Hocker.

«Pinocchio, erhebe dich. Wir verkünden das Urteil», krächzte der Major mit der Fistelstimme.

Hofstetter wurde schneeweiss. Er hielt sich krampfhaft mit beiden Händen an der Tischplatte fest.

«Wir bestrafen dich mit dem ...» Der Major hielt inne und brach in ein Gelächter aus. «Du wirst mit einem scharfen Arrest von einer Nacht bestraft.»

Hofstetter atmete auf. «Danke! Danke vielmals für die Nachsicht.»

Die Tür öffnete sich, und Brutus trat ein. Er gab Hofstetter ein Handzeichen, ihm zu folgen.

Auch Brutus' Gesicht war mit einer schwarzen Stoffmaske verhüllt. Er trug die Uniform eines Obersten. Das erstaunte Hofstetter, denn er war militärisch höherrangiger als alle, die am Tisch sassen.

Nach einem Fussmarsch von zwanzig Metern durch einen engen Stollen in das Berginnere kamen sie zu einer Panzertür. Brutus öffnete sie mit einem schweren Schlüssel. Sie standen in einem Verlies, mit nacktem Felsen oben und auf allen Seiten, der Fussboden mit unebenem Kopfsteinpflaster. An der Decke baumelte eine grosse Birne, die grell leuchtete. Ein niederer Holztisch, darunter ein Harass, wohl als Sitzgelegenheit gedacht.

In einer Ecke lagen drei zusammengerollte Wolldecken, in

einer anderen stand ein Klo, dazwischen ein blechernes Lavabo. Brutus zeigte darauf. «Warmes Wasser gibt es hier nicht. Leitungswasser vom Hotel oben, circa fünf Grad. Seife ist auch vorhanden, eine Zahnbürste. Die Rasierklinge bringen wir dir morgen bei der Tagwache. Wir wollen nicht riskieren, dass du dich damit umbringst.» Brutus wies mit der Hand auf einen grossen Monitor. «Darauf werden wir dir Instruktionen erteilen. Und ein bisschen ideologische Schulung. Alles klar?»

Hofstetter blieb nichts anderes übrig als zu nicken.

Das Licht ging aus. Es war stockdunkel. Hofstetter fröstelte. Vorsichtig setzte er einen Fuss vor den anderen. Trotzdem stiess er schmerzhaft mit dem Tisch zusammen. Der Tisch war in der Mitte des Raums. Die Temperatur betrug etwa fünfzehn Grad. Nicht sehr kalt, aber Hofstetters Gefängniskluft war wie ein dünner Pyjama. Er suchte nach den Wolldecken. Sie lagen in einer Nische am feuchten Felsen. Er musste ihn erreichen und sich dann daran weitertasten.

Er hatte keine Ahnung, wie lange er suchte. Zehn Minuten? Eine halbe Stunde? Irgendwann stolperte er über die Wolldecken. Er nahm sich eine und schlang sie um seinen Körper. Es fühlte sich gleich besser. In diesem Moment begann der Monitor zu flackern, und von oben her vernahm er ein Knistern. Aus dem Lautsprecher hörte er: «Pinocchio, nun folgt die erste Lektion des angekündigten Unterrichts. Schau zum Bildschirm.» Dort tauchte in grossen Lettern ein Text auf:

BRAUCHT ES DIE P-26 NOCH?
SEIT DEM MÄRZ DIESES JAHRES IST IN DER SOWJETUNION GORBATSCHOW AN DER MACHT. ER SETZT NEUE AKZENTE IN DER POLITIK. WÖRTER WIE GLASNOST (OFFENHEIT) UND PERESTROIKA (UMBAU) WIRBELN SEITDEM DURCH UNSEREN BLÄTTERWALD. FÜR UNS NOCH BEDEUTENDER: ER BEABSICHTIGT, DAS ENDE DES KALTEN KRIEGES EINZULEITEN. WAS IST DAVON ZU HALTEN?

Jählings wurde der Lautsprecher wieder aktiv. In ohrenbetäubender Lautstärke ertönten die ersten Takte des General-Guisan-Marsches. Abrupt verstummte die Musik. Die scherbelnde Anweisung «Der nächste Text folgt» dröhnte.

RICHTIG, DIE ROTE ARMEE IST DERZEIT UND WOHL AUF JAHRE HINAUS KEINE BEDROHUNG MEHR FÜR UNSER LAND. DOCH SIE WIRD DURCH EINEN ANDEREN FEIND ABGELÖST. SOLLTE SICH DER NEUE HERR IM KREML DURCHSETZEN, IST EINE VERBRÜDERUNG UNSERER VEREINIGTEN LINKEN, SOZIALDEMOKRATEN, KOMMUNISTEN, GRÜNE UND WEITERE PROGRESSIVE ORGANISATIONEN, MIT DER KOMMUNISTISCHEN PARTEI DER SOWJETUNION ZU ERWARTEN. DAGEGEN WERDEN WIR UNS WEHREN.

Nun erschütterte der Rest der Marschmusik das Verlies. Hofstetter trampelte im Takt mit. Als der Lautsprecher verstummte, blitzten neue Schriftzüge am Monitor auf.

DER TAG X, DER TAG, AN DEM DIE P-26 AKTIV WIRD, BEKOMMT EINE ANDERE BEDEUTUNG. DIE BESETZUNG DER SCHWEIZ FINDET KURZ- UND MITTELFRISTIG NICHT MEHR DURCH DEN ÄUSSEREN FEIND STATT. DOCH WIR MÜSSEN UNS DARAUF VORBEREITEN. SOLLTE DIE LINKE DIE EIDGENÖSSISCHEN WAHLEN GEWINNEN, BEGINNT AM MORGEN DANACH DER TAG X. ES BLEIBT NOCH DIE HOFFNUNG, DASS ES NICHT DAZU KOMMT. IM DIENST STEHENDE TRUPPEN UNSERER ARMEE WERDEN AM TAG X ZU FRÜHER STUNDE IN MARSCH GESETZT. WENN DAS LEBEN IN DER STADT BERN ERWACHT, HABEN SIE BEREITS DAS BUNDESHAUS GESTÜRMT. DIE RADIO- UND FERNSEHSTATIONEN ÜBERALL IM LAND WERDEN VON EINSATZKOMMANDOS IN BESCHLAG GENOMMEN. DIE ERSTAUNTE BEVÖLKERUNG WIRD DANN

ERFAHREN, DASS SOWOHL REGIERUNG ALS AUCH DAS PARLAMENT AUSSER KRAFT GESETZT SIND. DIE FÜHRUNG DES LANDES WIRD DURCH EINE JUNTA AUS MILITÄRS UND INDUSTRIELLEN ÜBERNOMMEN. DIE WICHTIGSTEN VERTRETER DER POLITISCHEN LINKEN SITZEN DANN SCHON HINTER SCHLOSS UND RIEGEL.

Hofstetter wurde schläfrig. Er zog die noch verbleibenden zwei Wolldecken aus der Nische, kuschelte sich in sie. Ihm fielen die Augen zu, und er schlief ein. Weder das gleissende Licht der starken Deckenbeleuchtung noch der immer wieder aufleuchtende Monitor störten ihn dabei. Auch die über den Lautsprecher von Zeit zu Zeit losgelassenen stampfenden Militärmärsche konnten ihn nicht wachkriegen.

Als um halb sieben der Alarm schrillte, war sein Arrest ausgestanden.

15

September 1991

Nydegger kam im Fall Jules Abel nicht weiter. Es wäre verlorene Liebesmüh gewesen, die Akten der Kantonspolizei über diesen Fall zu verlangen. Man hätte Nydegger die Einsicht verweigert. In Nydeggers Postfach lag eines Morgens ein Brief. Ohne einen Absender anzugeben, hatte der Verfasser Folgendes geschrieben:

> *Nach Abels gewaltsamem Tod meldete sich Jean-Louis Jeanmaire bei der Berner Kantonspolizei. Er gab zu Protokoll, sein Freund Abel habe kurz vor seiner Ermordung dem Chef des EMD angeboten, «als Insider» bei der Aufdeckung der «ganzen Wahrheit» über die P-26 mitzuhelfen.*

Nydegger fragte sich, wer ihm diesen Brief geschrieben haben konnte. Wohl einer seiner ehemaligen Untergebenen bei der Kantonspolizei, nahm er an. Gut zu wissen, dass er dort immer noch Freunde hatte.

Nydegger rief Jeanmaire an.

«Jeanmaire.»

«Nydegger, guten Tag, mon Brigadier. Haben Sie Zeit für ein Gespräch?»

Jeanmaire begann laut zu lachen. «Tun Sie, was Sie nicht lassen können, Nydegger. Ich weiss genau, wer Sie sind, und ich halte grosse Stücke auf Sie. Um was geht es denn?»

«Um Jules Abel.»

«Hm … verflucht noch mal, um diese Leiche im Keller der Eidgenossenschaft ist es still geworden. Doch, lieber Nydegger, das möchte ich mit Ihnen nicht am Telefon diskutieren. Abel hat wahrscheinlich des langen Gesprächs wegen, das ich mit ihm führte, ins Gras gebissen. Ich mache mir Vorwürfe deswegen. Treffen wir uns in der Stadt.»

«In welchem Restaurant?»

«In welchem Restaurant? – Ha, ha, ha … Sie müssen sich bewusst sein, dass ich solche Sachen nicht mehr in einem öffentlichen Lokal zum Besten gebe. In einer Stunde steige ich am Hauptbahnhof aus dem Tram aus und spaziere auf der rechten Seite Richtung Zytglogge durch die Lauben die Stadt hinunter. Ich mache das jeden Tag. Kommen Sie mir von unten her entgegen. Bis später.» Dann kam der Summton.

Nydegger traf Jeanmaire beim Überqueren des Bärenplatzes. Er lüftete seinen Hut. «Danke, Kommissar, dass Sie sich die Zeit nehmen. Vielleicht wäre es doch besser, wenn wir diese Angelegenheit in Ihrem Büro am Waisenhausplatz besprechen könnten.»

Nydegger fand den Vorschlag gut. Als er mit Jeanmaire sein Büro betrat, war es leer. «Ich schliesse ab, damit wir uns ungestört unterhalten können. Immer wieder passiert es, dass jemand meiner Mitarbeiter hereinplatzt, wenn die Türe nicht verschlossen ist. Wir sind eben ein offenes Haus.»

Jeanmaire zog ein Papier aus seiner Jackentasche. «Jules Abel hinterliess mir nichts Schriftliches, dazu kam es nicht mehr. Erst als ich von seinem Hinschied erfuhr, begann ich das, was er mir am Telefon verriet, zu notieren.» Er las es laut vor:

> *«Ich kannte Jules Abel schon seit drei Jahrzehnten. Ich war Berufsoffizier, er war Berufsoffizier, Jahrgang 1915, fünf Jahre jünger als ich. Kurz vor meiner Verhaftung, nach meiner offiziellen Pensionierung 1975, als ich noch einen Auftrag bei der UNA hatte, sass ich mit Abel jede Woche zusammen und nach meiner Gefängnisstrafe wegen Landesverrats hat er mich oft in meiner Wohnung in Bern besucht.»*

Jeanmaire wischte sich verlegen eine Träne weg.

> *«Dann erfuhr ich durch die Frühnachrichten am Radio, dass die Geheimarmee P-26 aufgeflogen ist. Ich war baff, doch eigentlich nicht verwundert. Denn irgendwie wusste*

ich schon von meiner Tätigkeit bei der UNA unter Oberst Albert Bachmann, dass sich in dieser Richtung etwas zusammenbraute. Jules Abel war bis zur Gründung der P-26 aktiv mit dabei. Er war ‹mitbestimmend› für deren Aufbau. Abel hat mir in jenem Telefonat etwas verraten, was mich fassungslos machte. Schon als 1978 die Planung dafür begann, wusste er, dass die P-26 als Stay-behind-Armee der NATO angedacht war. Es war nicht, wie nach ihrer Enttarnung von allen ‹zuständigen› Stellen – dem EMD, der PUK EMD, der Bundesanwaltschaft – behauptet wurde und immer noch wird, eine rein schweizerische Angelegenheit. Es war eine Anordnung der CIA. Eine Anordnung, die nur Geheimdienstkreise und die Spitze der Schweizer Armee erreichte. Kein Mitglied der Landesregierung erfuhr davon, nicht einmal der Verteidigungsminister. Abel ahnte wohl im Frühjahr 1990, dass gerade dieser Umstand unter den Teppich gekehrt werden sollte. Die Verantwortlichen der P-26 hätten mit einer Anklage wegen Hochverrats rechnen müssen, wäre das an die Öffentlichkeit gedrungen.
Abel verriet mir, dass die P-26 sozusagen in allen Ländern des westlichen Europas ‹Schwestern› hatte, nicht nur in NATO-Staaten, sondern auch im neutralen Schweden und im neutralen Österreich. Zu meinem Erstaunen ist das in der Schweiz nie zum Thema geworden. Auch dann nicht, als kurz danach in Italien die Gladio aufflog, als in Deutschland, den Benelux-Staaten, Frankreich und Grossbritannien die Existenz von Stay-behind-Armeen publik wurde. Das geschah in der zweiten Hälfte des Jahres 1990. Alle diese Organisationen hatten eine auffallende Ähnlichkeit. Sie wurden 1979 neu organisiert, obwohl es in den meisten NATO-Ländern schon seit Gründung der NATO im April 1949 klandestine paramilitärische Organisationen gab – allerdings mit unterschiedlichen Strukturen. Und Jules Abel konnte sich nicht mehr äussern. Als illoyaler Geheimnisträger wurde er kaltblütig liquidiert.»

Jeanmaire unterbrach das Lesen. «Jetzt kommt ein Abschnitt, der jetzt, im Herbst 1991, kein Geheimnis mehr ist. Ich wusste es aber kurz vor dem Tod Abels noch nicht. Dass es darum ging, die Geheimarmeen zu vernetzen und sie neu aufzubauen, dass sie wie einem Ei dem andern glichen, gleich aufgebaut waren.» Jeanmaire las weiter:

«Abel berichtete, dass Anweisungen und Befehle direkt aus dem Pentagon kamen. Er beklagte sich, man habe auf den Knien nach Washington kriechen müssen, um nur schon geringe Anpassungen an schweizerische Verhältnisse bewilligt zu bekommen. Das habe er als unermesslich demütigend empfunden.
Abel kritisierte auch Bundesrat Villiger. Er sei sich genau bewusst gewesen, dass das Gros der P-26-Angehörigen mit seiner Partei, der FDP, sympathisierte oder ihr sogar angehörte. Villiger sistierte diese geheime, illegale Institution von einem Tag auf den anderen. Unterliess es aber, die Spuren ihrer Tätigkeit zu sichern. Gerade was die Auslandsbeziehungen, die Zusammenarbeit mit ihren Schwesterorganisationen beträfe, habe er, Abel, ein schlechtes Gefühl. Als er seinen Dienst bei der UNA quittierte, musste er alle Akten abgeben. Das Brisanteste habe er zuvor heimlich kopiert, einiges aus dem Gedächtnis aufgeschrieben. Nun, da die ganze Sache aufflogen ist, werde er damit herausrücken.»

Nydegger unterbrach Jeanmaire. «Das hat Abel wirklich so gesagt, am Telefon?»

«Ja, und ich gehe davon aus, dass es ihn das Leben gekostet hat. Er hat mir noch mehr gesagt.»

Nydegger nickte verhalten.

«Noch ein pikantes Detail. Abel erzählte von einem Treffen mit Licio Gelli, den er vor 1979 kaum kannte.» Jeanmaire las weiter vor:

«Waldemar Wüest, Jules Abel und Robert Anliker, damals Oberstbrigadier, hätten eine Einladung von Arezzo, der Villa Gellis, bekommen. Es finde ein wichtiges Treffen der Auserwählten der Stay-behind-Armeen mit NATO-Generälen statt.
Das Treffen in Arezzo öffnete Abel endgültig die Augen. Anwesend war auch General Haig, damals Oberkommandierender der NATO Europa. Dieser Mann liess keinen Zweifel daran, dass man, um die Ziele zu erreichen, auch zu ‹unkonventionellen› Massnahmen greifen müsse.»

Jeanmaire schob seine Lesebrille auf die Nasenspitze und sah Nydegger schmunzelnd an. «Was Haig unter ‹unkonventionellen Massnahmen› verstand, dürften Sie mittlerweile auch wissen.»

Er räusperte sich und las weiter:

«Abel berichtete von der Verhaftung Gellis 1982 in der Schweiz. Über die Umstände seiner Flucht aus dem Genfer Gefängnis Champ-Dollon munkelte man zwar, wusste eigentlich kaum Bescheid.»

Nydegger klärte Jeanmaire auf, was er über die Schweizer Verwicklung herausgefunden hatte. Jeanmaire fand die Recherchen Nydeggers plausibel und ergänzte, dass Abel über die Rolle des Berufsfeldweibels der Schweizer Armee bei der Flucht Gellis vage unterrichtet gewesen sei.

Jeanmaire bat um ein Glas Wasser, bevor er weiterlas:

«Abel kannte Hofstetter gut. Die militärische Grundausbildung hatte Hofstetter beim Luftschutz absolviert. Abel schilderte ihn als glühenden, wenn auch ziemlich beschränkten Patrioten und fanatischen Sozialistenhasser, der aber P-26-Mitglied der ersten Stunde war. Für die Organisation der Flucht von Gelli machte natürlich die Mitgliedschaft in einer Stay-behind-Armee Sinn. Gelli hatte ja

massgebenden Einfluss auf die Installierung der 1979 neu aufgelegten Gladio.
Und Gelli ist ein Freimaurer. Die Kader der P-26 sind auch Freimaurer. Das gilt übrigens für alle Stay-behind-Armeen, die man von nun an Gladio nennt. Als Abel ab 1978 an der ‹Verfassung› der geplanten P-26 werkelte, bekannte mir Abel, sei ihm die Freimaurer-Connection nicht entgangen. Zunächst hatte er eine grosse Achtung vor diesem Geheimbund. Er schätzte seine Mitglieder ursprünglich als konsequente Antikommunisten ein, als ehrbare Führungspersonen, integer, gut situiert, elitär, mit einem grossen Schulsack. Man habe ihm nie nahegelegt, dort beizutreten, obwohl er zu diesem Schritt nicht abgeneigt gewesen wäre. Offenbar war er zu wenig begütert, um in der Loge willkommen zu sein. Das kränkte Abel. Er war danach nicht mehr gut auf die Freimaurer zu sprechen. Er schaute genauer hin, lernte aus diesem Kreis die ‹auserwählten› Kollegen in seiner nächsten Umgebung, der UNA, kennen. Das öffnete ihm vollends die Augen. Es waren nicht gerade Ehrenmänner. Als Geheimdienstoffizier realisierte Abel, dass sie sich mit Leuten aus dem extrem rechten, gewalttätigen Umfeld verbandelten. Mit Licio Gelli zum Beispiel.
Dann kam die Enttarnung der Freimaurerloge P2. Nun wusste auch eine breite Öffentlichkeit Bescheid: Die P2 war eine staatlich protegierte kriminelle Vereinigung. Das tat der Bewunderung einiger Mitarbeiter des militärischen Nachrichtendienstes der Schweiz für diesen Verein keinen Abbruch. Über die Flucht von Gelli aus Champ-Dollon habe er explosive Dokumente.»

Jeanmaire seufzte. «Was die ‹Spurensicherer› beim toten Abel damit gemacht haben, entzieht sich meiner Kenntnis. Sie könnten in einem Tresor der Kriminalpolizei des Kantons Bern herumliegen, oder sie wurden geschreddert.»

Ein Lächeln glitt über Nydeggers Gesicht. «Ich gebe die Hoffnung nicht auf. Vielleicht gibt es Kopien davon, die irgendwo im Versteckten aufbewahrt werden.»

«Das liegt auch noch drin», gab ihm Jeanmaire recht.

Nydegger ermahnte Jeanmaire zu Wachsamkeit und insbesondere dazu, sich vor allfälligen Mordanschlägen auf seine Person zu schützen.

Jeanmaire lachte ihn aus: «Es wäre mir eine Ehre, brächten mich die Schergen unseres Staatsschutzes um. Aber das ist eine vergebliche Hoffnung. Was würde ihnen das bringen? Nur Scherereien. Der Mord in Köniz würde von den Medien wieder aufgegriffen. Man würde dort die Frage aufwerfen: Was wusste Jeanmaire über die Todesumstände von Abel? Wollte man mich zum Schweigen bringen? Diese Gedanken werden sich unsere Geheimdienstler – ich zähle sie zwar nicht zu unserer geistigen Elite – machen. Nach der Affäre Bachmann/Schilling hat man vielleicht doch etwas dazugelernt.»

«Herr Jeanmaire, eigentlich verwundern mich Ihre Aussagen ein wenig. Trotzdem sind sie interessant. Sie liegen mit Ihren Vorahnungen richtig. Wo befinden sich jetzt die von Abel hinterlassenen Unterlagen? Wir müssen befürchten, dass sie vernichtet worden sind. Auch streng geheime Akten – sie werden im Bundesarchiv verwahrt – sind nicht vor einer Sichtung durch ‹Unbefugte› sicher. Es handelt sich in diesem Falle offensichtlich um solche über die Auslandsbeziehungen der P-26, über die mit der Gladio und den anderen Stay-behind-Armeen. Es geht dabei um Terrorismus der übelsten Sorte.»

Nydegger verabschiedete sich herzlich von Jeanmaire. Munterte ihn auf, man werde bei der Stadtpolizei Bern der Sache auf jeden Fall nachgehen.

Nydegger rief Klaus Gärtner an, bat ihn um ein Treffen.

«Komm gleich auf einen Sprung in mein Büro», offerierte er Nydegger.

Es kam zu einem langen Gespräch mit dem Stadtberner Gemeinderat, Fürsorge- und Gesundheitsdirektor. «Der PUK-EMD-Bericht hat viel aufgedeckt», fasste Gärtner zusammen. «Doch eigentlich erst, als er abgeschlossen und vom Parlament genehmigt worden war, kam der Verdacht auf, dass die Gladios überall im westlichen Europa Verbrechen begangen hatten. Auch wenn vieles noch ungeklärt bleibt.»

Nydegger wies auf die Flucht Gellis aus dem Champ-Dollon hin. «Was damals im Genfer Gefängnis geschah, das den Ruf hat, eines der bestbewachten in der Schweiz zu sein, haben wir ja vordergründig herausgefunden. Aber über die, die wirklich dahinterstecken, tappen wir im Dunkeln. Die offiziellen Akten über diesen Vorfall sind für uns nicht greifbar. Wir nehmen an, dass es nicht an Zeugen fehlt, die diesbezüglich Aussagen machen könnten und allenfalls dazu bereit wären.»

Gärtner sagte dazu: «Wir wissen einfach noch zu wenig. Nun soll der junge Neuenburger Untersuchungsrichter Jean-Paul Nicolet weiterermitteln. Vor allem die Vernetzung der P-26 mit anderen Stay-behind-Armeen unter die Lupe nehmen.»

Nydegger gab zu bedenken: «Das kann nicht gut kommen. Nicolet ist FDP-Mitglied. Er wird alles tun, seine Partei aus der Sache herauszuhalten. Man könnte nur meinen, von der P-26 drohe keine Gefahr mehr, sie sei ja aufgelöst worden. Aber ist sie das wirklich? Die Verbrechen, für die die Gladios in umliegenden Ländern verantwortlich sind, haben ja die Schweiz nicht betroffen, wird Nicolet festhalten. Er wird mit einem Bericht seine Ermittlungen dokumentieren. Dieser wird aber geheim sein. Kein Journalist wird ihn vor Ablauf der Sperrfrist – das sind fünfzig Jahre – zu Gesicht bekommen. Nicolet wird sagen, dass die P-26 sich im Ausland nichts habe zuschulden kommen lassen. Doch die Unterlagen, die seine Aussagen belegen könnten, werden der Öffentlichkeit vorenthalten.»

***

Aus der Staatschutzfiche von Roder Astrid, Schauspielerin und Sängerin
Datum: 13.7.85
Gegenstand: v. R. P. BE: R. A. lebt in einem gehobenen Stadtteil im Süden Berns. Im oberen Stock

eines gepflegten Zweifamilienhauses rezitiert sie Texte aus Theaterstücken und bisweilen singt sie auch Lieder.
Unter ihr wohnt das Ehepaar D. Beide über siebzig Jahre alt. Schauspierinnen und Sängerinnen sind eigentlich unverdächtige Personen, das glaubte jedenfalls das Ehepaar D. als die R. A. die obere Behausung käuflich erwarb. Hätte die R. A. nur Mozart oder Schubert oder sonst etwas Klassisches gesungen, wäre die Welt für die D.s in Ordnung gewesen. Dass sie sich aber herabliess und die Dreigroschenoper aus dem gleichnamigen Theaterstück von Bert Brecht und der Musik von Kurt Weill trällerte, war ein schwerer Schlag für die D.s. D., ehemaliger Berufsoffizier, war sich wohl bewusst, dass es sich dabei um subversive Kunst handelte. Brecht und Weill waren schliesslich Kommunisten. So etwas gehöre sich nicht im Berner Kirchenfeldquartier, beklagte sich D. zu Recht.
Endgültig aus der Fassung geriet das Ehepaar D. als die R. A. das folgende Revolutionslied bei offenem Fenster in der Gegend herumposaunte:

Wir, im fernen Vaterland geboren,
nahmen nichts als Hass im Herzen mit.
Doch wir haben die Heimat nicht verloren.
Unsre Heimat ist heute vor Madrid.
Spaniens Brüder stehn auf der Barrikade,
Unsre Brüder sind Bauer und Prolet.
Vorwärts, internationale Brigade
Hoch die Fahne der Solidarität!
Spaniens Freiheit heisst jetzt unsre Ehre
Unser Herz schlägt international.
Jagt zum Teufel die Fremdenlegionäre
jagt ins Meer den Banditengeneral.
Träumte schon in Madrid sich zur Parade.

Doch wir waren schon da, er kam zu spät.
Vorwärts …
(Text: Erich Weinert, Musik: Carlos Palacio)

Das war für Frau D. wie eine Gotteslästerung. Sie, die Spanierin, deren Angehörige in Madrid lebten und treue Gefolgsleute von General Francisco Franco selig waren. War es nicht schon genug, dass der Sozialist Felipe González sich gerade daran machte, das Erbe des verdienstvollen Generalissimus zu zerstampfen.
Ich als Offizierskollege von D. leide mit ihm und kann nicht anders als die R. A. bei unserem Staatsschutz zu melden.

16

Juli 1987

Hofstetter öffnete seinen Briefkasten. Er war bis auf einen Brief leer. Die Zeitung wurde immer vor die Haustür gelegt. Wenig Post kränkte Hofstetter irgendwie. Er kam sich dann unwichtig vor, fühlte sich erst ernst genommen, wenn er viele Couverts aufschneiden durfte.

Als er den Poststempel jedoch genauer begutachtete, überkam ihn ein Glücksgefühl. «Gstaad», las er. «Gstaad, Gstaad, Gstaad – wie lange habe ich darauf gewartet.»

Er öffnete die Haustüre, die direkt in die Küche führte. Ungeduldig riss er das Couvert auf.

Von Cäsar an Pinocchio
Passwort: Papageno
15. Juli 1987, 14:35 Uhr, Bahnhof Gstaad
Wagen vor dem Bahnhof Zweisimmen parkieren. Kleber X auf Windschutzscheibe. Autoschlüssel stecken lassen.
Dauer des Anlasses: bis 28. August 1987

Hofstetter machte einen Luftsprung und landete polternd auf dem Steinboden. Seine Frau, die im Wohnzimmer etwas nähte, rief genervt aus: «Ist etwas, Alois?»

«Ja, aber ich darf es nicht sagen. Hm ... die Details sind streng geheim.»

«Die Details?»

«Wo ich hingehe.»

«Oh je, nun fängt das schon wieder an. Aber wann du gehst und wann du wieder zurück bist, das darfst du mir doch verraten.»

«Von Mitte Juli bis Ende August.»

Hofstetters Frau Eisi hielt die Hände vors Gesicht und begann zu lachen. «Warum hat mich der liebe Gott mit einem solchen Trottel als Mann gestraft?»

«Beleidige mich nicht. Ich habe eine feste Arbeitsstelle mit einem guten Lohn.»

«Stimmt. Für das, was du leistest, wirst du geradezu fürstlich bezahlt.»

Hofstetter ging einige Schritte in ihre Richtung und machte drohende Gesten.

«Rühr mich bitte nicht an. Nicht noch einmal. Sonst schmeisse ich dich aus meinem Haus.»

Er wich zurück. «So war das nicht gemeint. Die Auseinandersetzung mit deinem steinreichen Alten war mir eine Lehre.»

«Das würde ich dir auch raten. Ohne meinen Vater wärst du in Oberburg eine Null. Du hast ihm die Stelle in Jassbach und dein Mandat in der Gemeinderegierung zu verdanken.»

«Wenn ich weg bin, darfst du meinen Dienstwagen benutzen.»

«Oh, wie grosszügig. Brauche ich nicht. Mitte Juli darf ich den Mercedes abholen, den mir mein Vater geschenkt hat.»

Hofstetter fuhr am Vormittag des 15. Juli 1987 mit seinem Dienstwagen nach Zweisimmen hinauf. Dort bestieg er um dreizehn Uhr dreissig den Zug nach Gstaad, um vierzehn Uhr zwanzig traf er dort ein. Er lungerte auf dem Bahnhofsplatz herum und hielt Ausschau nach dem Mann mit dem Regenmantel, der Tabakpfeife im Mund und einer Zeitung unter dem linken Arm.

Genau um vierzehn Uhr fünfunddreissig tauchte der Mann auf. Das Erkennungszeichen war um eine Nuance anders als bei den früheren Begegnungen. Der Mann hielt die Pfeife nicht im Mund, sondern in der rechten Hand. Das bedeutete, dass die Luft nicht rein war. Jemand musste ihn beobachten. Hofstetter blieb nichts anderes übrig als zu warten, bis der Mann wieder erschien. Das konnte dauern, allenfalls sogar mehrere Stunden. In der Zwischenzeit durfte er das Bahnhofsareal nicht verlassen. Anderthalb Stunden später war es so weit. Hofstetter ging auf den Mann mit der Pfeife im Mund zu. Dieser sprach ihn an: «Sind Sie der Herr von der Verzinkerei in Lyss?»

«Nein, er ist derzeit unabkömmlich. Ich bin sein Stellvertreter.»

Hofstetter wurde vom Mann mit der Pfeife zu einem Volvo geführt. Es war bislang immer ein Volvo gewesen. Als Hofstetter auf dem Beifahrersitz Platz genommen hatte, reichte ihm der Mann mit der Pfeife einen Notizblock und einen Kugelschreiber und sagte: «Passwort?»

Hofstetter schrieb: «PAPAGENO».

«In Ordnung», sagte der Mann, der seine Pfeife nun im Hosensack hatte verschwinden lassen. Er reichte Hofstetter die Hand. «Willkommen in Gstaad, Pinocchio. Mein Name ist Franz.»

Beide lachten.

«Freut mich, Franz. Wo führst du mich hin?»

«Ins ‹Hotel Schweizerhof›, das du ja von den vielen Besuchen bei uns schon seit ... seit wann kennst?»

«Seit 1984.»

«Entschuldige diese Frage. Aber auch sie steht im Drehbuch. Wir wollen einfach sichergehen, dass niemandem in unsere heiligen Hallen Zutritt gewährt wird, der nicht dorthin gehört.» Franz schlug sich lachend auf die Schenkel. «Ich weiss, das ist ein abstruses Theater. Und du glaubst es nicht. Ich bin Nichtraucher und muss stets diese dämliche Tabakpfeife dabeihaben. Und weisst du, auf wen dieses hirnrissige Erkennungszeichen zurückgeht?»

«Nein.»

«Auf Albert Bachmann, Oberst im Generalstab, Verfasser des Zivilverteidigungsbüchleins, über Jahre ein Bestseller in der Schweizer Fachbuchwelt. Auf Kosten der Steuerzahler. Es wurde unaufgefordert an alle Bürgerinnen und Bürger des ganzen Landes verschickt. Die meisten lasen es nicht, entsorgten es in der Altpapiersammlung. Albert Bachmann, Chef der UNA und 1979 frühpensioniert – seines missratenen Spions Schilling wegen. Bachmann war der Erzeuger der P-26, sozusagen wider Willen. Die P-26 hat die UNA abgelöst. Auch Bachmanns Fahrer war ich. Ich mochte ihn nicht. Immer hat er fürchterlich nach Rauch gestunken. Deshalb hasse ich diese verdammte Pfeife.»

Das Fahrzeug liess nun die letzten Häuser des Dorfes hinter sich und bog in eine steile, waldgesäumte Strasse ein. Kurze Zeit später hielt es vor einem Felsen, der eigentlich keiner war. Es war diese lächerliche Tarnung.

«Da wären wir. Pinocchio, du darfst aussteigen. Geh zum Felsen, dann öffnet sich das Tor, und dein Betreuer nimmt dich in Empfang. Ich wünsche dir eine gute Zeit.»

Für Hofstetter war das nicht neu, ausser Franz' Meinungsäusserung. Er sprach seinen Betreuer, der sich als Felix vorstellte und eine Sturmmaske trug, darauf an. Statt zu antworten, blieb Felix stehen, zog eine Kapuze aus seiner Jackentasche. «Zieh dir die an. Wie du weisst, ist das Vorschrift.»

Nach circa fünfzig Metern Fussmarsch durch den breiten und hohen Stollen bogen die beiden in einen Seitengang ein, der an einer Panzertür endete. Felix steckte einen grossen, schweren Schlüssel in die dafür vorgesehene Öffnung.

«Willkommen im ‹Hotel Schweizerhof›.»

Hofstetter stand in einem Raum mit Fernseher, Pritsche, Stuhl und Tisch mit Schreibzeug, A4-Block und einem Bundesordner mit farbigen Zeigetaschen.

«Vertiefe dich in die Unterlagen. Ich komme morgen Nachmittag vorbei, um mich zu erkundigen, wie weit du damit gekommen bist. Ach ja, da ist noch etwas anders als früher. Dort drüben an der Wand ist neu ein Notfallknopf. Den darfst du nur drücken, wenn die Glocke nicht mehr funktioniert. Die Glocke – das müsstest du ja noch wissen – betätigst du, wenn du aufs WC musst, bei Unpässlichkeiten, beim Aufgebot zum Rapport und zum Essenholen – alles ist immer noch am gleichen Ort wie beim letzten Mal. Alles klar?»

Hofstetter überlegte einige Augenblicke. «Das Studium der Akten. In welcher Reihenfolge?»

«Beginne von vorne. Das Wichtigste findest du in den ersten drei Mäppchen. Die Blätter sind nummeriert. Du kannst dir Notizen auf dem Block machen.»

Der Inhalt der ersten Zeigetasche, sie war rot, enthielt eine Zusammenfassung der Geschichte des «Schweizerhofs». Dieser eine Seite umfassende Text war für Hofstetter nicht neu. Doch zu Beginn eines jeden Kurses, es war nun der zehnte an diesem Ort, las er aufmerksam durch, wie ungeheuer wichtig der «Schweizerhof» für die Schweiz war und immer ist.

Es begann während des Aktivdienstes im Zweiten Weltkrieg. Die 1. Division bezog ihren Kommandoposten in einer Kaverne im Felsen unter dem Hotel Palace in Gstaad. Sie trug die Kennzeichnung «A1780 Kommandoposten Gstaad, ‹Schweizerhof›». Der gut fünfzig Meter tief in den Berg reichende Stollen wurde kurz nach Ausbruch des Zweiten Weltkrieges ausgebrochen und konnte bereits Ende 1940 bezogen werden. Die 1. Division hatte die Aufgabe, die Festungsanlagen im Tal der Saane und seine Bergketten (Réduit Greyerz) zu schützen.
Nach dem Frieden 1945 verlor der Bunker an Bedeutung. Er diente zwischenzeitlich noch als Koordinationsstelle einer Gebirgsbrigade. Anfang der fünfziger Jahre kam der Wunsch auf, die Armee brauche ein leistungsfähiges Kriegslabor. Im Aktivdienst gab es in Wimmis und in Brienz Einrichtungen, die chemische Kampfstoffe herstellten. Chlor und Yperit, die im Ersten Weltkrieg eingesetzten Giftgase. Doch diese Anlagen waren alle oberirdisch angelegt und einem modernen Krieg nicht mehr gewachsen. Hohe Offiziere schlugen vor, das Nervengift Sarin zu produzieren, ein ungleich wirksameres Giftgas als Chlor und Yperit. Dazu brauche es eine neue Produktionsstätte. Man plante für den Ernstfall, das Labor in Wimmis in die Kaverne von Gstaad zu verlegen. Warum nicht dort ein leistungsfähiges Armeelabor installieren? Am 18. März versprachen National- und Ständerat dafür einen Kredit von rund dreihundert Millionen Franken. 1962 wurde die ausgebaute Kaverne dem ABC-Dienst der Armee übergeben. Doch bald stellte sich heraus, dass diese Einrichtung schlecht funktionierte. Zudem stiess sie zunehmend auf Ablehnung seitens der ansässigen Bevölkerung. Eine Giftgasfabrik im international

aufblühenden Höhenkurort? Das musste auf Widerstand stossen.
Zwar versprach das Parlament in Bern weitere Kredite, doch der Ausbau wurde zurückgestellt. Im Einvernehmen mit der Armeeführung entschieden sich Parlament und Regierung, in Lattigen, dem Weiler zwischen Spiez und Wimmis, eine leistungsfähige Produktions- und Forschungsanlage für chemische Kampfstoffe zu errichten. Damit musste die sündhaft teure Kaverne im Saanenland in den Altlastenkataster des EMD aufgenommen werden.
Nach einem Dornröschenschlaf von beinahe zwei Jahrzehnten wurde die Kaverne «Schweizerhof» zu neuem Leben erweckt. Doch das durfte die Öffentlichkeit nicht erfahren.
Im Sommer 1983 zog das streng geheime, noch im Aufbau begriffene Projekt P-26 dort ein.
Natürlich musste die Anlage zuvor umgebaut und erweitert werden. Die dafür notwendigen Geldmittel stammen aus geheimen Kassen des EMD.
Soldat des P-26, sei dir bewusst: All das geht niemand Aussenstehenden etwas an!
Der Leitspruch der P-26: SILENDO LIBERTATEM SERVO – Durch Schweigen bewahre ich die Freiheit.

Hofstetter schrieb die Worte «SILENDO LIBERTATEM SERVO» auf den Block, kratzte sich in den Haaren. Dann notierte er die Frage: «Ist das Italienisch?»

Er blätterte weiter im Ordner. Auf rund zwanzig Seiten waren die Kurse, die Hofstetter bereits im «Schweizerhof» besucht hatte, zusammengefasst. Mehr Praktisches als Schiessübungen: Bomben basteln und legen, Anschleichen eines Feindes und das lautlose Töten, Abschütteln von Verfolgern, Umgang mit Minikameras, Installieren von toten Briefkästen, Bedienen von Funk- und Nachtsichtgeräten, Verhalten in ausserordentlichen Situationen – wie kann ich ohne Nahrungsmittel und Getränke überleben? Theoretisches: Kartenlesen, Geografie der Schweiz und des nahen Auslands, Erkennungszeichen deuten, Fremdsprachen wie Französisch, Italienisch, Englisch, ausländische Militäruniformen mit den verschiedenen Gradabzeichen. Die absolvierten Lehrgänge wurden bewertet mit: nicht bestanden: …; bestanden: …; ausgezeichnet: …; sehr gut: …; gut: …; genügend: …; ungenügend: … Hofstetter hatte überall bestanden, die praktischen deutlich besser als die theoretischen. Am meisten Mühe machten ihm die Fremdsprachen. Doch er biss sich dort durch, denn ihm leuchtete ein, dass er sie bei Auslandseinsätzen einigermassen beherrschen musste – in Wort und Schrift.

Dann schrillte der Alarm. Es war fünf am Nachmittag, und es klopfte an der Tür. Ein Mann mit einer schwarzen Sturmmaske stand vor ihm. Es war Brutus. Hofstetter erkannte ihn an der Stimme und am leicht tänzelnden Gang.

«Pinocchio, wir haben für die nächsten Tage etwas mit dir vor. Komm bitte mit mir. Und bring deinen Garderobenschlüssel mit.»

«Schon duschen?»

«Hallo, mein Freund. Bei uns wird nicht nachgefragt, wenn man einen Befehl bekommt. Man führt ihn aus, ohne mit der Wimper zu zucken. Das solltest du langsam wissen.»

Hofstetter wollte aufbegehren. Doch als seine ersten Silben über die Lippen kamen, gab ihm Brutus laut lachend einen leichten Klaps auf den Mund.

Als Hofstetter die Tür seines Garderobenschranks öffnete, staunte er nicht schlecht. Es war ein frisch gebügelter grauer Anzug drin, am anderen Bügel hingen ein weisses Hemd und eine dezent rote Krawatte. Im Fach unten nigelnagelneue Schuhe und graue Socken vom Feinsten.

«Stürz dich in diese Klamotten.»

Hofstetter stiess einen murrenden Laut aus. Denn er wusste nun genau, was ihn erwartete. Der Englischkurs mit der unattraktiven weitgehend kurvenlosen «Lehrerin», Leutnant der Royal Air Force, ein grauenerregendes Mannsweib. Eine wahrhafte Sadistin, die es fertigbrachte, ihm den Schweiss auf die Stirn zu treiben. Aber wenigstens ging das vorbei. Dann kam der Einsatz in einem Gebiet, wo Englisch gesprochen wurde oder wo die britische Armee das Sagen hatte. Der Einsatz war militärischer Art. Darin hatte er schon Erfahrung. Vielleicht durfte er sich diesmal wieder einem Kampf stellen, schiessen mit einer Pumpgun. Das erregte ihn ungemein.

Geschniegelt, frisch rasiert und gekämmt kämpfte er sich in einer engen, unendlich langen Kaverne nach oben. Schwaches Licht, tropfende Decke und Wände machten den Aufstieg zu einer Qual. Er hatte sich eine Pelerine übergezogen. Oben versuchte er, die Panzertüre zu öffnen. Ein mühseliges Unterfangen. Sie knarrte und liess sich nur mit Mühe aufschieben. Danach betrat er einen ebenen, aber ebenfalls kaum belichteten Gang. Nach mehreren hundert Schritten öffnete sich automatisch ein Tor. Sonnenstrahlen fluteten durch Fenster, die vom Fussboden bis zur Decke reichten. Geblendet blinzelte er.

Hofstetter stand in der riesigen Halle des Nobelhotels Palace. Ein Page in schmucker blau-gelber Uniform kam auf ihn zu. Er hatte ihn offensichtlich erwartet und sprach ihn nach einer Verbeugung mit «Sir» an. Hofstetter sah ihn verblüfft an. Dann realisierte er, dass sich die Leute im grossen Raum nach ihnen beiden umdrehten und ihnen ungläubige Blicke zuwarfen. Der Page begann zu kichern. «Scheren Sie sich nicht um die Leute hier. Das gehört zu unserem Spiel.»

Hofstetter antwortete: «Ihre Stimme kommt mir bekannt vor. Sie waren doch der, der mich am Bahnhof abgeholt hatte? Franz?»

«Was du nicht sagst, Pinocchio. Du bist ein ungemein aufgeweckter Bursche.»

Die Worte des Pagen troffen vor Ironie, Hofstetter merkte es nicht.

«Bitte sieh dich nicht so auffällig um und folge mir.»

«Auffällig?»

«Mein Lieber, du erregst hier, in diesem Tempel der oberen Zehntausend, Missbehagen. Dein linkisches Auftreten verrät alles über deine Herkunft. Man merkt, dass du aus der Unterschicht kommst.» Franz führte Hofstetter zum Lift, fuhr mit ihm zum dritten Stock. Hastig bog er in einen langen Korridor ein. Rechts und links nummerierte Zimmer. Vor dem mit der «320» blieb er stehen und klopfte leise an.

«Come in», tönte es von innen.

Franz öffnete die Tür und schubste Hofstetter wortlos ins Zimmer.

Da war sie wieder. Die Frau im Tarnanzug mit den Insignien einer Offizierin der Royal Air Force. Kurzhaarschnitt, die Lippen dezent geschminkt, gemeines, abschätziges Grinsen, das Hofstetter bereits bei früheren Begegnungen auf die Palme gebracht hatte. Richtig gruselig das Bulldoggengesicht mit dem gelben fletschenden Gebiss und der grossen Lücke zwischen den Schneidezähnen. Sie stellte sich Hofstetter als Margaret vor. Auf diesen Vornamen sei sie ungemein stolz. Sie teile ihn mit der Premierministerin. Sie gab Hofstetter ihre aktuelle Funktion in den britischen Streitkräften preis. Agentin im MI6. Das sei in diesen unsicheren Zeiten die wichtigste Abteilung im Militär des Vereinigten Königreichs.

Die Frau Leutnant streckte Hofstetter ihre knochige Rechte entgegen. Die knallrot lackierten Nägel gaben ihren Händen das Aussehen von Raubtiertatzen. Seine grobe, schweissnasse Pranke nahm diesen Körpergruss unsicher entgegen. Ihr ohnehin nicht gerade schönes Antlitz verzog sich zu einer abstossenden Fratze.

Die Lektion dauerte an diesem Abend drei volle Stunden. Die Themen waren Verhalten, Befehle, Organisation und Ausrüstung der britischen Armee. Zunächst gab es eine Menge Vokabeln zu lernen. Alles war vorzüglich dokumentiert – zum Zweck der Nachbereitung in Hofstetters Zelle unten im Berg.

Offenbar war Margaret mit Hofstetter zufriedener als bisher. Sie verabschiedete sich von ihm gegen neun Uhr abends mit einem Beinahe-Lächeln.

Wieder in den Arbeitsklamotten und Kapuze, holte er sich das Abendessen am westlichen Ende, im hintersten Teil der Kaverne. Es war in einem grossen blechernen Gefäss auf einem Plateau. Nicht, wie man aus der Umhüllung hätte schliessen können, Kasernenkost, sondern ein gutes Menü aus der Küche des «Palace». Wie es von dort nach unten geliefert wurde, hatte Hofstetter noch nicht herausgefunden. Wahrscheinlich mit einem im Felsen verborgenen Lift, den er aber nicht benutzen durfte. Denn von seinen früheren Aufenthalten im «Schweizerhof» wusste er von hohen Armeeoffizieren, die plötzlich aus dem Nichts auftauchten. Sie waren nie am Eingang der Kaverne gesehen worden, das wollten mehrere P-26-Teilnehmer, mit denen er sich trotz Sprechverbot unterhalten hatte, wissen. Also musste es eine Verbindung zwischen dem «Palace» und dem «Schweizerhof» geben.

Nach dem Nachtessen, das er hinuntergeschlungen hatte, machte er sich an die Hausaufgaben. Er büffelte bis um eins in der Früh. Dann wurde er von drei kurzen Alarmtönen unterbrochen. Er wusste, was das bedeutete. Eine Lautsprecherdurchsage. «Pinocchio, begib dich ins Bett. Du brauchst den Schlaf. Morgen um halb sieben ist Tagwache.»

Erstaunt rieb er sich die Augen. Das hatte er bislang nicht gewusst. Auch in ihrer Gruppe wurden die Kursteilnehmer der P-26 überwacht.

Der Englischunterricht im «Palace» dauerte eine ganze Woche. Am Anfang war es ein Martyrium. Doch das änderte sich allmählich. Mit jedem Tag wurde Hofstetter besser. Nach den Lektionen arbeitete er abends bis Mitternacht: lernte Vokabeln, militärische Fachausdrücke und Redewendungen, wie sie in der British Army üblich waren. Er brauchte nur wenig Zeit für das Nachtessen und das Frühstück in seiner Zelle. Mit Ausnahme des Mittagsmenüs, das er im Restaurant des «Palace» einnehmen durfte. Das war ohne zu übertreiben vom Feinsten. Er wurde auch angehalten, seine Mahlzeiten nicht zu verschlingen, sondern sie gesittet einzunehmen.

Am Abend des 23. Juli, einem Donnerstag, legte sich Hofstetter nach dem Abendessen erschöpft aufs Bett, noch in seinen Zellenkleidern, die er nach der langen Englischlektion mit dem feinen Anzug ausgetauscht hatte. Kurz danach fiel er in einen tiefen Schlaf. Das war ihm im «Hotel Schweizerhof» noch nie passiert.

***

Grinsend sah Brutus den ausgestreckt darniederliegenden Pinocchio auf dem Bildschirm in der Kommandozentrale. Sein Schnarchen bekam er über den Lausprecher mit. Es war so geräuschvoll und laut, dass er die Lautstärke der Anlage drosseln musste.

Ein Brigadier, Offizier des militärischen Nachrichtendienstes, kam in den Raum und ertappte Brutus beim Lauschen. «Soso, da haben wir ihn wieder, den neugierigen Schnüffler. Darfst du das überhaupt, ohne eine Bewilligung dafür einzuholen?»

«Streng genommen nicht. Ich hätte zuerst dich fragen sollen. Aber das hier ist sozusagen ein Notfall. Hofstetter wird morgen zu einem Stützpunkt des MI6 geflogen. Geplant ist ein Einsatz in Nordirland. Ich habe vergeblich nach dir gesucht.»

«Ich weiss, Brutus. Und du bist verantwortlich dafür, dass der Kerl heute Nacht einigermassen ausgeschlafen auf die Reise geschickt wird. Schon gut. Ich war im ‹Palace› oben zu einem Rendezvous mit einer hübschen Katze.»

«Ach, die mit den scharfen Kurven?»

«Du sagst es.»

«Was meint denn deine Frau dazu?»

«Sie weiss es nicht … Aber sag mal, was hast du Hofstetter in den Tee geschüttet?»

«Wenn ich das wüsste. Ich habe mit unserem Armeeapotheker Rücksprache genommen. Er fragte nach Hofstetters Gewicht und seiner Fitness. Dann braute er eine Mixtur zusammen, schüttete sie in ein Fläschchen. Gab mir eine Plastikspritze. ‹Zieh einen Milliliter davon ab und tropfte sie in seine Teetasse. Innerhalb von Minuten wird der Mann schläfrig. Erst nach sieben Stunden lässt die Wirkung nach.›»

Der Brigadier sah auf die Uhr. «Jetzt haben wir halb sieben.» Er zählte mit den Fingern ab. «Um halb zwei wird er erwachen.»

«Das muss nicht sein. Ich werde ihn um halb drei wecken. Dann hat er sich mit acht Stunden Schlaf sicher erholt.»

«Wann landet die Maschine der Royal Air Force auf dem Flugplatz Gstaad?»

«Um Viertel vor vier.»

«Dann musst du mit Hofstetter am Pistenrand sein. Die Leute der RAF überbieten mit ihrer Pünktlichkeit sogar uns Schweizer.»

«Darauf kannst du dich verlassen.»

***

Punkt drei Uhr schrillte der Alarm in Hofstetters Zelle. Verwundert drückte er den Lichtschalter neben dem Bett, sah auf die Uhr. Er war so schläfrig, dass er gar nicht realisierte, noch in der Arbeitskleidung zu stecken. Er drehte sich um, um gleich wieder einzuschlafen.

«Steh auf, fauler Hund. In anderthalb Stunden hebst du unterhalb Saanen ab. Es geht nach England, Kumpel.»

Blitzartig war Hofstetter hellwach. Dann rief er laut: «Juhu!»

Kurz darauf klopfte es an die Zellentür. Es war der Mann mit Sturmmaske, dessen Stimme den gleichen Klang wie die von Brutus hatte.

«Du bist doch Brutus, warum versteckst du dich immer?», fragte Hofstetter.

«Warum fragst du denn, wenn du es ja weisst?»

«Ich bin bereits angezogen», sagte Hofstetter leicht verlegen.

«Ich weiss, deswegen bin ich ja schon hier. Gehe in den Duschraum.»

Dort angekommen, sagte der Maskierte: «Wirf deine Klamotten in den Waschsack, sie stinken wie ein Eber. Die Ausgangsuniform als Sergeant Major der British Army hängt frisch gebügelt in deinem Garderobenschrank. Die ziehst du dir über. In einem tarngemusterten Segeltuchsack ist dein Kampfanzug verstaut, mit Helm und Kampfstiefeln. Deshalb ist er ziemlich schwer.»

Hofstetter gehorchte, betrachtete sich im Spiegel, und ihm gefiel, was er sah.

Brutus beobachtete ihn aus den Augenwinkeln. «Nach getaner Arbeit darfst du jeweils abends die Pubs besuchen, dich dort mit den Frauen herumtreiben. Sie sind um einiges billiger als bei uns. Aber sieh dich vor: Safer Sex ist Bedingung. Solltest du danach von Schwanzgeschichten betroffen sein, fliegst du bei uns raus. Und vergiss nicht: Du bist ein Geheimnisträger. Mit Leuten, die vertrauliche Sachen herausplaudern, machen wir kurzen Prozess.» Brutus musterte Hofstetter von oben bis unten. «Hast du mich verstanden?»

«Ja», sagte Hofstetter kleinlaut.

Um vier Uhr fünfzehn standen Brutus, der nun seine Maske abgelegt hatte, und Hofstetter am östlichen Pistenrand des Flugfeldes von Saanen. Aus dem engen Tal, dem waadtländischen Pays-d'Enhaut, hörte man ein Dröhnen, das immer lauter wurde. Drei starke Lichter tauchten zwischen den Felswänden auf.

Brutus zeigte mit dem Finger darauf. «Das ist der Jet der Royal Air Force. Er setzt zum Landeanflug an.»

Hofstetter machte sich daran, wegzurennen. Brutus hielt ihn am Kragen zurück. «Stehen bleiben, es kommt nicht oft vor, dass hier ein Flugzeug über das Pistenende hinausrast. Na, vor einem halben Jahr ist es tatsächlich einmal geschehen …»

Der Jet kam nur wenige Meter vor Hofstetter und Brutus zum Stehen. Eine Seitentür ging auf, eine Strickleiter wurde herausgelassen.

«Mach schon, klettere dort hinauf, aber schnell, vom Tower her ist eben ein Fahrzeug mit Blaulicht gestartet. Der Flieger muss starten, bevor es hier eintrifft.»

Alles funktionierte. Im Nu war Hofstetter im Jet, der gleich wendete und mit heulenden Triebwerken beschleunigte. Der Jeep der Flughafenwachen, er war bereits mitten auf der Piste, drehte schleunigst zu deren Rand ab.

Das Innere der Maschine war lediglich ein Frachtraum. Darin hielten sich circa zwanzig Männer in Uniformen der britischen Armee auf. Vom Soldaten bis zum Captain. Ein Dienstgrad, der in der Schweizer Armee dem Hauptmann entspricht, das wusste Hofstetter. Ihm fiel sofort auf, dass es sich kaum um Engländer handelte. Sie redeten durcheinander Deutsch, Französisch, Italienisch und in einer Sprache, von der Hofstetter annahm, es handle sich um Spanisch oder Portugiesisch. Er wurde als neuer Kumpel freundlich begrüsst. «Ein Schweizer aus dem Nobelort Gstaad? Das ist aber ein Ding. Ich wusste gar nicht, dass es dort auch militärische Anlagen gibt», bemerkte ein Korporal auf Französisch.

Hofstetter kamen die ersten Worte der Antwort über die Lippen. Doch der Captain unterbrach ihn dezidiert und sah ihn scharf an. «Halt bitte deinen Mund, mein Freund. Hier drin gilt, wie übrigens überall, absolute Verschwiegenheit. Geheimnisse darfst du auch deinen Freunden nicht preisgeben.» Er sagte das in perfektem Hochdeutsch.

Im Morgengrauen landete der RAF-Jet auf einem holprigen Flugplatz. «Willkommen auf dem Stützpunkt Oxford», plärrte es in den verschiedenen Sprachen aus dem Lautsprecher.

Dann ergriff der Captain ein Megafon und sprach sehr deutlich auf Englisch: «Der Stützpunkt ist nahe dem Siedlungsgebiet der Stadt Oxford. Er ist durch einen fünf Meter hohen Sicherheitszaun von der Umwelt abgeschnitten. Versucht bitte nicht, ihn zu überklettern, die obersten Drähte stehen unter tödlichem Strom. Die Leute aus der Umgebung kommen uns nicht in die Nähe. Wir befinden uns in einer militärischen Sperrzone. Wir knallen jede Person ab, die versucht, in unser Refugium einzudringen.» Der Captain verzog sein Gesicht zu einer hämischen Grimasse.

Hofstetter und die andern verliessen das Flugzeug über die gleiche Strickleiter, auf der er vor einer Stunde hochgeklettert war. In einer Entfernung von einem halben Kilometer ragte ein wuchtiges Backsteingebäude aus der kargen, hügeligen Landschaft. Es hatte wohl früher einmal als Herrschaftshaus gedient.

«Wir betreten nun das ‹Hotel Fegefeuer›.»

Auf einem grossen weissen Schriftband stand in roten Lettern: «HOTEL Purgatory, Purgatoire, Purgatorio, Purgatório, Fegefeuer».

Die zwanzig Uniformierten unter Führung des Captains schritten in einen Raum, der wie ein Schulzimmer aussah. Vorne eine Wandtafel mit Kreiden verschiedener Farben, daneben ein Hellraumprojektor, hinten auf einem Gestell eine moderne Videokamera. Die Pulte und Stühle dazwischen waren eher altertümlich. Der Captain gab jedem von ihnen ein Namensschild, das sie sich auf der linken Brustseite an die Uniform zu heften hatten. Dort war bei allen an der gleichen Stelle eine Klammer angebracht. Der Erste, den der Captain bediente, war Hofstetter. Auf dem Schild stand «Pinocchio». Der Captain sagte diesen Namen langsam, laut und deutlich in Englisch, was von den anderen mit Kichern aufgenommen wurde. Er hiess Pinocchio einen Platz auszuwählen. Dieser setzte sich in die Mitte der vordersten Reihe. In jeder Reihe standen fünf einplätzige Pulte.

Pinocchio war nicht der einzige Deckname, der Heiterkeit auslöste. Da gab es auch einen Don Quijote und einen Götz von Berlichingen. Bei Letzterem lachten allerdings nur die Deutschsprachigen, das waren immerhin sechs. Einer von ihnen, eben der Götz von Berlichingen, trug eine kleine Halskette. Der Captain zog sie heraus, betrachtete sie genau, dann riss er sie dem Deutschen vom Leib und warf sie in den Abfallkübel. «Hakenkreuze sind bei uns tabu. Uns stört es nicht, wenn Sie diese in Ihrem Land tragen. Aber in einer britischen Armeeuniform dürfen Sie damit nicht auftreten. Sie würden von der Polizei verhaftet. Dann hätten wir gewaltige Probleme. Auch wenn ich persönlich nichts gegen Nazis habe. Immerhin war Hitler ein guter Stratege.»

Als die zwanzig Anwesenden ihre Plätze eingenommen hatten, hielt der Captain eine kurze Ansprache:

«Meine Herren, Sie sind in einer sogenannten ‹Stay-behind-Armee› eingeteilt. Es gibt davon ein Dutzend, auf die Länder des westlichen Teils von Europa verteilt. Es sind kleine Organisationen. Keine übersteigt die Grösse von fünfhundert Personen.
Ob Mann oder Frau, alle gehören zur Elite der kämpfenden Zunft. Unsere Dachorganisation ist die NATO. Wenn es zum Kampf kommt, also ernst wird, werden wir der NATO unterstellt. Ebenfalls die Schweizerinnen und Schweizer der P-26. Auch wenn die Schweiz nicht in die NATO eingebunden ist. Die Stay-behind-Armeen sind ausschliesslich geheime Truppen. In einigen Ländern haben die Regierungen keine Kenntnis davon.

Wir gehören Ländern der Freien Welt an. Doch den Begriff Freie Welt gilt es differenziert auszulegen. Sozialisten, Kommunisten und andere Linke zählen wir nicht dazu. Derzeit herrscht in Moskau Michael Gorbatschow. Er ist ein Linker, aber im Gegensatz zu seinen Vorgängern ein Weichei. Das ist unsere Chance. Er setzt sich zum Ziel, den Kalten Krieg zu beenden. Das dürfte ihm oberflächlich gelingen. Wenn wir Gluck haben, bricht dabei die Sowjetunion zusammen. In unseren Regierungen gibt es eine ganze Anzahl Leute, die sich darauf vorbereiten, das Feindbild Kommunismus zu beerdigen. Das wollen wir nicht. Im westlichen Teil von Europa hat es starke linke Parteien. In Spanien, unter Franco ein Bollwerk gegen den Kommunismus, herrscht nun der Sozialist Felipe González. Solche Leute müssen an den Staatsspitzen verschwinden. Der Kalte Krieg ist erst dann vorüber, wenn die linken Parteien überall auf der Welt zertrümmert sind. Und, sagen wir es offen, ihre Führer hinter Schloss und Riegel sitzen.»

Eine Welle von Applaus überschüttete den Captain. Die Anwesenden erhoben sich und klatschten frenetisch Beifall.

Wie besessen schlug Hofstetter seine Hände zusammen, so sehr, dass sich sein Gesichtsausdruck vor Schmerz verzerrte.

Der Redner war überwältigt von dieser Ehrerbietung. Zum Dank machte er eine kleine Verbeugung. Schliesslich gab er seinen Zuhörern ein Zeichen, sich wieder zu setzen.

«Was ich sagen wollte: Das, was Ihnen bevorsteht, ist kein Honigschlecken. Ich bin mir nicht so sicher, ob nach den anstrengenden zwei Wochen, die Sie von nun an hinter sich bringen müssen, mir noch alle zujubeln werden. Doch ich verspreche Ihnen, mein Bestes zu tun. Und dasselbe erwarte ich auch von Ihnen.
Wir haben Sie für eine Aufgabe ausgewählt, zu der nur kaltblütige, erbarmungslose Kämpfer fähig sind. Die Tötung von Führungspersonen der Irisch-Republikanischen Armee,

der IRA. Es sind allesamt gefährliche Terroristen, die von der Bildfläche verschwinden müssen.
An diesen Schülerpulten hier sitzen zwanzig Mann. Wir teilen Sie in zehn Zweiergruppen ein. Jede Gruppe liquidiert zwei IRA-Aktivisten. Sie bekommen dazu fünfzehn Tage Zeit. Wir haben für Sie so viel vorbereitet wie nur möglich. Die Einsatzpläne sind ausgearbeitet und überprüft. Für jede Aktion gibt es auch einen Plan B. Trotzdem kalkulieren wir ein, dass ein Drittel Ihrer Aktionen misslingt. Sechs bis acht Terroristen dürften sich unseren Angriffen entziehen, leicht verletzt oder unversehrt überleben.
Wir werden alle Einsätze analysieren. Offensichtliche Fehler werden wir auf unsere Art ahnden. Wer versagt, muss nochmals antreten. In einem Monat, allenfalls in zwei oder drei. Das ist abgesprochen mit dem Führer Ihrer Organisation.»

Der Captain teilte die zwanzig Mann in zehn Zweiergruppen ein. Die beiden in einem Team wurden angehalten, auch die Freizeit miteinander zu verbringen. Mit Hofstetter zusammen war der mit dem Spitznamen Don Quijote, ein Deutscher. Hofstetter wunderte sich: Don Quijote? Das tönte doch irgendwie Spanisch oder Portugiesisch oder Italienisch. Aber er war auch erleichtert. Mit einem Deutschen konnte er sich verständigen. Andernfalls hätte er auf Englisch ausweichen müssen. Dann wäre lediglich eine militärische Unterhaltung dringelegen. Schliesslich wollte man sich nach getaner Arbeit auch zerstreuen, das schien nun möglich.

Jede Gruppe wurde von einem Sergeant Major oder einem Leutnant in Empfang genommen und zwecks Instruktion in ein separates Zimmer geführt. Das war anstrengend für Hofstetter. Er war heilfroh, dass Don Quijote das Englische weit besser beherrschte als er. Nach einer Instruktion fragte der Sergeant Major: «Alles klar?»

Hofstetter nickte verlegen.

Der Instruktor wurde misstrauisch und hakte nach. «Pinocchio, welches ist die gefährlichste Taktik der IRA?»

Hofstetter sah verlegen zu Boden.

«Come on, Pinocchio! Darüber habe ich mindestens eine Viertelstunde geredet.»

«Die Panzer?», kam es schliesslich.

Der Sergeant Major stierte Hofstetter mit offenem Mund an. «Das ist die blödeste Antwort, die ich während meiner ganzen Zeit in der MI6 von einem unserer Agenten erhalten habe.»

Flugs entschärfte Don Quijote die gespannte Lage. «Pinocchio kennt sich leider noch zu wenig in der englischen Sprache aus. Er ist ideologisch gefestigt, das ist das Wichtigste. Zudem ist er ein verdammt guter Schütze. Ich werde ihn, sobald wir hier fertig sind, nochmals über die Kampftaktiken der IRA aufklären.»

Der Instruktor gab sich widerstrebend mit Don Quijotes Erklärung zufrieden und erkundigte sich bei Don Quijote darüber, warum er über Pinocchio so gut Bescheid wisse.

Don Quijote lachte. «Ich bin seit Längerem Offizier beim Deutschen Bundesnachrichtendienst. Ich bin dort zuständig für Auslandsbeziehungen im Bereich Militär und Landesverteidigung der europäischen Staaten, die nicht der NATO angehören. Die wichtigsten davon sind Schweden und die Schweiz. Pinocchio ist ein Schweizer. Er ist Angehöriger der P-26. Ich habe, bevor ich hier eingerückt bin, die Mitgliederliste der P-26 nach dem Namen von Pinocchio abgesucht und wurde wie erwartet fündig. Ich begann zu recherchieren und wusste bald sozusagen alles über ihn. Natürlich auch seinen richtigen Namen.»

Ein wenig resigniert räumte der Instruktor ein, er sei eben bloss Unteroffizier und habe nicht gewusst, dass er, Don Quijote, mehr über die Teilnehmer dieses Kurses, der unter der Obhut des MI6 stehe, wisse als er selbst. Trotzdem sei er verantwortlich für den geplanten Einsatz der Gruppe Don Quijote/Pinocchio. «Aus diesem Grund ordne ich an, den Einsatz dieses Zweierteams um einige Tage aufzuschieben, so lange, bis Pinocchio auf den nötigen Stand des Wissens gebracht ist.»

«Wie Sie meinen», sagte Don Quijote mit einem Anflug von Hohn. «Wir sind alle drei für das Gelingen unseres Einsatzes verantwortlich. Sie am wenigsten. Wenn Sie den Eindruck haben, wir seien noch nicht reif für unsere Aktion in Nordirland, kann ich gut leben damit. Im benachbarten Oxford gibt es eine Menge Nachtclubs.»

Der Instruktor brummte etwas, das Don Quijote aber nicht zu verstehen schien. Dann verliess der Instruktor wortlos den Raum. Kurz später erschien der Captain, der für alle Kursteilnehmer verantwortlich war.

Hofstetter fiel auf, dass er mit Don Quijote auf Augenhöhe kommunizierte. Auf Englisch. Hofstetter konnte dem Gespräch nicht gut folgen. Die beiden redeten zu schnell. Aber das Fazit am Schluss begriff er. «Ab jetzt bin ich eure Kontaktperson. Ihr Einsatz beginnt in zwei Tagen. Schieben Sie bis dahin eine ruhige Kugel, denn das, was auf Sie wartet, wird verflucht anstrengend. Sie sind dazu auserwählt worden, die Nummer vier der IRA zu liquidieren.»

Ein Schatten der Besorgnis glitt über das Gesicht Don Quijotes.

«Etwas nicht gut?», fragte der Captain.

«Hm … ich bin schon überrascht, dass diese Ehre gerade uns zuteilwird.»

Der Captain verfiel in ein schallendes Gelächter, um danach zu bemerken. «Sie sagen es … *diese Ehre …*»

«Wird gemacht. Sie können sich auf uns verlassen», sagte Don Quijote grimmig. Der Captain verliess, militärisch grüssend, den Raum.

Als Don Quijote seine Schritte nicht mehr hörte, stiess er eine Tirade von norddeutschen Flüchen aus. Hofstetter hatte sie bislang noch nie gehört. Aber sie klangen nach üblen Schimpfwörtern. Don Quijote musste wirklich ausser Rand und Band geraten sein.

«Was ist denn los?», erkundigte sich Hofstetter anteilnehmend.

«Eine verdammte Scheisse. Diese bescheuerten Briten.»

«Ich verstehe nicht.»

«Klar doch kannst du das nicht verstehen. Und du sollst es auch nicht verstehen. Wichtig ist, dass du dich von jetzt an mir unterordnest. Tust du das nicht, riskierst du unser beider Leben. Stürze dich jetzt in deine Ausgangsuniform. Wir fahren nach Oxford.»

«Nichts ist mir lieber.»

Zehn Minuten später verliessen sie die Pforte des alten Backsteingebäudes. Auf dem grossen Parkplatz davor standen einige Limousinen mit Kontrollschildern der britischen Streitkräfte. Don Quijote ging zum vordersten Wagen, sprach kurz mit dem Fahrer und winkte Hofstetter, mit ihm zusammen in den Wagen einzusteigen. Sie nahmen auf den Hintersitzen Platz. Es war eine halbstündige Fahrt. Sie stiegen auf dem Vorplatz des Hauptbahnhofes aus. Gegenüber stand eine Reihe von Telefonzellen.

«Hör zu, Pinocchio. Ich werde jetzt zehn Minuten, eine Viertelstunde telefonieren, und du beobachtest unterdessen die Umgebung genau. Fährt ein Wagen, es könnte auch einer von der Polizei sein, auf die Zellen zu, klopfst du dreimal an die Tür und gehst dann ruhig, ohne dich umzusehen, über den Platz. Warte in der Bahnhofshalle auf mich. Das könnte allenfalls ein, zwei Stunden dauern.»

Pinocchio wollte eine Frage stellen. Don Quijote blockte ihn rasant ab. «Für Erklärungen habe ich jetzt keine Zeit.»

Don Quijote musste circa fünf Minuten warten, bis eine Kabine frei war. Er redete und redete. Obwohl es Hochsommer war, fror Hofstetter. Es regnete, und ein kühler Wind wehte.

Es war gut eine Viertelstunde verstrichen, da fuhr ein Auto über den grossen Platz mit hoher Geschwindigkeit auf die Telefonzellen zu.

Noch bevor Hofstetter dazu kam, Don Quijote dreimal ein Klopfzeichen zu geben, fielen Schüsse aus einer automatischen Waffe. In Panik warf er sich zu Boden. Doch die Schüsse schienen weder Don Quijote noch ihm zu gelten.

Der Wagen mit eingeschaltetem Blaulicht und Martinshorn begann zu schlingern, Flammen schossen aus dem Heck, Sekunden später explodierte er. Trümmerteile flogen in alle Richtungen.

Als Hofstetter ziemlich benommen wieder aufstand, hielt er

Ausschau nach Don Quijote. Die Kabine, in der er telefoniert hatte, war leer. Er musste sich in einen der Hauseingänge dahinter verzogen haben.

Hofstetter ging nun, wie ihm Don Quijote aufgetragen hatte, gemächlichen Schrittes auf die gegenüberliegende Seite und trat in die Bahnhofshalle, deren Tore weit offen standen. Sofort wurde er von vielen Passagieren umringt, die ihn wirr durcheinander ansprachen. Man erwartete von ihm Hilfe, schliesslich trug er die Uniform der britischen Armee. Er zuckte verängstigt die Schultern, brachte kein Wort heraus. Derweil füllte sich der Platz mit Polizisten und Blaulichtfahrzeugen.

Es dauerte nahezu eine Stunde, bis Don Quijote auftauchte. Er nahm Hofstetter zur Seite und flüsterte ihm ins Ohr: «Wir müssen hier sofort raus, bevor die Polizei eine Razzia macht.»

Hofstetter sah ihn verdutzt an. «Was sollten wir denn zu befürchten haben?»

«Bitte hör auf zu fragen. Du kannst das, was in der letzten Stunde geschehen ist, ohnehin nicht verstehen.» Don Quijote zeigte auf ein Telefon in einer Nische der Halle. «Ich werde gleich das ‹Hotel Purgatory› anrufen und veranlassen, dass man uns mit einem Wagen abholt und in Sicherheit bringt.»

«In Sicherheit?»

«Uns in den Stützpunkt zurückfährt, du Einfaltspinsel. Und übrigens: kein Wort darüber, dass ich während des Anschlags telefoniert habe. Fragt man dich, wo auch immer, sag bitte: ‹Wir sind zufällig vor dem Bahnhof herumspaziert. Ich bin nach den Schüssen in den Bahnhof geflüchtet, Don Quijote in einen Hauseingang. Dort hat er gewartet, bis sich die Situation beruhigte.›»

Hofstetter nickte fügsam.

Während des Wartens rauchte Don Quijote eine Zigarette nach der anderen. Er musste nervös sein, dachte Hofstetter.

Nachdem die beiden im «Purgatory» angekommen waren, ging Don Quijote direkt in das Büro des Captains, um ihm über die Vorfälle am Bahnhof von Oxford Bericht zu erstatten, Hofstetter schickte er in die gemeinsame Zelle.

Als Don Quijote nach einer Stunde die Zelle betrat, war er sehr bleich. Er ging mit keinem Wort auf die Unterhaltung mit dem Captain ein. Stattdessen stellte er den Fernseher an. Das Bild des in die Luft geflogenen Wagens war eindrücklich. In Wirklichkeit war das Ganze noch schrecklicher, zumindest in Hofstetters Erinnerung, wie er bemerkte. Die Explosion habe ja niemand gefilmt, meinte Don Quijote.

Der Sprecher der Polizei wollte sich noch nicht festlegen, wer hinter dem Attentat stand. Man habe ein Telefongespräch zwischen einer IRA-Kommandantin und einer bislang nicht identifizierten männlichen Person, nach der jetzt gesucht werde, abgefangen. Die IRA-Frau habe in Belfast abgehoben, der Unbekannte vom Bahnhof Oxford angerufen. «Was die beiden miteinander gesprochen haben, dürfen wir vorläufig nicht verraten.» Dann habe plötzlich jemand aus einem Fenster eines Gebäudes auf der gegenüberliegenden Seite des Bahnhofes das Feuer auf ein Polizeifahrzeug eröffnet. «Wir zerbrechen uns den Kopf, ob eine Verbindung zwischen dem in der Kabine Telefonierenden und dem Schützen bestanden hat, oder ob Letzterer ganz unabhängig vom Anrufer handelte.»

Don Quijote lächelte.

«Warum lachst du?», fragte Hofstetter.

«Das verstehst du nicht.»

«Warum?»

«Hör mal, Kumpel, das Geschäft Geheim- und Nachrichtendienst ist derart komplex, dass es nur wirklich *Eingeweihte* zu verstehen vermögen. Ich bin einer davon. Ich habe jahrelang in dieser Branche gearbeitet. Du, ein Meldeläufer der schweizerischen P-26, bestimmt nicht.»

«Mach die P-26 nicht schlecht.»

«Das tue ich nicht. Auch in der P-26 gibt es *Eingeweihte*. Doch dieser Liga gehörst du nicht an. Du bist Teil des Fussvolks. In allen Stay-behind-Armeen gibt es ein Fussvolk. Auch in der von Grossbritannien, der von Deutschland, der Gladio in Italien, in allen.»

«Wie soll es jetzt weitergehen?»

«Das kann ich dir genau sagen. In zwei Tagen werden wir endlich zum Einsatz kommen, so hoffe ich wenigstens.»

«Wo denn?»

«In Nordirland. Im Westen der Stadtmitte von Belfast. In der Falls Road, der wichtigsten Strasse eines Wohnviertels, in der überwiegend katholische, republikanisch eingestellte Iren leben. In der Nachbarschaft der Falls Road befindet sich das protestantisch-geprägte Shankill-Viertel um die Shankill Road. Die beiden Stadtteile sind durch Zäune, sogenannte Peacelines, abgegrenzt. Wir werden vom Westen her zum Haus des auserwählten IRA-Kommandanten vorstossen und ihn liquidieren.»

«Wir allein?»

«Was für eine Frage, Pinocchio! Unsere Stosstrupps bestehen generell aus zwei Mann. Das hat Vor- und Nachteile. Die Nachteile: Wir sind auf uns allein gestellt. Entdeckt uns der Feind vor oder während der Aktion, sind wir ihm schutzlos ausgeliefert. Die IRA macht in diesem Fall keine Gefangenen. Wir würden auf der Stelle hingerichtet. Die Vorteile: Nach getaner Arbeit können wir uns unauffällig absetzen. Beide wählen wir einen anderen, sorgfältig einstudierten Fluchtweg.»

«Man wird uns an der Uniform erkennen.»

«Deine Naivität übertrifft alle Vorstellungen. Wir führen die Aktion in Zivilkleidern aus. Zu diesem Zweck bekommen wir eine weitere Identität. Ich bin der Norddeutsche Friedrich Müller, du der Berner Emil Gnägi. Vor dem Anschlag quartieren wir uns in zwei Hotels in der Nähe ein.»

Hofstetter und Don Quijote wurden vom «Purgatory» zu einem britischen Militärstützpunkt im Süden Belfasts geflogen. Dort wurde ihnen ein Land Rover mit zivilen Kennzeichen zugeteilt. Don Quijote fuhr mit Pinocchio in das Katholikenviertel Falls Road. Er setzte Pinocchio in einem schäbigen Hotel ab. «Nur für eine halbe Nacht. Das wirst du schon überstehen», beschwichtigte Don Quijote. Er gab Hofstetter eine detaillierte Karte mit dem Weg zum Haus von O'Connor. «Um vier Uhr in der Früh wartest du im Hauseingang auf der gegenüberliegenden Seite. Ich werde fünf Minuten danach vor dem Wohnsitz der O'Connors eintreffen und den Weg ins Innere frei machen. Sobald ich im Korridor verschwunden bin, überquerst du die Strasse. Achte darauf, dass dich dabei niemand beobachtet.» Danach überreichte er ihm eine zweite kleine Karte mit dem Fluchtweg. Zwanzig Meter die Falls Road entlang, Richtung Südwest, dann links in eine Seitenstrasse abbiegen. Dort stehe ein Land Rover, diesmal mit den Kennzeichen der Streitkräfte, erklärte Don Quijote. «Solltest du verfolgt werden, musst du alles geben und rennen wie der Teufel. Im Armeefahrzeug befinden sich bis auf die Zähne bewaffnete Soldaten.»

Don Quijote öffnete die Haustür in Sekundenschnelle. Offenbar hatte er einen Schlüssel. Als er eintrat, machte er Pinocchio ein Handzeichen, die Strasse zu überqueren. Im finsteren Hausgang empfing ihn flüsternd Don Quijote. «Steig die Treppe hinauf, öffne die erste Türe links. Aber knipse die Lampe im Gang nicht an. Alles muss im Dunkeln ablaufen. Dreh das Licht erst an, wenn du im Türrahmen stehst, der Schalter befindet sich auf Achselhöhe links. O'Connor liegt im Bett und schnarcht. Erschiess ihn und renne, folge deinem Fluchtweg.»

Hofstetter nickte.

«Nun ja, mein Freund. Ich habe dir geöffnet, das Weitere ist deine Aufgabe. Ich verziehe mich jetzt, gehe meinen Weg, der nicht derselbe ist wie deiner. Aus Sicherheitsgründen. Zähle bis hundert, nachdem ich die Tür hinter mir geschlossen habe. Erst dann steige die Treppe hinauf.»

Don Quijote schloss ziemlich lautstark die Tür, was Hofstetter verunsicherte. Oben schien sich etwas zu bewegen. Offensichtlich stieg jemand behutsam die Stufen herunter. Reflexartig zog Hofstetter seine Handfeuerwaffe aus der Hosentasche, zielte auf die sich nach unten tastende Gestalt und drückte ab. Mit Gepolter stürzte sie den Rest der Treppe hinunter. Hofstetter knipste seine Spotlampe an. Vor seinen Füssen lag ein Mann, der aus einer offenen Stirnwunde stark zu bluten begann. War das O'Connor? Hofstetter nahm es an und suchte das Weite. Als er die Strasse entlangsprang, bemerkte er, dass im Haus, das er eben verlassen hatte, die Lichter angingen.

Jemand eröffnete das Feuer. Hofstetter erwischte es am Oberarm. Doch zu seinem Glück erreichte er die Seitengasse. Sekunden später sass er auf den Hintersitzen des Rovers. Er wurde gleich von einem Sanitäter ambulant behandelt und in das nahe Militärspital gefahren. Die Wunde, das stellte sich bereits im Fahrzeug heraus, war lediglich ein Streifschuss.

Am frühen Vormittag holte ihn ein Helikopter der RAF ab und flog ihn zum «Purgatory» nach Oxford, wo er am Eingang vom Captain abgefangen wurde.

«Folgen Sie mir ins Büro. Wir haben zusammen etwas Wichtiges zu besprechen.» Er klopfte Hofstetter aufmunternd auf die Schulter. «Pinocchio, Sie haben uns nicht enttäuscht. Sie haben, was bislang keiner schaffte, O'Connor in die ewigen Jagdgründe verbannt. Gratuliere. Doch etwas scheint dabei schiefgelaufen zu sein. Wo, um Himmels willen, ist Don Quijote? Er ist nach der Tat nicht am vereinbarten Treffpunkt eingetroffen. Derzeit fehlt von ihm jede Spur.»

Hofstetter schüttelte ungläubig den Kopf. Er beschrieb dem Captain, wie Don Quijote sich entfernt und was er dabei gesagt hatte. Hätte er, Hofstetter, wirklich bis hundert gezählt, wäre er jetzt ein toter Mann. O'Connor hätte ihn zweifellos ins Jenseits befördert. Im Nachhinein komme ihm die ganze Sache komisch vor.

«Bitte, schildern Sie mir alles, was Don Quijote zu Ihnen gesagt und unternommen hat.»

«Hm, auch das, was er im Bahnhof von Oxford während des Anschlags getan hat?»

«Mir dürfen Sie, sollen Sie alles erzählen», bemerkte der Captain, den Zeigefinger in die Höhe streckend. «Geheimhaltung gilt gegenüber Ihrem direkten Vorgesetzten nicht. Ich muss alles wissen, lückenlos.»

Hofstetter schilderte detailliert die Vorgänge drei Tage zuvor auf dem Bahnhofsplatz Oxford. Dem Captain kullerten beinahe die Augen aus den Höhlen. Er zog den Telefonapparat zu sich, wählte eine lange Nummer, stellte auf Lautsprecher, sodass Hofstetter das Gespräch mitverfolgen konnte. Zu seiner Verblüffung sprach der Captain perfekt Deutsch.

«Holmes vom MI6. Spreche ich mit Schröder?»

«Richtig.»

«Wir haben ein Problem mit einem Ihrer Männer, mit Egon Schäfer.»

«Werden Sie bitte konkret. Schäfer ist einer unserer Spitzenleute.»

«Wenn Sie nicht schon sitzen, tun Sie das bitte. Es gibt Indizien, die darauf hindeuten, dass Schäfer ein Spitzel der Stasi ist. Vor drei Tagen fand vor dem Bahnhof Oxford eine Schiesserei statt, die drei Männer von Scotland Yard das Leben kostete. Wir müssen davon ausgehen, dass Schäfer dabei die Finger im Spiel hatte.» Er schilderte Schröder den Vorfall. «Eben hat sich herausgestellt, dass Schäfer kurz zuvor mit der Botschaft der DDR in London telefoniert hatte. Danach sprach er mit einer Kommandantin der IRA. Während dieser Unterhaltung traten Stasileute in Aktion. Sie besetzten einen Raum im dritten Stock eines Gebäudes, das gegenüber der Bahnhofshalle liegt. In der Annahme, das Gespräch zwischen Schäfer und der IRA-Frau würde abgehört, richteten die Ostdeutschen dort ein Maschinengewehrnest ein. Als der erwartete Polizeiwagen den Bahnhofsplatz überquerte, eröffneten sie das Feuer auf ihn.»

«Welche Gegenmassnahmen haben Sie getroffen?»

«Keine, gar keine. Ich habe leider erst in dieser Stunde erfahren, dass Schäfer dahinterstecken musste. Das ist aber noch nicht alles. Wir haben noch weitere Leute verloren. Derzeit sind zwanzig Leute aus europäischen Stay-behind-Armeen in Nordirland im Einsatz gegen die IRA. Korrekter: waren im Einsatz. Mindestens sechs davon sind tot, zwei werden noch vermisst. Für mich besteht kein Zweifel, dass sie wegen verräterischer Handlungen Schäfers gefallen sind. Die Stasi und die IRA bewegen sich in einem gemeinsamen Netzwerk. Was, schlagen Sie vor, Schröder, sollen wir jetzt tun?»

«Da ist guter Rat teuer. Wir werden selbstverständlich gegen

Schäfer einen internationalen Haftbefehl ausstellen. Allerdings wird er längst durch den Eisernen Vorhang geschlüpft sein. Und uns sind die Hände gebunden. Wir wollen ja nicht der Öffentlichkeit preisgeben, dass Soldaten unserer Stay-behind-Armee in der Unruheprovinz Nordirland im Einsatz sind.» Schröder fluchte.

«Schröder, Sie umgehen meine Frage. Ich kann Ihnen aber sagen, wir werden schon etwas tun. Der derzeit laufende Wiederholungskurs wird unverzüglich abgebrochen, und die Teilnehmer werden wieder in ihre Länder zurückgeschickt. Verantwortlich dafür ist einer der Ihren. Sie werden für den entstandenen Schaden geradestehen müssen. Immerhin haben sechs Geheimarmisten ihr Leben gelassen, und von zweien fehlt jede Spur, Ihr Mann nicht eingerechnet.»

«Kommen Sie vom hohen Ross herunter, Captain. Wir haben Ihnen für Ihre Drecksarbeit in Nordirland drei Leute geschickt –»

Der Captain unterbrach ihn. «Zwei davon sind gefallen, und einer, der Verräter, hat sich abgesetzt.»

«Das können wir verkraften. Alle, die von uns in einen Auslandseinsatz geschickt werden, müssen damit rechnen, umzukommen», fauchte Schröder, um gleich zu provozieren: «Wir haben ohnehin Mühe mit Ihrer Nordirland-Politik. Die Republik Irland gehört zwar nicht der NATO an, genau wie Schweden und die Schweiz. Aber die beiden dominierenden Parteien in der Republik können als gutbürgerlich durchgehen. Der Bürgerkrieg in Nordirland ist eine Belastung für die NATO. Es wäre an der Zeit, ihn zu beenden.»

«Danke für den Ratschlag, Schröder. Ihnen entgeht wohl, dass die Partei, die hinter der IRA steht, verdammt links ist. Wieder einmal mehr haben wir Belege, dass sie mit der DDR kooperiert.»

«Ein reines Zweckbündnis. Hat sich Nordirland einmal der Republik im Süden angeschlossen, ist die DDR für die Iren ohne Bedeutung.»

«Ein wohlgemeinter Ratschlag, Schröder. Mischen Sie sich bitte nicht in unsere Innenpolitik ein, wir tun es bei Ihnen auch nicht.»

Schröder lachte lauthals. «Was Sie nicht sagen. Und was sagen Sie zum Attentat auf das Münchner Oktoberfest 1980? Sie haben uns sozusagen dazu gedrängt. Als wir alles vorbereitet hatten, bliesen Sie, liebe Briten, zum Rückzug.»

Der Captain widersprach. «So war es nicht. Seit Mai 1979 amtete Margaret Thatcher als Premierministerin. Die sozialliberale Regierung von Helmut Schmidt ärgerte sie von Anfang an. Natürlich wünschte Thatcher, dass ihr Gesinnungsfreund, Franz Josef Strauss, die deutschen Bundestagswahlen gewinnen und Kanzler würde. Doch der MI6 arbeitete autonom. Frau Thatcher war nicht in alle Geheimnisse eingeweiht. Das wollte sie ja auch nicht. Niemals hätte sie einem Anschlag auf eine Menschenansammlung im befreundeten Deutschland zustimmen dürfen.»

«Wäre es zu dem von uns angestrebten Ergebnis gekommen, hätte Frau Thatcher nichts dagegen gehabt.»

«Wie sollte sie auch. Wir wollten Strauss und Sie vom BND auch. Aber plötzlich kamen bei uns Zweifel auf, ob das Unternehmen gelingen würde. Wir fanden heraus, dass Sie für den Anschlag Rechtsextremisten der Wehrsportgruppe Hoffmann anheuerten. Die Justiz und Polizei in München waren von SPD-Mitgliedern infiltriert. Wir befürchteten, dass diese bei der Untersuchung auch ein Augenmerk auf die rechtsextreme Szene richten würden. Und waren einmal Neonazis als Täter identifiziert, konnte der rechte Strauss die Wahl nicht mehr gewinnen. Was auch prompt eintraf.»

«Sie haben uns im letzten Moment die Unterstützung verweigert. Das war ein Dolchstoss.»

«Nein, wir hatten Sie gebeten, den Anschlag näher an die Wahl heranzurücken. Vom 26. September auf den 2. November zu verschieben. Dann wäre den Untersuchungsbehörden zu wenig Zeit geblieben, um den Täterkreis ausfindig zu machen.»

«Als Sie diesen Vorschlag machten, war es zu spät. Die Vorbereitungen für den Anschlag liefen bereits auf vollen Touren.»

Der Captain seufzte. «So kommen wir nicht weiter. Ihr Deutschen glaubt immer noch, das letzte Wort zu haben.» Dann sah er in das verwirrte Gesicht von Hofstetter. «Ist etwas noch nicht klar?»

«Ääähh … ääähhh. Das Oktoberfest-Attentat in München?», fragte Hofstetter.

«Sagt Ihnen das denn nichts?»

Hofstetter schüttelte verlegen den Kopf.

«Damn fool», kam es leise über die Lippen des Captains. Der Blick von Hofstetter verriet, dass dieser die Bemerkung nicht verstand.

Am späten Abend landete ein Jet der RAF auf dem Flugfeld von Saanen. Cäsar wartete am östlichen Pistenende und nahm Hofstetter in Empfang. Er klopfte ihm mit beiden Händen aufmunternd auf die Achseln. «Pinocchio, guter Junge. Du hast einen Terroristen ins Jenseits befördert. Welche Ehre für die P-26. Leider dürfen wir diese Heldentat nicht an die grosse Glocke hängen. Rede bitte mit keiner Menschenseele darüber.»

Cäsar fiel Hofstetters betretene Miene auf. «Ich versteh dich ja. Es fällt dir offenbar schwer, nicht damit zu prahlen. Aber so läuft halt unser Geschäft. Verschwiegenheit über alles. Niemals würden wir unseren Kämpfern Orden an die Brust heften.»

17

Oktober 1991

Es war ein warmer Oktobertag. Nydegger hatte wieder einmal Zeit, sich des Todesfalls von Abel anzunehmen. Er liess sich die Ereignisse vor und nach dem Tod Abels nochmals durch den Kopf gehen. Da war ja noch die Hauswartin, die Frau, die Abel gefunden hatte. Sie war nach dem Fund der entstellten Leiche von Abel traumatisiert. Nydegger hatte deshalb damals angeordnet, sie vorläufig nicht zu vernehmen. Er wollte das nachholen, kam dann aber nicht dazu, weil er seiner Funktion als Kriminalist enthoben und wegbefördert worden war. Er musste mit ihr reden, nahm Nydegger sich vor. War sie immer noch Hauswartin im Block, wo Abel gefunden wurde? Um das herauszufinden, rief er Fritz Bieri an und erfuhr, dass sie dort immer noch Hauswartin war. Nydegger suchte sie persönlich auf. Nachmittags um vier Uhr sei die beste Zeit, sie in ihrer Wohnung anzutreffen, hatte Bieri ihm geraten.

Eine etwas sorgenvolle Frau öffnete Nydegger. Sie war sehr freundlich und fragte: «Sind Sie der Mann, der die Wohnung in der fünften Etage mieten möchte? Jost heisse ich, Nelly Jost.»

Nydegger setzte eine entschuldigende Miene auf. «Da muss ich Sie leider enttäuschen. Ich möchte Sie lediglich mit ein paar Fragen belästigen. Ich bin von der Kriminalpolizei der Stadt Bern.»

Nelly Jost hielt erschrocken die Hände vors Gesicht. «Nein, nein, nicht schon wieder. Der Mord an Jules Abel vor mehr als einem Jahr hat mich sehr mitgenommen. Ist wieder etwas passiert – mit einem meiner Mieter?»

«Keine Angst. Nein, kein neuer Mordfall. Ich komme wegen dem Tod von Abel.»

«Sind die Ermittlungen in diesem Fall denn nicht schon abgeschlossen? Er soll ja von einem Strichjungen erstochen worden sein. Daran glaube ich allerdings nicht.»

«Da treffen wir uns. Wir von der Kriminalpolizei der Stadt Bern auch nicht.»

Nelly Jost schüttelte den Kopf. «Jetzt verstehe ich nichts mehr. Man hat mich seinerzeit verhört. Zwei, drei Wochen nach der Tat. Ein netter Ermittler von der Kriminalpolizei war nachsichtig und versprach mir, er würde mich erst befragen, wenn ich mich vom Schock erholt habe. Sie war ja auch schauderhaft, die massakrierte Leiche Abels.» Dann sah sie Nydegger forschend an. «Waren nicht Sie das, der nette Polizist? Danach waren Sie plötzlich wie vom Erdboden verschwunden. Ein anderer vernahm mich, auf eine unangenehme Art.»

Nydegger nickte nachdenklich. «Genau, das war ich. Man hat mir diesen Fall nach wenigen Tagen entzogen.»

«Kommen Sie doch ... Wie ist Ihr Name?»

«Nydegger, Sandro Nydegger.»

«Kommen Sie doch auf einen Kaffee in unsere Stube. Sie treffen dort meinen Mann im Rollstuhl. Er wurde vor zehn Jahren von einem besoffenen Fabrikbesitzer angefahren und ist seitdem querschnittsgelähmt.»

Sie sassen an einem gemütlichen Tisch, liebevoll gedeckt von Nelly Jost. Karl Jost, ihr Ehemann, machte auf Nydegger trotz seiner Behinderung keinen resignierten Eindruck. «Abgesehen von meiner Unbeweglichkeit geht es uns ja ordentlich. Mit der Rente und dem Zusatzverdienst von Nelly kommen wir gut durch. Ich besorge die Schreibarbeiten für sie. Ich hatte eine Stelle als kaufmännischer Angestellter bei der Stadt. Unsere vier Kinder sind mittlerweile erwachsen.»

«Wie lange lebte Jules Abel in diesem Haus?»

Frau Jost warf einen Blick zu ihrem Mann. «Zehn Jahre?»

«Neun, vom Frühjahr 1981 bis Frühjahr 1990», präzisierte Karl Jost.

«Wie war er als Mieter?»

«Er war sehr liebenswürdig. Immer aufgestellt, immer gut gelaunt.»

«In meinen Unterlagen steht da etwas, aus dem ich nie ganz schlau wurde. Was waren das für Leute, die ihn besuchten?»

Nelly Jost schlug mit den flachen Händen auf den Tisch. «Das hat mich nicht zu interessieren, das ist Privatsache. Ja, man bot Geschichten über Abel herum. Er sei vom anderen Ufer.»

Karl Jost sagte dazu: «Als er bei uns einzog, trennte er sich gerade von seiner Frau. Danach besuchte ihn einige Male ein junger Mann. Später ein anderer. Ich denke, dass er bisexuell war.»

«Trifft es zu, dass er in seiner Wohnung Gelage veranstaltete, die durch ihre Lautstärke die Mitbewohner belästigten?», fragte Nydegger nach.

«Überhaupt nicht. In seiner Wohnung ging es immer gesittet zu. Und es waren beileibe nicht nur Männer dort, auch Frauen jeden Alters. Das, was Sie sagen, Herr Nydegger, habe ich vor einiger Zeit in der Zeitung gelesen. Ich habe mich grün und blau geärgert, weil dort stand, die Hauswartin habe das der Polizei ausgesagt.»

Nydegger zog die Augenbrauen hoch. «Wie ging es bei den Verhören zu?»

«Ich hatte den Eindruck, dass sich der Polizist, der mich vernahm, von Anfang an seine Geschichte zurechtgelegt hatte. Der Mord sei die Tat eines Strichjungen gewesen. Er stellte mir eine Suggestivfrage nach der anderen: ‹Es waren doch vor allem junge Männer, die Abel besuchten?› – ‹Nein›, bemerkte ich. – ‹Aber es waren doch junge Männer dabei?› – ‹Ich habe sie nicht nach ihrem Alter gefragt›, entgegnete ich. – ‹Abel war doch schwul?› – ‹Ich weiss es nicht, ich sprach mit ihm nie über Sex.› – ‹Aber Ihr Mann hat uns doch enthüllt, Abel sei homosexuell.› – ‹Hat er bestimmt nicht, mag sein, er vermutet, Abel sei bisexuell gewesen.› Es ging so weiter, bis mir der Beamte drohte, wenn ich nicht endlich mit den Untersuchungsbehörden kooperieren würde, könnte ich mir ernste Schwierigkeiten einhandeln.»

«Haben Sie das Vernehmungsprotokoll unterschrieben?»

«Das war auch so eine Unverschämtheit, die sich der junge Schnösel von Tschugger leistete. Er hielt mir die letzte Seite des Protokolls hin, drückte mir einen Kugelschreiber in die Hand, legte den Zeigefinger auf eine Stelle unten rechts und befahl: ‹Unterschreiben Sie bitte hier!› – ‹Erst, wenn ich das ganze Protokoll durchgelesen habe, werde ich unterzeichnen oder vielleicht nicht›, antwortete ich ihm. ‹Sie nerven, Frau ... Frau ... Wie heissen Sie schon wieder?› Ich warf ihm das Schreibzeug hin, stand auf und ging.»

Nydegger verfiel in herzliches Gelächter und streckte Frau Jost die Faust mit erhobenem Daumen entgegen. «Was geschah dann?»

«Nichts, überhaupt nichts. Ich wurde danach in Ruhe gelassen.»

«Das wissen leider viele Zeugen nicht. Werden Ihre Aussagen in der Öffentlichkeit zitiert, hätten Sie das Recht, dagegen vorzugehen, das Recht, von der Medienstelle, die die Falschmeldung verbreitete, eine Gegendarstellung zu verlangen. Vielleicht existiert das nicht unterschriebene Protokoll ja noch. Dann werde ich darauf reagieren», bemerkte Nydegger. Er suchte danach einige Augenblicke etwas in seiner Mappe. «Da ist er ja, der in den Medien verbreitete offizielle vorläufige Untersuchungsbericht der Berner Kantonspolizei.»

Die Polizei geht von einem homosexuellen Beziehungsdelikt aus. Abel soll bei sich zu Hause mitunter ausschweifende Feste gefeiert und regen Kontakt mit jungen Nordafrikanern unterhalten haben. Das bestätigten Leute aus der Nachbarschaft. Im Institut für Rechtsmedizin der Universität Bern wurde auf der Brust des Ermordeten ein seltsamer Schriftzug entdeckt: Mit einer Art Fettstift stand in ungelenken Lettern ein Wort geschrieben, das als «Amour» gedeutet wurde. Gegen einen achtzehnjährigen Marokkaner wurde ermittelt, dessen Spur verlor sich jedoch im Ausland. Ein Rechtshilfegesuch an die Maghreb-Staaten brachte keine neuen Erkenntnisse.
Die Ermittlungen mussten deshalb bis auf Weiteres eingestellt werden.

Nelly Jost reagierte ungehalten. «Diesen Unsinn habe ich auch gelesen. Ein Skandal. Leute aus der Nachbarschaft? Die Polizei scheint sich auf Gerüchte zu stützen, die sie selbst gestreut hat.»

«Solche Verlautbarungen sind mir als Polizist sehr unangenehm», sagte Nydegger grimmig. «Ich bin zum Glück nicht mehr bei der Kantonspolizei, sondern bei der Berner Stadtpolizei. Dort leite ich die Kriminalabteilung. Allerdings gehört der immer noch ungelöste Fall Abel nicht zu unserem Zuständigkeitsbereich. Doch es gab in diesem Zusammenhang auch einen Todesfall, der sich in der Altstadt ereignete, was mir erlaubt, ebenfalls in der Sache Abel zu ermitteln. Zum Glück ist mir ein Staatsanwalt der kantonalbernischen Justiz dabei behilflich.»

«Deshalb haben Sie mich also aufgesucht? Sie glauben also auch, dass an diesem Untersuchungsbericht etwas faul ist?»

«Gar keine Frage. Was ist eigentlich nicht faul an dieser Sache?»

«Wie, glauben Sie, Herr Nydegger, stehen die Chancen, diesen Fall aufzuklären?»

Nydegger zuckte mit den Schultern. «Ich versuche alles, die Wahrheit im Fall Abel herauszubekommen.»

«Danke.»

«Wenn ich schon hier bin, liegt mir die nächste Frage auf der Zunge: Was wissen Sie noch über Abel? Sie betreuten doch viele Jahre seine Wohnung. Hatten Sie und Ihr Mann auch persönlich Kontakt mit ihm?»

«Ja, hatten wir. Er war Dutzende Male bei uns zu Gast. Er nahm bei uns häufig das Abendessen ein und brachte immer eine Flasche Wein mit. Das waren schöne Abende.» Nelly Jost wischte sich eine Träne weg.

«Erzählte Abel auch aus seinem Privatleben?»

«Nicht häufig. Aber einmal, zum Beispiel, als seine Gattin verstarb. Sie litt an einer seltenen Krankheit, ich weiss den Namen dafür nicht mehr. Dann kam der Tag, wo sie hospitalisiert werden musste und danach in ein Heim kam. Abel besuchte sie beinahe jeden Tag, bis sie starb. Das ist nun schon fünf Jahre her.»

«Es stimmte also gar nicht, dass die Abels getrennt waren?»

«Rechtlich waren sie das sicher nicht. Auch diese Falschmeldung wurde von den Medien herumgeboten.»

«Dann glauben Sie nicht, dass er schwul war?»

«Ich weiss es nicht. Vielleicht war er bisexuell. In unserem

Bekanntenkreis gibt es auch zwei Ehepaare, dessen eine Hälfte so lebt.»

«In einem Fall ist es die Frau», präzisierte Karl Jost.

«Hatten die Abels Kinder?»

«Nein, hatten sie nicht.»

«Sprach Jules Abel auch über seine berufliche Tätigkeit mit Ihnen?»

«Häufig, ja. Das war ihm offenbar ein Anliegen. Allerdings betonte er immer wieder, dass er vieles nicht ausplaudern dürfe.»

Nydegger horchte auf. «Hat er darüber Angaben gemacht?»

«Wir hatten abgemacht, nichts herumzuerzählen, was an unserem Esstisch besprochen wurde.» Nelly Jost hielt inne.

«Nun gilt das nicht mehr. Jules Abel ist im Frühjahr 1990 verschieden.» Ihr Mann Karl brachte sich somit in die Diskussion ein.

«Gilt nicht mehr? Ich sehe das nicht ganz so», hielt Nelly ihm entgegen. «Aber Sandro Nydegger dürfen wir vertrauen. Er müsste ja wissen, wie man mit Geheimnissen umzugehen hat.»

Ein strahlendes Lächeln erhellte Nydeggers Gesicht. «So ist es. Ich bin nebenbei auch Justizhauptmann der Schweizer Armee. Das sogar als Sozialdemokrat. Aber alles mache ich nicht mit, was ein Teil des Armeekaders glaubt, sich leisten zu können. Da war einmal die Geheimarmee P-26. Eine illegale Institution. Illegal heisst für mich immer noch gesetzeswidrig, bedeutet, sich in einem kriminellen Umfeld bewegen. Was sich im Umfeld der P-26 abgespielt hatte, das ist noch längst nicht aufgearbeitet. Da dürfte auch der gewaltsame Tod von Jules Abel mit hineinspielen.» Einige Momente überlegte Nydegger, sah zuerst Nelly, dann Karl Jost an. «Hat Abel einmal den Namen P-26 erwähnt?»

«Hat er nicht. Aber als die P-26 enttarnt worden war, kurz nachdem brachte man ihn ja um, wurde uns plötzlich einiges klar. Er sprach oft von einer unheimlichen, absolut geheimen kriminellen Organisation, die unser Land seit Jahren fest im Griff habe, ihm unermesslichen Schaden zufüge. Er sehne die Stunde herbei, in der diese Bande endlich auffliege.»

«Erwähnte Abel in diesem Zusammenhang auch die Fichenaffäre?»

«Ja, seit entdeckt wurde, dass von fast neunhunderttausend Landsleuten Fichen angelegt worden waren, empörte sich Abel. Er sagte: ‹Mehr als dreizehn Prozent unserer Bevölkerung. Ich wusste aus meiner Geheimdiensttätigkeit, dass so etwas im Tun war, aber dass es dieses Ausmass angenommen hatte, erstaunt mich doch. Diese unbeschreibliche ungesetzliche Energie unserer selbst ernannten Staatsschützer hätte ich nicht für möglich gehalten.› Mit für ihn ungewohnt finsterer Miene stellte Abel in Aussicht: ‹Nun wird es Zeit, dass jemand den Sauhaufen, der hinter all dem steckt, auffliegen lässt. Ich bin einer der wenigen, der dazu imstande wäre.›»

Nydeggers Augen wurden gross. «Soll das etwa heissen, Abel war es, der einem Journalisten den Tipp gegeben hatte, dass es die Geheimarmee P-26 gab?»

Über Nelly Josts Gesicht huschte ein verschmitztes Gekicher. «Das wage ich nicht zu behaupten. Aber wer weiss, vielleicht trug Abel wirklich Wesentliches dazu bei, dass die P-26 enttarnt wurde. Das würde für Jules sprechen. Er hat es verstanden wie kein zweiter, seinen Namen aus allen heissen Sachen rauszuhalten. Auch uns hätte er das nie enthüllt.»

«Waren Sie mit Abel per Du?», erkundigte sich Nydegger.

«Ja, Karl und ich waren die Einzigen im Wohnblock, die mit ihm näher verkehrten.»

Nydegger sah versonnen an die Decke. «Ich möchte Sie beide ja nicht ausquetschen. Aber das, was Sie mir bis jetzt preisgegeben haben, ist ungemein aufschlussreich. Ich denke, damit bin ich der Aufklärung dieses Verbrechens um einiges näher gekommen. Hat Abel noch Detailliertes über diese kriminelle Vereinigung erzählt?»

Nelly und Karl Jost sahen einander fragend an.

«Einige Andeutungen hat Jules gemacht», offenbarte Karl. «Geblieben ist mir, dass diese Clique Teil eines europäischen Netzwerks sei. Dieses habe in ganz Europa blutige Anschläge mit mehreren hundert Toten auf dem Gewissen. In den meisten

Fällen in Italien, aber auch in Deutschland, Belgien, Grossbritannien und weiteren Staaten.»

«Hat er auch das Attentat auf den Bahnhof von Bologna oder das auf die Oktoberfestwiese in München erwähnt?», fragte Nydegger nach.

Nelly Jost nickte heftig. «Das hat Jules wirklich erwähnt. Was Bologna betrifft, gingen viele unserer Medien, allerdings nicht alle, davon aus, dass es das Werk von Neofaschisten war. Aber ein Zusammenhang mit der im Sommer 1990 enthüllten Geheimarmee wurde bis jetzt nie aufgezeigt. Warum wohl nicht? Man hat offenbar hierzulande eine panische Angst davor, die wirkliche Rolle der sogenannten Stay-behind-Armeen zu enthüllen. Und in München ist man bei der offiziellen Einzeltäter-Version geblieben.»

«Mir stockt der Atem», gestand Nydegger. «Ich komme aus dem Staunen nicht heraus. Sie beide verfügen über eine politische Bildung, die ich bei vielen meiner Kollegen vermisse. Wo haben Sie denn diese her?»

Nelly und Karl Jost sahen einander lange an. Dann begann Karl zu nicken.

«Es ist so», sagte Nelly, ein wenig gehemmt, «wir, Karl und ich, haben uns in den fünfziger Jahren in der kommunistischen Jugend, einem Ableger der Partei der Arbeit, kennengelernt. Vor dem Ungarnaufstand war man noch nicht politisch randständig, wenn man sich zum Kommunismus bekannte. Ich meine den echten, nicht den Stalinismus. Die Lehre von Marx, die wir beide immer noch gut finden.»

«Damit habe ich keine Probleme», sagte Nydegger verständnisvoll. Als diese Worte über seine Lippen kamen, läutete das Telefon.

«Wer kann das sein? Es ist bald fünf am Nachmittag.» Nelly Jost ging ans Telefon. «Es ist für Sie, Herr Nydegger.»

«Tut mir leid, es ist mir unangenehm. – Du, Anna? – Ein Fax an mich? Sehr dringend? – Von wem? – Absender, dein Freund XY, Kopie des Faxes von …? – Das darf doch nicht wahr sein, die Halunken haben …»

Die fragenden Gesichter von Nelly und Karl sprachen Bände.

Nydegger legte auf. Sein Blick war gezeichnet von einer aufgebrachten Entschlossenheit. Er sah Nelly, dann Karl Jost an. «Begeben wir uns auf den Balkon. Tönt absurd, aber wir haben einen Grund. Ich werde Ihnen später erklären, weshalb.»

Der kräftige Nydegger schob den Rollstuhl durch die schwellenlose Tür zum Balkon. «Danke vielmals, ein bisschen frische Luft tut jetzt sicher gut.»

Gebannt starrten Nelly und Karl Jost Sandro Nydegger an.

«Unser Gespräch wurde gerade mitgeschnitten. Nur dank einer guten Seele bei der Kantonspolizei habe ich es mitgekriegt. Diese hat mir die Kopie an mein Gerät zu Hause gesendet. Absender: Divisionär Robert Anliker. Empfänger: Walo Ochsenbein, Kommando Kriminalpolizei Kanton Bern. Dort steht drin, dass ich mich gerade in Ihrer Wohnung aufhalte. Meine Frau Anna, als sie das Fax las, schaltete gleich und rief hier an, weil sie wusste, dass ich Ihnen einen Besuch abstatte. Ich schlage vor, wir begeben uns jetzt wortlos in den Raum, wo unser Gespräch unterbrochen wurde, und suchen ihn nach Wanzen ab.»

Nydegger fand zwei davon. Die nussgrossen Objekte waren in unauffälligen Nischen der Decke angebracht. Sie liessen sich ohne grossen Aufwand abreissen. Nydegger versorgte sie im Tiefkühlfach des Kühlschranks. «Dort sind wir unbehelligt vor ihnen. Nun können wir uns ungestört unterhalten. Haben Sie denn nicht gemerkt, dass man Ihnen Wanzen untergejubelt hat?»

«Den Verdacht hatten wir anfangs schon, wischten den aber beiseite, weil dies eigentlich illegal ist. Wir haben ja nichts zu verstecken, wir haben als Zeugen die Wahrheit gesagt, bei allen Befragungen. Zudem gewannen wir den Eindruck, die Untersuchungsbehörden würden uns sowieso nicht ernst nehmen. Es wäre doch nicht sinnvoll, solche Leute abzuhören», begründete Nelly Jost ihre unbeschwerte Haltung.

«Da kann man sich oft täuschen», hielt Nydegger entgegen. «Diejenigen, die sich entschlossen, Sie zu belauschen, dachten wohl weniger an Sie, sondern an allfällige Ermittler oder Anwälte des Opfers, die sich mit dem offiziellen Untersuchungsbericht nicht zufriedengegeben hatten.»

«Verstehe ich Sie richtig? Mit dem allfälligen Ermittler sind Sie gemeint», erkundigte sich Karl Jost.

«Das könnte hinkommen», sagte Nydegger schmunzelnd.

«Ist es denn rechtens, dass Kreise aus der kantonalen Kriminalpolizei einen hohen Polizeioffizier der Stadt bespitzeln?»

«Überwacht werde ich offenbar vom militärischen Nachrichtendienst und seinen Zuträgern aus dem höheren Offizierskorps. Das ist eindeutig gesetzeswidrig, eine Straftat, gar keine Frage. Und dass der höchste Funktionär der kantonalen Kriminalpolizei sich diese Informationen zunutze macht, geht schon gar nicht. Ich werde das auf gar keinen Fall hinnehmen. Allerdings muss ich mit der Gegenreaktion vorsichtig sein. Denjenigen – ich weiss nicht, wer er ist –, der mir die Faxkopie zukommen liess, muss ich auch im Auge behalten. Ihn gilt es zu schützen. Was wiederum bedeutet, dass ich vorläufig gegen die Stelle, die mich überwacht, nicht vorgehen kann. Von Ihnen darf auch niemand erfahren, dass ich von der Überwachung weiss.»

«Wie wollen Sie das bewerkstelligen?», wollte Nelly Jost wissen.

Nydegger lachte. «Nicht ganz einfach. Ich muss wohl zunächst mitspielen. Das heisst, man sollte die Wanzen wiederum dorthin kleben, wo sie waren, bevor ich sie entdeckte. Sollten Sie sich von ihnen gestört fühlen, empfehle ich Ihnen, sie zwischenzeitlich zu verstecken.»

«Wir vertrauen Ihnen, möchten mit Ihnen zusammenarbeiten, alles in unseren Möglichkeiten Liegende tun, um Ihnen zu helfen, die Mörder von Abel zu finden. Wir könnten es uns nicht verzeihen, wenn durch eine Unachtsamkeit von uns die Überwacher erführen, dass wir sie enttarnt haben.»

«Danke, herzlichen Dank», sagte Nydegger.

Nelly Jost anerbot sich, die Wanzen dort zu belassen, wo sie vorher waren. So tun, als sei nichts geschehen. Karl und sie würden sich allerdings hüten, den Namen Nydegger bei ihren Gesprächen am Esstisch im Wohnzimmer auszusprechen.

Nelly Jost nahm einen Schemel, stellte ihn genau unter die Stelle, wo die erste Wanze gewesen war und klebte diese wieder hin, dasselbe tat sie mit der zweiten.

Nydegger verabschiedete sich. «Das war echt schön auf dem Balkon. Den Wein habe ich genossen. Ich werde mich bald nochmals melden. Ich kenne ja Ihre Telefonnummer.»

Eine knappe halbe Stunde später war Nydegger bei sich zu Hause. Er umarmte seine Anna. «Grossartig, dass du so rasch reagiert hast. Auch wenn ich jetzt um eine Illusion ärmer bin.»

«Eine Illusion ärmer? Bring mich doch nicht zum Lachen. Über Typen wie Robert Anliker und Walo Ochsenbein darf man sich keine Illusionen machen. Die beiden Spiessgesellen haben das Auffliegen der P-26 noch nicht verdaut. Beide steckten bis zum Hals in diesem verschwörerischen Sumpf. Und nun erdreisten sich die beiden Dreckskerle noch, dich zu bespitzeln. Was willst du jetzt tun?»

«Ich werde zunächst das Fax lesen.»

«Komm in die Stube, es liegt auf dem runden Tisch.»

Tatsächlich, Passagen aus Nydeggers Gespräch mit den Josts waren wortwörtlich dort verzeichnet.

«Ich muss mir eine Strategie ausdenken. Hilfst du mir dabei, Anna?»

«Und ob ich das tun werde. Ich brenne darauf, mich mit diesem Pack anzulegen.»

«Weder Anliker noch Ochsenbein dürfen erfahren, dass wir wissen, dass wir überwacht werden, illegal dazu.»

Anna unterbrach Nydegger. «Glaubst du, die sind auch hinter mir her?»

«Wäre plausibel. Du als stadtbekannte Umweltaktivistin bist den beiden garantiert ein Dorn im Auge.»

«Denkst du, sie könnten auch unser Telefon abhören?»

«Dessen bin ich mir fast sicher. Vielleicht ist sogar die Wohnung verwanzt. Wie konnten sie anders herausfinden, dass ich bei Josts zu Besuch war? Lese ich den Text auf dem Fax durch, fällt mir auf, dass unser Gespräch von Anfang an mitgeschnitten war. Der Nachrichtendienst war auf diesen Besuch vorbereitet. Noch bevor er zu Ende war, hat Anliker reagiert und Ochsenbein davon unterrichtet.»

Auf Nydeggers Zeichen durchsuchten sie ohne zu reden die Stube, die Küche und das Schlafzimmer nach Wanzen. Sie fanden keine.

«Wäre das so, wüsste der Nachrichtendienst jetzt ja, dass wir von der Überwachung wissen. Doch dir ist nicht aufgefallen, dass ich dich von der öffentlichen Telefonzelle aus anrief.»

Nydegger drückte Anna einen Kuss auf die Backe. «Du bist unglaublich, denkst wirklich an alles.»

«Aber mit etwas haben die beiden nicht gerechnet, dass es in ihren innersten Kreisen eine Person gibt, die ihre Pläne durchkreuzt. Dieser XY. Um wen, glaubst du, könnte es sich dabei handeln?»

Nydegger überlegte. «Ich tippe auf Wachtmeister Oppliger. Er war meine rechte Hand. Er ist immer noch dort tätig. Ein sturer Bock, konservativ bis zum Gehtnichtmehr, aber mit einem feinen Gespür für Gerechtigkeit und Fairness.»

Annas Miene nahm einen besorgten Zug an. «Ist Oppliger mit allen Wassern gewaschen?»

«Wohl nicht. Er ist ein begnadeter Blauäugiger. Wenn ihn die Wut packt, handelt er, ohne viel zu überlegen. Kommt heraus, dass er mir eine Kopie dieses Faxes geschickt hat, dürfte er echt Probleme bekommen. Hoffentlich ist er so umsichtig, dass er die Spuren auf dem Faxgerät in der Zentrale der Kriminalpolizei verwischt, dass er die Abgangsbestätigung der Sendung an mich löscht.»

«Doch wenn unser Telefon überwacht wird, dann wohl auch das Fax?»

«Da kannst du unbesorgt sein. Ein Fax wird kaum überwacht. Es genügt, wenn man das mit dem Telefon tut. Vorsicht ist natürlich angezeigt. Es geht nun darum, sicherzustellen, dass die vom militärischen Nachrichtendienst nicht Verdacht schöpfen, dass sie enttarnt worden sind.»

«Was, denkst du, auf was müssten wir besonders achten?»

«Nicht übertrieben Vorsicht walten lassen. Ruf mich zwischendurch im Büro an und frage, wann ich wieder beabsichtige, den Josts einen Besuch abzustatten. Mit ihnen könnte man einen Weg finden, den unter den Teppich gekehrten Mord an Abel neu aufzurollen.»

«Danke, Sandro, darauf wäre ich selbst gekommen. Du kannst dich auf mich verlassen. Ich werde diese Mistbuben an der Nase herumführen, ohne dass sie das überhaupt merken.» Anna legte Nydegger zärtlich die Hand auf die Schulter. «Ist dir eigentlich bewusst, dass heute unser Hochzeitstag ist, dass ich noch gar nicht begonnen habe, dich zu bekochen? Ich werde das heute auch nicht tun. Die Kinder sind übrigens bei meinen Eltern.»

«Meinst du damit, diesmal wäre ich an der Reihe?»

«Deinen guten Willen in Ehren, aber gerade an einem Tag wie diesem eine von dir konstruierte Mahlzeit über mich ergehen zu lassen, wäre doch etwas zu viel verlangt. Ich habe etwas anderes vor. Ich habe in unserem Lieblingsrestaurant für uns einen Tisch reserviert. Dann nehmen wir uns endlich Zeit für ein gutes und ungestörtes Essen mit allem, was dazugehört. Danach besuchen wir die Spätvorstellung im Kino. Der Film spielt keine Rolle. Dort spielen wir wieder mal Verliebte wie vor vierzehn Jahren.»

Erst jetzt fiel Nydegger auf, dass sich Anna so richtig sexy angezogen hatte. Wie damals, vor vierzehn Jahren.

***

Aus der Staatschutzfiche von Sieber Margot, Lehrerin an einer Berufsschule
Datum: 15.08.88
Gegenstand: v. K. F. ZG: Die S. M. wirkt seit drei Jahren als Lehrerin an der Gewerbeschule der Stadt Zug. Ihr Fach Deutsch. Nach Aussagen von Kollegen und zwei Kolleginnen nervt sie in Diskussionen im Lehrerzimmer durch ihre extreme politische Haltung. Sie sitzt im Parteivorstand der Sozialisten (SP). Leider fliesst ihr politischer Irrglaube auch in

ihren Unterricht ein, und das auf eine perfide Art. Sie lässt ihre Zöglinge Bücher von Autoren lesen, die in unserer politischen Landschaft als linksextrem gelten.
Nur einige Beispiele: «Der Untertan» von Heinrich Mann; «Aufstieg und Fall der Stadt Mahagonny» von Bertold Brecht, den Krimi «Der Richter und sein Henker» von Friedrich Dürrenmatt und sie hat über Dürrenmatts Zermatt-Plakat einen Aufsatz schreiben lassen, «Die Blechtrommel» von Günter Grass, «Die Welt als Wille & Wahn» von Niklaus Meienberg. Das Letztere ist ein übles Pamphlet über die beiden Willes, den General im Ersten Weltkrieg und seinen Sohn, der Korpskommandant.

18

Mai 1988

Im Gibelwald, etwas ausserhalb von Oberburg, hatten sich zwei Knaben versteckt. Sie waren daran, einen neuen Streich auszuhecken.

Plötzlich tauchten zwei füllige jüngere Frauen und ein deutlich kleineres, dürres, ältliches männliches Wesen auf der Landfläche Blattenwald vor ihnen auf. Max und Moritz vergassen ihren Streich und beobachteten diese. Die Frauen legten breite weisse Stoffbänder zu einer Art Schweizerkreuz auf die frisch gemähte Wiese aus. Der Mann erteilte fortwährend Befehle in einer Lautstärke, die seine Worte über mehr als hundert Meter verständlich machten. «Vergesst nicht, Eva und Heidi, die ganze Sache ist streng geheim.»

Max und Moritz mussten lachen.

Da näherte sich ein Kleinflugzeug in geringer Höhe. Die drei Leute rannten ein Stück weit weg, um sich dann flach auf den Boden zu werfen. Nicht weit von ihnen schlugen farbige Kugeln auf, die beim Aufprall platzten und eine Flüssigkeit, die Laken teils blau, teils rot färbend, versprühten.

«Phantastisch, zielgenauer könnte es nicht sein», schrie das Männchen mit seiner Fistelstimme aus Leibeskräften.

Das Experiment wurde mehrmals wiederholt, immer mit neuen weissen Stoffbändern.

Max und Moritz sahen, wie die mysteriösen drei Personen sehr besorgt waren, ehe sie sich von dannen machten, alle Spuren der Vorführung zu verwischen. Nur eine Kleinigkeit fiel den beiden Buben doch noch in die Hände, als sie danach das Feld absuchten: eine zerfledderte Hülle aus dünnem Gummi. Nun war es klar: Die «Bomben», die der Flieger abgeworfen hatte, waren mit gefärbtem Wasser gefüllte Ballone.

«Das könnten wir auch. Wir könnten Luftballone mit Tintenwasser füllen und dann von einem Baum oder einem Dach fallen lassen», schlug Max vor.

«Gute Idee», meinte Moritz. «Bei uns zu Hause gibt es eine Menge davon.»

«Die Stoffbahnen besorge ich. Meine Mutter besitzt eine Menge Leintücher. Eines kann ich mir unter den Nagel reissen, ohne dass sie es bemerkt», anerbot Max.

«Das Ganze macht aber kaum Spass, wenn wir keine Zuschauer haben», bemerkte Moritz.

«Die werden wir garantiert haben. Morgen Nachmittag ist ein grosses Fest auf dem Platz vor der Gemeindeverwaltung angekündigt.»

Die Menschenansammlung vor dem Gemeindehaus war eindrücklich an jenem Sonntag, den 8. Mai 1988. Es war ein sonniger Nachmittag, als sich die Honoratioren und die Einwohnerschaft Oberburgs mit den Kadern des Waffenplatzes zu einem beschwingten Fest versammelten. Wunderbares Wetter. Muttertag dazu. Die Bekleidung der Festbesucher hatte es in sich. Die Damen und Mädchen, üppig herausgeputzt, in weissen, silberfarbigen, gelben und rosa Kleidern, die älteren Männer in dunklen, die jüngeren in hellen Anzügen.

Dazwischen mischten sich die Offiziere der Kaserne von Jassbach in ihren schmucken Ausgehuniformen. Hofstetter hatte sie in seiner Eigenschaft als Gemeinderat und Unteroffizier dieses Waffenplatzes nach Oberburg eingeladen.

Die einsetzende Hitze trieb den Bierkonsum bald in die Höhe, sorgte für eine unbeschwerte Ausgelassenheit, die den Älteren, meist Gottesfürchtigen, bald zu weit ging. Ermahnungen, zunehmend schriller vorgetragen, begannen die Stimmung einzutrüben.

Doch dann zog ein grosses weisses Kreuz auf der Matte nebenan die Aufmerksamkeit der Festbesucher auf sich. «Oh, wie schön», riefen einige anerkennend, während Max und Moritz mit ihren wassergefüllten farbigen Ballonen vor dem Lindenbaum, der mitten vor dem Gemeindehaus wuchs, standen und berieten, wie sie ihn möglichst unauffällig erklettern könnten.

Auf einmal vernahm man Motorengeräusch vom Himmel. «Eine Cessna» rief einer, ein andrer «Nein, eine Piper», ein dritter «Stimmt beides nicht, das ist doch eine Pilatus PC-12».

Die Maschine steuerte direkt auf den Gemeindeplatz zu und brauste beängstigend tief, einige Meter nur, über die vielen Köpfe. Kurz darauf … bumm, pflutsch … bumm, pflutsch … bumm, pflutsch … Die Menschen begannen panisch zu schreien und rannten in alle Richtungen davon. Die schönen, mit viel Hingabe zurechtgemachten Kostüme, Röcke, Trachten, Anzüge und Uniformen waren verdorben, durchwegs schwarz, blau oder rot bekleckert.

Fäuste flogen in die Höhe, Buh-Rufe und Verwünschungen. Es vergingen mehrere Minuten, bis sich ein Gemeinderat über die Lautsprecheranlage an die empörte und entsetzte Bevölkerung von Oberburg wandte.

«Liebi Fraue u Manne.
Eben habe ich mich mit einem hohen Offizier der Kaserne Jassbach unterhalten. Seiner Meinung nach handelt es sich beim soeben ereigneten Zwischenfall um ein bedauerliches Missverständnis. Eine armeenahe Organisation führt derzeit Versuche mit einem Leichtflugzeug durch. Gegenstände sollen zielgenau auf markierte Stellen abgeworfen werden. Nicht vorgesehen, das hat er mir versichert, war die Markierung auf der Wiese neben dem Festplatz. Wer diese zu verantworten hat, wird nun von der Heerespolizei abgeklärt. Der Gemeinderat bittet, das Ergebnis der militärgerichtlichen Untersuchung abzuwarten. Zum jetzigen Zeitpunkt ist von voreiligen Schlüssen und Schuldzuweisungen abzusehen.»

Die meisten Anwesenden gingen nach Hause. Einige Unentwegte verharrten am Ort des Unheils und sprachen dem Bier, dem Wein und den Schnäpsen zu. Was schliesslich dazu führte, dass es Stunden später zu einer Schlägerei kam, die mit dem Eingreifen der Kantonspolizei aus dem nahen Burgdorf endete.

Am Montag danach fuhr eine Streife der Heerespolizei beim Schulhaus vor. Max und Moritz wurden abgeführt.

Kurz danach füllten sich die Stammtische in den Wirtschaften Oberburgs. Es kam zu heftigen Diskussionen. Man war sich uneinig darüber, ob die Armeejustiz richtig gehandelt hatte, als sie Max und Moritz abführte. Doch das militärfreundliche Lager gewann rasch die Oberhand. Die beiden Buben hätten etwas verbrochen, was nicht toleriert werden dürfe. Von irgendwoher mussten sie ja wissen, dass die Armee geheime Übungen veranstaltete. Der Vater eines der beiden habe in der Gemeinde einen üblen Ruf als Linker. Es sei nun Sache der Armeejustiz, herauszufinden, ob er etwa hinter der armeefeindlichen Aktion stecke.

Die Vernehmung der beiden Übeltäter fand in der Dufourkaserne in Thun statt. Der zuständige Untersuchungsrichter war Hauptmann Sandro Nydegger, der im Mai 1988 seinen Wiederholungskurs bei der Militärjustiz absolvierte.

«Ihr seid als Zeugen vorgeladen», versuchte Nydegger die beiden etwas verängstigten Buben zu beruhigen. «Nach meinen Recherchen habt ihr nichts Unrechtes getan. Verhaftet seid ihr ganz bestimmt nicht, ihr werdet in keine Zelle eingesperrt.»

«Was heisst ‹Recherchen›?»

Nydegger erklärte es und forderte Moritz auf, genau zu berichten, was geschehen war.

Seine Erzählung war verständlich, klar, nicht widersprüchlich. Nydegger musste sich mehrmals zusammennehmen, um nicht laut loszulachen.

Als Moritz nichts mehr einfiel, begann Nydegger zu fragen. «Wie sahen die Frauen aus?»

Max und Moritz sahen sich an. Moritz antwortete: «Die eine war stark aufgedonnert.»

«Aufgedonnert?» Nydegger sah Moritz fragend an.

«Sie hatte lange rote Fingernägel, knallrote Lippen, einen ziemlich kurzen Rock und Beine wie Pfosten.»

«Das verstehe ich nicht ganz», sagte Nydegger kopfschüttelnd.

«Das sagt man halt so bei uns. Das Gegenteil sind Stäcklibeine.»

«Sie hatte starke Beine?»

Max half aus. «So in dieser Richtung. Ihre Beine waren einfach dick.»

«Und die Haare?»

«Fürchterlich. Rot wie Tomaten. Wahrscheinlich gefärbt und gezwirbelt.»

«Gezwirbelt? Locken?»

«Kleine Locken, ja, es machte einen sehr unordentlichen Eindruck.»

«Ihr Alter?»

Wieder sahen sich beiden Buben eine Weile an.

«Uralt, etwa wie unsere Lehrerin», schätzte Moritz.

«Wie alt ist denn eure Lehrerin?»

«Sie ist eben achtunddreissig geworden.»

«Die zweite Frau?»

«Fett wie eine gemästete Henne.»

Moritz war nicht ganz dieser Meinung. «Vollschlank, würde meine Mutter sagen. Ich glaube, Moritz übertreibt da. In unserem Dorf gibt es viele Frauen, die noch fetter sind. Immerhin trug sie einen langen Rock, sodass man ihre Unterhosen nicht sah wie bei der anderen, wenn sie sich bückte.»

«Die Haare?»

«Braun, normal, mit einem Bürzi.»

Nydegger sah schmunzelnd zum Protokollführer, einem Oberleutnant, hinüber. «Schreiben Sie: aufgesteckter Haarknoten.»

«Alter?»

«Auch so alt wie unsere Lehrerin.»

«Was trugen die Frauen für Kleider?»

«Bluse und Jupe», sagte Moritz. «Die Aufgedonnerte war oben knallgrün und unten giftig gelb. Die andere Grau in Grau.»

«Ist euch beiden sonst noch etwas an diesen Frauen aufgefallen?»

«Ja, ja, ja», bemerkte Max. «Die Schuhe der Farbschachtel. Sie hatten hohe Absätze. Als sie über die Wiese ging, blieb sie fortwährend stecken. Wir mussten die Hände vor den Mund halten, um nicht laut zu grölen.»

Nydegger suchte etwas in seiner Uniformtasche. «Endlich, da finde ich, was ich suche. Wollt ihr ein Sugus?»

«Jaaaa», riefen beide zusammen.

Nydegger gab jedem eine Handvoll Kaubonbons. «Ich gehe kurz einen Tee trinken. In zehn Minuten bin ich wieder zurück. Der Herr Oberleutnant wird in der Zwischenzeit auf euch aufpassen.»

Der Oberleutnant biss sich auf die Lippen, doch begehrte nicht auf.

Wenige Minuten später betrat ein Soldat mit einem Tablett das Zimmer. Darauf eine Tasse Kaffee, zwei Becher mit Ovomaltine und zwei Butterbrote. Die Becher und die Brote stellte er den Buben hin, die Tasse dem Oberleutnant und sagte: «Eine kleine Aufmerksamkeit des Hauptmanns.»

Der Oberleutnant gab ihm die Tasse erzürnt zurück. «Sagen Sie ihm, er soll dieses Gesöff ins Pissoir kippen.»

Als Nydegger das Verhörzimmer wieder betrat, gab er beiden Buben einen Klaps auf die Schultern. «Das habt ihr bis jetzt ausgezeichnet gemacht. Es war spannend für mich. Fahren wir weiter so.»

Er setzte sich an den Tisch, studierte einen Moment lang die Unterlagen. «Wo sind wir denn stehen geblieben?»

Die als rhetorisch angedachte Frage wurde gleich von Max beantwortet. «Bei den beiden Weibern.»

«Richtig. Und da fehlt uns noch etwas. Wie gross …» Er musterte Max. «Damen oder Frauen heisst das, nicht Weiber.»

Max maulte: «Aber in Oberburg sagt man so.»

«Wir sind nun aber in Thun, und hier sind es Damen oder Frauen. Wie gross waren sie?»

Die beiden tauschten unsichere Blicke aus. Und Moritz meldete sich. «Ich schätze, sie waren durchschnittlich. So wie eben Wei… so wie eben Frauen sind.»

Es war nicht ganz einfach für Nydegger, ernst zu bleiben. «Was meinst du denn mit durchschnittlich, Max?»

«Hm … nicht gross und nicht klein.»

«Verstehe. Nun kommen wir zum Mann. Der war klein?»

Beide nickten heftig. und Moritz sagte: «Ein Gröggu.»

Nydegger sah zum Protokollführer hinüber, dann zu den Buben. «Der Herr Oberleutnant stammt aus dem Kanton Thurgau, er weiss nicht, was Gröggu bedeutet. Gröggu ist eine kleine, dünne Person, kann aber auch ein Tier sein.»

Der Oberleutnant murrte verbissen etwas, was man aber nicht verstand.

«Und was hat dieser Gröggu gemacht?»

«Er hat befohlen und herumgeschrien.»

«Und? Haben ihm die Frauen gehorcht?»

Die beiden Buben sahen sich grinsend an. Moritz wusste zu berichten. «Ich glaube, die Weiber haben ihn nicht ernst genommen. Sie haben immer gelacht, wenn er tobte. Das war auch verständlich, was hätte er denn gegen die beiden Matronen ausrichten können?»

«Matronen? Von wo hast du denn dieses Wort?»

«Vom Vater. Mein Vater sagt, unsere Nachbarin sei eine Matrone. Die hat eben auch einen kleinen Mann. Das ist manchmal lustig.»

«Wie? Was meinst du damit?»

Moritz schielte zu Max hinüber. «Darf ich das überhaupt verraten?»

«Sicher», sagte Max. «Hier hört niemand aus Oberburg zu.»

«Das ist so: Unser Nachbar kommt häufig am Freitag oder am Samstag von einer Strassen- auf die andere Strassenseite torkelnd nach Hause. Wenn er ins Haus stolpert, gibt es einen Riesenlärm. Seine Alte verdrischt und schleift ihn danach in die Tenne. ‹Schnarch deinen Suff auf der Heubühne aus, alter Stinkzwerg.› Dann dreht sie den schweren Schlüssel.»

«Die Haare des Mannes? Die desjenigen mit den zwei Frauen, meine ich.»

«Fehlten weitgehend.»
«Kleider?»
«Schwarzer Anzug mit Krawatte.»
«Noch etwas auffallend an seiner Kleidung?»
«Ja, zwischenzeitlich zog er sein Jackett aus. Es war ja ziemlich warm. Darunter trug er ein Militärhemd mit Rangabzeichen eines Majors an den Achselschlaufen.»
«Solche wie mein Kollege dort drüben hat?»
«Nein, der dort drüben ist nur ein Oberleutnant. Der Gröggu hatte einen dicken Streifen.»
«Alle Achtung, Moritz, du kennst dich aus.»
Nydegger lächelte, sah die beiden Buben wertschätzend an. «Ich habe heute viel erfahren. Ich weiss nun viel über Oberburg. Ihr habt mich bei den Ermittlungen wirklich weitergebracht.» Er blätterte in seinem Notizbuch. «Nur noch eine Kleinigkeit möchte ich von euch wissen. Wurden von den drei auch Namen genannt?»
Wieder prusteten die Buben. «Ja, saukomische.»
«Dem Männchen riefen die Wei… die Frauen ‹Cäsar› nach.»
Nydegger machte grosse Augen. «Diesen Namen habe ich noch nie gehört hier. Weitere?»
«Die Damen sprachen sich mit ‹Heidi› und ‹Evi› an.»
Nydegger räusperte sich. «Ich denke nicht, dass sie so getauft wurden. Kann sein, dass es sich um Decknamen handelt.»
«Decknamen?», fragte Moritz unsicher.
«Übernamen sind das. Ich glaubte zunächst ja auch, ihr würdet anders heissen als Max und Moritz.»
Nydegger sah auf die Uhr, schnipste mit den Fingern. «Jetzt ist es halb zwölf, Zeit, an das Mittagessen zu denken. Mögt ihr Käseschnitten?»
«Mhm …», kam es spontan von beiden.
«Schön. Wie gehen zusammen in den Militärgarten und schlagen uns dort den Bauch voll.»
«Hat die Armee auch einen Garten?», erkundigte sich Moritz ungläubig.
«Ja, allerdings nicht einen, den sie bepflanzen. Es ist ein Restaurant im Kasernenareal. Dort gibt es klasse Käseschnitten,

genauso wie sie in der Feldküche gemacht werden. Aussergewöhnlich gut.»

Es war eine lustige Runde, die zwei Buben zusammen mit dem Hauptmann. Sie lachten ausgiebig und assen eine Menge. Als die grosse Pendeluhr an der Wand halb zwei schlug, klatschte Nydegger in die Hände. «So, jetzt fahre ich euch zurück nach Oberburg.»

«Was müssen wir wieder für einen Seich machen, um von der Heerespolizei aus dem Schulzimmer abgeholt zu werden?», fragte der nun übermütig gewordene Max.

Nydegger hob den Drohfinger. «Davon würde ich euch abraten. Diesmal wart ihr ja nur als Sündenböcke da, und die Leintücher lasst ihr besser in Mutters Kasten. Das nächste Mal wäre an meiner Stelle ein anderer Untersuchungsrichter. Der könnte euch gehörig an die Kandare nehmen.»

Eine halbe Stunde später waren die beiden wieder in der Obhut ihrer Mütter.

Nydegger sagte nach der Befragung von Max und Moritz an einer kurzfristig anberaumten Medienorientierung, den beiden Buben sei nichts vorzuwerfen, auch ihren Eltern nicht.

Allerdings werde er der ganzen Angelegenheit weiter nachgehen. Der mysteriöse Einsatz eines Armeeflugzeugs, das Wasserbomben fallen liess, sei ungewöhnlich und werfe Fragen auf. Dass es sich bei der anfliegenden Maschine um einen Pilatus Porter der Schweizer Armee gehandelt habe, stehe mittlerweile fest. Zwei Anwesende des Festes am 8. Mai hätten Fotos gemacht. Dass sich ein vergleichbares Spektakel bereits einige Tage zuvor auf einem angelegenen Landstück ereignet habe, sei durch die Zeugenaussage der beiden Buben belegt worden.

Am 10. Mai gab das EMD ein Communiqué an die Medien weiter, der bedauerliche Zwischenfall am Muttertag in Oberburg sei nun abgeklärt, das militärgerichtliche Verfahren abgeschlossen und ziehe keine weiteren Konsequenzen nach sich. Die zu Schaden gekommenen Personen würden selbstverständlich entschädigt.

Wochen später erfuhr Nydegger von seinem vorgesetzten Offizier, ein gewisser Major Wüest, Berufsoffizier, sei verantwortlich für diese Aktion gewesen. Er sei deswegen gerügt worden.

19

November 1991

Klaus Gärtner hatte sich die Sütterlinschrift beigebracht und die Kopien der beiden Wachstuchhefte durchgearbeitet. Er wählte die Nummer von Nydeggers Büro und bekam ihn schliesslich an den Draht.

«Endlich bin ich durch. Spannend, diese Lektüre. Aber bringt sie uns wirklich weiter? Möglich. Wir wissen jetzt mehr über Abel. Wie er dachte, wie er handelte und oft nicht handelte. Eigentlich scheint er ziemlich alles mitgemacht zu haben. Wohl auch die Schweinereien.»

Nydegger brach eine Lanze für Abel. «Mitgemacht? Das darfst du nicht sagen. Er hat den Verlauf einer geheimen kriminellen Vereinigung beobachtet und sie kommentiert. Er hat aber klar Stellung dazu bezogen. Das sei gesetzeswidrig, widerspreche unserer Verfassung. Er hat in Aussicht gestellt, sollte sich eine Gelegenheit ergeben, die unselige P-26 auffliegen zu lassen.»

«Markige Worte, denen aber leider keine Taten folgten.»

«Klaus, woher willst du das wissen? Vielleicht war er es ja, der dem ‹Weltwochen›-Journalisten, der die P-26 enttarnte, den entscheidenden Tipp gab. Vielleicht hat er das so raffiniert angestellt, dass der Enthüller sich dessen gar nicht bewusst war.»

«Spekulationen. Meinetwegen. Doch ist dir aufgefallen, dass die Tagebuchsammlung Abels unvollständig ist, dass der letzte Teil fehlt?»

«Du sagst es. Entweder ist sie den Ermittlern der Kantonspolizei in die Hände gefallen, oder sie liegt irgendwo verborgen. Bei den Josts? Ich habe bei ihnen gar noch nicht nachgefragt. Zeit, das nachzuholen.»

«Die Josts?»

«Ach ja, das kannst du gar noch nicht wissen.» Nydegger informierte Gärtner über seinen Besuch bei der Hauswartung des

Wohnblocks, wo Abel seinen letzten Lebensabschnitt verbracht hatte. Es wurde ein sehr langes Gespräch.

Nydegger telefonierte mit den Josts von einer öffentlichen Telefonkabine aus. Er legte mit ihnen zusammen einen Besuchstermin in ihrer Wohnung in Köniz fest. Wiederum um sechzehn Uhr.

Als er dort eintraf, wurde ein kurzes Begrüssungszeremoniell gespielt, man tauschte Belanglosigkeiten aus, Nydegger erkundigte sich, ob die Josts etwas Neues in der Sache Abel erfahren hätten. Eine Frau habe sich bei ihnen gemeldet und behauptet, sie wüsste von einem Strichjungen, der es mit Abel getrieben habe, gegen viel Geld.

Darauf reagierte Nydegger mit Skepsis. Diese Frau habe sich wahrscheinlich wichtigmachen wollen. Er wünschte danach Josts einen schönen Abend und sagte: «Ich gehe jetzt wieder.»

Danach entfernte Nydegger die Wanzen und versorgte sie im Kühlschrank. «So, jetzt können wir ungestört reden. Mich würde interessieren, was die Lauscher, gesteuert von Ochsenbein und Anliker, mit diesen Lügen machen werden. Bekommen Sie Besuch, und man erkundigt sich nach dieser Frau, streiten Sie einfach alles ab. Sollte man Ihnen drohen, lachen Sie nur und sagen Sie ‹Beweisen Sie Ihre Behauptungen.› Gehen Sie mit diesen Leuten keine Diskussionen ein, sondern weisen Sie Ihnen die Tür. Und wenn Sie nicht gehen, rufen Sie den Polizeiposten Köniz an … Nein, rufen Sie uns an. Zwei Leute von uns werden sicher kommen. Dann garantiere ich Ihnen, werden die Burschen des Nachrichtendienstes blitzartig verschwinden.»

Kurz danach surrte bei Josts das Telefon. Nelly Jost hob ab und brach in ein Gelächter aus. «Es ist für Sie, Herr Nydegger, Ihre Frau möchte Sie sprechen.»

Es war ein kurzes Telefonat. «Danke, Anna, dass es so rasch ging, verblüfft mich nicht. Die Schnüffler scheinen sich für uns zu interessieren. Sie trauen mir nicht über den Weg, gehen offensichtlich davon aus, dass ich immer noch an der Sache dran bin. Es soll mir recht sein.»

Nydegger blickte in die fragenden Augen der Josts. «Das Fax, das bei uns herunterrasselte, wurde wiederum von Robert Anliker abgeschickt, der Empfänger war Walo Ochsenbein, und derjenige, der eine Kopie an Nydegger verschickte, war XY. Es steht also fest: Weder Anliker noch Ochsenbein haben unsere Lunte gerochen. – Zu Beginn lege ich Ihnen zwei Fotos vor.» Nydegger zog sie aus seiner Jackentasche und legte sie nebeneinander auf den Tisch. «Kennen Sie diese beiden Männer?»

«Nicht namentlich, aber beide haben Abel vor seinem gewaltsamen Tod häufig besucht. Wir sprachen Jules darauf an. Er reagierte anfangs zögernd. Ich habe seine Worte sinngemäss immer noch im Kopf, fand es aber so wichtig, dass ich mir alles aufschreiben wollte. Doch er offerierte, es mir schriftlich zu geben. In einer nur für wenige leserlichen Schrift.» Nelly Jost stand auf, öffnete eine Schranktür und zog eine Schublade heraus. «Da drin ist es sicher verwahrt. Als die Fahnder unsere Wohnung durchsuchten, haben sie dieses Schreiben liegen gelassen, wohl weil sie es nicht lesen konnten und für eine alte Familienchronik hielten.»

«Wie bitte?», rief Nydegger dazwischen, «das war tatsächlich eine richterlich angeordnete Wohnungsdurchsuchung?»

«Von einer richterlichen Verfügung haben wir nie etwas gesehen. Vier Polizisten erschienen und begannen Schränke zu öffnen, Schubladen auf den Boden zu leeren und so weiter.»

«Sie mussten zuschauen?»

«Nein, wir wurden beide auf den Balkon gesperrt, bis die Aktion zu Ende war.»

«Haben sie etwas gefunden, was sie konfiszierten?»

«Nichts, gar nichts. Sie zogen missmutig mit leeren Händen von dannen, ein unglaubliches Chaos zurücklassend.»

Nelly Jost las das vor, was ihr Abel hinterlassen hatte.

«Es sind ungute Typen, diese zwei. Den Älteren kenne ich seit meiner Zeit als Kommandant einer Luftschutzkompanie. Er war Zugführer, Oberleutnant und mein Stellvertreter. Ich war während der ganzen Dienstzeit sein

Vorgesetzter. Zuletzt als Bataillonskommandant im Range eines Oberstleutnants, er als Major und immer noch mein Stellvertreter. Ich habe ihn nie besonders gemocht. Aber in der Armee kann man sich seine Untergebenen nicht auswählen. Dann erfüllte sich mein Herzenswunsch. Ich durfte mich in den militärischen Nachrichtendienst einteilen lassen. Ich hatte endlich Ruhe vom lästigen Waldemar Wüest. Doch dies war von kurzer Dauer. Zwei, drei Jahre später heuerte auch er beim militärischen Nachrichtendienst an. Schwups war er wieder in der Abteilung, die ich leitete.

Trotz Reibereien war ich gezwungen, mit ihm zusammenzuarbeiten. 1975, im Alter von sechzig Jahren, hörte mein aktiver Dienst in der UNA auf. Danach wurde ich Mitglied einer Arbeitsgruppe, die den Auftrag hatte, sich eine Strategie für eine Widerstandsorganisation zurechtzulegen. Was war mit ‹Widerstand› wirklich gemeint? Mir und auch meinen Kollegen war das zunächst nicht klar. Die Organisation sei auf terroristische Aktivitäten vorzubereiten. Das gelte für Ereignisse, die zur Folge hätten, dass die staatlichen Autoritäten, die Regierungen des Bundes und der Kantone, die Polizei und das Militär, die Kontrolle verlören.

Was mit ‹Kontrolle verlieren› genau gemeint war, blieb nebulös. Klar war nur ein Szenario: Truppen eines befeindeten Staats, die unser Land angreifen und besetzen. Diese Organisation müsste in einem solchen Fall Anschläge gegen Armeeeinheiten der Invasoren organisieren und durchführen. Auch Terrorakte begehen, Bomben legen und weiteres. Gewaltsamer Widerstand sei in einer solchen Situation legitim. Ob diese Gewalt allerdings auch gegen die eigene Bevölkerung vertretbar war, blieb ungeklärt. Ich habe auch nachgefragt und bin als Fragesteller zurechtgewiesen worden. Es gebe Fragen, die man nicht stellen dürfe. Es gelte immer die Situation zu analysieren und danach Massnahmen in Absprache mit den Mitkämpfern zu ergrei-

fen. Dabei wären auch Kollateralschäden, die allenfalls die eigene Bevölkerung treffen könnten, nicht auszuschliessen. Was soll denn dieser Scheiss?, habe ich darauf in die Diskussionsrunde geworfen. Das kam schlecht an. Ich wurde mehrere Tage von den Sitzungen der Arbeitsgruppe ferngehalten und zur Abklärung dem psychiatrischen Dienst der Armee überwiesen. Dort wurde ich als geistig gesund erklärt, wurde wieder in die Gruppe aufgenommen, mit der Auflage allerdings, meine eigensinnigen Ansichten zurückzustellen.
Zum andern. Ein Lakai, ein Fusssoldat. Hofstetter aus Oberburg bei Burgdorf, dort Gemeinderat, Unteroffizier in der Kaserne Jassbach auf dem Gemeindegebiet von Linden. Geltungssüchtig, mit eher bescheidener Intelligenz. Hofstetter ist Wüest auf Gedeih und Verderb ausgeliefert. Er machte viele Jahre für ihn die Drecksarbeit, ohne sich bewusst zu sein, dass er damit bisweilen die Grenze des gesetzlich Tolerierbaren überschritt. Erstaunlich, dass sich daran kaum etwas änderte, auch dann nicht, als Hofstetter klar sein musste, dass sich bei Wüest zunehmend Symptome von geistiger Umnachtung zeigten.

Nydegger kam aus dem Staunen nicht heraus. «Dass Ihnen Abel ein solches Schriftstück aushändigte, kann ich mir nur damit erklären, dass Sie und Ihr Mann schon seit Langem vertrauliche Gespräche mit Jules Abel geführt haben.»

«Damit liegen Sie, Herr Nydegger, völlig richtig», sagte Nelly Jost mit einer Spur von Stolz in ihrer Stimme.

«Darf ich mal diesen Text ansehen?»

Nydeggers Miene erhellte sich. «Sütterlin – ich hab's mir gedacht. Auch ich kann diese Schrift lesen. Darf ich Sie etwas fragen?» Nydegger wirkte etwas verlegen.

«Nur zu.»

«Besitzen Sie noch weitere Schriftstücke von Jules Abel?»

Nelly und Karl Jost sahen einander eine Weile an. Als Karl nickte, stand Nelly auf. Sie ging erneut zum grossen Schrank, öffnete die Tür und zog eine weitere Schublade heraus. Sie nahm ein Wachstuchheft heraus und hielt es in die Höhe. «Das hat uns Jules einige Wochen vor seinem Tod zur Aufbewahrung an einem sicheren Ort überlassen. Er fühle sich irgendwie bedroht. Er müsse damit rechnen, dass seine Wohnung durchsucht, dabei dieses und weitere Dokumente entwendet würden.»

Nydegger konnte seine Erregung nicht mehr verbergen. Er sprang auf. «Ein Wachstuchheft? Darf ich es ansehen?»

«Dürfen Sie, aber weitergeben möchte ich es nicht, für mich ist es ein persönliches Andenken an Jules.»

Nydegger blätterte darin. Es war nicht, wie er erwartet hatte, der letzte Teil der Tagebücher. Es dauerte mehrere Minuten, bis er etwas sagte. «Eine Art Rapport seiner geheimdienstlichen Tätigkeit der vergangenen anderthalb Jahrzehnte. Das könnte unverzichtbar für meine weiteren Recherchen im Mordfall Abel werden.»

«Ich werde Ihnen den ganzen Text gerne kopieren. Ich werde mich heute Abend daranmachen. Morgen können Sie es abholen. – Doch warten Sie, eine äusserst interessante Passage habe ich bereits für Sie.» Sie streckte ihm ein Klarsichtmäppchen mit einem daumendicken Stoss Papier darin entgegen.

«Danke, herzlichen Dank. Ich komme morgen Nachmittag rasch bei Ihnen vorbei, zur gewohnten Zeit, um vier.» Nydegger sah auf die Uhr. «Ich verabschiede mich jetzt. Ich habe bei diesem Besuch weit mehr erhalten, als ich mir hätte träumen lassen.»

Nydegger hastete durch den Korridor dem Ausgang zu, blieb stehen und kehrte nochmals zurück. «Tut mir leid, ich vergass meine Mappe mit dem wertvollen Text aus dem Mäppli, den Sie mir gegeben haben …»

«Schon gut, es ist nur eine Kopie.»

Nydegger stand unschlüssig vor dem Wohnblock, überlegte, welcher Weg zu nehmen war, um die nächste Bushaltestelle zu erreichen.

Er ging nach links, setzte zum Laufen an, als er eine Männerstimme gegenüber der Strasse rufen hörte: «Vorsicht, Vorsicht, Sie werden verfolgt.»

Nydegger drehte sich jäh um. Da zielte bereits ein erhobener Baseballschläger auf ihn. Blitzschnell kickte Nydegger den Angreifer ans Knie. Dieser schrie auf, stürzte und blieb stöhnend liegen. Unversehens umringten Nydegger drei Burschen, ein Älterer und zwei Jugendliche. Der Ältere zog seinen Revolver. «Nydegger, jetzt tu genau das, was ich dir befehle …»

«Nur einen Moment.» Nydegger griff rasch in die Seitentasche, zog seine Waffe und schoss. Der mit dem Revolver schrie auf und liess ihn fallen. Er war an der rechten Hand getroffen.

Die zwei anderen Männer stoben auseinander, jeder in eine andere Richtung. «Polizei, halt, stehen bleiben …» Sie rannten weiter. Nydegger schoss in die Luft. Es nützte nichts. Beiden gelang es, zu flüchten. Aus einem Hauseingang kamen drei Personen, eine Frau und zwei Männer, auf Nydegger zu. «Sind Sie verletzt?»

«Zum Glück nicht. Aber zwei der Übeltäter hat's erwischt. Sie müssen ärztlich betreut werden.»

«Einen Moment, ich rufe die Polizei an», anerbot sich die Frau.

«Nicht nötig, für solche Ereignisse bin ich ausgerüstet.» Nydegger zog sein Funkgerät hervor, gab in wenigen Sätzen Anweisungen.

Wenige Minuten danach hörte man die Sirenen von Blaulichtfahrzeugen. Ein Einsatzwagen der Polizei, dahinter eine Ambulanz.

Nydegger ging zum Polizeiauto, zückte seinen Dienstausweis.

«Stadtpolizei? Das hier ist unser Revier.»

«Bestreite ich gar nicht», gab Nydegger verärgert zurück. «Ich wurde angegriffen und habe mich zur Wehr gesetzt.»

«Und das verdammt erfolgreich», sagte einer der Polizisten anerkennend. «Wie soll es nun weitergehen?» Er sah hilfesuchend zu seinem Kollegen.

«Da kann ich Ihnen beiden sehr wohl helfen», sagte Nydegger. «Ich bin zufällig der Chef der Kriminalpolizei der Stadt Bern. Ich bestehe darauf, in diesem Fall in die Ermittlungen einbezogen zu werden.»

In der Zwischenzeit kümmerten sich die Sanitätspolizisten um die Verletzten. Nydegger trat zu ihnen.

Er sah den Kerl, der ihn niederschlagen wollte, an. «Sie werden jetzt zur Notfallabteilung des Inselspitals gebracht. Dort wird man Ihr Knie wieder einrenken. Tut weh, oder?»

Statt zu antworten, spuckte er Nydegger an.

Nydegger sagte: «Damit verschlimmern Sie Ihre Lage nur noch. Sie werden, nachdem Sie verarztet wurden, in die Gefangenenabteilung des Inselspitals verlegt. Dort werde ich Sie heute Abend vernehmen.»

«Das dürfen Sie gar nicht, dafür ist die Kantonspolizei zuständig.»

«Was ich darf oder nicht, entscheiden sicher nicht Sie.» Dann befahl er den Sanitätern: «Gebt dem Ganoven eine Spritze gegen die Schmerzen in den Arsch, bindet ihn an der Bahre fest und weg mit ihm.»

Danach wandte sich Nydegger an den anderen Verletzten, den mit der verwundeten Hand. Der Mann mittleren Alters war leichenblass. «Haben Sie das Gespräch mit Ihrem Komplizen mitbekommen?»

Der Angesprochene blieb die Antwort schuldig. Er nickte nicht einmal. «Auch Sie werde ich vernehmen, nach der Operation, heute Nacht. Ich bin gespannt, in wessen Auftrag Sie den Überfall auf mich ausgeführt haben.»

Ein hasserfüllter Blick traf Nydegger.

«Die Sache ist schiefgelaufen, nicht wahr?»

Die Ambulanz mit Blaulicht und durchdringenden Martinshörnern fuhr stark beschleunigend Richtung Stadt.

Nydegger setzte sich in den Streifenwagen und bat die vorne sitzenden und protokollierenden Polizisten, ihm zuzuhören. Er schilderte ihnen, was alles nach seinem Verlassen des Wohnblocks geschehen war. Der auf dem Beifahrersitz, ein Korporal, bemerkte: «Bei Ihnen, Herr Major, sitzt die Knarre locker. Würden wir als einfache Tschugger so schnell abdrücken, bekämen wir grosse Schwierigkeiten.»

Nydegger tat so, als ob er das nicht gehört hätte. Augenblicke später reagierte er indirekt auf diese Provokation. «Haben Sie die drei Zivilpersonen auch schon angesprochen? Sie haben alles beobachtet und mich davor gerettet, dass ich zusammengeschlagen worden bin. Ich werde mich jetzt gleich zu ihnen begeben und sie um ihre Personalien bitten.»

Der Korporal widersprach: «Köniz ist nicht Stadtgebiet, das müssen Sie uns überlassen.»

«Ich verbiete Ihnen ja nicht, das zu tun, ebenso wenig dürfen Sie mich daran hindern. Es ist mein gutes Recht, mich nach Entlastungszeugen umzusehen.» Nydegger stieg wieder aus, die Unmutsäusserungen der beiden Streifenpolizisten ignorierend.

Er begab sich zum Hauseingang, wohin sich die drei Zivilisten verzogen hatten. Er läutete, und umgehend erschien die Frau, die zuvor dabei gewesen war. Er bat sie, auch die beiden Männer zu holen, er möchte kurz mit ihnen sprechen. Die Frau rannte die Treppe hinauf.

Zwei Minuten später standen im Korridor alle drei Nydegger zur Verfügung. Er stellte sich vor.

Die Frau und die beiden Männer waren beeindruckt. Sie sagte: «Hab ich mir fast gedacht, dass Sie ein Bulle sind. Wir sahen Sie schon in Ihrem Blut auf dem Trottoir liegen. Zum Glück haben die vier Ganoven das nicht gewusst.»

Nydegger schüttelte lächelnd den Kopf. «Da wäre ich mir nicht so sicher. Ich glaube, ihr Anführer hat genau gewusst, wen seine ‹Jungs› attackierten. Doch diese scheinen nicht mit meiner Fitness gerechnet zu haben, und sie waren selbst zu wenig trainiert für einen solchen Einsatz.»

Einer der Männer sagte: «Es scheint mir, wir sind in einen richtigen Kriminalfall geraten.»

In diesem Moment zeigte Nydegger auf den abfahrenden Streifenwagen der Kantonspolizei. «Das verstehe ich nicht. Warum haben die beiden nicht wenigstens Ihre Personalien aufgenommen? Ich werde es jetzt tun, Sie sind nämlich wichtige Zeugen des Vorfalls. Einmal habe ich Ihnen herzlich zu danken. Sie haben mich vor Schlimmem bewahrt. Aber das allein genügt nicht. Die ganze Angelegenheit wird vor Gericht kommen mit einer polizeilichen Voruntersuchung. Dabei werden Sie als Hauptzeugen vernommen.»

«Das ist uns eine Ehre und ein Vergnügen», sagte die Frau strahlend. «Sie, Herr Nydegger, haben unsere Bewunderung und unseren Respekt. Schade, dass die ganze Szene nicht gefilmt wurde.»

Eine Stunde später betrat Nydegger in der Gefangenenabteilung des Berner Inselspitals, tief unter der Erdoberfläche, die Zelle des jungen Mannes, der sich beim Angriff das Knie ausgerenkt hatte. Nydegger wurde von Himmelberger begleitet, der ein Klemmbrett unter dem Arm trug, um das Protokoll des Verhörs aufzunehmen.

Nydegger: *Wie heissen Sie?*
Gefangener: *keine Antwort*
Nydegger: *Sie haben sich eines Überfalls schuldig gemacht. Eines Gewaltdelikts, das üblicherweise mit Gefängnis bestraft wird. Wir zwingen keinen Gefangenen zur Aussage. Bei Ihnen ist das auch nicht notwendig. Wir wissen bereits vieles. Zum Beispiel Ihre Personalien.*
(Nydegger zieht aus seiner Mappe ein Portemonnaie und hält es dem Gefangenen entgegen.)
Das haben wir in Ihrer Hosentasche gefunden. Identitätskarte, Führerausweis, Bahn-Abonnement und Billet sind drin. Lukas Aegerter, geboren 11.11.1969, von Horrenbach-Buchen, wohnhaft in Oberburg, Lochbachstrasse, Flachmaler. Strafregisterauszug: blank. Ich stelle fest, dass Sie bislang nicht in der Kriminalstatistik aufgeführt sind. Ein Umstand, der sich strafmildernd auswirkt.
Gefangener: *Ich bin kein Krimineller.*
Nydegger: *Das scheint sich nun zu ändern. Sagen Sie, Herr Aegerter, warum wollten Sie mich heute niederschlagen?*
Gefangener: *keine Antwort*
Nydegger: *Hat Ihnen jemand den Auftrag dazu erteilt?*
Gefangener: *keine Antwort*

Nydegger: Sie weigern sich also, auszusagen?
Gefangener: keine Antwort
Nydegger: Dann lassen wir Sie halt in Ihrer Zelle schmoren.
Gefangener: Eine Frage hätte ich noch. Wann komme ich –
(Nydegger unterbricht den Gefangenen)
Nydegger: Wir sehen uns morgen wieder.
(Nydegger und der Protokollführer verlassen die Zelle.)

Als Nydegger mit Himmelberger den Gefangenentrakt verlassen wollte, sah er zwei Herren, begleitet von drei Kantonspolizisten, auf sich zukommen.

«Wen haben wir denn da?», rief Nydegger erstaunt aus. «Herr Divisionär Robert Anliker vom militärischen Nachrichtendienst und Herr Oberstleutnant Walo Ochsenbein von der Kantonspolizei Bern.»

Nydegger wollte sie ansprechen, aber er kam nicht dazu.

Ochsenbein schrie ihn mit hochrotem Kopf an: «Nydegger, was unterstehen Sie sich! Drei Stadtpolizisten haben uns den Zugang zu den Zellen der Gefangenen verweigert. Sie sollen auf Ihren Befehl gehandelt haben.»

«Ochsenbein, das stimmt so.»

«Wer gibt Ihnen das Recht dazu?»

«Mein Verstand und mein Selbsterhaltungstrieb. Sie, Ochsenbein, wagen es, mir diese Frage zu stellen. Sie, der mich mit diesem Anliker zusammen überwachen lässt.»

«Das ist eine Behauptung, die zu beweisen wäre.»

«Den Beweis werde ich noch so gerne erbringen. Schwarz auf weiss. Ich verfüge über zwei Faxe, in denen Anliker Ihnen meinen Aufenthalt bei Nelly und Karl Jost in Köniz mitgeteilt hat. Das Wohnzimmer der Josts ist von Ihnen verwanzt worden.»

Anliker wurde blass. Ochsenbein brüllte wie besessen auf: «Oppliger, dieser Schweinehund, dem drehe ich den Hals um!» Dann rannte Ochsenbein weg.

Nydegger grinste Anliker ins Gesicht. «Fast glaube ich, Sie haben die Hosen gestrichen voll. Am besten wäre, wenn Sie auch gleich gingen, Sie haben hier nichts zu suchen.»

«Seien Sie vorsichtig, Nydegger. Ihr linken Drecksäue habt noch lange nicht gewonnen. Ich hoffe, die Zeit noch erleben zu dürfen, wenn man Sie und andere Vaterlandsverräter aufknüpft.»

Nydegger schüttelte ungläubig den Kopf. «Schade, dass ich dieses Statement nicht aufgenommen habe. Würden Sie es wagen, das, was Sie eben gesagt haben, vor Zeugen zu wiederholen? Wohl kaum! Sie, Anliker, sind nicht bloss ein Mensch mit krimineller Energie, sondern dazu ein erbärmlicher Feigling.»

Anliker drohte einzuknicken. Zwei Kantonspolizisten begleiteten ihn stützend zum Ausgang des Inselspitals.

Himmelberger sah Nydegger bewundernd an. «Sandro, denen hast du es endlich gesagt. Ich bin stolz auf dich.»

Nydeggers Miene wurde ernst. «Oppliger? Wir müssen schnurstracks Oppliger erreichen, bevor ihn Ochsenbein in Stücke zerreisst.» Er zeigte zu einem Wandtelefon. «Vermittle mir so schnell wie möglich eine Verbindung zu Oppliger. Er ist Wachtmeister bei der Kriminalpolizei. Ich werde in der Zwischenzeit die Akten unseres zweiten Kunden ansehen.»

In fünf Minuten hatte Himmelberger Oppliger am Draht. «Sandro, ich habe ihn, er erwartet dich.»

«Guten Abend, Ferdinand, ich bin erleichtert, dass wir dich so schnell gefunden haben. Es eilt wirklich.»

«Auch ich bin erleichtert, dass du dich endlich gemeldet hast, diese Halunken haben dir übel mitgespielt.»

«Höre ich dich so reden, Ferdinand, bin ich fast sicher, dass du weisst, um was es geht.»

«Sehr wohl weiss ich Bescheid. Und es funktionierte, da bin ich froh.»

«XY alias Ferdinand Oppliger, das hatte ich gleich vermutet. Aber handelst du dir denn dabei nicht Probleme ein?»

«Wohl kaum. Ende Oktober ist mein letzter Arbeitstag, dann gehe ich in Pension. Abgesehen davon, ich habe mich auch abgesichert – im Nachhinein. Ich habe mich an die Gewerkschaft gewandt. Der Rechtsvertreter dort findet, dass ich völlig richtig gehandelt habe. Er hat mich auch ermutigt, gegen Ochsenbein vorzugehen.»

Nydegger schilderte Oppliger, was sich am späten Nachmittag vor dem Wohnblock an der Wabersackerstrasse abgespielt hatte.

«Auch das noch. Das darf doch nicht wahr sein. Das sind Verbrecher. Ich freue mich schon, wenn Ochsenbein auf die Strasse gestellt wird.»

«Ob es so weit kommt», Nydegger legte die Stirn in Falten, «ist höchst ungewiss. Gut wäre zumindest, wenn er seines Postens als stellvertretender Chef der Kriminalpolizei enthoben würde. Aber auch dafür würde ich die Hand nicht ins Feuer legen. – Doch nun zu dir, lieber Ferdinand. Du musst möglichst rasch von der Kriminalpolizei weg. Suche deinen Hausarzt auf. Hast du einen, dem du vertraust?»

«Ich gehe nie zum Arzt. Es genügt, wenn meine Frau ausgiebig von dieser Dienstleistung Gebrauch macht.»

«Lass mich kurz nachdenken ... Ich hätte da eine Adresse. Die eines mit uns befreundeten Mediziners. Er versteht auch etwas von Psychologie ...»

«Ein Irrenarzt? Gott bewahre!»

«Ferdinand, oh weh! Diese Berufsbezeichnung existiert heute nicht mehr. Man spricht von Psychiatern. Sie nehmen sich Verletzlichkeiten der Seele an. Diese haben oft Ursachen in Ungeheuerlichkeiten. Nimm dein derzeitiges Arbeitsklima als Beispiel. Dein ganzes Berufsleben hast du in den Dienst von Recht und Ordnung gestellt, von Gerechtigkeit und Sicherheit. Nun fällt es dir in deinen Arbeitstagen wie Schuppen von den Augen. Diejenigen, von denen du die Befehle erhältst, pfeifen auf das alles. Sie verhindern die Aufklärung von Verbrechen, verstossen gegen Gesetze, lügen und betrügen. Das muss einen Menschen mit einem gesunden Rechtsempfinden zugrunde richten. Ferdinand, hör zu: Ochsenbein und seine Lakaien werden alles daransetzen, dich fertigzumachen. Dem kannst du nur entgehen, indem du dich ihrem Einfluss entziehst. Geh zu diesem Arzt. Hast du etwas zum Schreiben?»

Oppliger notierte sich den Namen.

«Ruf ihn morgen von zu Hause aus an. Ich werde den Arzt ins Bild setzen. Melde dich am Arbeitsplatz krank.»

Oppliger versprach Nydegger, das zu tun.

«So, dieses Problem hätten wir vorerst beiseitegeschafft», sagte Nydegger und winkte Himmelberger zu sich. «Jetzt nehmen wir uns den anderen Häftling vor.»

Himmelberger und Nydegger schritten durch den langen, engen Korridor, rechts und links an Zellen vorbei.

Sie machten dort halt, wo zwei Stadtpolizisten vor einer Zelle standen.

«Dieser Aufwand? Lohnt sich das?», fragte Himmelberger.

«Es muss sein. Wir wollen vermeiden, dass der Insasse dort drin», Nydegger zeigte auf die vergitterte Tür, «Besuch von seinen Auftraggebern erhält.»

«Wie lange lässt sich dieses Sicherheitsdispositiv aufrechterhalten?»

«Noch heute Nacht, ab morgen wird die Kriminalpolizei des Kantons uns ablösen. Wir haben also noch ein wenig Zeit.»

Der Gefangene, der auf der Pritsche lag, war ein Häufchen Elend. Offensichtlich hatte er nicht damit gerechnet, in eine solch ungemütliche Lage zu kommen.

«Guten Abend, Herr Herger.» Nydegger empfing einen erstaunten Blick. «Das verwundert Sie, dass wir so rasch hinter Ihre wirkliche Identität gekommen sind?»

Der Häftling schüttelte müde den Kopf.

«Hauptmann Herger Justus, geboren am 12. Oktober 1929, Mitarbeiter im militärischen Nachrichtendienst. Stimmt doch, oder?»

Ein entsetztes Augenpaar starrte Nydegger an.

«Tage vor dem gestrigen Vorfall wussten wir von Ihrer Existenz. Es gab uns genügend Zeit, die Abteilung von Divisionär Anliker zu durchforsten. Wir haben die persönlichen Profile von Ihnen allen: ‹Herger Justus, geschieden von Lydia Zemp, Vater von drei Töchtern im Alter von sechzehn bis einundzwanzig Jahren, ing. HTL für Maschinenbau, seit 1957 angestellt beim Eidgenössischen Militärdepartement. Von 1976 an im Nachrichtendienst tätig. Mitglied des Zürcher Gewerbevereins, Mitglied einer Freimaurerloge, P-26-Nummer: 53 mit Decknamen Tarzan …›»

Herger stöhnte. «Hören Sie auf, hören Sie bitte auf. Dass ich das noch über mich ergehen lassen muss. Von wo hat dieser Kerl seine Informationen? Die roten Ratten scheinen es tatsächlich fertigzubringen, unser schönes idyllisches, traditionsbewusstes Land an die Wand zu fahren …»

Nydegger tat so, als ob er diesen Erguss überhört hätte.

«Wie vernehmen Sie jetzt, Herr Herger. Machen ein Protokoll davon, das Sie am Schluss zu unterzeichnen haben.»

«Das hätte gerade noch gefehlt. Ich werde weder aussagen noch unterzeichnen.»

Nydegger begann die Fragen zu stellen, Himmelberger schrieb das Protokoll.

Das Ergebnis war wie erwartet: keines. Nydegger kommentierte: «Wir mussten es tun, der Form halber. Wir sehen uns wieder, spätestens am Prozess. Gegen einen Menschen eine Waffe zu ziehen, in der Absicht, ihn einzuschüchtern, ist ein kriminelles Delikt. Dass sich der Bedrängte zur Wehr setzte, war sein gutes Recht. Pech für Sie, dass es gerade ein Polizist war, den Sie sich vorgenommen haben. Sie mussten es ja gewusst haben. Das war dumm, Herger, sehr dumm.»

Nydegger machte auf dem Absatz kehrt und ging.

Als sie den Gefangenentrakt verlassen hatten, wollte Himmelberger wissen, wie er, Nydegger, zu den Informationen über Herger gekommen sei.

«Beim Verlassen der Wohnung der Josts hat mir die Hausherrin ein Papier in die Hand gedrückt. Dort drin ist eine Liste der Mitglieder des Teams von Divisionär Anliker. Mit ausführlichen Biografien und Fotos. Deshalb habe ich Herger sofort erkannt.»

Einen Tag später holte Nydegger bei den Josts die kopierten Einträge des dicken Wachstuchhefts ab. Es trug die Nummer 4.

Er ging damit ins Büro von Klaus Gärtner. Gärtner liess die Kopien, die ihm Nydegger mitbrachte, nochmals vervielfältigen. Er gab ihm den Stoss Papier zurück. «Nun habe ich drei Exemplare des Wachstuchhefts Nummer 4. Eines gebe ich meinem

Sekretär weiter, das andere der für die Polizei zuständigen Gemeinderätin.»

«Kann die Sütterlin lesen?»

«Wohl kaum, sie ist noch jünger als ich. Aber ihre Mutter, die hat Jahrgang 1912, ist geistig fit und hat in der Schule Sütterlin geschrieben. Sie wird ihrer Tochter den Text mit der Schreibmaschine abtippen.»

Die beiden blätterten in den zusammengehefteten Kopien.

«Schon beim Überfliegen sieht das, was Abel hier festgehalten hat, vielversprechend aus», bemerkte Gärtner. «Aber kann dieses Schriftstück als Beweis gelten?»

«Gute Frage», sagte Nydegger. «Streng genommen nicht. Aber sollte diese Hinterlassenschaft Abels an die Öffentlichkeit gelangen, wäre der Teufel los.»

«Wir müssen damit rechnen, dass es im EMD einige Leute gibt, die alles daransetzen werden, es zu verhindern.»

«Wir werden alles tun, dass sie dabei keinen Erfolg haben.»

***

Aus der Staatschutzfiche von Siegwart Cédric, Bildhauer und Karikaturist
Datum: 15.02.89
Gegenstand: v. H. F. OW: Die Bildhauerei ist ein ehrenvolles Kunsthandwerk, Karikaturen für eine Tageszeitung zeichnen, kann von Fall zu Fall kreativ und aussagekräftig im positiven Sinne sein, andererseits ist es eine Plage und artet zu üblen Beleidigungen aus. Bei S. C. ist das Letztere der Fall.
Auf unserem Posten (Kantonspolizei) sind Klagen über diesen Herrn hinterlegt worden. In einer Karikatur, die unglücklicherweise in der Zeitung abgedruckt worden ist, hat er den Pfarrer und den Sektionschef auf gemeinste Art der Öffentlichkeit vorgeführt. Das lässt auf eine Respektlosigkeit

gegenüber der Geistlichkeit und militärischen Autoritäten schliessen.
Hinweis: Kopie des Corpus Delicti liegt bei. Der Pfr. hat es uns in verdankenswerter Weise zur Verfügung gestellt.

20

September und Oktober 1989

Nydegger nahm im Café Merkur das Mittagessen ein. Das tat er ab und zu, wenn ihm das Kantinenessen allzu sehr zusetzte.

Schon als er die Suppe löffelte, fiel ihm ein alter, kleiner, magerer Mann am Tisch gegenüber auf. Er sass dort allein. Der Schweiss lief ihm in Bächen übers Gesicht. Eigenartig, fand Nydegger, denn es war angenehm kühl im klimatisierten Raum. Es schien fast so, als würde der Mann von Panikattacken befallen.

Erregt blickte er in alle Richtungen. Seine Augen waren weit aufgerissen und bewegten sich immerfort. Dann griff der Alte in eine der vielen Seitentaschen seiner Hose, zog zum Entsetzen der anderen Gäste eine Pistole heraus und legte sie neben sich auf den Tisch. Nydegger erkannte gleich ihren Typ. Es war eine SIG P220, die halbautomatische Faustfeuerwaffe der Schweizer Armee.

Nydegger stand auf, ging zur Toilette, schaltete dort sein Funkgerät ein und rief seinen Untergebenen, Wachtmeister Oppliger, an. «Ferdinand, ein Spezialeinsatz. Ein altes, dürres Männchen ist im ‹Merkur› am Durchdrehen. Eben hat er eine Armeepistole neben seinen Teller gelegt. Er ist unruhig. Ich befürchte, er könnte im Lokal herumballern. Avisiere die Stadtpolizei am nahen Waisenhausplatz, sorge dafür, dass sie mit einer Ambulanz und einem Einsatzwagen ausrückt. Du kommst bitte möglichst unauffällig in das Café, behalte deine Zivilkleider an. Aber vergiss deine Dienstwaffe nicht.»

Nur Augenblicke später schlenderte Oppliger lässig Richtung Tisch, wo Nydegger wieder am Essen war. Er setzte sich zu ihm und vermied es, den immer ärger schwitzenden Alten anzusehen.

Unvermittelt sprang dieser auf und rannte, die Pistole in der Linken, dem Ausgang zu.

«Scheisse, der Kerl ist Linkshänder, das macht die Sache nicht einfacher», sagte Nydegger mit zusammengekniffenen Augen Oppliger anstarrend.

Nydegger stand auf und befahl Oppliger, ihm zu folgen. Abstand haltend hasteten die beiden dem immer schneller rennenden Alten nach, der sich dem Treppenhaus zuwandte. «Der Kerl mag spinnen, aber in Anbetracht seines Alters ist er erstaunlich fit», stellte Nydegger fest. «Hast du deinen Colt im Griff?»

«Ja, er ist entsichert. Ich ziele auf seine linke Hand.»

«Aber drücke erst ab, wenn ich es sage.»

«Wenn er auf Menschen zielt, dann knallt's vorher.»

Fast hätte die Verfolgungsjagd ein frühzeitiges Ende genommen. Der Alte stolperte über mehrere Stufen. Doch erstaunlicherweise fiel er nicht hin. Oppliger fluchte. Der Alte überquerte laufend, ohne auf den Verkehr zu achten, die Marktgasse und verschwand in der Laube. Unversehens blieb er vor einem Schaufenster stehen und blickte hinein.

Nydegger begriff sofort, warum der Alte das tat. Die grosse Glasscheibe spiegelte. Es war ein Moment, vielleicht zwei Sekunden, als sich die reflektierten Blicke der beiden trafen. Dann ging alles pfeilschnell. Nydegger blickte, immer noch im Spiegelbild, in den Lauf einer Pistole. Es fiel ein Schuss, kurz danach ein zweiter. Der Alte fiel im Zeitlupentempo hin. Aus seiner Hand spritzte Blut. Die Waffe lag neben ihm am Boden. Oppliger war rascher gewesen.

Zwei, drei Minuten später lag der Alte angeschnallt auf einer Bahre und wurde in das Ambulanzfahrzeug geschoben. Nydegger gesellte sich zu ihm. Der Arzt, der sich um den Alten kümmerte, erlaubte das, als Nydegger seinen Dienstausweis zückte. «Es ist aber nicht gestattet, im Rettungsfahrzeug einen Versehrten zu vernehmen», ermahnte der Arzt Nydegger, um deutlicher zu werden. «Ich würde mich wundern, erlaubte man Ihnen das in der Notaufnahme.»

Der Transport dauerte eine Viertelstunde, doppelt so lange wie üblich. Die Ursache war ein Stau. Im Inselspital wies man Nydegger rüde ab. Es gehe nicht an, dass Polizisten, auch nicht solche im Rang eines Offiziers, Patienten während einer Untersuchung befragten.

«Ich will ja nicht zugegen sein, wenn am Verletzten herumgesäbelt wird. Ich bin aber derzeit der Einzige, der vielleicht Auskunft geben kann, wo der Alte wohnt. Und noch etwas: Der Kerl war bewaffnet und hat versucht, auf mich zu schiessen.»

Der Stationsarzt sah Nydegger stirnrunzelnd an. Er wies mit dem Finger auf das Gebäude gegenüber. «Gehen Sie dorthin. Dort, wo über der Tür das grosse Schild ‹Empfang› angebracht ist. Man wird Ihnen dort weiterhelfen können. Gehen Sie jetzt, Sie nerven mich.»

Nydegger wurde einem Beamten der Spitalverwaltung vorgeführt. Der war im Gegensatz zum medizinischen Personal freundlich zu ihm. Zuerst müssten aber die Verletzungen des eingelieferten Patienten behandelt werden. In diesem Augenblick piepste Nydeggers Funkgerät. Oppliger war auf der Gegenseite dran. «Die Identität des Alten ist gelüftet.»

«Moment», sagte Nydegger und klaubte aus seiner Vestontasche einen kleinen Notizblock heraus. «Diktiere, ich schreibe.»

«Wüest Waldemar. Adresse: Dalmaziquai ... 12? Kann die Ziffer nicht gut lesen. Werde die Hausnummer nachreichen. Zivilstand: verheiratet. Die Gattin Helma befindet sich in einem Pflegeheim und soll nur bedingt ansprechbar sein. Beruf: Major a.D. Letzte Arbeitsstelle: EMD, Untergruppe Nachrichtendienst und Abwehr. 1978 in den Ruhestand versetzt, aber mit einem militärischen Spezialauftrag betraut. Geburtsdatum: 20. April 1918. Angehörige: Gattin, keine Nachkommen. Eine Schwester. Es wird zurzeit nach ihr gesucht. Neffen, Nichten: keine bekannt.»

Es dauerte drei Tage, bis Nydegger bei Wüest vorgelassen wurde. Er war schwerer verletzt, als es bei seiner Einweisung ins Spital schien. Mehrere Operationen waren notwendig.

Sein Handgelenk wurde angeschossen. Nach Auskunft der Ärzte würde er seine linke Hand nicht mehr gebrauchen können.

Unglücklicherweise hatte Oppliger bei seinem zweiten Schuss etwas zu hoch gezielt, sodass die Kugel ins Knie eindrang. Auch diese Verwundung, so wurde befürchtet, dürfte bleibende Folgen haben.

Nydegger wurde bei der Vernehmung von Himmelberger begleitet, der für das Protokoll zuständig war.

Als Oppliger hinter Nydegger ins Krankenzimmer eintrat, warf ihm Wüest einen wütenden Blick zu. «Sie sind der Halunke, der mich zum Krüppel geschossen hat.»

Oppliger wollte aufbegehren, doch Nydegger gab ihm mit einer Handbewegung zu verstehen, sich nicht auf ein Gespräch mit Wüest einzulassen.

Nydegger streckte Wüest die Hand entgegen, die dieser jedoch nicht annahm. «Landesverrätern schüttle ich nicht die Hand.»

Nydegger sagte nichts darauf, er zuckte lediglich mit den Schultern und sprach freundlich zu Wüest: «Wie haben Sie sich nach der Schiesserei in der Laube vor dem Bärenplatz erholt?»

«Das geht Sie nichts an.»

Nydegger überging die Unfreundlichkeit. «Warum haben Sie auf mich schiessen wollen?»

«Schade, dass es nicht funktioniert hat, die Knarre ging nicht los.»

Oppliger stenografierte, was Wüest gesagt hatte. Er empfing einen vielsagenden Seitenblick von Nydegger. «Leider darf ich das Gespräch nicht elektronisch aufzeichnen. Was mir noch nie passiert ist, die Leute in diesem Spital haben mich gefilzt … Ferdinand, schreib ja alles auf, was Herr Wüest sagt. – Ist Ihnen bewusst, Herr Wüest, dass Sie sich damit eines Mordversuchs schuldig gemacht haben?»

«Zu dieser Frage fällt mir keine Antwort ein.»

Das Flackern in den Augen Wüests beunruhigte Nydegger. «Wissen Sie, was man Ihnen heute für Medikamente gegeben hat?»

«Wie sollte ich, ich habe alle Tabletten wieder ausgespuckt. Dann haben die Krankenschwestern mir zwei Spritzen in den Arsch gepfeffert.»

«Sie sind mir noch eine Antwort schuldig, Herr Wüest. Warum haben Sie auf mich geschossen?»

«Weil Sie mich verfolgt haben. Ich hatte Angst. Schon beim Frühstück an diesem …»

«An diesem Freitag, den 29. September …», half Nydegger Wüest aus. «Warum hatten Sie Angst?»

Wüest lachte gequält. «Sie stellen auch Fragen. Wir befürchten eine linke Machtübernahme in der Schweiz.»

«Das müssen Sie mir schon näher erklären, Herr Wüest.»

«In unserer Mainstreampresse wird der Generalsekretär der Kommunistischen Partei der Sowjetunion in den Himmel gehoben. Und gleichzeitig geht es unseren linken Wühlmäusen nur darum, unsere bürgerlichen Strukturen zu zerstören. Gegen das wehren wir uns.»

«Wen meinen Sie mit ‹uns›?»

«Ich bin Kadermitglied einer geheimen Organisation, die den Auftrag bekommen hat, unser Land zu verteidigen, sollten die Kommunisten sich anschicken, die Macht zu übernehmen.»

«Wie heisst denn diese Organisation?»

«Das darf ich nicht sagen. Ich habe geschworen, diesen Namen niemandem zu verraten.»

«Verraten Sie mir wenigstens, wie gross diese Organisation ist?»

«Unter gar keinen Umständen.»

Nydegger liess einen resignierten Seufzer fallen. «Also gut, lassen wir das.» Er zog einen Zettel aus seiner Hosentasche, las ihn und musterte darauf Wüest. «Wie haben Sie im Café Merkur bemerkt, dass Sie verfolgt wurden?»

«Ich beobachtete alle Gäste. Mein kleiner Finger sagte mir, ‹das sind alles Spitzel›. Ich bekam es mit der Angst zu tun. Deshalb legte ich auch meine Waffe neben mir auf den Tisch. Das gab mir etwas Sicherheit. Wie konnte ich wissen, dass sie bereits manipuliert war?»

«Wer, glauben Sie, Herr Wüest, hat ihre SIG manipuliert?»

«Das muss am Vortag gewesen sein. Ich musste für eine Weile austreten und liess meinen Rock über dem Stuhl hängen. Da hat sich einer der Gäste daran zu schaffen gemacht.»

Ratlos äugte Nydegger zu Oppliger. «Bringt es etwas, wenn wir hier weiterfahren?»

Wüest fiel Nydegger ins Wort. «Ich bin ja froh, wenn Sie bald wieder verduften. Doch eines möchte ich in Ihrer Anwesenheit noch deponieren.» Beinahe triumphierend sah er Nydegger an. «Wissen Sie, wie ich Sie in der Laube gegenüber dem ‹Merkur› überführt habe?»

Nydegger schüttelte den Kopf.

«Das spiegelnde Schaufenster. Diesen Trick haben wir an einem NATO-Kurs in England gelernt. Genial. Ich sehe in die Schaufenster und stelle genau fest, ob ich verfolgt werde.»

«Danke, Herr Wüest. Sie haben uns mit Ihren Antworten sehr geholfen.» Nydegger streckte ihm seine Rechte zum Abschied entgegen.

Diesmal nahm Wüest sie an.

Das nachfolgende Gespräch mit dem Stationsarzt war ziemlich kurz. «Ich gehe davon aus, dass Herr Wüest hochgradig geistig umnachtet ist, seine Paranoia ist offensichtlich.»

Der Doktor lachte laut heraus. «Glauben Sie, wir hätten das nicht schon längst bemerkt? Wir werden den Patienten in die psychiatrische Klinik Waldau überweisen. Was gedenken Sie zu tun, Herr Nydegger?»

«Eine Anklage wegen Mordversuchs hat Waldemar Wüest sicher nicht zu befürchten. Wir warten noch den Bericht aus der Waldau ab. Dann können wir den Fall ad acta legen. Es geht allenfalls noch darum, sicherzustellen, dass Wüest für die Gesellschaft nicht weiter eine Gefahr darstellt. Sollte er wieder entlassen werden, schlage ich vor, ihm eine Wasserpistole zu geben …»

21

Dezember 1991

Es war ein kalter Montagmorgen in Bern, an diesem 2. Dezember. Gärtner und Nydegger hatten über das Wochenende den Text aus dem Wachstuchheft Nummer 4 durchgearbeitet. Um zehn Uhr kamen sie in Gärtners Büro zusammen.

Das umfangreiche Dokument umfasste vierzehn Kapitel. Jedem Jahr, beginnend mit 1977, war eines zugeordnet. Vieles stand in keinem Zusammenhang mit der P-26 beziehungsweise mit dem Fall Jules Abel.

Interessant fanden beide den Bericht über den Besuch von Anliker, Abel und Wüest im italienischen Arezzo. Anliker, damals noch nicht Berufsoffizier, wirkte als Direktor einer Zürcher PR-Agentur, die sich als Zentrum der Fichenzubringer einen zweifelhaften Namen erworben hatte – wie sich allerdings erst zwölf Jahre später herausgestellt hatte.

Nydegger zitierte: «Der Name Licio Gelli sagte mir damals noch nichts, der von Robert Anliker schon, vom untragbaren Waldemar Wüest ganz zu schweigen. Sowohl Wüest wie Anliker sind bornierte Kalte Krieger, so richtige Betonköpfe. Welches Kaliber Gelli sein muss, kann ich mir durchaus denken.»

Zum Lehrgang beim MI6 im Vauxhall Cross schrieb Abel: «Ich war sehr überrascht, dass man mich dorthin einlud, und das zusammen mit Bachmann und Wüest.»

Gärtner wies darauf hin, der Besuch in Vauxhall Cross sei bereits im Heft 1 beschrieben.

«Nicht so ausführlich wie im Heft Nummer 4, aber auch andere Sachen wie die erste Kontaktnahme mit Gelli. Aber wesentlich Neues ist nicht dazugekommen.»

«Sandro, ich bitte dich. Hast du wirklich das Heft Nummer 4 sorgfältig gelesen?» Gärtner streckte den Zeigefinger in die Luft. «Hast du nicht. Da steht nämlich etwas Bemerkenswertes drin.»

Nydeggers Gesicht überzog sich mit einer schwachen Röte. «Offensichtlich sind mir einige Passagen durchgegangen. Ich war allein beim Durchackern. Dir haben noch zwei weitere Personen geholfen.»

«So ist es, Sandro. Sechs statt zwei Augen. Ein unbestreitbarer Vorteil.» Gärtner lachte leicht maliziös. «Aber was haben wir denn so Aufsehenerregendes gesehen? Nicht ich, ich gebe es zu. Auch mein Sekretär nicht, nein, der betagten Mutter meiner Kollegin ist es aufgefallen. Hier die Passage. Sie ist gelb markiert.»

Treffen mit einer handverlesenen Gruppe der P2, der Propaganda Due. Dabei waren Licio Gelli, das für mich noch unbeschriebene Blatt, dessen mögliches Verbandeln mit Anliker und Wüest mir schon etwas Sorgen machte. Dann aber auch Giulio Andreotti, der italienische Ministerpräsident. Das war für mich ungemein beruhigend. Andreotti hatte ich als bürgerlichen Politiker in Erinnerung, aber ich stufte ihn nicht als Rechtsextremisten ein. Zugegen war aber Alexander Haig, dessen Sympathien für Faschisten schon immer offensichtlich waren. Es gab einen Vortrag von Gelli auf Italienisch, dem ich über Kopfhörer simultanübersetzt folgen konnte. Dieser hob die Verdienste der italienischen Widerstandsorganisationen hervor. Gelli nahm dabei mehrmals das Wort Gladio in den Mund. Pries sie als einzige intakte klandestine Widerstandorganisation des westlichen Bündnisses an. In diesem Zusammenhang wurde er sibyllinisch. Die Freiheit habe eben ihren Preis, man werde die Gladio modernisieren, der neuen Bedrohungssituation anpassen, das heisse so viel wie mit ihr neue Kampfmethoden ausprobieren. «Ich sehe Ihre fragenden Mienen. Was ist damit gemeint? Das hängen wir nicht an die grosse Glocke. Sie werden noch genug davon erfahren, wenn die Zeit dafür gekommen ist.»
Etwas konkreter wurde Haig. «Man warf der Regierung Nixon und vor allem deren Aussenminister Kissinger vor, den Putsch des chilenischen Generals Pinochet in die Wege

geleitet und damit ein diktatorisches Regime in einem demokratischen Staat geschaffen zu haben. Aber Pinochet hat Chile vor dem Kommunismus gerettet. Unter Allende wäre Chile früher oder später in eine stalinistische Gewaltherrschaft geschlittert. Da ziehen wir eine zeitlich beschränkte autokratische Militärherrschaft vor.»

«Interessante Passagen gibt es auch im Kapitel des Jahres 1978, als der frühere italienische Ministerpräsident Aldo Moro von den Roten Brigaden entführt und ermordet wurde», sagte Nydegger.

Über den gewaltsamen Tod von Aldo Moro stand aber etwas in Abels Aufzeichnungen, das Nydegger und Gärtner masslos erstaunte. Sie lasen gemeinsam die Stelle.

Moro war ein Opfer des Terrors der Roten Brigaden. Das wird von niemandem bestritten. Aber wer weiss schon, dass die Führung der Brigate Rosse von Agenten der Neofaschisten durchsetzt war? Dass die Ermordung Moros eigentlich von der P2 inszeniert wurde?

«Wird die Wahrheit wirklich herauskommen?», fragte Gärtner, um gleich weiterzufahren. «Ist die Behauptung Abels tatsächlich wahr? Mit Bestimmtheit wissen wir es nicht. Und Abel bringt weder Belege noch Hinweise dazu, wenn er Folgendes schreibt: ‹Die Tötung Moros wird der Linken bei den nächsten Wahlen Stimmeneinbussen bescheren. Das kann ja nicht das Ziel der Roten Brigaden sein.› So besehen ist Abels Hinweis auf rechte Agents Provocateurs plausibel.»

«Ich mag dem nicht widersprechen», pflichtete Nydegger bei. «Doch das ist noch weit von einem Beweis entfernt. Aber wer weiss, Abel hatte vielleicht so etwas wie einen Beweis in der Hinterhand. Seine Einträge in Heft Nummer 4 waren nicht für die Öffentlichkeit bestimmt, sondern als eine Art Gedankenstütze für ihn selbst, deshalb sind sie unvollständig. Manchmal müssten wir die Rolle von Abel hinterfragen. Kann es sein, dass er, entgegen seinen Verlautbarungen, bereits in der zweiten Hälfte der siebziger Jahre kein Kalter Krieger mehr war?»

«Darüber habe ich auch schon nachgedacht. Vielleicht hat er seine Gedanken äusserst geschickt verpackt. Stets in der Angst, als Andersdenkender enttarnt zu werden. Das macht mir etwas Mühe. Ich habe aus meinem Herzen nie eine Mördergrube gemacht, ich lege immer offen, was ich denke und empfinde.»

«Sandro, bist du sicher, dass das klug ist?»

«Die Antwort möchte ich im Raum stehen lassen. Doch was ist dir noch aufgefallen im Heft Nummer 4?»

«Das Fehlen einer Mitgliederliste der P-26.»

«Da stimme ich mit dir überein, Klaus. Diese hätte ich gerne gefunden. Doch Abel gehörte nicht der P-26 an. Er hat sie lediglich von aussen begleitet. Allerdings erwähnte er schon einige Namen. Meist von Kadermitgliedern, mit denen er direkt zu tun hatte.»

«Trotzdem wusste Abel mehr über die P-26 als die meisten, die ihr direkt angehörten. Ist diese Mitgliederliste überhaupt wichtig? Die meisten waren Feldmitglieder. Angeheuerte Zivilisten mit der richtigen Einstellung. Patrioten, Antikommunisten, Sozialistenhasser, glühende Armeebefürworter. Kurz: Menschen von schlichter Denkart, einfältige Kalte Krieger, die gar keine Ahnung hatten, was der eigentliche Zweck der P-26 war. Das kommt in Abels Heft Nummer 4 mehrmals zum Ausdruck.»

Das Telefon schrillte, Gärtner hob ab. Er hörte kurz zu und sagte: «Das interessiert dich auch.» Er stellte auf Lautsprecher, sodass Nydegger das Gespräch mitverfolgen konnte.

Es war ein Deutscher mit dem Namen Elmar Schmidt. Gärtner hatte ihn bei einem Politikertreffen in München kennengelernt.

«Klaus, wir haben uns bei unserer letzten Begegnung ausführlich über das Oktoberfest-Attentat unterhalten. Erinnerst du dich noch?»

Gärtner tat das.

«Nun habe ich die Meldung bekommen, dass dieses Verbrechen nochmals aufgerollt werden soll, allerdings gegen den Willen der bayerischen Staatsregierung, die nach wie vor an der

Einzeltäterthese festhält. Neue Enthüllungen haben die Rechtsbehörde dazu bewogen, sich über die Bedenken des Ministerpräsidenten Strauss und seines Justizministers hinwegzusetzen.»

«Enthüllungen?», erkundigte sich Gärtner.

«Mehrere. Da soll auch eine Spur bis in die Schweiz reichen. Von der Bombe, die am späten Abend des 26. September 1980 auf der Theresienwiese explodierte, ist nicht viel übrig geblieben, doch es stehe fest, dass der Zündmechanismus von einer Schweizer Firma stamme. Weiter gebe es Indizien, dass auch ein Schweizer logistische Unterstützung geleistet habe.»

«Wurde der Name dieses Mannes genannt?»

«Nein, nur Initialen und dass er Mitglied der Geheimarmee P-26 gewesen sein soll.»

«Wenn sie die Initialen kennen, müssten sie auch den richtigen Namen wissen. Glaubst du, sie werden unsere Strafbehörden informieren?»

«Vielleicht schon, aber nur mit der Absicht, dass sie ihn nach Deutschland ausliefern.»

«Das wird nicht geschehen, sollte er Schweizer Bürger sein. Und wenn er tatsächlich aus den Reihen der P-26 stammt, dann muss er das sein. Ihm wird kein Haar gekrümmt. Es sei denn, er reist nach Deutschland. Weiss er überhaupt, dass er als Mittäter dieses Verbrechens in deinem Land gesucht wird?»

«Die P-26 war mit den anderen Gladio-Organisationen vernetzt, auch mit der deutschen G27. Nur, die P-26 ist in der Schweiz in aller Munde, was die G27 bedeutet, weiss in Deutschland kaum jemand. Immerhin, in der konservativen Eidgenossenschaft wurde Gladio öffentlich enttarnt und gebrandmarkt. Bei uns? Da kehrte man die ganze Angelegenheit unter den Teppich.»

Gärtner lachte. «Sicher nicht, weil eure Gladio harmloser gewesen wäre als unsere.»

«Ich habe noch eine dritte Neuigkeit. Stunden nach der Detonation der Bombe fand man im Eingangsbereich der Oktoberfestwiese eine herrenlose Hand. Doch bei keiner der eingelieferten verletzten Person wurde eine abgerissene Hand festgestellt. Nun sagte eine Krankenschwester in Hannover auf einem Polizeiposten aus, es habe sich am frühen Samstagmorgen des 27. September 1980 ein Mann mit einer abgerissenen Hand in der Notfallabteilung des Universitätsspitals gemeldet, und zwar ohne Begleitung. Natürlich sei die Frau gefragt worden, warum sie sich erst jetzt melde. Doch am besten faxe ich dir eine Zusammenfassung des Vernehmungsprotokolls von diesem Oktober.»

Das Dokument traf wenige Minuten später ein. Verfasst war es von Kriminalmeister K. S.

Krankenschwester I. Z.: Der junge Mann kam am Samstag, den 27. September 1980, zum Empfang des Krankenhauses. Als er die Klinik betrat, war er nicht ansprechbar. Nach wenigen Schritten brach er zusammen, wurde sofort in den Operationssaal gebracht, wo sich ein Team aus zehn Personen, darunter drei Ärzte, um ihn kümmerte. Der Eingriff dauerte mehr als zwei Stunden.

Am nächsten Tag wurde er im Beisein eines Arztes von zwei Polizisten einvernommen. Dabei gab er sich verwirrt, die Ordnungshüter verliessen unverrichteter Dinge sein Zimmer.

Am kommenden Tag sagte er seinen Namen und gab die Adresse einer Wohngemeinschaft an. Die Polizei sah danach keinen Anlass mehr, ihn aufzusuchen. Er sei auf keiner Fahndungsliste.

Am vierten Tag bekam er Besuch von drei Männern in seinem Alter. Diese gaben bei der Eingangskontrolle Namen und Adresse an. Sie kamen jeden Tag wieder.

Drei Wochen nach seiner Einlieferung war der Patient plötzlich weg. Er nahm noch das Frühstück ein, erkundigte sich, ob er einen Spaziergang machen dürfe. Es wurde ihm mit der Bedingung genehmigt, das Krankenhausareal nicht zu verlassen.

Die Adresse der Wohngemeinschaft, die er hinterlegt hatte, existierte, wie sich bei der späteren Überprüfung herausstellte, nicht. Die Namen, die die jungen Besucher angegeben hatten – sie blieben nach dem Abgang des Patienten ebenfalls verschwunden –, konnten nicht zugeordnet werden.

(Die Kriminalpolizei verfolgte damals seine Spur nicht weiter. Er hatte sich nach den vorliegenden Informationen keines Verbrechens, lediglich einer Ordnungswidrigkeit schuldig gemacht.)

Gestern meldete sich der mittlerweile über dreissigjährige Mann erneut an der Rezeption der Klinik. Er erkundigte sich nach der Schwester Irma, also nach mir. Dass er sich gerade an meinen Namen erinnern konnte, war eine glückliche Fügung. Alle Kolleginnen, die im August 1980 in der Abteilung, wo der Verletzte behandelt wurde, tätig waren, arbeiten nicht mehr im Universitätsspital.

Von den Ärzten, die den Mann operierten, konnte ich keinen mehr ausfindig machen.

Der ehemalige Patient, der sich damals als Heinz Müller ausgegeben hatte, nannte sich jetzt Christoph Sager. Weshalb er zu mir kam und mir dies alles erzählte, weiss ich nicht.

(Name und Adresse wurden überprüft.)

Er eröffnete mir, seine Verletzung habe er sich um halb elf abends am 26. September 1980 zugezogen, bei der Bombenexplosion am Oktoberfest in München. An dieser Stelle fragte ich ihn, weshalb er mir das mehr als elf Jahre nach diesem Ereignis erzähle. Natürlich habe er einen Grund, den er aber zu diesem Zeitpunkt nicht verraten möchte. Er sei damals Mitglied der Wehrsportgruppe Hoffmann gewesen. Er habe den Bombenleger Horst Kohli zum Tatort begleitet. Dass sich in der schweren weissen Plastiktasche, die er zum vergitterten Mülleimer schleppte, eine Sprengladung befand, habe er gewusst. Dann sei das verhängnisvolle Missgeschick passiert. Er nestelte in seiner Hosentasche, wo sich die Zündung befand, und drückte versehentlich den Knopf. Er hörte das Zischen, versuchte sich fluchtartig in Sicherheit zu bringen. Es blieben vier Sekunden. Da weit und breit keine Deckung zu finden war, fasste er einen dicken grossen Mann, der offensichtlich betrunken war, an den Schultern und presste sich an dessen Rücken. Das hatte ihm das Leben gerettet, nur die rechte Hand wurde ihm durch einen grossen, scharfen Metallsplitter weggeschnitten.

Sager berichtete, wie es weiterging. Er sei im Laufschritt zu einem Wagen auf dem Parkplatz der Theresienwiese vor der Ausfahrt in den Bavariaring gerannt. Das Feld 25, dort stand wie vereinbart die schwarze Mercedes-Limousine. Auf einem der Rücksitze sei ein Arzt gewesen, der seine Verletzung sofort behandelte, ihm vor allem eine Spritze gegen die aufkommenden Schmerzen verabreicht habe. Zwischenzeitlich sei er in Ohnmacht gefallen. Nach etwa zwei Stunden habe er sich erkundigt, wohin die Fahrt gehe. Nach Nordwesten, nach Hannover. An Namen könne er sich nicht erinnern. Am Steuer hätten sich ein Schweizer und ein Bayer abgewechselt. Der Schweizer habe sich bemüht, Hochdeutsch zu sprechen, aber seine Aussprache habe seine Herkunft verraten. Im Morgengrauen hätten sie Hannover erreicht. Vor dem Empfang habe man ihn gebeten, dort einzutreten. Was in den nächsten Stunden danach alles geschehen sei, daran könne er sich nicht mehr erinnern.

Zehn Minuten später rief Schmidt wieder an. «So, Klaus, was sagst du zu diesem Bericht?»

«Bemerkenswert.»

«Wie ist die Geschichte weitergegangen?», fragte Gärtner.

«Betrifft die Schweiz ja nicht, aber du darfst es schon wissen. Die Fortsetzung war tragisch. Das Vernehmungsprotokoll landete einen Tag später auf meinem Schreibtisch. Ich schickte eine Patrouille zur Wohnung von Christoph Sager. Die Adresse, die er der Krankenschwester genannt hatte, war richtig. Die Polizisten fanden Sager erschossen in seiner Wohnung. Er hatte sich selbst gerichtet. Neben der Leiche lag ein ärztliches Attest. Sager litt an einem bösartigen Pankreastumor. Dieser Krebs ist meist tödlich.»

«Das brachte dich nicht weiter. Nun erhoffst du von uns den Namen des Komplizen von Sager. Den können wir nennen. Er heisst Alois Hofstetter. Wir werden uns seiner annehmen. Wir werden ihn ausfragen und können nur hoffen, dass er mit uns kooperiert. Wir können aber Hofstetter kaum zur Rechenschaft ziehen, es sei denn, ihr liefert uns Beweise, dass er wissentlich am Anschlag auf der Theresienwiese beteiligt war. Hat er einem Mittäter zur Flucht verholfen, genügt das kaum für eine Verurteilung. Danke trotzdem, Elmar. Uns jedenfalls hast du sehr geholfen.»

Nydegger und Gärtner sahen einander einige Augenblicke an. «Ich schnappe mir den Burschen und quetsche ihn so richtig aus», bemerkte Nydegger.

«Wir treffen uns in einer Woche in meinem Büro und befassen uns mit dem Rest des Heftes 4», antwortete Gärtner.

Am Dienstag, den 3. Dezember, um zwei Uhr am Nachmittag sassen im Verhörraum des Schlosses Burgdorf am grossen runden Eichentisch Staatsanwalt Lukas Hadorn, Kriminalpolizist Sandro Nydegger, Protokollführer Bigler und Alois Hofstetter einander gegenüber.

Hofstetter machte einen tristen Eindruck. Das linke Augenlid zuckte fortwährend, sein Gesicht war weiss wie ein Leintuch, die Hände zitterten. Er lamentierte, ohne dass er aufgefordert worden wäre zu sprechen, und wiederholte fortwährend: «Warum immer ich? Lassen Sie mich endlich in Ruhe. Ich habe nichts verbrochen, nur meine Pflicht getan.»

Hadorn unterbrach Hofstetter schliesslich. «Beruhigen Sie sich bitte, Herr Hofstetter. Das ist eine Vernehmung, Sie sind nicht festgenommen. Wir stellen Ihnen Fragen, auf die wir wahrheitsgetreue Antworten erwarten. Wir dürfen jede Person in diesem Lande vernehmen. Wir betrachten Sie vorerst als Zeugen. Wir protokollieren den Verlauf dieser Sitzung.»

Hadorn zog ein Blatt aus dem grossen Papierstoss, der vor ihm auf dem Tisch lag. «Das Polizeikommando Hannover hat uns informiert, dass Sie beim Anschlag vom 26. September 1980 auf der Oktoberfestwiese in München möglicherweise mitbeteiligt waren.»

Hofstetter schoss vom Sessel hoch, fuchtelte wild herum und brüllte: «Das ist nicht wahr, das ist eine infame Lüge!»

«Reden Sie, Herr Hofstetter, bitte nur, wenn Sie gefragt werden. Ganz abgesehen davon: Das Verhalten, das Sie gerade an den Tag legen, deutet darauf hin, dass Sie mit diesem Verbrechen doch etwas zu tun haben könnten. Waren Sie am 26. September 1980 um halb elf abends in der Nähe des Explosionsortes?»

Nach einigen Augenblicken völliger Stille begann Hofstetter laut zu schluchzen. «Sie können mir bitte glauben, ich war nicht an diesem Verbrechen beteiligt. Aber es stimmt, ich war während des Anschlags auf der Theresienwiese, einige Dutzend Meter vom Ort, wo die Bombe in die Luft ging.»

Hadorn stand auf, ging zu Hofstetter hinüber, legte ihm die Hände auf die Schultern. «Ich glaube Ihnen, dass Sie in München keine strafbare Handlung begangen haben. Wir wissen aber, dass Sie einen verletzten Tatbeteiligten in einer Mercedes-Limousine nach Hannover gefahren haben.»

«Ich fürchte, Sie wissen so ziemlich alles», sagte ein zerknirschter Hofstetter. «Gut, ich werde reden.»

Hofstetter erzählte alles. Dass ihn anfangs September 1980 Wüest aufgesucht und ihm als sein Vorgesetzter in der P-26 den Auftrag gegeben hatte, nach München zu reisen. Sein Besuch in Donaueschingen, das Zusammentreffen dort mit dem Bombenleger, wo er sich während der Explosion aufhielt und die abenteuerliche Fahrt nach Hannover mit dem schwerverletzten Christoph Sager.

Hadorn bedankte sich überschwänglich bei Hofstetter und sagte ihm, in der Schweiz habe er nichts zu befürchten. Nach den dortigen Gesetzen sei er bei seinem Einsatz in München nicht straffällig geworden. Das gelte allerdings nicht in Deutschland und auch nicht in den meisten europäischen Ländern. «Wir gehen davon aus, dass Sie bei Interpol ausgeschrieben sind. Die deutsche Justiz dürfte einen internationalen Haftbefehl gegen Sie ausstellen.»

Worauf Hofstetter weinerlich jammerte: «Dann darf ich mit meiner Familie vorläufig nicht an die französische Riviera reisen.»

Am Montag, den 9. Dezember, betrat Sandro Nydegger das Büro von Klaus Gärtner. Nydegger hatte inzwischen Zeit gefunden, das Heft Nummer 4 nochmals gründlich zu lesen. Am Dienstagabend in der vorigen Woche hatte Nydegger Gärtner über das Treffen in der Staatsanwaltschaft Burgdorf mit Hofstetter orientiert. Und auch über Hadorns Auftritt beim Bundesanwalt deswegen.

Der Kurzbesuch beim Bundesanwalt war der Anknüpfungspunkt Gärtners. «Sandro, das hätte ich nicht gemacht. Anders als sein Vorgänger ist der derzeitige Bundesanwalt eine integre Person. Aber er hat diese Information mit Sicherheit weitergeleitet, unter anderem dem Nachrichtendienst. Und diesem Herrn, Divisionär Alex Haller, ist nicht zu trauen. Er steht politisch extrem rechts. Seine anstössige Tändelei mit dem kriminellen Apartheidoffizier und Militärarzt Wauter Basson, genannt Dr. Tod, machte weltweit Schlagzeilen. Der Nachrichtendienstboss wird alles daransetzen, dass von den Auslandsoperationen der P-26 nichts bekannt wird.»

«Schön und gut. Aber er weiss nun, dass wir es auch wissen.»

Gärtner machte mit seiner Rechten ein Stoppzeichen. «Die Akten über die Auslandsbeziehungen der P-26 gelten als streng geheim. Sie sollen im Bundesarchiv sichergestellt sein. Es ist geplant, sie nicht vor dem 1. Januar 2041 freizugeben. Wenn du den Einsatz von Hofstetter am Oktoberfest 1980 bekannt machst, hätte das mit Sicherheit strafrechtliche Konsequenzen für dich. Du wärest beruflich ruiniert.»

«Das heisst, auch wenn wir alles über die P-26, was ihre Tätigkeit im Ausland betrifft, wissen, dürfen wir es nicht verbreiten?»

«Leider ist das so, Sandro. Als Offizier bei der Kriminalpolizei und Jurist müsste dir das bekannt sein.»

«Dann sollten wir uns etwas ausdenken.»

«Das sehe ich auch so. Und ich bin bereit, dafür Hand zu

bieten. Aber wir können das nur tun, wenn wir das Wesentliche darüber erfahren haben.»

Nun nahmen beide das Klemmbrett mit den kopierten Seiten des Heftes Nummer 4 und blätterten darin.

«Das Nächste, was mir aufgefallen ist, sind die Einträge über die Zusammenarbeit der P-26 mit der Gruppe 27 aus Deutschland», bemerkte Nydegger. «Abel hat Wichtiges gewusst.»

«Aber nicht ganz alles», relativierte Gärtner. «Er nannte keine Namen. Von Hofstetter sprach er in diesem Zusammenhang nicht, obwohl er von dessen Existenz wusste.»

«Er nannte den Namen Wüest. Und Wüest, das wusste Abel, war der Vorgesetzte von Hofstetter in der P-26.»

Gärtner lächelte. «Damit hast du recht. Stimmt, wenn Abel Wüest sagt, meint er auch Hofstetter.»

«Dann der Eintrag über die Befreiung Gellis in Champ-Dollon. Er schrieb, Wüest habe sie organisiert. Was wohl auch stimmt. Hofstetter hat einfach Handlangerdienste geleistet. Immerhin hat Abel die Flucht Gellis recht präzis beschrieben, weit präziser, als es in den Medienberichten stand.»

Gärtner nickte.

«Wir haben das zwar ohne die Lektüre des Hefts Nummer 4 herausgefunden», bekräftigte Nydegger. «Doch Abel hat es bestätigt.»

Gärtner hob beide Hände in die Höhe. «Wir sind uns einig, Abel wusste über die Aktionen der P-26 im Ausland Bescheid. Und das dürfte mit ein Grund sein, dass er ermordet wurde. Nur: Können wir das auch beweisen?»

«Diese Frage muss ich mir auch stellen. Wir haben eine einzige Person, die wir in die Bredouille bringen können. Hofstetter. Nur Hofstetter.»

«Das sehe ich genauso wie du», sagte Gärtner. «War Hofstetter in Bologna dabei? Im Heft Nummer 4 schreibt Abel, Wüest habe einen Beobachter nach Bologna geschickt. Fotos und Filmaufnahmen fänden sich im Archiv der P-26. Und das kann kein anderer als Hofstetter gewesen sein. Auch über einen Einsatz eines P-26-Mannes steht in Abels Heft Nummer 4 etwas. Ein

Datum und zwei Orte. Der Lakai Wüests ist am 24. Juli 1987 im Morgengrauen mit einer Maschine der RAF von Saanen nach Oxford geflogen. Danach nahm er an Kämpfen in Nordirland teil und erschoss dort einen IRA-Aktivisten.»

«Das ist mir natürlich auch aufgefallen. Und Brabant. ‹Am 5. November 1985 flog ein P-26-Mann mit einem kleinen Jet der RAF zum NATO-Stützpunkt in Brüssel. Eine Woche später der Anschlag auf einen Supermarkt in Aalst.› Das steht im Heft Nummer 4, keine Details. Aber mit dem können wir etwas anfangen.» Nydegger klopfte mit den Knöcheln auf den Tisch.

«Dann tue das mit Hadorn zusammen. Ich kann leider nicht dabei sein. Hofstetter hat, was das Attentat von München betrifft, alles gestanden. Auch seine Mithilfe bei der Befreiung von Gelli aus Champ-Dollon. Wenn du es weiterhin so geschickt machst, wird er auch alles über die anderen Fälle preisgeben.»

Am 10. Dezember, einem Dienstag, gingen Nydegger und Hadorn anders vor als eine Woche früher. Hadorn hatte nämlich einige Tage danach ein Telefonat vom Generalsekretariat des EMD erhalten. Ein Beamter, dessen Namen er im unteren Bereich der Hierarchie einstufen konnte, teilte ihm mit, es gehe nicht an, ohne Absprache mit seinem Vorgesetzten Angestellte für ein Verhör abzuziehen. Im Wiederholungsfall werde man sofort reagieren und den betroffenen Personen verbieten, der Vorladung eines lokalen Gerichtes Folge zu leisten.

Hofstetter wurde auf der Fahrt von Oberburg nach Bern auf dem Gemeindegebiet von Urtenen-Schönbühl kurz vor der Einfahrt auf die Autobahn von einer Polizeistreife angehalten. Im sechsplätzigen Wagen sassen auch Nydegger und Hadorn. Hadorn hielt Hofstetter den Haftbefehl unter die Nase.

Hofstetter war verblüfft. «Das geht gar nicht. Einen Beamten des EMD dürfen Sie nicht festnehmen.»

Hadorn lächelte Hofstetter an. «Als Jurist kenne ich die Gesetze genau. Richtig ist: Einer Vorladung brauchen Sie nicht nachzukommen. Das bedeutet aber nicht, dass es uns verboten ist, Sie festzunehmen.»

«Nicht schon wieder», jammerte Hofstetter. «Mein Chef wird toben, wenn ich zu spät am Arbeitsplatz erscheine.»

«Dem werden wir abhelfen.» Hadorn griff zum Autotelefon, wählte eine Nummer. «Hadorn, Staatsanwalt Burgdorf am Apparat. Wir haben eben einen Ihrer Mitarbeiter festgenommen. Hofstetter Alois. Am Nachmittag werden wir ihn wieder bei Ihnen abliefern, mittagsverpflegt auf unsere Kosten.»

Hadorn schaltete den Lautsprecher ein. «Ich werde das weitermelden.»

«Tun Sie, was Sie nicht lassen können. Auf Wiederhören, einen schönen Tag noch.»

Hofstetter wurde diesmal zum Stützpunkt der Stadtpolizei am Waisenhausplatz gefahren. Man geleitete ihn dort in einen komfortablen Raum. Es war das Büro von Nydegger.

«Warum bei der Berner Stadtpolizei? Die hat doch nichts zu tun mit dem Fall P-26.»

«Vielleicht haben Sie damit recht. Doch es geht uns um den Mordfall Abel. Dieses Verbrechen hat irgendwie etwas zu tun mit dem Ableben von Waldemar Wüest», klärte ihn Nydegger auf.

Ein breites Grinsen überzog Hofstetters Gesicht. «Diesmal werde ich nichts sagen, überhaupt nichts. Mein Vorgesetzter im EMD hat mir nach dem letzten Verhör im Schloss Burgdorf klargemacht, dass ich mich keinen Befragungen von Staatsanwalt Hadorn mehr unterziehen muss.»

«Ich denke, da irren Sie sich», sagte Hadorn. «Es liegt ein Haftbefehl gegen Sie vor. Wenn Sie sich weigern, auszusagen, können wir Sie für mehrere Tage in Gewahrsam nehmen. Wenn Sie mit uns kooperieren, garantiere ich Ihnen, dass Sie bereits nach einem guten Mittagessen wieder auf freiem Fuss sind.»

«Was wird mir denn vorgeworfen?»

«Zunächst nichts Konkretes, doch wir vermuten, dass Sie an mehreren happigen Delikten beteiligt waren. Diese wurden allerdings im Ausland begangen. Einem Auslieferungsbegehren des Landes, in dem Sie womöglich etwas verbrochen haben, wird bei uns nicht stattgegeben, da Sie Schweizer Bürger sind.»

«Klingt beruhigend. Dann lasse ich diese Prozedur nochmals über mich ergehen.»

«Danke», sagte Hadorn mit zuckersüsser Miene. «Bologna, Herr Hofstetter, sagt Ihnen das etwas?»

«Nicht viel, höchstens dass es in Italien liegt.»

«Ist ja schon mehr als zehn Jahre her. Ich helfe Ihnen gerne nach. Es war an einem Mittwoch, am 31. Juli 1980, als Sie mit einem zivilen Fahrzeug der Armee von der Kaserne Jassbach mit Bestimmungsort Iselle losfuhren.» Hadorn blätterte in einem Notizbuch. «Es war genau zehn Uhr am Vormittag. Auch die Fahrtroute kann ich angeben. Jassbach–Thun–Kandersteg–Lötschbergtunnel–Goppenstein–Brig–Simplon–Grenzübertritt nach Gondo–Iselle Bahnhof. Dämmert es Ihnen jetzt?»

Hofstetter wurde ein bisschen blass. «Warum, wenn Sie eh schon alles wissen, fragen Sie denn?»

«Wir möchten wissen, ob das, was Sie uns preisgeben, mit den Akten, die wir darüber haben, übereinstimmt.»

«Gut, dann rede ich, ich habe in diesem Fall nichts zu verbergen.»

Hofstetter erzählte die ganze Geschichte. Was er in Bologna tat, vor und nach dem Anschlag. «Ich war nicht an diesem Verbrechen beteiligt.»

Hadorn bestätigte das, aber ergänzte: «Sie haben nichts Unrechtes getan, aber Sie haben mit denjenigen, die die Bombe gelegt hatten, zusammengearbeitet, und das im Auftrag der P-26.»

Nydegger öffnete seine Mappe, zog eine CD heraus und überreichte sie Hofstetter. «Darauf sind die Fotos und Videos, die Sie damals, am Morgen des 2. August 1980, aufgenommen haben.»

Hofstetter war verblüfft. «Von wo haben Sie die?», fragte er Nydegger.

«Es gibt Dinge, die man lieber nicht weitererzählt. – Wir würden es schätzen, Herr Hofstetter, wenn Sie uns nun schildern, was Sie im November 1985 im Auftrag von Waldemar Wüst im belgischen Aalst unternommen haben.»

Grosse Tropfen bildeten sich auf Hofstetters Stirn. «Da wär ich beinahe draufgegangen. Man hat mir übel mitgespielt.»

Hadorn warf Hofstetter einen scharfen Blick zu. «Das wissen wir. Aber wir wissen auch, dass Sie mit einer MAC-10-Maschinenpistole auf Menschen zielten.»

«Stimmt. Das verdammte Ding war blockiert, und Kollegen von mir legten auf mich an. Ich konnte buchstäblich in letzter Sekunde meine Haut retten.»

Die Resignation Hofstetters war mit Händen zu greifen. Hadorn bat ihn, alles über diesen Einsatz zu schildern. Zu seiner Überraschung erzählte Hofstetter ausführlich. Für Nydegger und Hadorn wirkte es glaubwürdig.

Dann stand Hofstetters Auftrag in Nordirland im Juli 1987 zur Diskussion. Auch da gab er detailliert Auskunft.

Der einstige Militärrichter Nydegger machte, nachdem Hofstetter alles preisgegeben hatte, darauf aufmerksam, dass sein Dienst in der britischen Armee die einzige Straftat sei, der er überführt werden könnte. Aber dafür sei die Militärjustiz zuständig. «Und diese, so glauben wir zumindest, dürfte sich hüten, Sie nur eine Minute festzuhalten.»

Hadorn hob ein schwarzes Kästchen in die Höhe. «Mit dem haben wir alles aufgenommen.»

«Was geschieht mit diesen Aufzeichnungen?»

«Wir geben sie vorläufig nicht weiter. Eine Kopie davon kommt in das Archiv des Amtsgerichts Burgdorf, eine gebe ich Nydegger, eine Ihnen.»

Hofstetter winkte ab. «Das können Sie lassen, ich möchte mich nicht selbst belasten. Immerhin muss ich jederzeit mit einer Hausdurchsuchung rechnen, es könnte sein, dass gegen ehemalige P-26-Mitglieder Strafverfahren eingeleitet werden.»

«Zum Schluss noch eine Frage, Herr Hofstetter. Ich als Staatsanwalt von Burgdorf bin nicht zuständig für die Ermittlungen im Mordfall Abel. Trotzdem möchte ich gerne wissen, ob Sie damit etwas zu tun hatten, oder ob Sie uns einen Hinweis geben können, für wen das zutrifft?»

«Auf das Erstere, das dürften Sie verstehen, werde ich Ihnen keine Antwort geben. Was das Letztere betrifft, kann ich Ihnen versichern, dass Mitglieder der P-26 dahintersteckten.»

«Davon gehen wir aus. Wissen Sie, ob die Täter noch leben?»

«Einer davon mit Bestimmtheit nicht mehr.»

«Wer?»

«Dazu verweigere ich die Aussage.»

Hadorn zuckte mit den Schultern. «Wir wissen die beiden letzten Antworten einzuordnen. Ich danke Ihnen für Ihre Auskünfte.» Nydegger zog sein Portemonnaie aus der Gesässtasche, nahm eine Zwanzigernote und zwei Fünfliber daraus, legte beides auf den Tisch vor Hofstetter. «Gönnen Sie sich ein Mittagessen in einer der Gaststätten in der Umgebung. Sie sind ab sofort auf freiem Fuss. Wir werden Sie von nun an in Ruhe lassen.»

Als Hofstetter gegangen war, ging Nydegger ans Fenster und sah auf den Vorplatz hinunter. «Jetzt trottet er Richtung Bärenplatz – armer Hund.»

«Wie geht es weiter?», fragte Hadorn.

«Wir wissen jetzt, wer Abel umgebracht hat. Wie wir vermuteten, war es Wüest, und Hofstetter hat ihm dabei geholfen.»

Nydegger lachte bitter. «Aber kann Hofstetter deswegen zur Verantwortung gezogen werden?»

«Das weisst du genauso wie ich. Der Mordfall Abel bleibt in den Annalen als nicht aufgeklärtes Verbrechen.»

22

Frühjahr 2020

Die Nydeggers leben seit ihren Pensionierungen im Jahre 2015 wieder ganz oben in einem Hochhaus, diesmal im Quartier Saali. Sie geniessen den Blick über die ganze Stadt. Auch an diesem Frühlingsmorgen, dem Samstag, den 18. April. Es ist zehn Uhr, sie sitzen beim Kaffee. Das Telefon schrillt. Anna geht an den Apparat, nimmt ab. Sie stellt auf Lautsprecher. «Karrer, Redaktion ‹Bild der Schweiz›, dürfte ich mit Ihrem Mann sprechen?»

«Um was handelt es sich?»

«Um den Fall Jules Abel, den Oberstleutnant, der genau vor drei Jahrzehnten bestialisch ermordet wurde.»

«Einen Moment, er kommt.»

«Hier ist Sandro Nydegger.»

«Guten Morgen, Herr Nydegger. Es ist ein älterer Herr mit einem schweren Koffer bei uns. Er behauptet, darin seien die im Frühjahr 2018 als verschwunden gemeldeten Akten der P-26. In einem Klarsichtmäppchen findet sich noch ein Bekennerschreiben des Komplizen bei der Tötung von Jules Abel.»

«Wie heisst der Mann?»

«Alois Hofstetter.»

«Mir fällt schier der Kinnladen herunter. Ungeheuerlich. Sie brauchen nun eine Person, die diese Dokumente auf ihre Echtheit überprüft?»

«Sie sagen es, Herr Nydegger. Wir haben Hofstetter nach einer solchen Person gefragt. Er hat Sie angegeben. Wären Sie bereit, uns diesbezüglich zu helfen?»

«Gar keine Frage. Ja.»

«Wir schlagen vor, Sie zu Hause aufzusuchen. Mit Hofstetter. Wäre das möglich?»

«Kein Problem.»

«Ich sehe auf meine Uhr. Um halb zwölf wären wir bei Ihnen. Geht das?»

«Ich bin bereit.»

Pünktlich läutet es bei Nydeggers. Nydegger erkennt auf dem kleinen Bildschirm neben der Glocke das Gesicht von Hofstetter. Er sieht bedauernswert aus, sein Antlitz zerfurcht, um weit mehr als drei Jahrzehnte gealtert. Daneben, in einem schnittigen Sommeranzug, eine jüngere männliche Person. Das muss Karrer, der Redaktor, sein. Durch die Fernsprechanlage sagt Sandro Nydegger: «Nehmen Sie bitte den Lift, wir wohnen im achtzehnten Stockwerk, dem obersten.»

Vor der Wohnungstüre stehen dann drei Männer. Neben Hofstetter und Karrer ein bulliger, der als Bodyguard vorgestellt wird. Er trägt den schweren Koffer. Die Nydeggers begrüssen die Ankömmlinge herzlich. Nydegger fragt: «Wie viel Zeit, Herr Hofstetter, werden wir brauchen, bis ich die Echtheit der Dokumente festgestellt habe?»

«Sie müssen ja längst nicht alles anschauen. Stichworte genügen, zum Beispiel ‹Brabant› oder ‹München›. Dann kann ich genau sagen, wo die entsprechenden Dokumente zu finden sind.»

«Das könnte rasch gehen. Aber ich bin ein neugieriger Mensch und bedinge mir aus, einige Dokumente genau zu lesen.» Nydegger sieht auf die Uhr. «Ich nehme mir Zeit bis zwei Uhr nachmittags.» Er wirft dem Bodyguard einen lächelnden Blick zu. «Für Sie wäre ein so langes Warten furchtbar langweilig. Gehen Sie etwas essen unterdessen.»

Nydegger nimmt das Dokument aus der Klarsichtmappe und legt es vor sich auf den Tisch. Anna sitzt daneben. «Stört es jemanden von Ihnen», er sieht flüchtig zu Hofstetter und Karrer, «wenn meine Frau Anna auch mit dabei ist?»

Karrer macht eine skeptische Miene, doch dann besinnt er sich eines Besseren und sagt verhalten: «Nein.»

Nydegger liest laut aus dem Papier:

«Köniz. Ostern, 15. April 1990. Tod von Jules Abel.
Es war zehn Uhr am Morgen, als wir bei ihm läuteten. Waldemar Wüest und ich, Alois Hofstetter. Wüest sagte: «Jules, geh in dein Schlafzimmer. Zieh dich bis auf die Unterhose aus.»
«Spinnst du eigentlich, Waldemar, du alter, seniler Sack?»
Waldemar zog aus seinem Hosenbund eine Pistole heraus.
«Mach schon, sonst knalle ich dich ab.»
Abel gehorchte. Nun lag er weitgehend entkleidet in seinem Bett.
«Wir haben gehört, dass du zu Jeanmaire gehen willst, um ihm alles über die P-26 zu erzählen. Das ist Verrat, mein Lieber. Nach unseren Satzungen hast du damit das Leben verwirkt.»
«Ich bin gar nicht Mitglied der P-26.»
«Fällt dir nicht noch etwas Blöderes ein?»
Dann reichte mir Wüest die Pistole und befahl: «Halte dieses Schwein in Schach!»
Nach mehrminütigem Suchen kam Wüest mit einem Bajonett zurück.
«Nein, bitte nicht, erschiesst mich doch.»
«Geht nicht, das ist zu laut, die Leute im Block könnten das hören.»
Wüest stiess mehrmals mit dem Bajonett auf den Oberkörper von Abel ein. Er röchelte, furchtbare Schmerzen mussten ihn gequält haben, bis er sein Leben aushauchte.
«Stelle fest, Alois, ob Abel zur Hölle gefahren ist.»
Ich griff an sein Handgelenk und sagte: «Er ist tot.»

«Danke, Hofstetter, dass Sie sich zu diesem Mord bekennen. Doch Sie dürften wissen, dass dieses Verbrechen seit heute verjährt ist», sagt Nydegger.

«Da wäre doch noch etwas richtigzustellen. Nicht ich habe gemordet, sondern Wüest», protestiert Hofstetter.

Nydegger beginnt in den Unterlagen zu blättern. Plötzlich sieht er auf. «Was ich noch fragen wollte, Herr Hofstetter, wo waren die im Frühjahr 2018 verschwundenen Akten? Sind das die, die Sie jetzt mitgebracht haben?»

«Ja, im Bunker von Gstaad, im ‹Hotel Schweizerhof›.» Nicht ohne triumphierende Miene erzählt er, wie er damals, im Januar 1991, Cäsar und Brutus ausgetrickst, die Akten der P-26 vor dem Schreddern gerettet hatte. «Es fiel mir allerdings nicht leicht. Ich bin dabei über meinen Schatten gesprungen.»

Das Blättern von Nydegger in den Papieren, die er aus dem Koffer nahm, geht weiter. Zwischendurch stellt er Hofstetter Fragen. «Stimmt es, dass Kaplan von sämtlichen Auslandseinsätzen nichts gewusst hat?»

Die Antwort Hofstetters kommt sofort. Ja, das wisse er ganz genau. Kaplan sei in der P-26 nur eine Nebenfigur gewesen. Einige Gruppen, wie die unter Waldemar Wüest, hätten autonom operiert, ihre Aktionen direkt mit der Zentrale in Oxford, dem «Hotel Purgatory» oder auf Deutsch: «Hotel Fegefeuer», abgestimmt.

«Purgatory? Fegefeuer? Davon steht nichts im PUK-EMD-Bericht.»

Hofstetter lacht. «Diesen PUK-Bericht können Sie getrost weglegen. Wesentliches steht nicht darin. Das von den Auslandseinsätzen. Es hätte im November 1990, dann, als das Parlament den Bericht verabschiedete, einen Sturm der Entrüstung zur Folge gehabt. Die Beteiligten wären zur Verantwortung gezogen worden. Leisten von Kriegsdiensten in fremden Armeen ist in der Schweiz eine kriminelle Tat, die zwingend mit Gefängnis geahndet wird.» Hofstetter klärt Nydegger auf, was es mit dem «Hotel Purgatory» auf sich hatte.

Fünf vor zwei legt Nydegger den letzten Stoss Papier in den Koffer zurück. «Es gibt gar keine Zweifel, dass die meisten Dokumente echt sind. Alle Achtung, Herr Hofstetter. Die Nachwelt wird Ihnen dankbar sein. Wie soll es jetzt weitergehen? Was den Mord an Abel betrifft, erwartet Sie kein Strafverfahren. Wichtig scheint mir aber, wie ‹Bild der Schweiz› das Bekennerschreiben unters Volk bringt.» Nydegger sieht den Redaktor scharf an. «Es dürfte Ihnen bekannt sein, dass Sie in der Montagsausgabe auf gar keinen Fall Hofstetters Namen nennen dürfen. Auch nicht den von Wüest, leider. Niemand kann Ihnen einen Vorwurf machen, wenn Sie erwähnen, dass der Täter beziehungsweise der Komplize Mitglied der P-26 waren. Was haben Sie mit den P-26-Akten vor?»

«Wir geben die Originale an das Militärdepartement zurück, mit der Auflage, dass sie im Bundesarchiv gelagert werden. Dass wir alle Dokumente kopieren werden, digital und auf Papier, ist eine Selbstverständlichkeit. Wir werden mächtig Druck machen, dass Akten nicht bis zum Ablauf der offiziellen Sperrfrist im Jahr 2041 unter Verschluss bleiben.»

Am Montagmorgen kauft sich Anna Nydegger am Zeitungskiosk die «Bild der Schweiz».

> *MORDFALL JULES ABEL GELÖST*
> *Am 18. April 1990 wurde Jules Abel in seiner Könizer Wohnung tot aufgefunden. Die Mörder hatten Abel mit seinem eigenen Bajonett erstochen. Aus dem Bekennerschreiben, das uns vorliegt, geht hervor, dass die Täter Mitglieder der P-26 waren.*
> *Abel wurde einige Tage zuvor umgebracht. Das sind dreissig Jahre und einige Tage her. In der Schweiz ist ein Kapitalverbrechen nach dreissig Jahren verjährt. «Bild der Schweiz» darf ihre Namen nicht veröffentlichen. Sie gelten als unschuldig.*
>
> *AKTEN DER P-26 WIEDERAUFGETAUCHT*
> *Die seit dem Frühjahr 2018 als verschwunden gemeldeten Akten der P-26 sind wiederaufgetaucht. Allerdings hatte ein ehemaliges Mitglied der P-26 im Januar 1991 den Auftrag, die im Bunker von Gstaad gelagerten Akten zu schreddern. Er tat das aber nicht. Stattdessen vernichtete er die gleiche Menge Makulatur, sodass die Auftraggeber annehmen konnten, die Akten seien aus der Welt geschafft.*
> *Der Mann suchte die Redaktion von «Bild der Schweiz»*

auf und lieferte uns die in einem schweren Koffer verstauten Dokumente.

Am Dienstag erscheint die folgende Meldung in den Abendnachrichten im Fernsehen. Das Ehepaar Nydegger blickt gebannt auf den Bildschirm.

Gestern Abend berichteten wir über die Person, die die Akten der P-26 vor dem Schredder bewahrte. Heute Nachmittag erreicht uns die tragische Nachricht, dass dieser Mann seinen Mut mit dem Leben bezahlte. Gestern in den frühen Abendstunden wurde er beim Verlassen seines Hauses von einem vorbeifahrenden Motorrad aus erschossen.

«Wir wissen jetzt, wie Abel gestorben ist. Weshalb Wüest ins Gras gebissen hatte, das konnte ich nur vermuten. Leider liess man mich diesen Fall nicht weiterverfolgen», sagt Nydegger zu Anna.

«Vielleicht geben die letzten Akten der P-26 Auskunft?»

Nydegger wählt die Nummer von Karrer.

Der Redaktor der «Bild der Schweiz» begreift sofort, worauf Nydegger hinauswill. «Ich sehe nach. Sollte ich fündig werden, scanne ich die Stellen und sende Sie Ihnen als E-Mail.»

Eine halbe Stunde später geht Nydegger an den PC und findet von Karrer tatsächlich eine Nachricht.

«Vielleicht können Sie, Herr Nydegger, mit diesem letzten Eintrag in den Akten der P-26 etwas anfangen? Ich nicht.»

Wir müssen alles daransetzen, dass Cäsar nicht in die Hände der Polizei fällt und Internas ausplaudert. Brutus.

Nydegger und Anna sehen sich an. «Brutus, das ist doch …?», erkundigte sich Anna.

«Oberst Stahl aus Langenthal. Ich weiss nicht, ob er noch lebt, wahrscheinlich nicht. Zur Verantwortung kann er so oder so nicht mehr gezogen werden.»

Personenverzeichnis

Abel, Jules – ehemaliger Offizier des militärischen Nachrichtendienstes, Mordopfer von 1990

Aegerter, Lukas – Flachmaler aus Oberburg, Undercover der Kantonspolizei Bern

Anliker, Robert – Stabsoffizier im Ausbildungsbereich, später stellvertretender Nachrichtenchef Armee

Berger, Josua – Bürger von Oberburg, Grossrat und Gewerkschaftssekretär

Berger, Ursula – Gattin von Josua

Biedermann – Wachtmeister Kantonspolizei Bern, Adjutant von Nydegger

Bieri, Fritz – Zeuge im ungeklärten Todesfall von Jules Abel

Brutus – Mitarbeiter beim P-26 alias Oswald Stahl

Don Quijote – Deckname eines Agenten der deutschen Stay-behind-Armee alias Egon Schäfer

Eva – Mitglied P-26

Felix – Mitglied P-26

Gallati, Michael – Generalsekretär kantonales Polizei- und Militärdepartement

Gärtner, Klaus – Gemeinderat von Bern

Gelli, Licio – italienischer Faschist, Verschwörer und Terrorist

Hadorn, Lukas – Staatsanwalt im Amtsbezirk Burgdorf

Haller, Alex – Divisionär, Chef des militärischen Nachrichtendienstes

Heidi – Mitglied P-26

Herger, Justus – Hauptmann im militärischen Nachrichtendienst

Hess – Oberstleutnant beim (deutschen) Bundesnachrichtendienst, BND

Himmelberger, Gottlieb – Gefreiter in Nydeggers Team

Hofstetter, Alois – Gemeinderat Oberburg, Feldweibel der Schweizer Armee, Mitglied der P-26, Deckname Pinocchio

Hofstetter, Eisi – Gattin von Alois

Jost, Karl – Ehemann der Hauswartin

Jost, Nelly – Hauswartin im Block, wo Jules Abel ermordet wurde

Kaplan, Eduard – Kommandant der P-26, Deckname Ruben

Karrer – Redaktor «Bild der Schweiz»

Kohli, Horst – Bombenleger von München

Max und Moritz – zwei Lausbuben in Oberburg

Nicolet, Jean-Paul – ursprünglich Neuenburger Untersuchungsrichter

Nydegger, Anna – Lehrerin, Frau von Sandro

Nydegger, Sandro – Polizeioffizier in Bern

Ochsenbein, Walo – Oberstleutnant bei der Kantonspolizei Bern

Oppliger, Ferdinand – Wachtmeister bei der Kantonspolizei Bern

Pfeuti – Brigadier, Oberauditor der Schweizer Armee

Rüfenacht – Hauptmann bei der Untergruppe Nachrichtendienst und Abwehr, UNA

Rupprecht, Hans – der Tote vom Schafloch

Rupprecht, Imelda – Witwe von Hans Rupprecht

Schnell, Dr. – Beamter im EMD

Schürch – Leutnant bei der Stadtpolizei

Wasmer, Wilhelm – Regierungsrat (Polizeidirektor) Kanton Bern

Wüest, Waldemar – Mitglieder der P-26, Deckname Cäsar

Verzeichnis der Persönlichkeiten, die real existier(t)en und im Roman vorkommen:

Bachmann, Albert – * 26. November 1929; † 12. April 2011. Oberst beim Schweizer Armee-Nachrichtendienst

Basson, Wauter – ehemaliger südafrikanischer Kardiologe und Armeeoffizier. Er war ab 1975 bei der South African Defence Force (SADF) an der Entwicklung des Tötungsprogramms «Project Coast» der südafrikanischen Regierung, in dem es um die Schaffung chemischer und bakteriologischer Waffen ging, massgebend beteiligt. Er erhielt demzufolge den Spitznamen «Dr. Death». Basson besuchte in den achtziger Jahren das EMD in Bern und interessierte sich für chemische Waffen, um sie gegen die Widerstandsbewegung der Schwarzen einzusetzen.

Berlusconi, Silvio – * 29. September 1936. Italienischer Medienmogul, zeitweise Ministerpräsident

Brugger, Ernst – * 10. März 1914; † 21. Juni 1998. Bundesrat (Wirtschaftsminister) 1970–1978

Frieden, Urs – * 23. Februar 1956. Journalist. Stadtrat von Bern 2005–2012, Grünes Bündnis. Stadtratspräsident 2010. Präsident/Gründer der im Sportbereich aktiven Aktion «Gemeinsam gegen Rassismus»

Gut, Walter – * 31. August 1927; † 2. August 2012. 1971 bis 1987 Regierungsrat des Kantons Luzern (Erziehungsdirektor). Von April 1990 bis Ende 1991 war Gut Fichendelegierter des Bundesrates für Staatsschutzakten des Bundes.

Haig, Alexander – * 2. Dezember 1924; † 20. Februar 2010. US-amerikanischer Offizier und Politiker, Oberkommandierender der NATO Europa 1975 bis 1979, Stabschef des Weissen Hauses unter den US-Präsidenten Richard Nixon und Gerald Ford sowie Aussenminister unter Ronald Reagan

Jeanmaire, Jean-Louis – * 25. März 1910; † 29. Januar 1992. Kommandant der Luftschutztruppen im Range eines Brigadiers. Wurde 1976 in einem umstrittenen Militärgerichtsprozess wegen Landesverrat zu achtzehn Jahren Zuchthaus verurteilt und 1988 vorzeitig entlassen.

Kissinger, Henry – * 5. Februar 1923. Aussenminister der Vereinigten Staaten von 1973 bis 1977

Papandreou, Andreas – * 5. Februar 1919; † 23. Juni 1996. Griechischer Politiker und Wirtschaftswissenschaftler. Beim Militärputsch 1967 wurde er inhaftiert. Von 1981 bis 1989 und 1993 bis 1996 war er Ministerpräsident von Griechenland.

Steinhäuslin, Charles – Schweizer Botschafter in Griechenland in den 1980er-Jahren

Villiger, Kaspar – * 5. Februar 1941. Schweizer Unternehmer und Politiker (FDP), 1989 bis 2003 Mitglied des Bundesrats, bis 1995 Verteidigungsminister, dann Finanzminister

Glossar

Banco Ambrosiano – eine ehemalige Mailänder Bank. Sie fusionierte nach einem Skandal 1982 mit der Banca Cattolica del Veneto unter dem Namen Nuovo Banco Ambrosiano. Die Bank Ambrosiano hatte grossen Anteil in der Verschwörung um die rechtsextreme Propaganda Due, P2, in den 1970er- und 1980er-Jahren.

Beige – in der Schweiz und in Südwestdeutschland Bezeichnung für einen Stapel, Stoss oder einen regelmässig aufgeschichteten Haufen von Gegenständen gleicher Art und Beschaffenheit. Bücher, Hefte, Münzen oder Teller können zu einer Beige aufgeschichtet werden, beim Jassen (Kartenspielen) wird der Stapel Karten als Beige bezeichnet.

Bologna – Hauptstadt der Region Emilia-Romagna mit circa 390'000 Einwohnern. Am Hauptbahnhof wurde 1980 unter Mitwirkung der NATO-Geheimarmee der blutigste Anschlag der neueren Geschichte Italiens verübt. Bologna ist Sitz einer weltberühmten Universität.

Bundespolizei – eigentlich: Bundesamt für Polizei, unter dem Kürzel Fedpol bekannt. Das Fedpol ist für die Koordination zwischen den Kantonspolizeien und für die Beziehungen zu ausländischen Polizeistellen zuständig.

Bundesrat in der Schweiz – Regierung des schweizerischen Bundesstaates

Burgdorf – Stadt im Verwaltungskreis Emmental des Kantons Bern mit circa 16'000 Einwohnern

Bürzi – Dutt

CIA – Central Intelligence Agency. Auslandsgeheimdienst der Vereinigten Staaten. Die CIA besteht seit 1947.

Eidgenössische Räte – Parlament in der Schweiz, bestehend aus zwei Kammern, dem Ständerat und dem Nationalrat

EMD – Eidgenössisches Militärdepartement. Verteidigungsministerium der Schweiz. Seit 1998 trägt es den Namen Eidgenössisches Departement für Verteidigung, Bevölkerungsschutz und Sport, VBS.

Fichenaffäre – einer der grössten Skandale der Schweizer Geschichte während des Kalten Krieges. Von rund 900'000 Einwohnerinnen und Einwohnern der Schweiz wurden zwischen 1955 und 1990 Staatsschutz-Fichen angelegt. Sie befinden sich heute im Bundesarchiv.

Gstaad – Nobelkurort im Berner Oberland auf 1050 Meter ü. M. mit circa 7000 Einwohnern, gehört zur Gemeinde Saanen. Im Bunker von Gstaad, dem «Hotel Schweizerhof», wurde das Kader der NATO-Geheimarmee P-26 ausgebildet.

Jassbach – Ortsteil der Gemeinde Linden mit circa 1300 Einwohnern, im Verwaltungskreis Bern-Mittelland. In Jassbach befindet sich ein kleiner Waffenplatz der Schweizer Armee. Dort werden Spezialisten der Übermittlungstruppen ausgebildet.

Köniz – politische Gemeinde mit circa 42'000 Einwohnern im Verwaltungskreis Bern-Mittelland, liegt südwestlich der Stadt Bern

MI6 – Das Kürzel MI6 steht für Military Intelligence, Section 6; britischer Auslandsgeheimdienst.

Oberburg – politische Gemeinde im Verwaltungskreis Emmental mit 3000 Einwohnern. Oberburg liegt südlich von Burgdorf, mit dem es fast zusammengewachsen ist. In Oberburg befand sich ab 1979 in einem grossen unterirdischen Bunker das erste Hauptquartier der P-26. 1982 wurde es vom «Hotel Schweizerhof» in Gstaad abgelöst.

Papeterie (schweizerisch) – Papierwarenhandlung

Plache – Plane, Abdeckung

Schragen – auf kreuzweise verschränkten (hölzernen} Füssen ruhendes Gestell. Umgangssprachlich: Beim Arzt legt man sich auf den Schragen zur Untersuchung.

Seich – Unsinn, seichtes Gerede, Geschwätz

Sektionschef – Verbindungsstelle zwischen den Angehörigen der Armee in Zivil und den militärischen Amtsstellen

Stäcklibeine – dürre Beine

Taburett – Hocker

Thun – Hauptort des gleichnamigen Verwaltungskreises mit circa 44'000 Einwohnern. Thun ist mit dem grössten Waffenplatz der Armee die bedeutendste Garnisonsstadt der Schweiz.

währschaft (schweizerisch) – das Essen betreffend: kräftig und nahrhaft

WK – Abkürzung für «Wiederholungskurs» im Schweizer Militär. Alle Truppenangehörigen leisten jährlich einen Wiederholungskurs. Dieser dauert in der Regel drei Wochen.

Dienstgrade der Schweizer Armee und der Polizei

Mannschaftsgrade und Unteroffiziere
Mannschaft: Rekrut, Soldat, Gefreiter
Unteroffiziere: Korporal, Wachtmeister
Höhere Unteroffiziere: Fourier, Feldweibel, Adjudantunteroffizier, Stabsadjudant

Offiziere
Subalternoffiziere tragen «Spaghetti am Hut»: Leutnant, Oberleutnant, Hauptmann
Stabsoffiziere tragen «Nudel/-n am Hut»: Major, Oberstleutnant, Oberst
Höhere Stabsoffiziere tragen «Eichenlaub am Hut»: Brigadier (im Ausland Brigadegeneral, Einsternegeneral), Divisionär (Generalmajor, Zweisternegeneral), Korpskommandant (Generalleutnant, Dreisternegeneral)
In Kriegszeiten – das war seit 1848 viermal der Fall – gibt es in der Schweiz einen Viersternegeneral. Er wird mit «General» angesprochen. Nach internationalen Normen wäre er Generaloberst.

Polizei
Die Dienstgrade entsprechen meist den Dienstgraden der Armee. Höhere Stabsoffiziere gibt es nicht. Die Polizei untersteht den Kantonsregierungen, in einigen Kantonen auch der Gemeindeexekutive.

Nachwort

Die P-26, Projekt 26, war eine geheime Kaderorganisation. Nachdem sie im Frühjahr 1990 enttarnt worden war, stellte sie der damalige Bundesrat, die Landesregierung, als Institution zur Aufrechterhaltung des Widerstandswillens in einer besetzten Schweiz dar. Schon bald äusserten kritische Journalisten, liberale und linke Kreise Zweifel an dieser offiziellen Version.

Seit dem März 1985 amtete Michail Sergejewitsch Gorbatschow als Generalsekretär des Zentralkomitees der Kommunistischen Partei der Sowjetunion (KPdSU). Er leitete kurz nach seiner Machtübernahme das Ende des Kalten Krieges ein. Obwohl 1990 die sowjetische Armee für die Schweiz längst keine Bedrohung mehr darstellte, war die P-26 immer noch im Aufbau begriffen. Die P-26 war die geheime Organisation, die bei einer Besetzung der Schweiz durch die Rote Armee hätte aktiv werden sollen.

Das Parlament übte nie die Kontrolle über die P-26 aus. Kein einziges Mitglied des Bundesrates habe von ihrer Existenz gewusst. Das zumindest behauptete der damalige Verteidigungsminister Kaspar Villiger. Die P-26 wurde mit Krediten, die für das Eidgenössische Militärdepartement, das EMD, bestimmt waren, über eine private Firma finanziert.

Unklarheit herrschte auch über den Auftrag, der von den Organisatoren dieser klandestinen Körperschaft eigenmächtig festgesetzt wurde. Nicht nur bei einer Besetzung durch einen äusseren Feind – dafür kamen ausschliesslich die Streitkräfte des Warschauer Paktes in Frage, und das lediglich bis 1985 –, sondern im Zweckartikel stand auch: «Als letzter Fall erscheint der innere Umsturz durch Erpressung, Unterwanderung und/oder dergleichen möglich.»

Was unter Letzterem zu verstehen ist, liegt auf der Hand. In den Köpfen rechter Kreise im Offizierskorps, in den Zentralen der Wirtschaft, der Banken und rechtsbürgerlichen Vereine konnte ein linker Wahlsieg als Folge von «Unterwanderung und/oder dergleichen» ausgelegt werden.

Und genau dieses Szenario sollte bei einer berüchtigten Gesamtverteidigungsübung erprobt werden. Im November 1984 wirkte Gustav Däniker, Divisionär und Stabschef Operative Schulung des eidgenössischen Milizheeres, als Planstratege dieses Manövers. Simuliert wurde der Ausbruch eines Dritten Weltkriegs, der nach der Vorstellung Dänikers in Griechenland seinen Anfang nehmen sollte.

Wortwörtlich aus seinem Manöverdispositiv:

In Griechenland fälscht – wer täte so was wohl sonst? – die linke Regierung im Oktober 1985 die Wahlen. Das lässt sich die Rechte nicht gefallen und tut, was sie tatsächlich schon mal tat: Sie putscht. Die Linken lassen sich aber nicht, wie anno 67, einfach von der Macht vertreiben. Sie rufen die lieben Russen zu Hilfe. Und die marschieren flugs von Norden her beim eben ausgetretenen NATO-Mitglied Griechenland ein. Der Westen greift nach einem Hilferuf der unterdrückten griechischen Rechten ein.

«Der Spiegel» (Nr. 51/1984) kommentierte dies wie folgt:

Da schweizerische Manöversoldaten bei Truppenübungen mit überraschenden Einfällen und perfiden, schmutzigen Tricks denken, planen und handeln sollen, wäre der Schwachsinn wohl niemandem aufgefallen, wenn nicht, wieder mal ein Fall von Landesverrat, die linke Zürcher «Wochenzeitung» die Schauermär veröffentlicht und die Athener satirische Wochenzeitung «Pontiki» (Maus) den Schweizer Käse wiedergekaut hätte.

Die diplomatischen Verwicklungen waren vorgezeichnet. Die linke griechische Regierung zitierte den Schweizer Botschafter Charles Steinhäuslin zu sich. Er sollte Klarheit darüber geben, ob dies auch die offizielle Meinung des Bundesrates widerspiegle.

Steinhäuslin versuchte die Angelegenheit herunterzuspielen. Dänikers Gruselstück sei ein «Versehen, dem keine Bedeutung beizumessen sei». Der Bundesrat habe erst im Nachhinein über die Planvorlage Kenntnis bekommen.

Nicht nur ganz Europa lachte über die helvetische Miliz-Soldateska, auch die Schweizer selber.

Das Fass zum Überlaufen brachte dann die Verhaftung des Artikelverfassers in der «Wochenzeitung», Urs Frieden. Von einem «Strategen» des Eidgenössischen Militärdepartements, EMD, wurde ihm angedroht, ihn des Landeverrats anzuklagen, was ihm bei einer Verurteilung durch die Armeejustiz – sie ist auch in Friedenszeiten für solche Fälle zuständig – eine Maximalstrafe von zwanzig Jahren Zuchthaus eingebracht hätte.

In den grossen Städten gab es spontane Demonstrationen. Die meisten Medien kritisierten die Massnahmen des EMD als völlig überzogen und wahnwitzig. Der mutmassliche Landesverräter sass gerade mal acht Stunden hinter Gittern.

Ein pikantes Detail dieser helvetischen Posse: Der des Verrats beschuldigte Urs Frieden bekam vor seiner Festnahme einen Telefonruf von Hans-Rudolf Strasser, dem Pressechef des EMD. Strasser fragte Frieden, was er für ein «Fresspäckli» möchte. Ein «Fresspäckli» ist als private, wohlmeinende Zuwendung für Militärsträflinge gedacht. Kleine Pakete, die Genussmittel wie Schokolade, Kekse, Würste, Schinken, Kaffee oder Zigaretten enthalten. Damit wusste Frieden von der bevorstehenden Verhaftung, konnte sich darauf einstellen und seine Freunde informieren, mit Folgen, die Strasser wohl nicht eingeplant hatte.

Die Fichen-Connection

Sowohl Däniker als auch Strasser waren Drahtzieher in der Fichenaffäre. Von 1956 bis 1980 wirkte Däniker als Mitarbeiter und späterer Direktor und Partner der PR-Agentur Rudolf Farner in Zürich. Über diese Agentur wurden massenhaft Fichen herumgereicht. Es bestanden auch Beziehungen zum Subversivenjäger Ernst Cincera, der erste Fichenarchivar des Kalten Krieges.

Die P-26 wäre nicht aufgeflogen, hätte es 1989 die PUK-EJPD (Eidgenössisches Justiz- und Polizeidepartement) nicht gegeben. Die PUK-EJPD war die parlamentarische Untersuchungskommission, die sich mit dem Fichenskandal befasste. Im Januar 1989 erfuhr die erstaunte Schweizer Bevölkerung erstmals, dass 900'000 Fichen von Schweizer Bürgerinnen und

Bürgern angelegt wurden – die weitaus meisten davon während des Kalten Krieges. Für diese Datensammlungsaktivitäten zeichnete die Bundesanwaltschaft als oberste Instanz verantwortlich. Parlament und Regierung waren bis 1988 darüber nicht oder nur unzureichend informiert.

Wie nahe verbunden Hans-Rudolf Strasser mit den Fichenjägern war, erfuhr die Öffentlichkeit erst am 11. Juli 2017. Im Sommer 1990 wurde publik, dass Strasser prominentes Mitglied der P-26 war. Die PUK stand mitten in den Ermittlungen. Strasser, damals Informationschef des Militärdepartements, wirkte als Bindeglied zwischen dem Verteidigungsministerium und der Untersuchungskommission, der Behörde also, die mit der Aufgabe betraut war, die Machenschaften der Geheimarmee aufzudecken. Und dann das.

Nach seinem Tod wollten ihn seine engsten Freunde rehabilitieren. «An dem Tag, an dem er verraten und von Radio DRS als Mitglied der P-26 ‹enttarnt wurde›», wie es in von Freunden Strassers in der Todesanzeige in den grossen Zeitungen des ganzen Landes verkündet wurde. «… der ohnehin durch die Fichenpsychose im Parlament restlos entnervte Bundesrat Kaspar Villiger, jagte ihn unverzüglich aus dem Amt …»

Oben links auf Strassers Todesanzeige standen die Worte «Dienen und schweigen».

Das erinnert an den Leitspruch der NATO-Terrororganisation Gladio: Silendo libertatem servo – durch Schweigen bewahre ich die Freiheit.

Die Südafrika-Connection

Die P-26 wurde vom militärischen Nachrichtendienst, MND, geplant und aufgebaut. Die Geheimarmee war während ihres Bestehens stets mit dem MND verbunden. Der bedeutendste Offizier des MND in den 1980ern und 1990ern war Peter Regli.

Als Fliegernachrichtendienstchef leitete Regli in den frühen 1980er-Jahren geheime Pilotenaustausche mit dem südafrikanischen Apartheidregime in die Wege. 1986 vereinbarten die Geheimdienste der Schweiz und Südafrikas einen Know-how-Austausch über C-Waffen, wie Mitte der 1990er der ehemalige Chef des südafrikanischen Geheimdienstes, General Chris Thirion, während einer Vernehmung durch eine Wahrheitskommission enthüllte.

Belegt ist von schweizerischen Stellen, durch das EMD und den MND, dass am 25. Januar 1988 Wouter Basson, der Leiter des südafrikanischen ABC-Waffen-Programmes «Project Coast», in Begleitung eines Polizeigenerals mit Vertretern des AC-Laboratoriums Spiez zusammentraf.

Laut Basson wurde diese Zusammenkunft durch einen engen Vertrauten Reglis vermittelt. Das «Project Coast» bezweckte mit B- und C-Waffen damals mögliche Aufstände der schwarzen Bevölkerung niederzuschlagen.

Gegen Basson, der wegen seiner Morde auch «Dr. Tod» genannt wird, liefen ab 1995 in Pretoria verschiedene Gerichtsverfahren. Aus politischen Gründen, um die Spannung zwischen der schwarzen und der weissen Bevölkerung abzubauen, wurden diese Ermittlungen in der Zwischenzeit eingestellt.

Auch in der Schweiz warf die militärische Zusammenarbeit mit Südafrika hohe Wellen. Dabei stand der 1991 zum Divisionär beförderte Regli immer im Mittelpunkt. Er wurde 1999 wegen einer anderen Affäre abgesetzt. Vor seinem erzwungenen Rücktritt liess Regli nahezu sämtliche Akten über die nachrichtendienstliche und militärische Zusammenarbeit mit dem Apartheidregime schreddern. Diese Aktenvernichtung hatte er nie bestritten. Gegen Regli wurde deswegen, allerdings erst 2003, eine Strafanzeige eingereicht. Das nachfolgende Gerichtsverfahren zog sich hin. Obwohl eine Untersuchungskommission des Parlaments das Schreddern der Akten als unrechtmässig bezeichnete, wurde Regli 2007 vom Bundesrat vollständig rehabilitiert. Begründung: Die Aktenvernichtungen im Geheimdienst seien im Interesse der Schweiz gewesen.

Reglis Rehabilitierung war der wohl grösste innenpolitische Skandal im ersten Jahrzehnt des neuen Jahrtausends. Sie stiess bei Hilfswerken, Dritte-Welt-Organisationen und der politischen

Linken (Sozialdemokraten, Partei der Arbeit, Grüne) auf Empörung und beschädigte nachhaltig das Ansehen der Schweiz in der Völkergemeinschaft. Reagiert hatte auch der «Spiegel».

Schweizer Schreddermeister

Diese Absage konnte das herzliche Miteinander kaum trüben. «Einfach alles», was hätte getan werden müssen, um das Project Coast voranzutreiben, sei von dem früheren Chef des militärischen Nachrichtendienstes der Schweiz, Peter Regli, getan worden, versichert heute Dr. Tod bei seiner Vernehmung. Einfach alles? Jedenfalls so viel, dass Geheimdienstmann Regli Akten über Südafrika schreddern liess. (Spiegel online, 16.11.2001, Von Jan Dirk Herbermann, Zürich)

Die PUK EMD

Bereits wenige Wochen nach der Enttarnung der P-26 beschlossen National- und Ständerat, die parlamentarische Untersuchungskommission, eine PUK EMD, einzusetzen. Am 17. November 1990 stellte sie ihren Abschlussbericht der Öffentlichkeit vor. Darin wurde die P-26 als illegale Organisation bezeichnet, die unverzüglich aufzulösen sei. Was auch umgehend geschah.

Allerdings unterliegen die offiziellen Berichte und Belege, die Akten der P-26, bis 2041 der Geheimhaltung.

Mit den Ermittlungen der PUK EMD wurden längst nicht alle Geheimnisse der P-26 gelüftet, und die Ergebnisse sind auch nur zu einem kleinen Teil der Öffentlichkeit zugänglich. Im Nachgang zum PUK-EMD-Bericht erstellte der Neuenburger Untersuchungsrichter Pierre Cornu den «Schlussbericht» in der Administrativuntersuchung zur Abklärung von allfälligen Beziehungen zwischen der P-26 und analogen Organisationen im Ausland. Zwar wurde eine stark gekürzte, unvollständige Fassung am 5. August 1991 veröffentlicht. Sie konnte aber nicht überzeugen. Viele Fragen blieben offen. Die integrale Version bleibt ebenfalls nach einer Sperrfrist von fünfzig Jahren bis 1941 geheim.

Beziehungen zu den analogen Organisationen im Ausland

Was ist unter den analogen Organisationen im Ausland zu verstehen? Sie können sämtlich als sogenannte Stay-behind-Armeen der NATO bezeichnet werden. Es gab sie in allen Ländern des westlichen Europa. In ihrem Aufbau und ihren Zielsetzungen glichen sie wie ein Ei dem anderen. Etwa, was ihre Grösse betraf. Keine dieser paramilitärischen Einheit umfasste mehr als tausend Mitglieder. Der kleinere Teil bestand aus dem Kader, vornehmlich aktive oder ausser Dienst gestellte höhere Stabsoffiziere, der andere, der weitaus grössere, aus Feldsoldatinnen und -soldaten.

Dabei handelte es sich um patriotisch und rechtsbürgerlich gesinnte Personen mit angeblich gutem Leumund. Die meisten von ihnen hatten zuvor als Subaltern-Offiziere, Unteroffiziere oder Soldaten in der Milizarmee gedient. Nur ein verschwindend kleiner Teil gehörte der Sozialdemokratischen Partei oder Gewerkschaften an. Mitglieder noch linkerer Parteien wie der Partei der Arbeit, PdA, oder der Progressiven Organisation der Schweiz, POCH, gab es keine in der P-26.

Auch aufgebaut waren die paramilitärischen Einheiten in den einzelnen Ländern gleich: Die Zellen bestanden aus drei bis sechs Leuten. Jede Zelle operierte autonom und unterstand direkt der dafür zuständigen NATO-Organisation. Für die nicht der NATO angehörende Schweiz bedeutete das eine Verletzung der in der Verfassung festgeschriebenen Neutralität.

Die Enttarnung der P-26 im Jahr 1990

Sozusagen alle Stay-behind-Organisationen der NATO wurden 1990 enttarnt. Interessanterweise war die P-26 die erste, die aufflog, dann die italienische Gladio, kurz danach die von Deutschland, dann die der Beneluxstaaten, die von Frankreich und Spanien. Die restlichen folgten im Wochentakt. Die Stay-behind-Organisationen werden seitdem generell als «Gladios» bezeichnet.

Mit der Enttarnung gerieten einige Gladios in den Verdacht, sich an Terroranschlägen beteiligt zu haben. Fest steht, dass das

Attentat auf den Bahnhof von Bologna vom Sommer 1980 die Handschrift der italienischen Gladio trägt. Es existieren keine Beweise, dass die Bombe, die Ende September 1980 am Oktoberfest auf der Theresienwiese in München hochging, unter Mitwirkung der deutschen Gladio gelegt wurde. Doch es gibt zahlreiche Hinweise, die darauf hindeuten. Das gilt auch für die blutigen Anschläge Mitte der achtziger Jahre im belgischen Brabant.

Ganz sicher ist aber die Beteiligung mehrerer Gladios an den Kämpfen der britischen Armee im nordirischen Bürgerkrieg. Da ist es zumindest wahrscheinlich, dass die P-26 auch mit von der Partie war. Die «Heldentaten» des Geheimarmisten Hürlimann, der in Belfast einen IRA-Führer umlegte, sind festgehalten (Urs Frieden, die England-Connection. P-26, PUK EMD: Geheimarmist Hürlimann im Manöver. WOZ, 30. November 1990).

Herbert Alboth und sein Freund Jean-Louis Jeanmaire

Im April 1990 wurde der hohe Stabsoffizier Herbert Alboth in seiner Wohnung im bernischen Köniz erstochen aufgefunden. Die Tatwaffe: sein eigenes Bajonett. In der Armee stieg Alboth bis zum Oberstleutnant der Luftschutztruppen auf. Er war führendes Mitglied der Untergruppe Nachrichtendienst und Abwehr, UNA, der Vorgängerorganisation der «Geheimarmee» P-26, an deren Aufbau er sich massgebend beteiligte.

Das Tötungsdelikt wurde in den Medien kontrovers diskutiert. Schon bald kam der Verdacht auf, Alboths gewaltsamer Tod stehe im Zusammenhang mit der kurz zuvor sistierten Geheimarmee. Das wurde von Offizieren aus Geheimdienstkreisen heftig bestritten. Man brachte eine andere Theorie in Umlauf. Der Täter komme aus der Schwulenszene, der Alboth angehört habe.

Kurz nach Alboths Tod meldete sich Jean-Louis Jeanmaire bei der Berner Kantonspolizei: Der wegen Landesverrat an die Sowjets zu einer langen Zuchthausstrafe verurteilte Brigadier gab zu Protokoll, sein Freund Alboth habe kurz vor seiner Ermordung EMD-Chef Villiger angeboten, «als Insider» bei der Aufdeckung der «ganzen Wahrheit» über die vermeintliche «Geheimarmee» mitzuhelfen. Dass Alboth Bundesrat Villiger einen entsprechenden Brief schrieb, ist belegt. Villiger lehnte das Angebot ab.

Schliesslich kam Oberst Albert Bachmann ins Spiel, der Vorgesetzte von Alboth in der UNA. In Alboths Unterlagen fanden die Ermittler Fotos, die er bei einem Besuch Bachmanns in Irland gemacht hatte. (Nach einer Spionageaffäre liess sich Bachmann dort nieder.) Bachmann wurde zu einer Befragung nach Bern aufgeboten. Man zeigte ihm die Fotos. Bachmann riet dem polizeilichen Sachbearbeiter, diese zu vernichten, da es sich um Aufnahmen von Führungspersonen der Geheimarmee handle. Ohne Rücksprache mit dem Untersuchungsrichter tat er dies. Der Vorfall wurde öffentlich bekannt und brachte die Ermittlungsbehörde in eine peinliche Situation. In den Medien musste sie sich den Vorwurf gefallen lassen, Beweismittel beiseitegeschafft zu haben.

Der Mord an Alboth ist bis jetzt nicht aufgeklärt.

Der Bund findet Akten zur Geheimarmee P-26 nicht mehr:

SRF, Curdin Vincenz, Samstag, 03.02.2018
Nur eineinhalb Seiten – ziemlich versteckt am Ende des Jahresberichts der Geschäftsprüfungsdelegation des Parlaments (GPDel) – widmet das Gremium verschwundenen Akten zur Schweizer Widerstandstruppe P-26. Die GPDel beaufsichtigt alles Geheime der Bundesverwaltung, und seit über einem Jahr fordert sie vom VBS Auskunft über den Verbleib der Dokumente.
Auf die fehlenden Akten wurden die Parlamentarier durch einen Zufall aufmerksam, wie der «Tages-Anzeiger» berichtete. Ein Historiker wollte im Bundesarchiv die Dokumente einsehen – nur dort waren sie nicht. Schon das hätte nicht sein dürfen, sagt Claude Janiak, SP-Ständerat und Präsident der Geschäftsprüfungsdelegation.

Keine Handhabe gegen säumige Ämter
Das Militärdepartement hätte die Pflicht gehabt, «dem

Schweizerischen Bundesarchiv alle Unterlagen des Bundes zur Aufbewahrung und Nutzbarmachung abzuliefern. Diese Verpflichtung hat schon damals bestanden», so Janiak. «Nur für Ämter, die das nicht tun und ihre Akten behalten, sieht das Gesetz keine Sanktionen vor. Bis heute nicht», sagt Sacha Zala, der Präsident der Schweizerischen Gesellschaft für Geschichte auf Anfrage von SRF. Ein Umstand, den er stossend findet.
Die fraglichen Akten über die P-26 – gemäss «Tages-Anzeiger» sind es sieben Ordner – betreffen mögliche Beziehungen der Geheimarmee zu ausländischen Organisationen. Sie waren auch im Verteidigungsdepartement bis jetzt nicht aufzufinden, obwohl man sich dort nach eigenen Angaben seit über einem Jahr sehr darum bemüht. Aufgetaucht ist nur der, nach wie vor geheime, zusammenfassende Bericht über diese Auslandskontakte.

Bis jetzt nur Spekulationen
Der Historiker, der die ganze Sache ins Rollen brachte, will über Hinweise verfügen, dass die Akten vorsätzlich vernichtet worden seien. Dazu sagt Janiak: «Also, wir haben diesbezüglich im Moment keinen Wissensstand. Ich kann dazu eigentlich nichts Substanzielles sagen. Das Problem ist, in der jetzigen Situation sind Spekulationen Tür und Tor geöffnet. Und das ist nie gut.» (…)
Im VBS sucht man unterdessen weiter nach den verschwundenen Ordnern. Bleibt die Suche ohne Ergebnis, lasse seine Kommission das nicht einfach auf sich beruhen, versichert Janiak: «Wir werden sicher mit den damals Verantwortlichen Rücksprache nehmen. Bundesrat Kaspar Villiger war damals Chef. Wir werden versuchen hier weiterzukommen.» Besprechen wird dies die Kommission an ihrer nächsten Sitzung gegen Ende Monat.

Bis jetzt sind die Akten der P-26 noch nicht gefunden worden. Wo waren diese Akten überhaupt? Vielleicht im Bunker von

Gstaad, im «Hotel Schweizerhof»? Wurden sie dann verlegt, durch ein Missgeschick entsorgt? Hochgeheime Akten, belegt mit einer Sperrfrist von fünfzig Jahren – erst 2041 der Allgemeinheit zugänglich. Wurden diese Dokumente vorsätzlich geschreddert? Eine durchaus rechtswidrige Hintergehung, um kriminelle Machenschaften der P-26 vor der Nachwelt zu verstecken?

Titus Meier, der Weisswäscher

Als wäre das Verschwinden der P-26-Akten nicht genug, taucht plötzlich ein Historiker auf, der sich nicht zu schade ist, die Autoren des PUK-EMD-Berichts vom 17. November 1990 in den Dreck zu ziehen.

Marc Tribelhorn und Marcel Gyr, NZZ, 16.7.2018

P-26: «Zwar geheim, aber legal und ungefährlich»

Der Historiker Titus J. Meier präsentiert seine lange erwartete Arbeit zur geheimnisumwitterten Widerstandsorganisation P-26. Er sagt: «Der Skandal war nicht die Existenz der P-26, sondern der Umgang mit ihr durch Medien und Politik.»

Eine Ungeheuerlichkeit, die jegliches Rechtsempfinden mit Füssen tritt. Schon die Behauptung, die P-26 sei eine legale Organisation gewesen, ist eine Verleumdung der Mitglieder der demokratisch eingesetzten PUK EMD von 1990. Durch einen grossmehrheitlichen Beschluss beider Kammern des Eidgenössischen Parlaments wurde die P-26 als illegale Organisation eingestuft und verboten. Dieser Entscheid gilt heute noch.

Wie konnte dieser Titus Meier sein Buch über die P-26 überhaupt schreiben, wenn er einen wesentlichen Teil ihrer Akten gar nicht zur Hand hatte? Man muss das jedenfalls annehmen. Andernfalls hätte er Einsicht in die nun verschwundenen Unterlagen gehabt.

Dass die «NZZ» die Weisswaschanleitung Meiers als wissenschaftlichen Beleg für die Rechtschaffenheit einer illegalen Organisation ausgibt, ist nicht strafbar, zeugt aber von empörender Beschränktheit. Es gibt mittlerweile ausreichend Repliken darauf.

Eine stammt vom Vizepräsidenten der PUK EMD 1990, Werner Carobbio (WCa), damals Tessiner Nationalrat.

Interview mit Fabian Fellmann (FF), 18.7.2018, Luzerner Zeitung
***FF:** Ein neues Buch über die P-26 kritisiert die Parlamentarische Untersuchungskommission, deren Vizepräsident Sie waren. Ihr Bericht beruhe mehr auf Phantasien als Fakten. Haben Sie schlecht gearbeitet?*
***WCa:** Wir haben damals fast ein Jahr lang gearbeitet und alle Dokumente des Militärdepartements angeschaut. Wir sind zu drei wesentlichen Schlüssen gekommen: Erstens war die P-26 eine Organisation, die nicht unter der Kontrolle des Parlaments stand und über die auch der Bundesrat kaum informiert war. Zweitens war ihre Finanzierung heikel: Sie wurde gespeist über Kredite des Militärdepartements an eine private Firma eines Militärs, des P-26-Chefs Ephrem Cattelan. Drittens liess der Umstand, dass keine parlamentarische Kontrolle bestand, zumindest die Möglichkeit zu, dass die P-26 verfassungswidrige Aktivitäten hätte entwickeln können.*
***FF:** Laut Historiker Titus Meier handelte es sich nicht um eine Geheimarmee.*
***WCa:** Aber natürlich war die P-26 eine Geheimarmee. Das Parlament übte keine Kontrolle über sie aus. Persönlich bin ich zur Auffassung gelangt, dass die P-26 die Schweizer Version der NATO Widerstandsgruppen Gladio war, die es in anderen europäischen Ländern gab. Dafür spricht, dass britische Offiziere die P-26-Mitglieder ausbildeten. Unsere PUK strebte ein Mandat für Auslandsrecherchen an, was die Bundesversammlung leider verweigerte. Stattdessen liess der Bundesrat den Untersuchungsrichter Pierre Cornu diese Fragen klären.*
***FF:** Cornu kam zum Schluss, dass die P-26 nicht mit Gladio kooperierte.*
***WCa:** Das geht aus jenem Teil des Cornu-Berichts hervor,*

der veröffentlicht wurde. Der geheime Teil wurde aber nie publiziert. Was darin steht, wissen wir nicht.

FF: *Historiker Meier kritisiert, die PUK habe sich zu sehr darauf konzentriert, was die P-26 theoretisch hätte tun können, statt auf ihren Auftrag.*

WCa: *Wir haben die PUK nicht einberufen, um die P-26 zu finden: Es ging um die Aufarbeitung der Fichen im Militärdepartement. Dabei stiessen wir auf Hinweise auf die P-26. Wir haben nie behauptet, diese hätte gefährliche Aktivitäten entwickelt. Aber das Risiko dafür bestand. Ich habe einen ganzen Sommer unter der Erde verbracht, in den Depots der P-26, wo Militärmaterial eingelagert war.*

FF: *Jetzt geht die Debatte über die P-26 erneut los. Sind Sie überrascht?*

WCa: *Es gibt seit einigen Jahren eine Bewegung, die patriotische Ausrichtung der P-26 stärker zu betonen. Ich halte das für eine Folge der aktuellen nationalistischen Tendenzen in Europa. Ich betone, dass unsere PUK den guten Willen der P-26-Mitglieder nie in Frage gestellt hat. Aber wir haben darauf hingewiesen, dass die Gruppe nicht demokratisch kontrolliert wurde. Die PUK verlangte damals eine Mitgliederliste der P-26, was der Bundesrat verweigerte, um deren Privatsphäre zu schützen: Die meisten Familien von Mitgliedern wussten nicht Bescheid. Schliesslich erhielten PUK-Präsident Carlo Schmid und ich Einsicht in die Liste. Im Tessin fanden sich darauf ziemlich interessante Personen. Mehr darf ich leider nicht sagen, weil das noch immer der Geheimhaltung untersteht.*

FF: *Inwiefern waren die Personen interessant?*

WCa: *Es gab eine klare politische Tendenz: Es waren Bürgerliche. Im Tessin stand kein Linker auf der Liste. Aber noch einmal: Das Hauptproblem war, dass die P-26 unter keiner politischen Kontrolle stand.*

Die wichtigsten Quellen

Bücher

Buomberger, Thomas. Die Schweiz im Kalten Krieg. Verlag: hier+jetzt; Baden 2017; ISBN 978-3-03919-390-5

Chaussy, Ulrich. Oktoberfest – Das Attentat. Links Christoph Verlag; Auflage 2, Berlin 2015; ISBN 978-3-86153-839-4

Ganser, Daniele. Geheimarmeen der NATO. Orell Fuessli; Auflage 3, Zürich 2009; ISBN 978-3-280-06106-0

Gubler, Christine K. Der lange Arm der P26. Edition Somedia; Februar, Glarus und Chur 2012; ISBN 978-3-905688-89-4

Igel, Regine. Terrorjahre: Die dunkle Seite der CIA in Italien. Herbig, F. A; Auflage 2, München 2018; ISBN 978-3-7766-2826-5

Matter, Martin. P-26: Die Geheimarmee, die keine war. Verlag: hier+jetzt; Auflage 2, Baden 2013; ISBN 978-3-03919-247-2

Meier, Titus J. Widerstandsvorbereitungen für den Besetzungsfall: Die Schweiz im Kalten Krieg. NZZ Libro; Zürich 2018; ISBN 978-3-03810-332-5

Schorlau, Wolfgang. Das München-Komplott. Kiepenheuer & Witsch; Köln 2009; ISBN 978-3-462-04132-3

Artikel, Zeitschriften und andere Quellen

«Angreifen und Zerstören». Der Spiegel 48/1990; http://www.spiegel.de/spiegel/print/d-13502527.html

«Attentat am Münchner Oktoberfest. Sprengstoff aus Zürcher Waffenhandlungen?» Neue Zürcher Zeitung, 19.12.1980

Bandle, Rico. Missionar des Misstrauens. Porträt Daniele Ganser. Weltwoche Nr. 21/17

Bönisch, Georg. Kampf dem Klassenfeind. Spiegel Special 1/2006;

http://www.spiegel.de/spiegel/spiegelspecial/d-45964834.html

Braunschweig, Hansjürg. Rechtsextreme Tendenzen in der Schweiz. Neue Wege: Beiträge zu Religion und Sozialismus. Band (Jahr): 72 (1978). Heft 7-8; https://www.e-periodica.ch/digbib/view?pid=new-001:1978:72::599#234

«Das blutige Schwert der CIA». Der Spiegel 47/1990; http://www.spiegel.de/spiegel/print/d-13501822.html

«Der Fuchs in der Falle». Der Spiegel 14/1993; http://www.spiegel.de/spiegel/print/d-13679720.html

«Die Schweizer Geheimarmee P-26», DOK-Film. SRF, 22.03.2018; https://www.youtube.com/watch?v=dDPQ4PozVB4

«‹Die Schweizer Geheimarmee P-26› beanstandet». DOK-Film, SRF; https://www.srgd.ch/de/aktuelles/news/2018/05/10/dok-film-die-schweizer-geheimarmee-p-26-beanstandet/

Dürrenmatt, Friedrich. Die Schweiz – ein Gefängnis, Rede von Friedrich Dürrenmatt auf Vaclav Havel zur Verleihung des Gottlieb-Duttweilers-Preises am 22. November 1990; https://www.srf.ch/play/radio/srf-2-kultur-extra/audio/duerrenmatts-rede-die-schweiz-ein-gefaengnis?id=790cc83e-40fc-47ce-b333-37237c025fce

Dütschler, Markus. «Enttarnt» und «verraten». Der Bund, 12.07.2016; https://www.derbund.ch/schweiz/standard/enttarnt-und-verraten/story/27902369

«Ein Stück aus dem Tollhaus». Der Spiegel 32/1982; http://www.spiegel.de/spiegel/print/d-14344906.html

Fellman Fabian. «Aber natürlich war die P-26 eine Geheimarmee». Luzerner Zeitung, 18.07.2018; https://www.luzernerzeitung.ch/schweiz/aber-natuerlich-war-die-p-26eine-geheimarmee-ld.1038908

Foppa, Daniel. «Der Spion, der aus den Alpen kam». Tages-Anzeiger, 21.04.2011; https://www.tagesanzeiger.ch/schweiz/standard/Der-Spion-der-aus-den-Alpen-kam-/story/23721555

Förster, Andreas. «Oktoberfest-Anschlag». Heute vor 38 Jahren riss eine Bombe 13 Menschen in den Tod. Berliner Zeitung, 26.09.18; https://www.berliner-zeitung.de/panorama/oktoberfest-anschlag-heute-vor-38-jahren-riss-eine-bombe-13-menschen-in-den-tod-31349306

Free21-Team. Interview mit Daniela Ganser; http://www.free21.org/die-strategie-der-spannung-gladio-und-die-nato/

Günter, Paul. Nationalrat: Anfrage Divisionär Peter Regli

https://www.parlament.ch/de/ratsbetrieb/suche-curia-vista/geschaeft?AffairId=20071084

Herbermann, Jan-Dirk. Spiegel Online, 16.11.2001 https://www.spiegel.de/politik/ausland/suedafrika-hilfe-fuer-dr-tod-a-167960.html

«Immer wachsam». Der Spiegel 4/1990; http://www.spiegel.de/spiegel/print/d-13498817.html

«La P-26, un tabou tenace». Le Temps, 23.02.2018.

https://www.letemps.ch/opinions/p26-un-tabou-tenace

«Licio Gelli». Der Spiegel 44/1990; http://www.spiegel.de/spiegel/print/d-13503241.html

«Licio Gelli», 96. Der Spiegel 52/2015; http://www.spiegel.de/spiegel/print/d-140508810.html

Lüchinger, René, Janine Gygax, Tony Merlotti. Die Schweiz und der Kalte Krieg, Blick.ch, 2017; https://www.blick.ch/storytelling/2017/kalter_krieg/index.html

Menga Danuser. Staatschutzfiche. https://www.google.ch/search?q=Staatschutzfiche+Menga+Danuser&tbm=isch&source=hp&safe=active&sa=X&ved=2ahUKEwj9-YHlk57hAhXd4KYKHcdXAtwQsAR6BAgJEAE&biw=1280&bih=585

Neumann, Conny. Oktoberfest-Attentat. Neue Spur zur abgerissenen Hand. Der Spiegel, 04.02.2015; http://www.spiegel.de/panorama/justiz/oktoberfest-attentat-1980-neue-hinweise-auf-weitere-taeter-a-1016700.html

PUK-EMD-Bericht vom 17. November 1990. Parlament; https://

www.parlament.ch/centers/documents/de/ed-berichte-puk-emd.pdf

Schlamp, Hans-Jürgen, Tod eines Bankiers. Spiegel Special 3/2005; http://www.spiegel.de/spiegel/spiegelspecial/d-39952348.html

«Schwarzer Schatten». Der Spiegel 50/1990; http://www.spiegel.de/spiegel/print/d-1350268.html

«Spinne unterm Schafsfell». Der Spiegel 48/1990; http://www.spiegel.de/spiegel/print/d-13502661.html

Surber, Kaspar. Geheim bis 2041, Die Wochenzeitung, Nr. 01/2018; https://www.woz.ch/-84de

Surber, Kaspar. Für die Briten war die P-26 wünschenswert. Die Wochenzeitung, Nr. 21/2018; https://www.woz.ch/-8cc0

Trepp, Gian. Leben und sterben von Herbert Alboth. 06.03.2018; https://gtrepp.blogspot.com/2018/03/leben-und-tod-von-oberstleutnant.html

Tribelhorn, Marc. Mordfall Alboth, ungelöst. NZZ 16.4.2018; https://www.nzz.ch/schweiz/mordfall-alboth-ungeloest-ld.1377656

T.W. Blindwütiger Terroranschlag. Explosionskatastprophe im Hautbahnhof Bologna. NZZ 4.8.1980

Tzermias, Nikos. Der Anschlag von Bologna sorgt weiterhin für politische Spannung. NZZ 31.7.2010 https://www.nzz.ch/der_anschlag_von_bologna_sorgt_weiterhin_fuer_politische_spannung-1.7025942

Untergrundarmee «Gladio» und die Mafia. Der Spiegel 46/1990; http://www.spiegel.de/spiegel/print/d-13501624.html

Vanoni, Bruno. «Rätselhafter Pakt mit ‹Dr. Tod›», Bluewin News 27. 10. 2001

http://www.lorraine.ch/genua/011027suedafrika2.shtmlVinzenz Curdin. Bund findet Akten zur Geheimarmee P-26 nicht mehr. SRF Samstag, 03.02.2078; https://www.srf.ch/news/

schweiz/schlamperei-oder-absicht-bund-findet-akten-zur-geheimarmee-p-26-nicht-mehr

Walberer, Thomas. Das Massaker von Brabant. Spiegel online, 03.12.2018; http://www.spiegel.de/einestages/raetselhafte-mordserie-a-946889.html

Weibel, Andreas. Geheime Armeen. GSoA-Zeitung, Nr. 118. https://www.gsoa.ch/newspaper/geheime_armeen/

Weltkrieg '85. Der Spiegel 51/1984; http://www.spiegel.de/spiegel/print/d-13512116.html

«Würze im Spiel». Der Spiegel 23/1981; http://www.spiegel.de/spiegel/print/d-14335936.html

Alle Titel von Erfolgsautor Peter Beutler:
Auch als eBook erhältlich

Weissenau
ISBN 978-3-89705-971-9

Hohle Gasse
ISBN 978-3-95451-058-0

Kanderschlucht
ISBN 978-3-95451-136-5

Morgarten
ISBN 978-3-95451-246-1

Kristallhöhle
ISBN 978-3-95451-389-5

Berner Münstersturz
ISBN 978-3-95451-711-4

Kehrsatz
ISBN 978-3-95451-967-5

Hauptwache Urania
ISBN 978-3-7408-0164-9

Der Lucens-GAU
ISBN 978-3-7408-0432-9